Le Rivage des Secrets

Le Rivage des Secrets

LIZ FENWICK

Traduit de l'anglais
par Carole Delporte

City
Poche

Publié en Grande-Bretagne par Orion Books, une entreprise de Hachette UK sous le titre *The Cornish House*

ISBN : 978-2-8246-0756-6
Code Hachette : 73 8995 6

Rayon : Roman / Poche
Collection dirigée par Christian English & Frédéric Thibaud.

Catalogue et manuscrits : www.city-editions.com

Dépôt légal : avril 2016

Un

Il était près de 23 heures et cela faisait plus de huit heures que Maddie conduisait. Elle bâillait et se forçait à garder les yeux ouverts. À l'approche d'un nouveau virage sans visibilité, elle ralentit.

La silhouette tordue des arbres se dessinait en noir sur le ciel éclairé par la lune. Ces formes torturées donnaient l'impression d'un haut tunnel qui se refermait sur la voiture. Lorsque le moteur brouta, un frisson lui parcourut l'échine.

— Allez, ma vieille, fit-elle en caressant le tableau de bord. Trevenen ne doit plus être loin, et, une fois qu'on y sera, toi et moi, on pourra s'accorder un repos bien mérité.

De la fumée s'échappait du capot avant. Maddie jeta un coup d'œil à sa belle-fille endormie sur le siège passager. Hannah était trop mignonne avec ses cheveux blonds ébouriffés. L'adolescente changea de position, et un tatouage apparut sur son bras. Maddie prit une profonde inspiration. Hannah lui avait désobéi. Il lui avait fallu puiser dans ses réserves de patience quand Hannah le lui avait montré la veille. Maddie avait laissé courir, car elle aussi avait été adolescente. Néanmoins, elle obéissait à ses parents.

De nouveau concentrée sur la route, Maddie songea que, si on lui avait correctement indiqué le chemin, leur nouvelle maison ne devait plus être bien loin.

À condition, évidemment, qu'elle ait suivi les instructions, ce dont elle n'avait pas la moindre idée. Il ne manquerait plus qu'elles se perdent sur une route de campagne isolée.

Lorsqu'elle était venue visiter Trevenen, en avril, le notaire l'y avait conduite. Le chemin ne lui avait pas semblé compliqué, mais peut-être n'y avait-elle pas vraiment prêté attention. Rien de surprenant à cela : elle n'était plus guère appliquée depuis la mort de John, son mari. Afin de refroidir le moteur, Maddie enclencha le ventilateur à fond. En vain. La voiture ralentit malgré tous ses efforts pour appuyer sur l'accélérateur. Le moteur toussa à deux reprises avant de caler. Elle frappa le volant. Dans son élan, le véhicule poursuivit sa route un instant avant de s'immobiliser. La lumière des phares s'affaiblit, puis s'éteignit.

Hannah se réveilla.

— Qu'est-ce qui se passe ?

Maddie tenta de redémarrer, mais sans succès. Hannah s'étira.

— On est enfin arrivées dans ce fichu trou perdu ?

— Euh, non. On est tombées en panne.

— Quoi ?

— La voiture...

Maddie tripota la clé.

— Ça, j'ai compris, mais on est où ?

Hannah s'assit.

— Je ne sais pas exactement.

— Putain.

— Parle correctement.

Maddie ferma les yeux. Elles s'étaient levées à 5 heures du matin pour finir d'emballer leurs affaires, mais elles n'avaient pas quitté Londres avant 14 heures, car les déménageurs n'avaient pas terminé de charger le camion. Maddie se demandait quelle folie l'avait prise d'accepter de déménager le vendredi d'un pont.

— Ah ! tu peux parler. Je viens de t'entendre jurer.

Maddie soupira.

— Et puis, qu'est-ce que ça peut faire ? On ne peut pas dire que tu surveilles beaucoup ton langage non plus, depuis la mort de papa.

Maddie compta jusqu'à dix avant de répondre.

— On ne va pas recommencer ?

— Quoi ?

Hannah croisa les bras sur sa poitrine.

— C'est la première fois que je viens en Cornouailles.

— Inutile de jouer sur les mots.

Maddie se massa la nuque.

— Ça ne sert à rien de discuter.

— Donc ?

Maddie déclencha l'ouverture du capot et descendit de voiture. « La situation pourrait être pire, songea-t-elle. Il pourrait pleuvoir. » Au lieu de cela, il faisait un temps idéal en cette soirée d'été. Tandis qu'elle se débattait avec le loquet dans le noir, une douce brise parfumée de chèvrefeuille lui souleva les cheveux.

— Tu fais quoi ? demanda Hannah.

— Je jette un œil au moteur.

— Depuis quand tu t'y connais en mécanique ?

Maddie éclata de rire. Hannah n'avait pas tort. Elle sortit son téléphone de sa poche pour appeler l'assistance routière. L'écran s'alluma sur un portrait de John. Elle cligna des yeux. Cela faisait huit mois qu'il était décédé.

— Tu vas te décider ? fit Hannah.

Maddie composa le numéro. Pas de réseau. Génial.

— Alors ? s'enquit Hannah, penchée par la fenêtre.

— Rien.

— De mieux en mieux. En panne au milieu de nulle part, sans réseau.

— Ça résume assez bien la situation.

Maddie se tourna vers le ciel pour y chercher de l'aide, mais elle n'y trouva que la Voie lactée. Même si ce n'était pas ce dont elle avait besoin, c'était très beau. Elle ne se souvenait plus à quand remontait la dernière fois qu'elle avait pu contempler le ciel sans être gênée par les lumières. Une étoile filante traversa la voûte céleste, et Maddie se demanda si elle pouvait oser faire un vœu. Que pourrait-elle bien souhaiter ? La même chose que d'habitude : la fameuse petite maison entourée d'une clôture blanche ? Ou l'épreuve de l'année écoulée avait-elle détruit sa capacité de croire aux rêves ou en quoi que ce soit, d'ailleurs ?

— Al-lô ? fit Hannah en agitant la main.

— Oui ?

— Tu comptes faire quoi ?

L'adolescente jouait avec la fermeture éclair de sa veste.

— Je vais continuer à pied pour aller chercher de l'aide.

Maddie se tourna vers la route déserte, et sa gorge se serra.

— Bonne chance. Il n'y a personne ici, c'est carrément la pampa.

Refusant de mordre à l'hameçon, Maddie tendit la main.

— Passe-moi la lampe, s'il te plaît. Dans la boîte à gants.

Hannah jeta la torche sur le siège conducteur. Maddie attendit en silence, avant de reprendre enfin :

— Tu viens ?

— Non.

Hannah lui tendit la torche par la fenêtre.

— Comme tu veux, fit Maddie en s'éloignant seule.

Elle ne pouvait pas forcer sa belle-fille à l'accompagner. Leur relation se détériorait de jour en jour depuis que John était mort. Droit devant elle, Maddie ne vit, les yeux plissés, que la route qui se perdait dans l'obscurité. En accélérant le pas, elle finit par apercevoir une lumière. Elle se mit à courir jusqu'à ce qu'elle distingue un groupe de maisons, parmi lesquelles une seule manifestait toutefois des signes de vie. Où était tout le monde ? « La pampa », avait dit Hannah. Ces mots résonnèrent dans son esprit tandis qu'elle appuyait sur la sonnette. Pas de réponse. Maddie enfonça de nouveau le bouton et tendit l'oreille, mais elle n'entendait que sa propre respiration. Elle frappa à la porte.

— J'arrive…, grogna une voix grave.

Maddie leva les yeux et croisa un regard brun.

— Pardon de vous déranger, mais ma voiture est tombée en panne, et je ne capte aucun signal avec mon téléphone.

Elle vérifia de nouveau son mobile.

— Vous permettez que j'utilise votre fixe ?

Le silence s'installa, puis Maddie entendit une femme au loin demander d'une voix rauque qui était là. Elle ouvrit des yeux ronds. Son interlocuteur, le cheveu en bataille et torse nu, avait manifestement enfilé son pantalon en vitesse. Elle regarda par terre.

— Bien sûr.

L'homme recula pour s'écarter de la porte.

En ce 25 août, le bruissement des feuilles annonçait déjà l'arrivée de l'automne. Cette période transitoire avait toujours été la saison préférée de Maddie, en raison du changement de lumière qui intensifiait les couleurs. Néanmoins, pour l'instant, elle ne voyait pas grand-chose. Le faisceau de sa lampe électrique perçait à peine les ténèbres. Un blaireau brava le faible halo et traversa la route au loin pour disparaître dans une haie. Il y avait juste assez de place pour marcher côte à côte.

Comme il fallait indiquer la route au service d'assistance, son sauveur avait offert, par prudence, de raccompagner Maddie à sa voiture. Ils avaient laissé sa compagne devant un verre de vin. Maddie leur souhaitait de pouvoir reprendre très vite le cours de leur soirée, mais elle en doutait.

— Merde, Maddie, t'en as mis, un temps ! s'exclama Hannah, surgie de l'ombre.

Le cœur de Maddie s'arrêta.

— C'est lui, le dépanneur ?

— Tu as vu quelqu'un ? s'irrita Maddie.

— Sans rire ? Qui viendrait sur cette route pourrie ? Il n'y a rien, à part des chauves-souris.

Hannah agita la main au-dessus de sa tête.

— Vous avez bien de la chance d'en voir. C'est une espèce protégée en voie de disparition, expliqua calmement l'inconnu.

— Merci pour la leçon de sciences, mais cet endroit me fout les jetons. Et d'ailleurs, qui êtes-vous ?

— Hannah..., commença Maddie.

— Je m'appelle Mark Triggs, déclara-t-il en tendant la main à la jeune fille.

Sans lui prêter attention, elle se tourna vers Maddie.

— Alors, tu as trouvé où c'est, Trevenen, finalement ?

— Trevenen ? s'étonna l'homme. Vous êtes donc parente avec Daphne Penventon.

— Oui.

Maddie fronça le nez, car, malgré les explications du notaire, elle ne savait toujours pas très bien qui était Daphne Penventon ni ce qu'elle représentait pour sa mère biologique.

— Vous êtes déjà allée à Trevenen ? demanda-t-il.

— Une fois, il y a quelques mois.

Tout était si flou maintenant, comme tout le reste, ces derniers temps. Dans la lumière de la torche, elle chercha à voir s'il était horrifié par cette information, mais elle ne vit que le jeu des ombres sur son visage.

— Vous comptez y dormir ce soir ?

— Putain, c'est pire que ce que je craignais. Trevenen n'est en fait qu'une ruine sans toit ni eau courante, marmonna Hannah. J'ai bien vu sur les papiers : il était indiqué « logement »..., pas « maison ».

Mark éclata de rire. Le ton d'Hannah agaçait Maddie. Trevenen était parfaitement habitable. Même si elle était dans le brouillard, elle l'avait constaté de ses propres yeux.

— « Logement » est le terme juridique.

Hannah haussa les épaules.

— Il vient quand, le garagiste ?

Maddie consulta sa montre.

— Dans les deux heures.

— Bonjour l'urgence ! Ça ne les empêche pas de prendre leur temps de savoir deux femmes seules coincées sur une route de campagne non éclairée avec un homme bizarre. Je vois déjà les gros titres, lorsqu'un fermier de passage retrouvera les corps, la semaine prochaine.

— Ça suffit, Hannah.

— Quoi ?

— Le mélodrame.

— C'est donc comme ça que ça s'appelle ? Bien. Merci pour la leçon de vocabulaire.

— Hannah.

Maddie serra les poings. Elle inspira. Manifestement, sa belle-fille avait eu peur d'attendre seule. Peut-être la prochaine fois ferait-elle moins la forte tête.

— Lâche-moi, Maddie.

Hannah se détourna.

— Pour moi, tu n'es que la veuve de papa. Rien d'autre.

— Je suis ta tutrice légale, rappela Maddie, qui n'aurait rien dû répondre, car, pour accepter d'avoir une vraie conversation avec elle, il faudrait à Hannah bien plus que de se retrouver seule sur une route de campagne. Peut-être que si le ciel lui tombait sur la tête… et encore, il n'y avait pas de miracle.

— Maudit juge, râla Hannah avant de remonter en voiture.

Le claquement de la portière, qui résonna aux oreilles de Maddie, faillit couvrir le hululement d'une chouette.

L'aube révéla les contours d'un ensemble mal entretenu de bâtisses de granit. La maison était grande, bien plus que dans le souvenir de Maddie. Elle possédait un long toit qui semblait, ce qui était plus inquiétant, un peu affaissé. L'avait-elle remarqué au printemps ? Elle ferma les yeux pour mieux fouiller sa mémoire. Les jacinthes se blottissaient sous les arbres et envahissaient les anciens parterres. Les bleus, le gris et le vert se mêlaient au parfum de l'ail des ours. Elle ne se souvenait absolument pas de l'état du toit. Les yeux rouverts, Maddie scruta la masse de formes.

Tant de fenêtres, et quatre cheminées, compta-t-elle... Elle ne s'attendait pas à un… vieux manoir. Comment avait-elle pu oublier pareille ampleur ? Lorsqu'était arrivé le courrier lui annonçant cet héritage, elle s'était imaginé un petit cottage ou un pavillon ; or Trevenen n'avait rien de petit. Sa gorge se serra. Dans quoi se lançait-elle ? On était loin de la simple maison entourée d'une clôture blanche : des fenêtres à meneaux et des responsabilités, voilà ce qui l'attendait. C'était de la folie, mais avait-elle le choix ? Pas vraiment. Comme la maison de Londres valait plus qu'une vieille propriété dans ce coin reculé de Cornouailles, elle l'avait vendue pour faire face aux frais.

Réprimant un bâillement, elle descendit de voiture et prit une profonde inspiration. L'odeur de terre humide l'apaisa. Doucement, elle referma la portière. Hannah dormait allongée sur la banquette arrière, où elle s'était réfugiée dès qu'il était apparu évident que la voiture serait réparée, mais que cela prendrait du temps. Le mécanicien était un maître de l'euphémisme.

Leur nouveau voisin descendit de sa voiture. Elle n'en revenait pas de la gentillesse dont il avait fait preuve, compte tenu des circonstances. Au lieu de les laisser se débrouiller, au risque qu'elles se perdent de nouveau, Mark les avait guidées dans le labyrinthe de petites routes qui conduisait à leur nouvelle maison.

— Bonjour, dit-il.

Constatant avec envie que rien dans son allure ne laissait deviner qu'il avait passé la nuit dehors, Maddie scruta son visage à la recherche de cernes, mais n'y trouva que de hautes pommettes et une bouche aux lèvres pleines. Loin d'être classiques, ses traits formaient une combinaison qui, à son avis, devait faire des ravages.

— Il fait jour depuis un moment, fit-elle remarquer.

— C'est vrai, mais les oiseaux ne nous ont pas encore gratifiés de leur concert.

— C'est ça, le matin, pour vous ? s'étonna-t-elle.

— Oui, ça et une bonne tasse de café.

— Ne me parlez surtout pas d'un luxe pareil maintenant.

À la seule pensée du double expresso que servait le petit café qu'elle fréquentait à Fulham, elle en aurait pleuré, mais sa fatigue était telle qu'aucune dose de caféine n'aurait pu l'enrayer.

— Vous n'avez qu'à venir chez moi.

Maddie le regarda et considéra son offre.

— J'ai hâte de voir Trevenen, répondit-elle toutefois.

— Après vous.

Un large sourire aux lèvres, il exécuta une légère révérence, la main tendue vers la bâtisse. Malgré ses courbatures, elle concentra son attention sur sa nouvelle demeure. Certains tours de fenêtres étaient sculptés tandis qu'ailleurs, les ouvertures se composaient de simples huisseries de bois à guillotine peintes en blanc.

Comme toutes les vitres réfléchissaient la lumière du petit matin, elles ne révélaient rien de l'intérieur. Trevenen semblait saine, quoique froide et vide. À sa gauche, si sa mémoire était exacte, se trouvait la porcherie, qui n'avait plus de toit, tandis que derrière, à l'autre bout de la cour, se dressait l'écurie. Les corps de bâtiments formaient un vaste « U », dont la maison occupait le pan est.

Après une profonde inspiration, elle s'avança dans le chemin envahi d'herbes qui menait à la porte. Elle sortit une grosse clé de sa poche et l'essaya. En forçant un peu, elle sentit la serrure se débloquer et elle tourna la poignée, mais la porte ne bougea pas. Un nœud à l'estomac, elle essaya de nouveau en poussant sur la peinture écaillée de l'autre main. Un peu de courage. C'était tout de même excitant : Trevenen lui appartenait.

Après un craquement, un souffle d'air sentant le renfermé la cueillit tandis qu'elle franchissait le seuil en trébuchant. Le dérangement souleva un tourbillon de poussière, et les murs semblèrent pousser un soupir. Le sol était jonché d'ombres et de mouches mortes. Maddie serra ses bras autour d'elle.

— À votre avis, l'électricité fonctionne ? demanda-t-elle en se tournant vers Mark avec un sourire las.

— Normalement…

Les lourds rideaux tirés, qui piégeaient l'odeur d'humidité, ajoutaient au sentiment d'abandon. La tête haute, Maddie fit de la lumière. Tout irait bien… un jour. Elle et Hannah avaient un toit sur la tête et elles allaient reconstruire leur vie. Il lui fallait maintenant regarder de l'avant et laisser les douloureux souvenirs derrière elle. Mark la rejoignit, et elle sentit son souffle lui caresser la joue. Elle s'écarta. Elle n'aurait pas pu tomber sur un homme plus différent que son mari. Avant sa maladie, John était un bel homme grand et mince aux cheveux clairs.

En fermant les yeux, elle le revit penché sur son ordinateur, saisissant comme un fou son dernier article avant la date butoir, ses jolies boucles lui tombant devant les yeux. À la fin, il avait perdu l'intégralité de sa douce chevelure.

— Voulez-vous que je fasse brièvement le tour pour vous ? demanda Mark tandis qu'elle tortillait une mèche détachée de son chignon.

— Merci.

Balayant de nouveau l'entrée du regard, Maddie remarqua la poussière et les toiles d'araignée. Elle réprima un frisson. La maison était glaciale.

— Il n'y a pas de fantômes, n'est-ce pas ?

— Trevenen n'est pas hantée, assura-t-il.

Elle inspira et jeta un coup d'œil aux portes fermées, couvertes d'une laque blanche que le temps avait jaunie. Maddie savait que cette couleur n'était pas le produit d'un simple mélange, qu'elle ne s'obtenait qu'après des années d'exposition à la lumière.

— Pas de fantômes, promis. Il y en a dans plusieurs autres maisons du coin, mais pas à Trevenen.

— Vous m'avez l'air d'un expert.

— Absolument pas.

Avec un large sourire, il disparut dans l'escalier.

Le bois de la balustrade n'était pas peint ; pourtant, le grain en était à peine visible. Maddie s'approcha. La sueur et les mains grasses avaient foncé et lissé le chêne. La couleur des balustres était trois teintes plus claires.

Chaque marche était creusée en son centre. Subitement, Maddie releva les yeux, car quelque chose avait attiré son attention ; mais, il n'y avait rien. Elle se frotta les bras.

Appuyée contre le mur, elle chassa par la volonté l'appréhension qui lui étreignait le cœur. L'unique ampoule qui pendait du plafond éclairait le papier peint d'une pâle lueur. Le motif à fleurs faisait presque oublier les tableaux accrochés aux murs ; néanmoins, une photographie jaunie se détachait du lot. Qui étaient les trois femmes représentées ? se demanda-t-elle. Et Daphne Penventon figurait-elle parmi elles ? Effleurant les murs d'une main, qui ondulait au gré des irrégularités de la surface, elle poursuivit, perdue dans ses pensées, sa visite de l'entrée. Grâce à Daphne Penventon, elles allaient pouvoir prendre un nouveau départ, elle et Hannah. Maddie possédait maintenant Trevenen, même si cela lui paraissait encore un peu irréel.

Cette sécurité lui permettrait sans doute de retrouver l'inspiration. Lorsque John était malade, elle aurait aimé peindre sa douleur, ses espoirs et son amour, mais le temps lui manquait. Or, maintenant qu'elle était disponible, elle se sentait vide. Qu'allait-elle faire ? Il lui fallait un projet, mais par où commencer ? Comment sa vision de la vie auparavant si limpide avait-elle pu devenir si opaque ?

Lorsqu'elle pénétra dans la cuisine, son regard tomba sur l'immense fenêtre qui en dominait un mur. Ses carreaux en verre soufflé déformaient le paysage à l'extérieur. Elle secoua la tête et se détourna. De grosses poutres noires traversaient le plafond, mais la peinture avait jauni un peu partout, et de manière irrégulière, au détriment des boiseries. Maddie tenta d'estimer la date de la dernière rénovation. À en juger par les équipements, les travaux les plus récents devaient remonter aux années 1950, voire plus tôt. Dans la cheminée était insérée une cuisinière visiblement très utilisée, mais peu souvent nettoyée. Comme le reste d'ailleurs. Non seulement toutes les surfaces disparaissaient sous la poussière, mais une odeur de moisi planait dans l'air.

Maddie se pencha au-dessus du vaste évier blanc et souleva le loquet de la fenêtre pour laisser entrer l'air frais du matin. Des cadavres d'insectes s'entassaient dans les coins de part et d'autre, et une toile d'araignée s'était accrochée à l'encadrement. Aucune trace de la propriétaire. On aurait dit que tous les habitants de Trevenen étaient partis à la hâte sans rien emporter.

Il restait même un fond de thé moisi dans la théière, le dernier que Daphne avait dû se préparer. Maddie l'avait-elle remarqué lors de sa précédente visite ? Des bruits de pas annoncèrent l'arrivée de Mark dans la cuisine. Réprimant une forte envie de pleurer, elle se tourna vers lui.

— C'est extrêmement gentil à vous d'être resté.

— Abandonner deux damoiselles en détresse ? s'esclaffa-t-il, les yeux au ciel. Ma réputation en serait à jamais ternie.

Maddie rit. Vu son physique et son sourire, sa popularité ne devait pas avoir grand-chose à craindre, mais que lui importait ?

Une fois son voisin parti, Maddie s'inquiéta de sa belle-fille. L'adolescente était toujours endormie dans la voiture. Tant mieux. L'une des deux, au moins, serait reposée. Sous un soleil déjà plus chaud, Maddie contempla les lieux autour d'elle.

La pelouse ressemblait à une prairie, et il y avait plus de mauvaises herbes que de fleurs dans le jardin, mais ce cadre verdoyant donnait un air joyeux à la maison.

Afin de dresser une liste des choses à faire, elle entreprit le tour de la maison. Un rosier grimpant avait envahi l'arche menant devant. De cette voûte, des rampants sauvages gagnaient le petit appentis voisin, dont un carreau cassé avait permis à la plante de pousser à l'intérieur. Il y avait de quoi s'occuper. Après avoir complété sa liste, elle continua son chemin.

À l'avant, la façade de Trevenen semblait avoir subi des transformations. Visiblement, on avait cherché à lui imposer un certain formalisme, presque georgien, contrairement à l'arrière qui conservait la trace des origines médiévales de la construction et des siècles suivants. Maddie recula pour contempler l'architecture de sa maison. « Ma maison », dut-elle se répéter. Cet édifice ancien lui appartenait, et sa façade bancale la faisait sourire. Alors que celui qui avait tenté d'en rétablir l'équilibre devait avoir été agacé par son échec, le résultat plaisait beaucoup à Maddie, car les grandes fenêtres de style georgien captaient la lumière du matin. Cette même lumière faisait apparaître la trace d'un agrandissement. Dans la partie plus récente du bâti, les pierres, de taille différente, étaient de forme plus régulière. Maddie s'approcha de la jointure et y passa la main. Un faible gémissement s'éleva alors autour d'elle. Ses doigts s'immobilisèrent, et la chair de poule lui hérissa le bras. Du regard, elle chercha à repérer d'où provenait le bruit, mais ne vit que le jardin envahi d'herbes, baigné par le soleil de cette fin août. Une guêpe endormie lui tournait autour des genoux. Elle cligna des yeux et retira sa main. La plainte s'arrêta. Après un haussement d'épaules, elle traversa le jardin d'un pas nonchalant jusqu'au pin de Monterey dressé tout au fond. Les branches de ce géant se tendaient vers le ciel en ordre asymétrique. Des taches de bleu surgissaient à travers sa ramure. Elle repoussa l'élan créatif que suscitait cette vision.

La peinture devrait attendre. Pour le moment, elle avait une maison à découvrir et du ménage à faire avant l'arrivée de leurs affaires, d'ici quelques jours.

Par un trou dans la haie, elle s'aventura plus loin dans l'ancien potager : des piquets nus dressés parmi les herbes folles. En se penchant sur un carré, elle découvrit des pieds d'épinards qui devaient s'être replantés tout seuls. Ce jardin repartirait sans gros efforts. Certes, il avait besoin d'un bon nettoyage, mais cela en valait certainement la peine. Peut-être parviendrait-elle même à y intéresser Hannah.

Une fois redressée, Maddie balaya l'horizon du regard. Au bout du jardin, les arbres se raréfiaient, et la vue se dégageait. Elle s'avança et contempla les champs qui s'enfonçaient dans un pli profond couvert d'une épaisse forêt. Sans doute un ruisseau courait-il au fond, mais Maddie ne pouvait le voir. Les champs remontaient de l'autre côté. Les yeux mi-clos à cause du soleil, elle apprécia la mosaïque de labours, de cultures et de prés délimitée par les contours irréguliers des haies.

Pour revenir vers la maison, elle traversa le verger. Tous les arbres croulaient sous les fruits. Elle voulut cueillir une pomme, mais celle-ci résista. Encore un mois, et elle serait mûre, se dit Maddie, émerveillée par la variété de pommes et de poires qui l'entourait. Tous ces verts, ces rouges, ces ocres, ces jaunes lui démangeaient les doigts. Il lui tardait de se remettre à peindre.

De retour à l'intérieur, elle commença à se familiariser avec son nouveau logis. Le notaire lui en avait brièvement brossé l'historique. Au départ, Trevenen présentait deux pièces à l'étage et une pièce au rez-de-chaussée avant sa transformation en petit manoir. De plan en « L », la maison présentait, au bout, une grande cuisine qui s'avançait dans la cour. Au rez-de-chaussée de la partie allongée, un grand couloir distribuait les pièces de réception, les plus anciennes étant séparées des plus récentes par l'entrée.

En chemin, Maddie ouvrit toutes les portes et fenêtres. Chaque pièce, unique, avait manifestement eu sa fonction par le passé, ce qui n'était plus le cas depuis longtemps, au vu de ce qui restait des affaires de Daphne. C'était une grande maison à entretenir pour une vieille dame seule. À côté de la porte donnant sur la cour, une vieille veste en toile cirée était accrochée à une patère. Dessous se dressait une paire de bottes très fatiguées. En touchant les gants couverts de boue séchée posés sur le rebord de fenêtre, à côté d'un sécateur, Maddie s'interrogea sur sa bienfaitrice. Comment Daphne était-elle morte ? Avait-elle défailli alors qu'elle rentrait boire une tasse de thé après une séance de jardinage ? C'était l'impression que tout donnait.

Délaissant la porte de derrière, Maddie pénétra dans la salle à manger, où trônait une belle longue table entourée de chaises dépareillées. Elle en distingua trois de style Chippendale ; les autres devaient dater de l'époque victorienne. À l'ouverture d'un placard, sur le côté de la cheminée, le souffle souleva les cadavres de mites posés sur la porcelaine. Maddie éternua et chassa la poussière d'un geste de la main, mais sans succès.

Elle quitta la salle à manger et se retrouva dans l'entrée. Le soleil qui s'engouffrait par la haute fenêtre du palier jouait sur les rectangles de tailles différentes des dalles au sol. Leur large surface usée était sillonnée de veines et de marques. Tentée par cette invitation au jeu de marelle, Maddie sauta à cloche-pied jusqu'à l'escalier.

Le rire la gagna, accompagné d'une sensation de légèreté qu'elle n'avait pas éprouvée depuis des années. Elle gravit les marches quatre à quatre.

Hannah donna un coup de pied, car quelque chose lui rentrait dans le dos. Éblouie par la lumière à travers ses paupières, les narines assaillies par une odeur de vache, elle crut un instant qu'elle se réveillait, morte, en enfer. Non, elle se trouvait sur la banquette arrière de la voiture. Pourquoi ? Ah oui… Maddie et son idée géniale de venir vivre dans une cahute au fin fond de la Cornouailles. Voilà pourquoi.

Redressée sur son séant, elle considéra son environnement. À gauche se dressait ce qui ressemblait à une écurie ; devant elle, deux murs écroulés, sans toit et ni eau courante, c'était sûr. Super. L'affreuse belle-mère avait encore frappé : elle l'arrachait de Londres pour l'enterrer dans ce trou à rats. Si c'était ça, la maison, c'était carrément l'horreur… Sans compter les chauves-souris la nuit et cet écolo baveux, ce Mark, qui ne les avait pas lâchées, enfin surtout Maddie, la veille.

Combien de temps Hannah avait-elle dormi ? Elle se frotta les yeux. Le soleil était haut dans le ciel. Où était Maddie ? En se tournant vers la droite, Hannah découvrit une immense bâtisse avec un toit. Elle était énorme et ancienne, très ancienne.

L'adolescente avait toujours aimé les vieilles pierres ; c'était une passion qu'elle partageait avec son père. Lorsqu'ils visitaient des monuments, ils laissaient toujours un don pour le National Trust, l'organisme de conservation du patrimoine. Voilà qu'elle allait concrétiser l'un de ses rêves et vivre dans un vieux manoir, mais peut-être la vie de château n'était-elle après tout pas si rose. Que, grâce à Maddie, elle allait devoir, une fois de plus, se confronter à de dures réalités.

Délaissant la voiture, elle se perdit dans le dédale de granit, d'ardoises et de fenêtres. Par endroits, l'assemblage des murs semblait suivre un certain ordre, la taille des pierres s'échelonnant des plus grosses aux plus petites vers le haut, mais ce n'était pas toujours le cas. Hannah recula et se demanda si la maison était un ajout, car il lui semblait déceler une jointure sur le pan d'un mur. Cependant, la ligne n'était pas droite. On aurait dit que le maçon était ivre, ou peut-être la maison avait-elle bougé au fil du temps.

Parmi les fenêtres, toutes de formes et de tailles différentes, celle qui saillait au-dessus de la porte de derrière lui faisait penser à une fileuse penchée sur son rouet. Curieuse sensation d'un temps suspendu. Hannah entreprit de faire le tour par l'extérieur et se retrouva ainsi devant l'édifice, que dominait un arbre majestueux ; il faisait paraître la maison toute petite.

Enveloppée par son doux parfum de pin, elle se tourna vers lui. Même si cela ne lui était pas arrivé depuis longtemps, elle se sentait encore capable d'y grimper. En se balançant à la branche du bas, elle se remémora sa première fois, au parc de Windsor. Son père lui avait appris à étudier les arbres avant de se lancer à leur assaut. Celui-là lui aurait plu : il était fait pour l'escalade. Hélas, jamais son père ne le verrait puisqu'il était mort en la laissant toute seule.

Son téléphone lui signala l'arrivée d'un message. *Alors, ckomen ? et avec la sorcière ? Biz*, lui demandait Abi, sa meilleure amie. Hannah marqua une pause et considéra l'édifice. Ce n'était pas si mal. *Kaze cool. Sorcière fidèle à elle-mm. Biz.*

Hannah sauta à terre et songea qu'elle était peut-être un peu dure avec Maddie. Au même instant, elle entendit la voix de sa belle-mère. À qui parlait-elle ? L'autre type était-il toujours là ? Pourquoi les hommes la trouvaient-ils toujours tant à leur goût ? Hannah n'avait jamais compris ce que son père lui trouvait. Pour quelle raison avait-il épousé cette grande brune mince, à la crinière frisée et à l'accent snob ? Le sexe. Ce ne pouvait être que ça.

Son ventre gronda. Elle avait faim. Elle poursuivit néanmoins sa visite. Avec un peu de chance, elle reviendrait à son point de départ et trouverait quelque chose à manger, peut-être dans la voiture. Lentement, elle arriva devant l'écurie dans la cour. La boucle était bouclée. Aucun signe de la sorcière. Hannah sortit son sac de la voiture et, tout en se dirigeant vers la maison, fureta à la recherche d'une barre chocolatée.

À l'intérieur, les murs étaient couverts d'un papier à fleurs sombre. Bonjour les années quarante. Peut-être qu'en s'imaginant participer à l'une de ces émissions de téléréalité qui ne duraient que quelques semaines, Hannah parviendrait-elle à survivre. Puis, comme par magie, la vie reprendrait son cours... Une normalité toute relative, sans son père.

En haut de l'escalier, Maddie ouvrit la première porte et pénétra dans une pièce très peu meublée. Un couvre-lit au crochet protégeait le lit double. Le papier peint et les rideaux étaient ornés de petites roses. Elle s'avança jusqu'à la fenêtre et regarda en bas dans la cour, puis les champs au-delà. Ils étaient peuplés de vaches.

D'après le notaire, Daphne avait tenu la ferme jusqu'à ses quatre-vingts ans, mais les prés étaient désormais loués à un autre éleveur. Cela constituait un petit revenu opportun. Maddie fronça les sourcils. Elle ne voulait pas y penser pour l'instant.

Le parquet craqua sous ses pas lorsqu'elle passa dans la pièce suivante – celle dont la fenêtre en saillie surplombait l'entrée de derrière. Elle devait avoir servi de bibliothèque. Deux murs étaient bordés d'étagères, et un grand bureau trônait dans le bow-window. Un petit sofa agrémenté de coussins brodés était poussé contre le mur nu, auquel était suspendue une jolie marine à l'aquarelle. Malgré la tentation, Maddie résista à l'envie de sortir un livre des étagères ; elle avait encore beaucoup à explorer.

De retour dans le couloir, Maddie considéra les portes et comprit que la pièce dont elle se souvenait de sa précédente visite se trouvait en fait dans la partie « récente » de la maison. Elle était beaucoup plus spacieuse que toutes celles-ci, même celle haute de plafond, si ce n'est un peu étroite, située au-dessus de la cuisine. Après avoir ouvert quelques fenêtres, elle descendit dans la salle de séjour, au rez-de-chaussée.

Sans s'y attarder, elle se demanda si le sol d'origine était encore là, sous l'épouvantable moquette, une horreur à poil long des années 1970 qui ne le cédait en rien aux sanitaires vert avocat. Le mobilier, en revanche, était ravissant, et les quelques meubles lui restant de ses parents s'intégreraient très bien.

Elle ferma les yeux. Inutile de revenir sur ce qu'elle avait dû vendre. Dans la petite pièce suivante, elle découvrit ce qui avait dû être le bureau de Daphne. Lui aussi possédait une belle grande fenêtre. En revanche, le mobilier, sobre, se limitait à quelques caissons de rangement, une table et une chaise. Maddie jeta un coup d'œil aux documents posés sur le bureau ; il ne s'agissait que de vieilles factures. Inutile de s'en préoccuper, d'autres arriveraient bien assez vite.

Sous l'escalier, Maddie jeta un coup d'œil aux toilettes avant de s'arrêter, en montant, pour regarder par un oculus. Une fois dans la chambre, elle constata qu'elle faisait écho au salon en dessous, sauf qu'il y régnait une atmosphère plus douillette, car le plafond était moins haut. La lumière y pénétrait à flots. Au fond, Maddie explora la vaste salle de bain, située au-dessus du bureau. Rien n'indiquait que cette pièce ait été utilisée par Daphne, ou quiconque d'ailleurs. L'armoire était vide et il n'y avait ni serviette ni affaires de toilette. Peut-être cela faisait-il trop à la vieille dame de s'occuper de cette partie de la maison aussi. Pour Maddie, en revanche, cette chambre serait parfaite, car elle jouissait de la lumière du matin comme du soir.

Un grand lit à baldaquin occupait la majeure partie de la pièce. Trop fatiguée pour résister à son appel, Maddie s'y abandonna, et le matelas s'affaissa sous son poids. Tandis que la poussière qui s'élevait du vieil édredon dansait dans la lumière, Maddie lutta contre l'envie de fermer les yeux. Malgré la fatigue, elle savait que les cauchemars la reprendraient d'assaut au premier sommeil. Elle se força donc à s'asseoir, puis à se relever.

— Hannah ?

La clarté du ton lui envahit l'esprit. Maddie la cherchait.

— Hannah ?

Distinguait-elle une pointe d'anxiété ? Elle sourit. Enfin, le calme était perturbé. D'ordinaire, rien ne parvenait à sortir Maddie de sa bulle de formes et de couleurs. Même pour le tatouage, elle n'avait rien dit. Elle s'était contentée de commenter les jolies nuances de bleu. Elle ne s'était même pas rendu compte que ce n'était pas un vrai ; c'était bien la peine. Elle qui voulait faire rager sa belle-mère, pas un mot plus haut que l'autre. Comme si de rien n'était, Maddie avait continué d'emballer ses fichus cartons de déménagement sans cesser de larmoyer à quel point cette maison en Cornouailles tombait bien.

Hannah s'avança dans le vestibule.

— Te voilà dit Maddie en souriant. Tu as fait le tour ? Qu'est-ce que tu en dis ?

Hannah haussa les épaules.

— Je prends la chambre au-dessus du salon. Tu peux avoir celle que tu veux. Le choix ne manque pas.

Maddie marqua une pause.

— Il te faudra peut-être aussi bouger quelques meubles. Je suis sûre que tu trouveras ce qu'il te faut.

Les yeux au ciel, Hannah gravit l'escalier. Maddie essayait toujours de voir le bon côté des choses. Quand allait-elle enfin comprendre que c'était nul, la vie ?

Malgré ses allées et venues, la jeune fille ne parvenait pas à se décider entre les pièces. Le plus loin possible de Maddie serait le mieux, en tout cas. La chambre dans laquelle elle se tenait maintenant s'étendait sur la largeur entière de l'édifice. Elle se situait juste au-dessus de la cuisine et possédait une jolie cheminée. Elle ne présentait pas un foyer aussi grand que celle du rez-de-chaussée, mais elle était d'une délicate élégance avec son tour en bois blanc et sa petite grille noire.

La plupart des pièces étaient meublées de bric et de broc. Puisque Maddie avait dit qu'elle pouvait se servir, cela ne pesait pas dans sa décision. Autant s'en tenir simplement à la chambre la plus éloignée de celle de Maddie.

Appuyée contre la cheminée, Hannah se demanda si le conduit fonctionnait. Cela pourrait se révéler utile puisque sa belle-mère ne savait pas si la maison était chauffée. Elle s'en préoccuperait plus tard, avait-elle dit. N'importe qui aurait fait vérifier avant d'emménager, mais non, bille en tête, Maddie avait vendu la maison de Londres. Prétendument parce qu'elle y était obligée pour régler les factures de son père. N'importe quoi ! Elle n'avait qu'à vendre celle-là, plutôt. Cette vieille bicoque devait bien avoir de la valeur pour quelqu'un.

Un oiseau se posa sur le bord de la fenêtre.

« Zut, une pie : mauvais présage... » Hannah n'était-elle pas trop grande désormais pour ces stupides superstitions d'enfant ? Non, pas lorsqu'il s'agissait d'une chose que lui avait enseignée son père, bien avant que sa belle-mère ne fasse son apparition. Hannah s'approcha de la fenêtre pour contempler de plus près le brillant plumage noir. La tête inclinée, l'oiseau la regarda avant de s'envoler. Une jolie coiffeuse se trouvait devant la fenêtre. Elle disparaissait presque sous la poussière, mais le bois avait l'air beau. Hannah s'y installa. De là, la fenêtre offrait une vue magnifique sur l'immense arbre et la pelouse. À travers les branches, elle apercevait le pré, de l'autre côté de la route, dans lequel des vaches paissaient tranquillement au soleil. Des effluves de bouse lui parvinrent par la fenêtre ouverte. Il fallait toujours que quelque chose vienne tout gâcher.

Elle se détourna de la vue. Sa décision était prise. Une fois la grande armoire récupérée à côté, cette chambre serait parfaite. Cette idée ne l'enchantait pas vraiment, mais la situation était moins grave que ce qu'elle avait imaginé.

Deux

Le week-end prolongé était terminé, et Maddie ne s'était pas arrêtée une minute, mais au moins maintenant, la maison était propre et aérée. Une pluie fine adoucissait les contours du grand arbre qu'elle contemplait par la fenêtre. Elle avait les doigts à vif et il planait une odeur de vinaigre que les roses qu'elle avait cueillies dans le jardin et placées dans un vase sur la table de la cuisine masquaient un peu, mais pas complètement. Avec un soupir, elle se laissa choir sur une chaise. Le thé était prêt, mais elle n'avait plus la force de le servir. Ce serait merveilleux si quelqu'un pouvait venir le faire à sa place. Elle bloqua sa respiration. Elle était seule. Il n'y avait plus personne pour l'aider à rien, ni pour le thé ni pour élever Hannah.

L'adolescente boudeuse arriva dans la cuisine, son air maussade en partie seulement dissimulé derrière ses cheveux. Ce n'était quand même pas si terrible d'être ici. Certes, ce n'était pas Londres, mais Trevenen était magnifique. Maddie ravala le commentaire qu'elle avait sur le bout de la langue. Que lui arrivait-il ? Devenait-elle folle ? Était-ce le chagrin ? Ou la bagarre continuelle avec Hannah avait-elle eu raison de ses émotions ? La colère était-elle désormais son état normal ? Ou y avait-il autre chose ? Quoi qu'il en soit, elle avait bien du mal à maîtriser son maelstrom intérieur. Peut-être souffrait-elle, à trente-huit ans, de ménopause précoce ? Il y avait forcément une raison.

Hannah s'assit lourdement. La poussière et la culpabilité s'abattirent sur les épaules de Maddie. Elle fronça les sourcils. L'adolescente lui semblait amaigrie. Les événements qui avaient conduit à ce déménagement les avaient marquées toutes les deux.

Maddie se leva pour servir un verre d'eau à sa belle-fille. Lorsqu'elle le lui tendit, elle vit Hannah examiner la pièce autour d'elle d'un air renfrogné. Certes, les lieux n'avaient pas fière allure, mais Maddie savait qu'elle en tirerait quelque chose.

Trevenen semblait presque lui parler. Peut-être était-ce à cause de toutes les petites choses qu'elle ne cessait de découvrir. Les jolies boiseries dans le salon qui lui rappelaient l'intérieur d'un bateau ou la courbe de l'escalier qui montait à sa chambre.

Elle contempla la cuisine. La maison paraissait saine, à part le toit, qui avait besoin de quelques réparations. Elles pouvaient y vivre en l'état. Malgré sa décoration, Trevenen avait du charme. Le fait d'y penser remua quelque chose en elle. Le manoir lui appartenait. Cela prendrait du temps, mais elle le remettrait au goût du jour. Elle se leva et passa la main sur le linteau, car elle venait de remarquer des initiales gravées dessus : *TP 1595*. Une maison de cet âge avait forcément des tas d'histoires à raconter. Qui était TP ? Un Penventon ?

Hannah se balança en arrière sur sa chaise, qui grinça. Maddie se tourna vers elle et sourit. Ce matin, elle était pleine d'optimisme, une sensation qu'elle avait failli totalement oublier. Avant, le verre était toujours à moitié rempli, mais, dernièrement, il était plus que vide. Elle redressa les épaules. Cela allait marcher, elle parviendrait à arranger les choses avec Hannah ; elle allait s'y employer dès à présent.

— Tu as eu des nouvelles d'Abi ?

Hannah leva les yeux au ciel.

— Je prends ça pour un oui.

Hannah tourna les paumes vers le plafond, l'air de dire « Si tu veux ». Maddie eut un mouvement de recul, puis décida de revenir à la charge.

— Elle va certainement vouloir venir te voir. La Cornouailles, c'est branché et...

Voyant Hannah faire la grimace, elle poursuivit avant que la jeune fille n'ouvre la bouche :

— C'est aussi un nouveau départ pour nous.

Hannah croisa les bras sur sa poitrine et regarda par la fenêtre.

Maddie se devait de continuer d'essayer. Sinon, elle le sentait, Hannah ne ferait que dresser un mur encore plus haut. Alors, elle tira une chaise et s'assit en face d'elle, puis inspira.

— Je sais que c'est difficile pour toi.

— Quoi ? Tu plaisantes, j'espère ? L'adolescente lui lança un regard furieux.

Maddie redressa le dos et se força à continuer.

— Pas du tout.

— Tu es encore plus dingue que je croyais.

Hannah se leva pour quitter la cuisine.

Maddie soupira. Peut-être n'était-ce pas le moment d'essayer d'améliorer leurs relations. Elles étaient toutes les deux trop fatiguées pour cela.

— Bonjour ! lança une voix d'homme.

— Oh ! c'est pas vrai, revoilà ce type.

Hannah s'arrêta sur le seuil.

Maddie se leva.

— Salut, Mark.

— La maison a déjà meilleure allure.

Il parlait par-dessus la tête d'Hannah, qui lui barrait le passage. Maddie sourit, ravie que quelqu'un le remarque.

— On m'envoie vous porter des saucisses et de la purée.

Avec un large sourire, il manœuvra pour passer devant Hannah.

D'une chiquenaude, l'adolescente chassa les cheveux de ses yeux.

— Vous êtes candidat à *Cauchemar en cuisine* ou quoi ?

— Non, mais, comme il va falloir plusieurs jours pour qu'on vienne vous remettre la cuisinière en marche, un bon plat chaud ne se refuse pas.

Hannah grogna. Maddie se raidit. Il toussota et se redirigea vers la porte.

— Je vous laisse à votre découverte des joies de Trevenen. Appelez, si vous avez besoin de quoi que ce soit. La plupart du temps, je travaille de chez moi.

— Qu'est-ce que vous faites ? Du sauvetage de chauves-souris ? ironisa Hannah.

— Je suis architecte, mais je ne construis pas de grottes pour les chauves-souris.

— Je vous raccompagne.

Maddie jeta un coup d'œil à Hannah. Bien que consciente de fuir le problème, elle s'efforça de penser à autre chose. Se laissant guider par ses pas, elle quitta la cuisine. Dans l'entrée, la photo qui l'avait intriguée à son arrivée lui tomba sous les yeux. Elle s'arrêta.

— Mark ? C'est Daphne Penventon sur la photo ?

Il la rejoignit.

— Je crois que oui, au milieu.

Il scruta Maddie du regard, puis revint à la photo. Vous ne savez vraiment rien d'elle ?

— Rien du tout.

— Comme vous pouvez le constater, c'était une belle femme. Il paraît qu'elle en a brisé, des cœurs.

Maddie hocha la tête.

— Elle était mariée ?

— Non.

— Je me demande pourquoi, fit-elle.

Il la regarda.

— Je crois qu'elle a perdu son fiancé à la guerre.

Les femmes ne souriaient pas. Néanmoins, Maddie avait l'impression qu'elles lui souhaitaient la bienvenue. D'un doigt, elle caressa le portrait de Daphne tout en essayant de deviner son âge. Son cœur était-il encore entier à cette époque ? Être jeune de nouveau et avoir toutes ces décisions devant soi... Daphne aurait-elle choisi de tomber amoureuse du même homme si elle avait su qu'elle resterait vieille fille toute sa vie à cause de cela ? Avait-on le choix en la matière ? Vieille fille ? Veuve ? Maddie ferma les yeux. Elle-même s'y prendrait-elle différemment ? Elle connaissait la réponse, mais on ne pouvait pas, hélas, revenir en arrière.

Quand elle fut dehors, les choses lui parurent moins sinistres sous le soleil. Elle fut éblouie par les éclats de mica dans le granit des murs de la porcherie. La dépendance ferait un parfait atelier avec cette lumière, mais, sans toit, c'était un rêve impossible. Il fallait d'abord s'occuper de la maison. Lorsqu'ils eurent rejoint le 4 x 4 de l'architecte, elle s'arracha à ces pensées pleines d'odeur de moisi et de taches d'humidité.

— Merci pour tout. Je ne sais pas ce qu'on aurait fait sans vous.

— Vous m'auriez bloqué la route, sans doute.

En appui contre le véhicule, Maddie ne put s'empêcher de rire en absorbant la chaleur du métal. Pourquoi avait-elle si froid ? Il faisait pourtant chaud.

— Merci encore.

Elle tendit la main et la regarda disparaître dans la poigne solide de Mark.

Il se produisit un déclic, et elle eut un mouvement de recul. En levant les yeux, elle surprit un éclair de malice dans ses yeux.

— Ce fut un plaisir. Porter secours aux jolies femmes, c'est ma spécialité, dit-il en grimpant dans son Land Rover.

— C'est ce que j'ai cru comprendre.

Maddie sentit sa gorge se nouer. Cela faisait une éternité – depuis John pour être exacte – qu'on ne lui avait pas dit qu'elle était jolie.

Tandis qu'elle suivait la voiture des yeux, elle remarqua les nuages qui s'accumulaient à l'est. La douleur de la mort de John ressurgit. Elle avait fait tout ce qu'elle pouvait pour le garder en vie. Elle avait tout donné, mais cela n'avait pas suffi. Des larmes lui coulèrent sur les joues. Elle s'arrêta près d'une rose, dont un rayon de soleil éclairait les pétales rouge sang. Une fois de plus, Maddie sentit son cœur se briser en mille morceaux.

— Hannah, il faut qu'on y aille.

Perchée en haut de l'escalier, Maddie attendait.

— Hannah ? appela-t-elle de nouveau en se dirigeant vers la chambre de sa belle-fille au bout du couloir.

— Oui, oui. J'arrive, répondit Hannah en claquant sa porte.

— On a rendez-vous, et je ne veux pas être en retard.

— Oui, je sais. C'est ta hantise, d'être en retard.

Maddie lui jeta un regard en coin, mais la devança sans un mot vers la voiture.

— Ta ceinture !

— Sans blague ?

Maddie passa la marche arrière. Elle redoutait ce trajet et elle s'accrochait au volant comme une vieille dame à la vie. Le rétroviseur lui révéla la présence d'un nouveau cheveu blanc, un phénomène qui avait débuté le jour des obsèques de John. Ce jour-là, au réveil, elle en avait compté dix sur sa tête, qu'elle avait aussitôt arrachés. Malgré sa vigilance, ils revenaient depuis avec une régularité alarmante.

S'autorisant à détourner les yeux de la route, elle constata que sa compagne fixait les haies au bord du chemin. L'idée de changer de collège perturbait forcément la jeune fille. Cela ne pouvait pas tomber plus mal, car elle passait des examens en fin d'année.

— Alors, dans quelle école on va ?

— D'abord, Mullion. Ce n'est pas l'idéal, car tu n'y feras qu'un an avant de devoir changer d'endroit. L'autre, c'est Helston.

Hannah se tourna vers Maddie.

— Pourquoi un an seulement ? On retourne à Londres après ?

— Non, c'est juste qu'il te sera plus facile, me semble-t-il, de t'intégrer dans un plus petit établissement.

Hannah leva les yeux au ciel.

— Je sais que ce n'est pas ce que tu voulais, mais on n'a pas le choix.

Elles devaient déjà s'estimer heureuses, car il n'avait pas été facile d'obtenir une place. De nouveau, Maddie consulta ses rétroviseurs et se demanda si elle s'habituerait jamais à conduire sur ces petites routes.

— On aurait pu rester à Londres.

— Non.

— Pourquoi ? demanda Hannah.

— Je te l'ai déjà dit. On était au bord de la ruine.

— Tu as de l'argent.

— Non, c'est faux.

Maddie marqua une pause.

— Au cas où tu ne l'aurais pas remarqué, je n'ai pas

travaillé la dernière année où ton père était encore en vie.

— Tes parents t'en ont laissé un paquet.

Maddie fronça les sourcils.

— Pas tant que ça et, de toute façon, tout a été dépensé.

L'argent leur avait filé entre les doigts. Sa gorge se serra à l'idée des sommes englouties.

— C'est facile de tout mettre sur le dos de papa maintenant qu'il n'est plus là.

Hannah pinça les lèvres.

— Je ne lui mets rien sur le dos. Ce sont des décisions que nous avons prises ensemble. Je l'ai soigné. Je n'ai pas travaillé. Si je ne peins pas, je n'ai rien à vendre. C'est simple.

— Si, tu l'accuses.

Maddie se passa la main dans les cheveux.

— Non, c'était aussi ma décision. Flûte ! je viens de rater la bifurcation. Ce n'est vraiment pas une bonne idée d'avoir ce genre de discussion pendant que je conduis.

— Ce n'est jamais le moment avec toi. Tu trouves toujours un prétexte pour esquiver.

Furieuse, Hannah regarda de nouveau par la fenêtre.

Les prospectus de l'école gisaient sur son bureau. Hannah ne voulait pas y penser pour l'instant. La reprise était pour bientôt, et elle devait arrêter son choix rapidement, mais on était encore en août. C'était l'été. Interdiction de penser à l'école. Le seau à ses pieds était rempli de l'eau la plus sale qu'elle ait jamais vue. Elle frissonna à l'idée d'avoir dormi dans une crasse pareille. Néanmoins, elle avait passé une très bonne nuit, la meilleure depuis la mort de son père. Sans doute avait-elle été assommée par toute cette odeur de bouse. À vrai dire, elle ne la sentait plus. S'y était-elle habituée ou les vaches ne faisaient-elles plus de bouses ? Mieux valait ne pas trop réfléchir à la question.

La pièce était enfin propre ; il ne lui restait plus qu'à repeindre les murs. Pourquoi n'avaient-elles pas acheté le nécessaire lors de leur dernière sortie ? Il allait de nouveau falloir prendre la voiture avec Maddie accrochée au volant comme si sa vie en dépendait.

Vraiment, elle était trop. Aux entretiens dans les écoles, elle avait joué les artistes branchées que les galeries s'arrachaient à Londres. Or sa dernière expo remontait à plus de trois ans.

Hannah se laissa tomber sur le lit. C'était juste avant que son père ne tombe vraiment malade. Il travaillait encore, à l'époque, et Maddie n'était pas très présente, car elle passait son temps à peindre. C'était la belle vie. Son père travaillait de la maison, et Maddie, dans son atelier.

Les couleurs du grand rosier cent-feuilles qui ornait les murs devinrent floues. De grandes taches fondues. D'un poing serré, Hannah essuya ses larmes. Son père n'était plus là. Fin de l'histoire. Maintenant, elle devait vivre au fin fond de la Cornouailles avec une méchante belle-mère. C'était quoi, son truc, à cette femme ? Son père s'en était entiché sur-le-champ. Il l'avait rencontrée alors qu'il écrivait un article sur les galeries à Londres. Comme ses tableaux étaient exposés dans l'une d'elles, il l'avait interviewée. Cela avait été le début de la fin, mais il était heureux, comme jamais depuis bien longtemps. Lorsque sa mère les avait quittés, il avait fermé la porte à la vie. Certes, Maddie l'avait rouverte, mais elle aurait dû partir ensuite.

Des bagages non défaits attendaient dans un coin de la pièce. Hannah s'empara de son sac à dos et, les doigts tremblants, sortit la photo de son père. Elle l'avait prise un jour où ils étaient allés passer la journée ensemble à Brighton. Il arborait un large sourire et tenait une énorme glace qui n'était pas pour lui, mais pour sa fille. Quelques instants après la prise de vue, la boule au chocolat s'était écrasée sur le trottoir. Ce qu'ils avaient ri, et, lorsqu'ils s'en étaient remis, il lui en avait racheté une autre. Il était si gentil. Tout allait toujours bien avec lui, même lorsque le monde allait mal. Elle rangea la photo dans le sac, car la regarder ne le ramènerait pas ; rien ne le pourrait.

Maintenant, il fallait faire quelque chose, comme traîner une armoire jusque-là pour terminer la pièce. Le problème était : comment s'y prendre sans avoir recours à Maddie, car le meuble mesurait bien quinze centimètres de plus qu'Hannah. D'ailleurs, il était fort peu probable qu'elles y parviennent à elles deux. Merde, il leur faudrait demander de l'aide.

— Hannah. Je vais prendre un bain. Crie si tu as besoin de moi ! lança Maddie du rez-de-chaussée.

« C'est sûrement la première chose qui me viendrait à l'idée ! » songea Hannah en se dépêchant de descendre au rez-de-chaussée. Finalement, cette maison ne serait pas si mal. En s'y prenant bien, il serait possible d'éviter Maddie complètement ou presque. Voilà qui changerait. À Londres, comme la maison était plus petite, il était pratiquement impossible de lui échapper, surtout pendant la maladie de son père. À son réveil, Maddie était là. Au retour de l'école, Maddie était là. Lorsqu'elle s'endormait, Maddie était là. À croire que cette femme se méfiait d'elle ; pas moyen de respirer. Maintenant, elle avait enfin de l'espace ; en revanche, elle n'avait plus d'amis, ni de Londres ni rien à faire. Elle ne gagnait peut-être pas tant que ça au change.

— Non !

Son propre cri réveilla Maddie d'un nouveau cauchemar. Son cœur battait la chamade. Des larmes lui inondaient le visage. Le chagrin était censé s'atténuer avec le temps. C'est ce qu'on lui avait dit, mais, au lieu de s'affaiblir, chacune de ses nuits était plus tourmentée que la précédente. Elle avait beau se répéter de lâcher prise, elle n'y parvenait pas.

Qu'avait-elle fait pour mériter de perdre John ? Selon toute logique, elle n'y était pour rien, mais ce qu'elle avait dû faire après sa mort hantait ses pensées. Elle n'avait fait, contrainte et forcée, que ce qu'il lui avait demandé. Peut-être cela expliquait-il pourquoi elle se débattait encore avec sa conscience. Il fallait beaucoup de temps pour oublier certaines choses, si tant est que ce fût possible. Elle chassa ces pensées.

Si le jour n'était pas encore levé, elle y voyait assez clair pour distinguer la silhouette du pin par la fenêtre. Elle avait dû oublier de tirer les rideaux, la veille. Vivement, elle enfila sa robe de chambre et descendit l'escalier à pas de loup. Un bruit la surprit. Elle s'arrêta sur la dernière marche et retint sa respiration. Il n'y avait personne dans la maison à part Hannah ; pourtant, elle avait perçu un cri. Elle secoua la tête. Le bruit avait disparu.

Un vague mouvement attira son attention. Juste une souris traversant le salon, se convainquit-elle. S'il y avait des souris, une tapette résoudrait le problème, mais si c'était un fantôme ? Elle cligna des yeux. Elle n'y croyait pas. Quoi qu'il en soit, elle traversa la maison avec prudence.

Dans la cuisine, elle alluma et mit la bouilloire à chauffer sur le camping-gaz dont elles se servaient en attendant la remise en service de la cuisinière. Un thé mettrait un frein à son imagination débordante. Chasserait les fantômes. Certes, Mark affirmait que Trevenen n'était pas hanté, mais pourquoi devrait-elle le croire ? Son bon sens lui donnait cependant raison.

Un bruit sourd retentit à l'étage. Sa main sursauta, et elle faillit renverser son thé sur sa robe de chambre. Non, bien sûr, Maddie n'était pas superstitieuse. Elle éclata de rire. Ce devait être un livre tombé du lit d'Hannah. Sa belle-fille n'avait rien d'un spectre. C'était une jeune fille bien réelle, avec un cœur brisé que Maddie ne savait comment réparer. Comment pouvait-elle s'en croire capable, alors qu'elle ne savait déjà pas comment faire pour le sien ?

Son thé à la main, elle retourna au salon vérifier si les souris étaient parties. Puis, pelotonnée sur l'un des rebords de fenêtre qui offraient une assise, elle contempla les couleurs de l'aube.

Au fil des secondes, l'horizon virait au rose tandis que le ciel se teintait d'un bleu lavande. En fermant un instant les paupières, elle espéra apaiser la sensation de sécheresse qui les brûlait, même si elle savait par expérience que seules plusieurs nuits de vrai sommeil en viendraient à bout. Elle rouvrit brusquement les yeux au petit grattement qui lui parvint du coin de la cheminée. Le mur était couvert de boiseries, dont la peinture s'écaillait par endroits. La petite souris devait s'être glissée par l'interstice entre le mur et le lambris.

Maintenant que le soleil pénétrait à flots dans la pièce, Maddie décida de mener l'enquête. À l'endroit d'où, selon elle, provenait le bruit, elle colla l'oreille contre le mur. Elle entendait bien quelque chose, mais le son portait de curieuse manière. En tapotant sur les divers panneaux, elle comprit que la surface dessous était irrégulière. Cela sonnait même creux par endroits. À une époque, ce mur constituait le pignon de la maison ; il était donc peut-être en pierre, voire en torchis. Mark devrait pouvoir le lui dire lorsqu'elle le reverrait. La veille, elle l'avait aperçu en faisant les courses à Helston. Il était en grande conversation avec une jolie blonde, qui n'était pas celle que Maddie avait croisée le soir de leur arrivée en Cornouailles. Cet homme était manifestement un don Juan, mais il semblait en connaître un rayon sur les maisons du coin.

Alors qu'elle passait la main sur le haut de l'un des panneaux, elle sentit quelque chose bouger. Elle retira sa main. Ses doigts étaient noirs de poussière. Lorsqu'elle tapota sur le mur, le grattement cessa. Rompue de fatigue, elle s'appuya pour regarder dehors dans le jardin. Quelque chose au fond d'elle l'assurait que tout finirait par s'arranger, il lui fallait simplement garder patience. Elle se redressa, résolue à aider Hannah. Il y avait forcément un moyen de communiquer avec l'adolescente. C'était tout ce que souhaitait Maddie. Elle en avait fait la promesse à John ; or elle tenait toujours ses promesses.

Tandis que l'électricien pendu aux poutres jouait les acrobates, Maddie se demandait, le souffle en suspens, pourquoi cet installateur ne se servait pas d'une échelle comme tout le monde. Sans doute devrait-elle se contenter, sans questionner ses méthodes, de le remercier de ses efforts pour rétablir l'électricité dans l'écurie, mais ses nerfs en prenaient un coup.

Autour d'elle s'éparpillaient des chevalets et des toiles : tout son univers passé – qu'elle comptait bien ressusciter. Elle se baissa pour ouvrir un carton. Une odeur de térébenthine lui chatouilla le nez. Le flacon avait dû fuir. Elle plongea la main et sortit une pile de lettres et de cartes qu'elle laissa retomber pour s'emparer au plus vite d'autre chose, car les larmes lui montaient aux yeux. Sa main se posa alors sur une surface lisse et froide. Ce n'était pas mieux. Qui avait emballé ce carton ? Qui avait rangé l'essence avec les cartes qu'il lui avait envoyées et le buste en bronze qu'elle avait fait de lui ?

Après une profonde inspiration, elle sortit dans le soleil. John avait beau n'être plus, le simple contact avec ces objets ravivait la peine de Maddie. Quand cela allait-il finir ou ne serait-ce que diminuer ?

— Vous pourriez m'approcher l'échelle, s'il vous plaît ? cria l'électricien, suspendu à bout de bras, à l'autre bout de l'écurie.

Maddie accourut, puis retourna à sa tâche dès qu'il eut mis pied à terre. C'était une grande fille, elle s'en sortirait. D'abord le buste de John. Il datait de l'été de leur rencontre. En en caressant les joues, elle crut sentir la chaleur du soleil, cette année-là, sur la peau de son compagnon. Que de souvenirs remplis de rires et d'amour cette époque suscitait-elle ! Était-ce réel ? Elle ne savait plus. Dans son esprit, la fin de l'histoire venait en déformer le début et commençait à tout réécrire. Que de douleur !

Elle posa la sculpture par terre. Où allait-elle l'installer ? Dans la maison ? Avait-elle vraiment envie d'un rappel constant de ce qu'elle avait perdu ? Non. Cela ne mènerait nulle part, si ce n'est à la boîte de mouchoirs en papier.

Aveuglés par la lumière électrique qui éclairait le moindre recoin, ses yeux s'ajustèrent peu à peu, et elle se fit à l'idée de travailler ainsi. C'était curieux, elle ne pouvait se passer d'éclairage, mais l'excès de lumière artificielle avait tendance à annihiler son sens des couleurs.

— Ah ! c'est mieux, non ?

L'électricien brandissait dans sa main une sorte d'animal grillé.

Maddie hocha la tête.

— C'est quoi ? demanda-t-elle en regardant ce qu'il tenait.

— Le transformateur. Un rat en a grignoté un fil ou deux, dit-il. Ils adorent ça. C'est ce qui a provoqué le court-circuit.

Tandis qu'il s'éloignait, Maddie prit note d'inscrire l'installation électrique en tête de sa liste de priorités. Restait à savoir jusqu'où le peu d'argent qui lui restait lui permettrait d'aller.

Dans ces moments, elle se demandait si elle avait bien fait de se lancer dans ces médicaments expérimentaux contre le cancer. Sans ces dépenses, elle et Hannah ne seraient pas aussi démunies, mais comment pouvait-elle penser cela, alors que ces remèdes leur avaient peut-être permis de passer un peu plus de temps avec John ? Néanmoins, avec cet argent, elle aurait sans doute pu... Maddie s'arrêta et se passa la main dans les cheveux. Non, inutile de revenir là-dessus. C'était fait. Il n'y avait pas de retour possible.

Le visage de John, par terre, la fixait. Que faire de ce fichu portrait ? Peut-être Hannah en voudrait-elle pour sa chambre. Elle y passait ses journées, n'en sortait que pour manger et boire. Elle n'avait même pas laissé entrer les déménageurs. Maddie fronça les sourcils. Elle avait consulté tant de monde, y compris des professionnels, au sujet de ce comportement. Tous prônaient la tolérance ; Hannah devait faire face à tant de choses. Maddie en avait conscience. Elle était indulgente. Il devait en effet être terrible de perdre son père après avoir été abandonnée par sa mère. Les yeux fermés, elle se demanda si sa propre mère l'aurait gardée si elle n'était pas morte à sa naissance. Jamais elle ne connaîtrait la réponse, mais sa mère adoptive avait toujours été là pour elle, jusqu'à sa mort, huit ans plus tôt. Maddie rouvrit les yeux et considéra de nouveau le bronze. John n'avait jamais dit grand-chose au sujet de la mère d'Hannah. Susan. Il se fermait à la moindre mention de son nom.

Hannah entra.

— Salut, Maddie, où est la peinture ?

— Là derrière.

Elle désigna les pots du doigt. Tu es prête à peindre ?

Hannah opina du chef.

— Depuis quand la lumière est revenue ?

— Il y a quelques instants.

Avant de s'aventurer à poser la question cruciale, elle scruta le visage de sa belle-fille afin de sonder son humeur. Elle semblait positive.

— Tu as choisi une école ? Il faut qu'on les prévienne.

— Merci de me rappeler que les cours reprennent bientôt, rétorqua l'adolescente en lui tournant le dos.

— C'est le cas et il faut régler ça, s'accrocha Maddie.

— Mullion.

— Bien.

Maddie se laissa choir sur l'un des cartons.

— Je les appellerai dans la journée.

Hannah écarta quelques pots de peinture, en choisit un, puis repartit. Maddie sourit. Une bonne chose de faite. Sans doute ne saurait-elle jamais pourquoi Hannah avait opté pour le petit établissement de Mullion, mais elle s'en réjouissait, car la rentrée y serait probablement plus facile pour une nouvelle.

— Ohé ? s'éleva une voix de femme dehors.

— Par ici.

Maddie se leva pour ouvrir la porte.

— Il paraît que vous auriez besoin d'un coup de main.

Un sourire rayonnant éclairait le visage de son interlocutrice qui inspectait vivement les lieux.

— Je m'appelle Tamsin.

— Bonjour.

Maddie jeta un coup d'œil au désordre autour d'elle.

— En effet. Comment l'avez-vous deviné ?

— Impossible de garder un secret par ici. Je vais vous aider.

Maddie éclata de rire.

— C'est mon jour de chance alors.

— Maddie, ça va dans la cuisine, ça ? s'enquit une voix de femme.

Hannah se précipita à la fenêtre. Qui était-ce ? Maddie ne connaissait personne, à part le barge d'architecte. En bas, dans la cour, une petite femme se débattait avec un gros carton. Hannah en apercevait la chevelure brune, mais rien d'autre.

Elle ferma la porte derrière elle avant de se ruer dans l'escalier. Elle bondit sur les marches, ravie des craquements provoqués sous ses pas. La maison émettait des bruits terribles, le parquet à l'étage chantait presque. Au rez-de-chaussée, elle aimait le claquement de ses pas sur les dalles en pierre. La seule chose qui craignait, c'était le tapis à poil long tout moisi dans le salon. D'où sortait cette antiquité ? Outre le désagrément de l'électricité statique que ce tapis produisait, il était d'un marronnasse tout bonnement atroce.

— Il y a quelqu'un ? lança Hannah par la porte de la cuisine.

— Tu dois être Hannah.

La femme déballait le carton.

— Moi, c'est Tamsin.

— Salut.

— Tu as fini de déballer tes affaires ?

Tamsin avait le sourire dans la voix.

— Non.

— Ça t'ennuie ? s'enquit Tamsin.

— Oui.

— Ce n'est pas un peu Noël avant l'heure ?

— Absolument pas.
— Dommage.
Tamsin continua son déballage.
Sur la table, un regard vide fixait Hannah. Sa respiration s'arrêta. Elle avait toujours détesté ce bronze. Il était si froid, si peu ressemblant. Non qu'il ne ressemblât pas à son père, mais il était fait de métal, pas de chair.
— C'est chouette, ça. C'est Maddie qui l'a fait ? s'enquit Tamsin en caressant la tête du buste.
— Oui.
Hannah s'empara vivement d'un morceau de pain qu'elle entreprit de beurrer d'un geste brusque.
— Il est très réussi.
— Si vous le dites.
— Qui est-ce ? demanda Tamsin.
— Mon père.
Hannah leva les yeux. Tamsin examinait le visage en silence.
— Il était bel homme.
— Oui.
Hannah prit ses tartines et s'en alla. Tamsin avait un regard bienveillant. Nullement accusateur.

Trois

Arrivée les bras chargés dans la cuisine, Maddie bondit sur le téléphone. Elle n'arrivait pas à croire que la ligne fonctionne.

Mieux valait que le sac qu'elle venait de jeter sur la table ne soit pas celui qui contenait les œufs, sinon ce serait omelette au dîner.

— Allô ?

Derrière elle, Hannah arrivait les mains vides, alors que la voiture était encore pleine de courses. Quand le gène de l'égoïsme adolescent allait-il muter ? se demanda Maddie. Vivrait-elle seulement assez longtemps pour le voir ?

— Salut.

La voix amicale de Tamsin appliqua un baume apaisant sur le regard furieux que lui lançait Hannah.

— Ça vous dirait d'aller prendre un verre au pub ce soir ? Il est grand temps que vous fassiez connaissance des gens du coin.

Maddie se mordit la lèvre. Elle aurait volontiers accepté, mais Hannah...

— Euh...

— Il n'y a pas de « euh » qui tienne. Je passe vous prendre à 18 h 30.

— J'ai le choix ? demanda Maddie.

— Non.

— C'était bien mon impression. Je ne sais pas pour Hannah.

— Proposez-le-lui. Si elle veut venir, elle viendra, sinon elle n'aura qu'à rester toute seule à la maison.

Maddie gloussa.

— On peut remettre à demain ? Je crois qu'on sera un peu trop lessivées ce soir.

— Bien sûr, c'est d'accord pour demain, mais pas plus tard.

— Promis.

Maddie raccrocha et faillit tomber à la renverse en voyant Hannah revenir les bras chargés. Les gènes pouvaient-ils changer si rapidement ?

— Qui était-ce ? Depuis quand le téléphone marche ? s'enquit Hannah en laissant tout lourdement tomber sur la table. Où est mon jus de fruits ?

— Une question à la fois, tu veux bien ?

— Non.

Maddie ouvrit la bouche, puis la referma ; il ne servirait à rien de discuter.

— C'était Tamsin. Il est dans l'un des sacs.

Hannah haussa les épaules et fit le tour de la table.

— Ah ! Et qu'est-ce qu'elle voulait ?

— Nous proposer d'aller boire un verre au pub.

Maddie vida le contenu d'un sac sur la table en se demandant pourquoi toutes leurs conversations tournaient à la confrontation.

Hannah trouva son jus et s'en servit un verre avant de s'en aller.

— Sympa ! marmonna Maddie en rangeant la bouteille au frais.

Comment parviendraient-elles, un jour, à communiquer ? Jamais cela n'avait été aussi dur. Cela se passait pourtant très bien, avant. L'époque lui manquait où elles bavardaient tandis qu'elle lui brossait les cheveux.

Maintenant, elles s'adressaient à peine la parole, et la longue chevelure blonde avait disparu. Hannah l'avait fait couper après l'enterrement de John. Son nouveau look lui allait bien, mais Maddie regrettait l'ancienne Hannah. D'un autre côté, elle regrettait tant de choses...

D'ici un moment, elle monterait aider sa belle-fille dans sa chambre. Peut-être le fait d'avoir son territoire à elle lui ferait-il voir le bon côté de ce déménagement. Lorsqu'elles avaient fait connaissance, Hannah était une gentille fillette de neuf ans qui avait chaleureusement accueilli Maddie dans sa vie.

Près de sept ans plus tard, elle la fuyait comme la peste. Peut-être était-ce normal ; quoi qu'il en soit, ce n'était pas une partie de plaisir.

Dans l'escalier, elle prit un instant pour caresser le cadre en bois doré d'un miroir sculpté de savantes volutes. Ses doigts s'arrêtèrent lorsqu'elle aperçut sous ses yeux des cernes violets assortis à la teinte des roses anciennes du papier peint. Au cours de l'année écoulée, elle était devenue aussi vieille que cette maison.

— De toute façon, tu n'es plus de première jeunesse, alors, peu importe que la détérioration s'accélère.

Merveilleux. Voilà qu'elle parlait toute seule maintenant. Que disait-elle au sujet de l'accélération ? Elle finirait certainement comme Daphne, à vivre seule jusqu'à plus de quatre-vingt-dix ans. Maddie fronça les sourcils et se lança un dernier regard dans la glace avant d'aller frapper à la porte d'Hannah dans le couloir.

— Hannah, je peux peut-être te donner un coup de main pour ta chambre.

Hannah passa la tête par la porte.

— Non.

— Non ?

— Oui : non.

D'un geste, elle décrivit un grand cercle autour du visage de Maddie, qu'elle barra ensuite d'un trait. Ici, c'est : « Zone interdite pour Maddie. »

Hannah referma la porte. Maddie resta plantée là.

— Tu m'en diras tant.

Elle regarda ses mains. Peut-être ferait-elle mieux de s'occuper de sa propre chambre.

Les rayons du couchant filtraient par la surface irrégulière des vitres de la haute fenêtre sur le palier. La lueur diffuse qui éclairait le mur de l'entrée au rez-de-chaussée réchauffait le visage grave de Daphne sur la photo. Maddie marqua une pause sur la dernière marche. Tentée de murmurer une prière de gratitude, elle se ravisa. Avant, elle aurait pensé ses prières exaucées par cet héritage, mais elle ne priait plus.

Il y avait des mois qu'elle avait mis un terme à tout cela, mais les habitudes avaient la vie dure. Sa main glissa jusqu'à son ventre, puis elle s'en voulut d'y avoir pensé. C'était de l'histoire ancienne, et seule comptait désormais l'histoire de Trevenen et des Penventon qui lui avaient légué la maison.

Dans la cuisine, elle se demanda si la pièce avait toujours eu cette fonction. Peut-être avait-ce été le salon ? La disposition de la maison la fascinait, de même que ses particularités, telle la belle fenêtre à meneaux qui renvoyait à l'époque Tudor. Il y avait d'autres marques du passé un peu partout, et elle en découvrirait sans doute encore au fur et à mesure, mais le plus grand mystère pour le moment restait de savoir pourquoi elle avait hérité de cet endroit. Il y avait sûrement des parents plus proches, mais peut-être pas. Le notaire avait été incapable de l'éclairer à ce sujet. À ses dires, miss Penventon était restée bouche cousue ; en revanche, elle avait insisté pour que la maison revienne à Maddie à sa mort.

Ce qui l'intriguait, c'était le temps depuis lequel, d'après le notaire, Maddie était l'héritière désignée. Il y avait vingt-cinq ans que Daphne l'avait couchée sur son testament, lorsqu'elle était devenue l'unique propriétaire du domaine à la mort de son frère. Or, si Daphne avait eu connaissance de son existence depuis tout ce temps, pourquoi n'avait-elle pas pris contact plus tôt ? Maddie ne s'en plaignait pas. Elle avait besoin de cette maison. Elle inscrivit *historique de la maison* sur sa liste. À côté, une carte de visite lui rappela qu'elle devait joindre sa galerie. Le mot « artiste » la fit éclater de rire.

— Il vaudrait mieux t'y remettre au plus vite, sinon ce ne sera bientôt plus vrai du tout.

Cela l'inquiétait. L'inspiration. Elle ne pouvait plus l'attendre. Londres ne lui en avait apporté aucune. La capitale n'était synonyme que de souffrance, aussi avait-elle sauté sur l'occasion pour prendre la fuite. Regarder en arrière lui faisait trop mal. La seule chose à faire maintenant était d'aller de l'avant.

Perdue dans ses pensées, Hannah, qui regardait par la grande fenêtre de la cuisine, sursauta lorsque le téléphone sonna.

— Allô, vous êtes bien chez Maddie la folle.

— Salut, Hannah, fit Tamsin.

— Salut.

Hannah sourit.

— Tu viens au pub avec nous ce soir ?

Hannah ramassa une pomme, qu'elle lustra sur son tee-shirt. En avait-elle envie ? Pas vraiment.

— Je sais pas.

— Tu devrais.

— Peut-être.

— Aucune pression. Tu t'en sors avec ta chambre ? s'enquit Tamsin.

— Super, sauf que je n'ai rien pour suspendre mes vêtements.

— Il n'y a pas d'armoire dans la maison ? C'est surprenant, s'esclaffa Tamsin.

— Il y en a des tas, mais pas dans ma chambre, et je ne peux pas les déplacer toute seule.

— Évidemment.

Tamsin marqua une pause.

— J'ai la solution, mais il faut que tu viennes au pub.

— Quelle solution ?

— Je ne te dis rien, tu la verras vers 18 h 30.

— Bon, ben, d'accord.

— À plus tard et n'oublie pas de dire à Maddie que j'ai appelé.

Hannah raccrocha en se demandant pourquoi elle avait l'impression de s'être fait avoir. Une bonne chose quand même : elle allait pouvoir ranger ses vêtements. Elle ne savait juste pas comment.

À 18 h 30 tapantes, Hannah entendit une voiture s'arrêter dans la cour. Elle gagna la porte de derrière et vit trois grands costauds suivre Tamsin comme des petits chiens. Ils la dépassaient tous d'une bonne tête. Hannah se passa une main dans les cheveux et regretta de ne pas s'être davantage intéressée à son apparence. L'un d'eux était très mignon ; les deux autres n'étaient pas mal non plus.

— Voici ton aide. Ces deux-là, expliqua Tamsin d'un geste de la main, ce sont Fred et Matt, mes garçons ; l'autre, Will, est comme à moi la moitié du temps.

— Salut.

Hannah enfonça les mains dans ses poches.

— Alors, si tu le leur demandes gentiment en battant

des cils, je suis sûre que ces trois-là te déplaceront ton armoire sans problème.

Hannah avala sa salive. Rien de tel que de se retrouver sur la sellette.

— Si vous voulez bien, ma chambre est par là.

Dieu ce qu'elle se sentait bête. Ce n'est pas ce qu'elle avait voulu dire. Elle se retourna tout en courant vers l'escalier.

— Et l'armoire est dans la pièce à côté ! cria-t-elle.

Elle entendit résonner leurs pas derrière elle. On aurait dit un troupeau de bisons.

— Par ici, dit-elle en s'effaçant pour les laisser passer.

L'armoire semblait impossible à bouger.

— Où on doit la mettre ? s'enquit l'aîné.

« Ce devait être Fred », songea Hannah.

— Dans ma chambre, là. Elle ressortit dans le couloir pour rejoindre la pièce, dont elle était déjà assez fière. Les murs étaient peints ocre brun et elle avait trouvé deux vieux fauteuils rétro couverts d'un tissu chenille dont le vert foncé se mariait bien avec.

— OK, on devrait y arriver, déclara Fred qui partit rejoindre les autres.

Hannah l'entendit donner ses instructions. Elle espérait que tout se passerait bien. Du coup, elle eut presque peur de risquer un œil lorsqu'elle entendit un « Oh, merde ! » Au craquement qui suivit, elle se précipita, mais ne vit qu'un dos en sueur et le haut de l'armoire.

— Entrez à reculons et basculez-la vers la droite, indiqua Tamsin d'une voix claire.

Hannah les regarda faire en retenant son haleine. Ils suivirent les directives précises de Tamsin. Hannah retourna dans sa chambre à reculons en essayant de ne pas se laisser distraire par les muscles du garçon qui tenait le haut du meuble, mais c'était difficile. Ce n'était pas Fred ; peut-être était-ce le plus mignon, Will.

— Comment ça se passe ? demanda Maddie.

Hannah ne la voyait pas, mais elle aurait préféré qu'elle ne soit pas là.

— Très bien. Ils vont peut-être arracher un mur ou deux. Les doigts dans le nez et en deux temps, trois mouvements, s'esclaffa Tamsin. Une fameuse équipe de démolisseurs !

Hannah se mordit la lèvre. Elle ne voulait pas qu'ils abîment la maison.

Finalement, elle l'aimait bien malgré le fait qu'elle soit perdue au milieu de nulle part. Putain, même l'épicerie la plus proche, qui ne vendait que des biscuits et du lait, se trouvait à plus de trois kilomètres.

— Où tu la veux ? demanda Fred.

L'armoire était posée au milieu de la pièce.

— Contre ce mur, là.

Hannah pointa l'endroit du doigt en évitant de regarder la peinture ébréchée sur le chambranle de la porte et la trace blanche correspondante sur l'armoire.

— Tu es sûre ? demanda Will. On ne la bougera plus.

Hannah acquiesça de la tête.

— Ils ne sont pas beaux ?

Tamsin passa le bras sous celui de Maddie et l'attira vers la sortie.

Will tenait la portière à Maddie.

— Trevenen est une maison très chouette. Je m'étais toujours demandé à quoi ça ressemblait à l'intérieur.

Maddie hocha la tête. Ce garçon lui plaisait bien. Nul besoin de lui dire qu'il était parent avec Mark Triggs. La ressemblance était frappante, sauf qu'il n'avait pas les yeux bruns, mais d'un vert mêlant bleus et jaunes au petit bonheur. Hormis quelques boutons, il était plutôt joli garçon. Ses longs cheveux ondulés et la coupe de son jean taille basse n'avaient d'ailleurs pas échappé à Hannah, semblait-il.

— Elle est classée ? demanda Will de la banquette arrière.

— Je ne crois pas.

Maddie repensa à tous les documents qu'elle avait lus.

— Elle est très ancienne.

— Oui, un sacré mélange de styles, dit Maddie.

— Vous comptez faire des travaux ?

— Pas vraiment, juste la remettre un peu au goût du jour.

Maddie repassa dans sa tête sa liste des plus belles caractéristiques de Trevenen : ses élégantes fenêtres, ses multiples cheminées, ses ardoises et ses parquets en chêne. La maison était très prometteuse, si on mettait de côté les boiseries piquées par les vers, les courants d'air et le toit.

Allongée dans sa baignoire, un peu plus tôt, elle s'était sentie envahie par une chaude vague de contentement, et pas uniquement à cause du bain, vu le peu d'eau chaude qu'il y avait. Tous ses autres rêves s'étaient peut-être envolés, mais cette belle maison lui appartenait. Même s'il y avait beaucoup à faire, cela ne l'effrayait pas. Son vrai travail, en revanche, l'inquiétait. Certes, elle avait aménagé l'écurie, mais l'éclairage lui posait déjà problème.

— Vous connaissez mon oncle Mark. Il va vous aider ?

Will la scruta des yeux.

Maddie se retourna vers lui, un large sourire aux lèvres.

— Je n'y avais pas songé.

— Il est vraiment doué pour les vieilles maisons.

— C'est certain, renchérit Tamsin. Et, bien sûr,

vous pourrez faire appel à mon Anthony comme entrepreneur.

Hannah, tout au fond du monospace, attira l'attention de Maddie. Elle avait le regard résolument tourné par la fenêtre.

— Je vois que vous avez tout prévu ! Mais je pense qu'il va d'abord falloir rafraîchir un peu l'intérieur.

— Vous avez bien travaillé cette semaine, dit Tamsin.

— Oui, un peu. Il y a tant à faire. J'ai une envie folle de peindre, dit Maddie.

Tamsin lui jeta un coup d'œil tout en conduisant.

— Quel genre de peinture faites-vous ?

— Je parlais des murs, répondit Maddie.

Tamsin éclata de rire.

— N'empêche, que peignez-vous ? L'autre jour, j'ai vu le bronze que vous avez fait et toutes les toiles nues dans l'écurie.

— De tout. En ce moment, j'ai une commande pour un grand paysage abstrait, mais j'adore le portrait et les natures mortes.

— Vous avez apporté des œuvres ici ? s'enquit Tamsin.

— Oui, mais ce n'est pas de sitôt que je pourrai en suspendre une, soupira Maddie.

— Rien ne presse puisque vous êtes là pour rester.

Tamsin sourit et tourna de nouveau son attention sur la route.

Une fois la voiture garée, Tamsin se tourna vers Hannah.

— Que penses-tu de notre coin de Cornouailles jusque-là ?

Hannah regarda autour d'elle et crut défaillir. Cet endroit était trop charmant. Une vraie bonbonnière. Des toits de chaume par-ci, des fenêtres gothiques par là. Des cygnes qui passaient sur un ruisseau. Vraiment, où avaient-ils dégotté un décor pareil ? Sur un plateau de télévision de la BBC ?

— Ça craint.

Hannah perçut la stupeur de Maddie.

— Dans ce cas, ça ne pourra que s'améliorer, s'esclaffa Tamsin.

— Où sommes-nous ? demanda Maddie avec un sourire avant de jeter à Hannah un regard d'avertissement.

— Helford, répondit Will, qui salua de la main un groupe de gens sans s'arrêter pour leur parler.

Hannah resta cachée derrière la voiture le temps qu'ils passent. Elle n'avait aucune envie de rencontrer les gens du coin. À vrai dire, elle ne savait pas très bien pourquoi elle était venue. Ah oui : Will, Matt et Fred avaient l'air sympa, et Tamsin ne lui avait pas laissé le choix.

— Tu viens, Hannah ? appela Will. Les autres sont partis devant. Leurs copines les attendent.

— Oui. Je savourais juste la vue.

Il fallait bien reconnaître que c'était fabuleux. L'eau était bleue. D'un bleu particulier que Maddie aurait certainement su qualifier, mais « intense » en donnait déjà une bonne idée. Les champs de l'autre côté de la rivière baignaient dans la lumière du soir. Épatant. Ils arrivèrent à une chaumière en bord de mer. Des guirlandes lumineuses multicolores en ornaient les terrasses. C'était très pittoresque. Hannah en eut un haut-le-cœur.

— Ils sont à l'intérieur. Tu veux rester dehors ou tu préfères entrer ? demanda Will.

— N'importe où, mais loin d'elle.

— Quoi, elle n'est pas sympa ?

Will inclina la tête sur le côté, dans l'attente d'une réponse.

Hannah dut se forcer à ne plus penser à quel point elle le trouvait mignon.

— Non.

— Si tu le dis.

Il haussa les épaules.

— Tu veux boire quoi ?

— Il vaut mieux que je m'en occupe.

— Non, j'y vais, insista-t-il en se moquant presque.

— À charge de revanche.

Hannah se détourna des tables bondées et de Will.

— Ne t'en fais pas pour ça.

Elle sourit. Ils étaient vraiment gentils par ici.

— Vu qu'elle est là, je ne pourrai rien prendre d'intéressant.

— Qu'est-ce que tu prends ? demanda-t-il.

— Disons un jus d'orange. Je ne voudrais pas te causer d'ennuis.

— Tu es sûre ?

— Oui.

Hannah le suivit des yeux tandis qu'il s'éloignait. Il était sympa, même plus que ça. Au moins, il y avait de beaux mecs dans ce coin...

Les terrasses étaient peuplées de familles heureuses qui riaient autour de leur steak frites comme si le monde leur appartenait. Comment pouvaient-ils s'y tromper à ce point ? Tout pouvait basculer d'un instant à l'autre. Elle s'assit au bord de la terrasse inférieure, les jambes pendantes au-dessus de l'eau. Elle paraissait noire maintenant que le soleil avait disparu.

Will revint avec un verre, qu'il lui tendit.

— Qu'est-ce que c'est, là-bas ? demanda-t-elle.

— Le nord de la rivière.

Elle leva les yeux au ciel.

— En venant, j'ai aperçu des trucs... Des lumières et des maisons.

— C'est Helford Passage, et les lumières, c'est le Ferryboat.

Hannah plissa les yeux, mais, de là, elle ne le voyait pas.

— Ah oui, et c'est quoi ?

— Un pub.

Elle but une gorgée.

— Et comment on y va ?

— Par le ferry.

— Hein ?

— Un peu plus loin par là.

Will agita la main.

— Il y a un bac qui traverse la rivière. C'est le seul moyen, à moins de faire un long détour en voiture ou d'avoir un bateau.

— Tu en as un ?

Il écarquilla les yeux.

— Quoi ?

— Un bateau ?

Hannah remarqua que tous les bateaux se balançaient sous l'effet de la marée montante.

— Oui, dit-il en souriant et elle se demanda pourquoi cela lui semblait d'une telle évidence.

— Cool. Tu m'emmènerais ?

— Maintenant ?

Il la regarda comme si elle avait trois têtes.

— Non, pas maintenant.

Les coins de sa bouche frémirent à l'idée de partir d'ici seule avec lui en bateau.

— Bien sûr. Quand ?

Elle haussa les épaules, prête à s'enfuir au plus vite avec lui.

Au pub, tout le monde semblait connaître Tamsin, qui semblait déterminée à lui faire rencontrer tout le monde. Heureusement, il y avait une telle foule, qu'on ne pouvait guère bouger et, à son grand soulagement, Maddie put bénéficier d'un moment de répit pendant que sa compagne s'éclipsait aux toilettes. C'est donc avec un sourire figé aux lèvres qu'elle sirotait son vin.

— C'est une jolie maison ancienne, Trevenen, déclara un vieil homme penché de l'autre côté du bar.

Maddie cligna des yeux. Comment était-il au courant pour elle et la maison ?

— Oui, c'est vrai.

— Vous êtes contente que Daphne vous l'ait léguée ?

Maddie ouvrit la bouche, mais rien n'en sortit.

— Oui, dit-elle enfin.

— Alors, quels sont vos plans ? demanda-t-il.

Elle lui sourit.

— À part la nettoyer, vous voulez dire ?

— Oui, s'esclaffa-t-il.

— Rien de radical. Il faut d'abord que j'y prenne mes repères.

— Voilà qui est très raisonnable. Inutile de se précipiter, n'est-ce pas ?

— Vous ne sauriez pas de quand elle date, par hasard ?

— De bien avant moi, en tout cas, et je ne suis plus tout jeune, répondit avec un clin d'œil l'homme au visage buriné par le temps.

Elle but une gorgée et se rendit compte qu'elle avait beaucoup à apprendre sur Trevenen.

— Vous êtes donc une Penventon ?

Maddie acquiesça de la tête. Sa mère biologique était une Penventon ; par conséquent, elle aussi. Néanmoins, elle ne se sentait pas faire partie de cette famille, car elle s'appelait Smith avant d'épouser John.

— Trevenen a toujours appartenu aux Penventon ?

— À ma connaissance. Adressez-vous à la société

d'histoire locale ou au musée, à Helston. Ils pourront sans doute vous renseigner.

Son large sourire fit disparaître ses yeux.

— Ben, espèce de vieux dragueur ! Déjà en train d'essayer de voler le cœur de Maddie ? lança Mark qui venait les rejoindre au bar.

Maddie sourit. Enfin, un visage familier.

— Aucune chance de te battre à ce jeu-là. Ça, non. Personne n'est plus rapide que lui, fit Ben en désignant l'architecte du pouce.

— Le pot aux roses est enfin découvert, soupira Maddie. Il n'y a donc pas qu'avec moi qu'il est si gentil.

— Tu l'as bien eue, à ce que je vois, gloussa le vieux visage plissé.

— Ne va pas raconter d'histoires, fit Mark avec le sourire, mais sur un ton catégorique.

Ben se pencha un peu plus vers Maddie tandis que leur compagnon s'adressait à une femme qu'elle reconnut pour l'avoir aperçue chez lui, le soir où sa voiture était tombée en panne. Sous le regard ébahi de Maddie, la femme se rapprocha de Mark et lui mit la main aux fesses. Maddie détourna les yeux.

— Ben vous fait des misères ?

Tamsin venait de la rejoindre.

— Pas du tout.

Maddie adressa un grand sourire au vieillard.

— Ravie de l'entendre. Maintenant, suivez-moi. Il y a quelqu'un que je voudrais vous présenter.

Tamsin prit Maddie par la main et la tira derrière elle à travers le bar. Serrée ainsi au milieu de la foule, le ventre vide, elle sentait que le vin commençait à lui tourner la tête.

— Judith, voici Maddie Hollis, une autre nouvelle chez nous.

— Ravie, fit Judith en lui tendant une main très élégante.

Maddie en resta bouche bée. Elle ne s'attendait pas à entendre un accent américain.

— Judith est une experte en jardins historiques comme le vôtre, expliqua Tamsin.

— Il est peut-être historique, mais il ne ressemble en rien à un jardin, à part quelques fleurs çà et là, objecta Maddie.

— Ah ! vous êtes la nouvelle propriétaire de Trevenen.

— Absolument. Même si j'ignore comment tout le monde est au courant.

Judith éclata de rire.

— Vous ne tarderez pas à comprendre que tout se sait ici, mais personne ne dit rien, sauf quand ça les arrange.

— Je vois.

D'un signe de la main, Judith invita un bel homme à se rapprocher.

— Tristan, voici Maddie, la nouvelle propriétaire de Trevenen.

— Bonjour.

Le sourire aux lèvres, il serra la main à Maddie.

— Je serais ravie de venir voir le jardin de Trevenen, lorsque vous serez installée, affirma Judith.

— J'ai bien peur qu'il n'y ait pas grand-chose à voir.

— Sait-on jamais ? Je parie que l'ossature est toujours là.

— Si vous le dites. Maddie vit Mark s'avancer vers eux et perçut un raidissement chez Tristan.

— Bonjour, Mark. Judith se pencha en avant pour embrasser le nouveau venu sur la joue.

Les deux hommes échangèrent un hochement de tête. Tristan se détourna pour chuchoter à l'oreille de Judith.

— Si vous voulez bien m'excuser, je dois parler à quelqu'un, déclara-t-il avant de quitter le pub.

— Désolée, Mark, dit Judith en posant la main sur le bras de Mark. Je ne désespère pas d'y arriver un jour.

Maddie adressa un regard interrogateur à Tamsin, qui se pencha vers elle.

— Je vous expliquerai plus tard, murmura-t-elle.

— Avez-vous vu Hannah et Will ? demanda Maddie.

— Dehors, dit Tamsin.

— Eh ! Mark, tu ne peux quand même pas garder toutes les jolies femmes pour toi tout seul ! lança un homme venu les rejoindre.

— Ce n'était pas mon intention. Viens faire connaissance avec ta nouvelle voisine, Maddie Hollis.

Mark s'écarta d'un pas.

— Avec plaisir.

L'homme sourit à pleines dents.

— Nate Barton. C'est vous la nouvelle propriétaire de Trevenen ?

— En effet.

Elle sourit, se demandant comment elle était censée se souvenir de tous ces gens.

— Vous allez vivre ici à plein temps ? s'enquit-il.

— Oui.

Les gens ne restaient-ils pas ? À en juger par le peu qu'elle avait vu, la région était magnifique, et tout le monde était chaleureux.

Il se pencha plus près.

— Bonne nouvelle. Vous êtes célibataire ?

— Nate, c'est un peu direct, même de ta part, s'esclaffa Mark.

— Euh, un homme se doit de savoir ces choses. Tu ne voudrais quand même pas laisser mon cœur se heurter à un amour impossible ?

Nate écarquilla les yeux et battit des cils pour elle.

— J'espère bien que non, répondit-elle en souriant.

— Mon cœur impatient attend toujours.

— Je suis veuve.

En le prononçant, Maddie eut conscience de la brutalité de ce terme. Personne ne s'attendait à l'entendre dans la bouche d'une femme de son âge. Elle n'avait pas l'habitude de l'employer non plus. « Veuve ». Il évoquait les femmes en noir de l'époque victorienne. Cela ne lui correspondait pas, et pourtant... Elle se trouvait bel et bien dans un pub, en Cornouailles, alors que John était en terre, à Londres. Mark lui posa une main sur le bras.

— Navré, dit Nate avec douceur.

Maddie se força à sourire, mais jamais il ne le serait autant qu'elle.

— Je peux vous offrir un verre ? demanda-t-il.

— Non, merci. Je n'ai rien mangé depuis des heures et je ne répondrais plus de rien.

— Excellent ! Un autre verre pour la dame, dans ce cas.

— Je suis sérieuse : non, merci, lui dit-elle droit dans les yeux.

— C'est vous qui voyez.

Nate ne semblait pas perdre espoir.

— Tout à fait.

Maddie tenta de rester concentrée tout en s'efforçant de se soustraire poliment à sa lourde insistance.

— Assez pour ce soir ? s'enquit Tamsin.

Maddie hocha la tête.

— Je bats le rappel ?

— Non, je m'en charge. L'air frais me fera du bien.

Elle entreprit de fendre la foule.

L'air était chargé d'une odeur de viande grillée qui lui remuait l'estomac. Hannah n'était nulle part sur la terrasse inférieure, où l'eau arrivait jusqu'au bord. Les lampions se balançaient sous la brise forcissant qui allongeait les ombres sur la toile de la tenture qu'ils surplombaient. Maddie sursauta lorsque Will, rapidement suivi par Hannah, surgit par un trou dans la clôture.

— Tu nous cherchais ?

Hannah resta derrière Will qui saluait de la main quelqu'un au loin derrière Maddie.

— On rentre. Vous êtes prêts ? demanda Maddie.

— Des copains à moi viennent d'arriver.

Will se tourna vers Hannah.

— Tu veux rester un peu ?

Hannah jeta un regard à Maddie.

— Oui. Ce serait sympa.

— Ça vous ennuie, Maddie, si on reste ?

Le regard franc et direct de Will prit Maddie au dépourvu.

L'idée de laisser Hannah ne lui plaisait guère, mais Will semblait responsable, et Hannah avait besoin de se faire des amis.

— Comment rentreras-tu ? demanda-t-elle.

— Pas de problème. On rentrera à pied ou on se fera ramener. Rien de plus facile. Elle sera rentrée pour 22 heures.

Il sourit.

— D'accord.

Maddie marqua une pause et prit une profonde inspiration.

— À plus tard, alors. Appelez-moi si vous avez besoin.

— Oui, dit Hannah en se détournant.

L'obscurité était totale à la sortie du village, et la route était surplombée d'arbres.

Il avait fallu un temps fou à Hannah pour voir ne serait-ce que la route devant eux, qui n'avait même pas la décence d'être plate ou droite. Will accorda son pas sur le sien.

— Tu le pensais, ce que tu as dit à Tamsin tout à l'heure ?

Elle se tourna vers lui.

— Qu'est-ce que j'ai dit ?

— Que ça craint.

Hannah regarda autour d'elle et réfléchit. Malgré le manque de lumière, elle distinguait presque des formes, mais elle ne pouvait s'empêcher d'avoir l'impression de naviguer à l'aveuglette. Elle aurait dû avoir la frousse, mais non, bien qu'elle n'eût pas voulu marcher seule. Will était de bonne compagnie et il était mignon.

— Plus ou moins.

— Ça va, alors.

— Pourquoi ?

— Parce que c'est chez moi et que ça ne craint pas. Si seulement je pouvais rester ici tout le temps.

— C'est pas le cas ?

— Non, et ça, ça craint, s'esclaffa-t-il.

— J'imagine. Quitter Londres, c'était pareil.

Hannah marqua une pause. Pourquoi tu ne vis pas là ?

— L'école.

— Comment ça ?

— Je vais à l'école dans le Devon, expliqua-t-il.

— Et ça te plaît ?

Elle s'arrêta pour reprendre son souffle. La côte était raide.

— La plupart du temps. Mais je déteste partir d'ici.

Il régnait un étrange silence autour d'eux, presque aussi étrange que le fait que Will aime cet endroit sauvage peuplé de chauves-souris.

— Je crois que je comprends. Si seulement je pouvais aller à l'école ailleurs.

— Pourquoi ?

Will s'arrêta. Elle repartit.

— Pour m'éloigner de mon affreuse belle-mère.

— Elle m'a l'air sympa.

— Normal, t'es un mec, grommela Hannah qui accéléra le pas.

L'effet des bières s'était estompé. Grâce à cette balade de trois kilomètres. Vraiment super. Enfin, la silhouette de la maison se détachait devant eux.

— C'est la voiture de Mark. Qu'est-ce qu'il fait là ?

— Il a peut-être raccompagné Maddie.

— Génial.

Elle s'arrêta le long du chemin pour donner un coup de pied dans un bloc de granit.

— C'est quoi, le problème ? demanda-t-il.

— Rien.

« Tout », songea Hannah.

À tâtons, elle gagna sa chambre et en claqua la porte. Lorsqu'elle tourna l'interrupteur pour allumer, l'ampoule sauta. Merde. Après quelques tâtonnements supplémentaires, elle trouva son sac à dos, dans lequel était rangée une lampe de poche. Au bruit de pas dans l'escalier, ses mains se figèrent. Le poing fermé, elle s'essuya les yeux. Elle ne les laisserait pas entrer.

— Tout va bien ? s'enquit Maddie.

— Va-t'en.

Hannah trouva la lampe.

— Est-ce que tu vas bien ? Tu es partie si vite. Je peux entrer ?

Hannah perçut une main sur la poignée de la porte.

— Non !

— Qu'est-ce qui ne va pas ? demanda Maddie.

— Rien, laisse-moi tranquille.

Hannah alluma la lampe, mais rien ne se passa. Venir ici avait tout bousillé, même sa fichue torche.

— Je dis quoi à Will ? Il s'inquiète.

— Oh ! fous-moi la paix. Il va très bien.

Hannah jeta la lampe sur l'oreiller, et la lumière surgit enfin. Elle s'empara d'un mouchoir pour se moucher.

Maddie n'avait pas le droit. De toute évidence, elle n'avait jamais aimé son père. Sinon, elle ne ferait pas les yeux doux à Mark.

Hannah frappa l'oreiller si fort qu'il en jaillit des plumes. En retombant, elles brillaient dans le faisceau lumineux. L'adolescente se releva, donna un coup de pied dans le lit, puis s'empara du marteau posé sur la coiffeuse. Elle s'en était servie plus tôt pour accrocher un miroir. Ses doigts caressèrent l'outil, dont elle appréciait le contact du manche en bois.

Maddie n'avait aucune affection pour elle. Elle n'en avait jamais eu. Comment pouvait-elle s'intéresser à un autre homme ?

— Elle nous a trahis, papa, marmonna-t-elle en balançant le marteau autour d'elle. Sous l'impulsion du bras et de son poids, il prit de la vitesse. Dans la pénombre, sa forme devint floue, pareil à un moulin à vent en papier - comme le rouge et bleu que son père lui avait acheté lorsqu'elle avait cinq ans.

Toujours hypnotisée par la rotation de son bras, elle s'essuya les yeux de sa manche. Sa paume moite glissait sur le manche. Tout à coup, le marteau lui échappa et vola avant d'aller s'écraser au fond de l'armoire. Maddie avait dû entendre le bruit, car elle revenait précipitamment.

— Hannah, qu'est-ce que c'était ? Tu vas bien ?

— Oui.

— Mark et Will sont partis. Je peux entrer ?

Hannah sentit sa gorge se serrer. Ses yeux virevoltèrent de tous côtés.

— Non. Qu'est-ce que tu veux ?

— Te parler.

— Laisse tomber.

— Qu'est-ce qui t'a mise en rage comme ça ?

Hannah entendait sa belle-mère respirer derrière la porte.

— Comme quoi ?

— Tu es partie comme une voleuse.

— Et alors ?

Maddie était une pouffiasse, et elle la quitterait pour le premier homme venu. Hannah se demandait si c'était ce qu'avait fait sa mère. Aujourd'hui encore, près de treize ans plus tard, Hannah lui en voulait toujours de ce qu'elle leur avait fait, à elle et à son père.

Il en parlait rarement, sauf pour dire qu'elle était partie. Hannah avait toujours voulu savoir pourquoi, mais ce serait impossible, désormais. Existait-il un moyen de retrouver la déserteuse ? Voulait-elle vraiment retrouver cette femme qui n'avait pas voulu d'elle ?

— Hannah, ce n'est pas très agréable de parler à une porte.

— Personne ne t'y oblige !

Hannah entendit soupirer. Maintenant, elle était coincée avec la gémissante Maddie. Mieux aurait valu une famille d'accueil.

— Hannah, je suis là pour toi, quand tu veux.

Hannah préféra se taire. Elle ne voulait pas de Maddie. Elle n'en avait jamais voulu.

Quatre

Hannah étudia le coffre en bois. En retirer le marteau l'avait plus abîmé que le coup initial. Sa belle surface était défoncée dans un coin. Le couvercle était sculpté au centre, mais le reste était lisse. En le soulevant pour l'examiner de plus près, elle perçut une légère odeur de cire. Le grain du bois ne présentait quasiment aucun nœud. Elle n'en était pas sûre, mais, à son avis, c'était du chêne. Certes, le fond et les côtés avaient été piqués par les vers ; en revanche, le dessus était à peine touché.

Elle se mâchouilla la lèvre inférieure. Elle n'avait pas remarqué ce coffre rangé au bas de l'armoire lorsqu'elle l'avait débarrassée de ses vieux vêtements. La couleur du bois se confondait avec l'intérieur, et le coffre était coincé entre deux supports qui stabilisaient l'imposant meuble. Il avait l'air triste. Des éclats de bois se dressaient en tous sens. Heureusement, le contenu de la boîte n'avait rien. Seul le coffre avait été endommagé. Elle ne savait pas comment, mais elle tenait à le réparer.

Elle farfouilla à l'intérieur. Il y avait des documents, dont certains avaient l'air très anciens, pas vraiment lisibles, parmi lesquels figurait, semblait-il, une liste. Ensuite, elle découvrit une tasse et une soucoupe avec des armoiries, et un vieux cahier sale. La pauvre boîte ne servirait plus à rien. Hannah caressa le bois brisé. Il avait l'air fâché.

Quoi qu'il en soit, impossible de s'en occuper pour le moment puisqu'elle était censée se rendre à une fête. Elle attrapa un sweat à capuche et descendit au rez-de-chaussée, où elle se heurta à Fred qui arrivait.

— Qu'est-ce que tu fais ici ?

— Bonjour l'accueil !

Il sourit et brandit un sac.

— Je dépose un truc pour Maddie de la part de ma mère avant de me rendre au boulot.

— Au pub ? demanda Hannah.

Il acquiesça de la tête.

— C'est près de Padga… quelque chose, c'est ça ?

— Padgagarrack. Y a pas plus près si tu as besoin que je te dépose.

— Oui, je veux bien.

— Tu vas au barbecue ?

— J'imagine, confirma Hannah avec un hochement de tête.

— Tu as rencontré Emma, la copine de Matt, l'autre soir. Elle y sera.

— Oui.

— Pas facile d'être la petite nouvelle, hein ?

Hannah inclina la tête sur le côté et suivit Fred jusqu'à la voiture. Pour un mec, il ne manquait pas de sensibilité. Pendant le trajet, il ne se montra pas très bavard, ce qu'elle apprécia, car elle avait la nausée. Regarder par la fenêtre n'aidait pas vraiment. Fred se gara enfin.

— Merci pour la balade, dit Hannah en sautant de voiture.

— Passe le bonjour de ma part.

— Sans faute.

Hannah marqua une pause avant de fermer la

portière. Je continue la route, puis je prends le sentier. C'est à dix minutes de marche, tu dis ?

— Exact. Reste sur la droite, puis suis le sentier le long de la côte. Au bruit, tu reconnaîtras la bonne plage.

— Merci.

Lorsque Fred fut reparti, Hannah considéra la route devant elle. Elle ne savait pas encore très bien ce qu'elle faisait là. Maddie voulait qu'elle sorte et rencontre des gens... Déjà une bonne raison pour ne pas y aller. D'un autre côté, elle avait bien envie de se faire quelques amis, car, sinon, elle n'aurait personne d'autre à qui parler que sa belle-mère, et, ça, c'était pire que la mort.

Hannah aurait préféré qu'au moins un des Tamsin soit aussi invité, mais aucun n'y allait. Fred bossait, Matt aidait son père, et Will n'était pas là parce qu'il avait école.

Elle se rendait donc à une fête où elle ne connaissait quasiment personne. Néanmoins, comme c'était samedi, soit elle y allait, soit elle restait à se faire suer dans sa chambre pour éviter Maddie. Le barbecue semblait encore la meilleure solution.

Il faisait chaud pour une fin septembre. Hannah retira son sweat à capuche et se le noua autour de la taille. Dans son sac à dos était rangée la bouteille de vin qu'elle avait piquée dans les maigres réserves de Maddie. Il fallait bien emporter quelque chose, et elle n'avait pas eu d'autre idée. L'invitation était assez vague.

Dans le virage à gauche, Hannah s'engagea sur ce qui ressemblait à un chemin sur la droite. Entre les branches d'arbre, elle apercevait la rivière et un voilier qui se dirigeait vers la baie, mais c'était tout. Tout semblait étrangement désert. Chaque semaine, avait-elle remarqué, le nombre de bateaux diminuait sur la rivière malgré le beau temps. Ce jour-là, à part ce voilier solitaire, la rivière était vide ; en fait, ce n'était pas vraiment une rivière. C'était une vallée envahie par la mer, une ria. Curieux.

Elle arriva à une maison et continua le sentier derrière. Bien qu'elle vît toujours la rivière, le chemin s'enfonçait dans les arbres, très haut au-dessus de l'eau. Tout en faisant attention où elle mettait les pieds afin de ne pas trébucher sur des racines, elle tenta de se rappeler qui venait à cette fête. Hormis la copine de Matt, elle ne savait pas vraiment. Elle consulta sa montre. Cela faisait un quart d'heure qu'elle marchait, et il n'y avait toujours aucun signe de la plage.

À gauche, elle distinguait de petites criques en contrebas, mais rien qui ressemblât à une plage. Elle jeta un coup d'œil par-dessus le bord et vit apparaître entre les rochers une petite étendue de sable qui menait à une grotte. On ne pouvait pas appeler cela une plage, à son avis, mais c'était joli.

Cinq minutes plus tard, on ne voyait toujours personne, et encore moins une fête. S'était-on moqué d'elle ? Avait-elle été le jouet d'une fausse invitation ? D'un bateau monté à la petite citadine ? Ou avaient-ils changé d'endroit et oublié de la prévenir ? Valait-il mieux faire demi-tour ? Elle qui ne voulait pas aller retrouver des gens qu'elle ne connaissait pas… Elle s'arrêta et consulta de nouveau sa montre. Vingt-cinq minutes de marche et rien que des arbres et la rivière. Peut-être s'était-elle trompée de chemin.

C'est alors que des cris lui parvinrent. Elle plissa les yeux et remarqua une crique plus loin. Le sentier descendait et franchissait un ru.

Emma vint à sa rencontre.

— Salut, Hannah, tu nous as trouvés.

— Oui, il m'a fallu un moment.

— Ah bon ?

Emma fronça les sourcils.

— Ce n'est qu'à vingt minutes de la route, pourtant.

— Ça m'a pris une demi-heure, et Fred avait dit dix minutes.

— Peut-être pour lui, avec ses grandes jambes.

Emma sourit.

— Viens faire connaissance.

Hannah fronça le nez.

— Ils ne vont pas te manger.

Emma lui posa une main sur le bras.

— Enfin, pas tous.

Hannah regarda autour d'elle, peu rassurée. La marée, très basse, révélait les rochers qui s'avançaient dans la rivière. Une folle partie de cricket se déroulait sur la plage en pente.

— Je vais ramasser des moules. Tu m'accompagnes ? demanda Emma en s'armant d'un seau et d'un couteau.

— Non, merci.

— Tu n'as qu'à aller donner un coup de main pour le feu.

Emma s'éloigna, et Hannah se tourna vers le groupe de garçons qui jouaient avec les allumettes. Au rythme où ça allait, la plage ne tarderait pas à disparaître dans les flammes. Ils n'avaient nul besoin d'aide.

— Eh ! Hannah ? lança l'un d'eux.

Elle se retourna. Il sourit.

— Tu ne voudrais pas aller chercher du petit bois sur le sentier ?

— Si tu veux, répondit-elle avec un haussement d'épaules.

— Génial.

Il s'attela de nouveau à mettre le feu à la plage.

Hannah traversa le ruisseau et entreprit de ramasser des brindilles en remontant le sentier. Puis elle sortit son téléphone pour envoyer un texto à Abi. *C carré-*

ment l'horreur ici. Suis en trl 2 ramasser du bois pr les autochtones ki mettent le feu partt. Biz. Le message ne voulut pas partir avant qu'elle n'eût atteint le haut de la côte. Putain d'endroit. Elle continua un peu, jusqu'à ce qu'elle eût les bras chargés. Son téléphone émit un signal sonore, mais elle ne pourrait le consulter qu'une fois le bois déposé. Abi faisait probablement du shopping dans Oxford Street ou traînait chez une amie.

Comme d'autres fêtards étaient arrivés, Hannah laissa tomber le bois. Quelqu'un lui proposa une bière, qu'elle accepta. Elle reconnaissait plusieurs visages de l'école, mais la plupart lui étaient inconnus. Elle vida sa bière et écrasa la cannette. Aucun signe d'Emma sur la plage. Les yeux lui piquaient. Elle tenta de l'attribuer à la fumée des branchages, mais, elle devait bien se l'avouer, l'odeur et le craquement du feu lui rappelaient son père. Cesserait-il de lui manquer un jour ? Question stupide. Sa mère avait-elle jamais cessé de lui manquer, alors que son souvenir s'était estompé ?

Elle ferma les yeux pour essayer de se rappeler quelque chose, mais elle ne vit que la colère de son père. « Que m'as-tu laissé, papa, hein ? De la colère et Maddie. »

Hannah s'éloigna. Elle était trop différente des autres. Le sable humide sous ses pieds était parsemé de petits cailloux et d'algues. Il était si dur que ses pas en entamaient à peine la surface. En levant les yeux, elle aperçut Emma, toujours sur les rochers. De la main, la jeune fille l'invitait à la rejoindre, mais Hannah n'avait aucune envie de ramasser de quoi manger par terre. C'était une citadine.

Hannah s'arrêta pour contempler la rivière. C'était joli, mais il n'y avait rien de très intéressant à voir. Ni boutique ni bâtiment, à part une cahute, çà et là, sur l'autre rive. Elle sourit. Les propriétaires n'auraient sans doute pas apprécié qu'on qualifie de cahutes ces maisons à plusieurs millions de livres.

Elle se percha sur un rocher. L'eau continuait de se retirer. La fête avait lieu en fonction de la marée. Très curieux. « À quelle heure ça commence ? Oh ! à marée basse... » Ils étaient tarés, tous autant qu'ils étaient, et elle n'avait rien à faire là.

Elle se leva et entreprit de gagner la crique suivante, plus tranquille, en comparaison de l'agitation qui régnait derrière elle. Le soleil éclairait ce qui semblait être une petite grotte, et quelque chose de bleu brillait sur le sable. Elle s'avança jusqu'au fragment de verre.

Dans la lumière, le bleu émettait presque des pulsations. Elle le glissa dans sa poche et se baissa pour en ramasser un vert. Le sable était couvert de petits morceaux de verre. Telles des pierres précieuses, ils miroitaient sur le sable humide.

Très vite, ses poches furent pleines, mais elle n'avait trouvé qu'un seul bleu. Hannah se demandait s'ils seraient aussi rares dans la crique suivante. Poursuivant sa route, elle s'amusa du bruit des algues qui éclataient sous ses pas. Celles-là n'étaient pas trop glissantes. En revanche, les verts fluo étaient pires que du verglas. Elle s'arrêta pour écouter.

De petits tapotements parvenaient du sable. Elle se pencha vers le sol. Était-ce le bruit de l'eau qui se retirait ou un truc vivait-il dans le sable ? Comme elle ne percevait aucun mouvement, elle se redressa pour poursuivre ses recherches.

Au sommet des rochers, elle fit le point. Le sable n'étant pas au soleil, elle ne voyait pas s'il renfermait des trésors. N'en trouvant aucun, elle continua son escalade vers la crique suivante. La roche glissante était incrustée de chapeaux chinois et de bernacles, dont elle n'avait pas remarqué la présence sur les précédents rochers. Lorsqu'elle releva la tête, elle aperçut enfin des coquillages et des fragments de verre. Même si elle ne savait pas encore très bien ce qu'elle en ferait, elle en voulait davantage. C'est alors que son pied glissa sur un rocher.

Zut. Sa cheville était complètement tordue et ses mains saignaient à cause des bernacles qui lui avaient arraché les paumes.

Maddie ramassa son carnet de croquis pour le ranger dans son sac à dos. En s'étirant, elle admira de nouveau la vue, mais cette fois sans intention de la peindre.

En contrebas, la rivière se séparait de part et d'autre d'un bois épais. Un museau humide vint se nicher dans ses mains. Surprise, Maddie baissa les yeux et découvrit un springer. C'était le chien de Tamsin, qui surgit sur le sentier.

— Vous tombez bien, dit Maddie.

Tamsin sourit.

— Vous connaissiez Daphne ?

Maddie ramassa son sac et emboîta le pas à Tamsin.

— Pas vraiment. Pourquoi ?

— J'aimerais en savoir un peu plus sur elle.

— Normal. Vous devriez commencer par Helen Williams. Elle est au courant de tout ou presque, et, si elle ne sait rien, elle devrait pouvoir vous adresser à quelqu'un.

— Parfait. Où puis-je la trouver ?

— À Pengarrock. Elle en est la gouvernante.

— Pengarrock ?

— Oui, la grande maison un peu plus loin sur la rivière. Vous vous souvenez de Tristan, que vous avez croisé, l'autre soir ?

Maddie opina du chef.

— C'est chez lui.

— À ce propos, vous ne m'avez pas raconté ce qui se passait, finalement.

— Je vois que vous avez bonne mémoire, fit remarquer Tamsin.

Maddie sourit.

— Excellente. Alors, qu'y a-t-il entre Mark et Tristan ?

— Oh ! une vieille histoire.

— Ce qui ne m'en dit pas plus.

Tamsin sourit. Maddie s'effaça derrière elle, car le sentier rétrécissait en se rapprochant de l'eau.

— Judith et Tristan sont donc ensemble.

— Je crois.

— Laissez-moi deviner : Mark a empiété sur les plates-bandes de Tristan en faisant des avances à Judith.

Tamsin s'arrêta et se retourna.

— Non, Mark était là le premier.

— Pourquoi n'en suis-je pas surprise ? Est-ce qu'il s'attaque à toutes les femmes disponibles ?

Maddie leva les yeux au ciel. Il était incorrigible. Tamsin hocha la tête.

— Ils sont donc sortis ensemble. Tristan ne m'a pas paru du genre si jaloux.

Le chien courut devant elles, et Maddie contempla les eaux calmes de la crique du Français. Des branches d'arbre en touchaient la surface et interrompaient les reflets du ciel.

— Je ne me souviens plus. Il vient juste de revenir.

— Alors, racontez-moi.

Maddie ne savait pas très bien pourquoi elle avait tellement envie de savoir. Peut-être était-il plus facile de regarder la vie des autres que la sienne.

— Ça date.

— Quoi ?

Maddie s'arrêta.

— Leur brouille. À cause de Claire.

Tamsin se dirigea vers un tronc d'arbre tombé dans l'eau. Elle s'assit.

Maddie l'imita.

— Claire qui ?

— La femme de Mark.

— Il est marié ? J'aurai tout entendu.

Mark était le dernier que Maddie aurait imaginé marié. Chaque fois qu'elle l'avait vu dernièrement, il était avec une femme différente.

— Veuf.

Maddie écarquilla les yeux.

— Depuis quand ?

Elle baissa les yeux vers les poissons qui nageaient le long de la rive. L'eau était si claire qu'on en voyait le fond.

— Des années.

— Si cela fait si longtemps, pourquoi Tristan est-il si mal à l'aise avec Mark ? demanda Maddie.

— C'est tellement vieux, tout ça.

Tamsin fixa la rivière.

— C'est ce que vous disiez.

Le vent se leva, faisant onduler les reflets à la surface de l'eau. Aussitôt, sa clarté se troubla.

— En effet.

Tamsin se leva.

— Vous n'allez tout de même pas me laisser en plan.

Maddie demeura assise, bloquant le passage à Tamsin, qui croisa les bras.

— Juste après son mariage avec Claire, il est parti aux États-Unis pour un programme d'architecture tandis qu'elle est restée.

Maddie haussa un sourcil. Pour sa part, elle aurait détesté quitter John lorsqu'elle s'était mariée.

— Pourquoi ?

— Elle terminait sa kiné.

— Et alors ?

Maddie fit la moue.

— En quoi cela regardait-il Tristan ?

— En fait, Claire était malade, mais Mark l'ignorait.

— Pourquoi ? s'étonna Maddie.

— Aucune idée. Tout ce que je sais, c'est qu'elle ne voulait pas qu'il le sache.

— Je ne comprends pas.

— Moi non plus, mais je crois qu'il ne se l'est jamais pardonné…, à elle non plus.

— Aïe !

Maddie se leva.

— Comment Mark aurait-il pu se pardonner ? Elle qui avait soigné John, elle s'en voulait toujours. Cela devait être bien pire pour celui qui n'avait rien fait.

— Il n'est pas revenu avant très longtemps.

— Combien de temps ? demanda Maddie.

— Quinze ans.

— C'est long comme purgatoire.

Maddie fronça les sourcils.

— Et qu'est-ce que Tristan a à voir là-dedans ?

— Il l'aimait aussi.

— OK, maintenant, je comprends.

Tamsin rappela son chien.

— Il faut que je file préparer le dîner pour mes troupes.

Elle partit d'un pas vif, laissant Maddie avec l'impression qu'elle ne lui avait pas tout dit.

Hannah tenta de prendre appui sur sa cheville, mais la douleur lui remontait dans la jambe. Alors, elle se hissa un peu plus haut sur la plage, car la marée montait. Les coupures sur ses paumes lui brûlaient à cause du sable, ou plus vraisemblablement du sel. Que faire ?

— Il y a quelqu'un ? cria-t-elle.

Aucune réponse. Elle essaya de nouveau, à plusieurs

reprises, mais toujours pas de réponse. Les larmes lui montaient aux yeux, mais il n'était pas question de pleurer. Ce serait stupide et complètement inutile.

Son téléphone. Pas de réseau. Elle avait froid aux fesses à cause du sable humide, son téléphone ne fonctionnait pas et elle était coincée sur une plage en voie de disparition. Pourquoi n'avait-elle jamais remarqué que la marée était si rapide ? Il lui avait fallu un temps fou pour descendre, mais maintenant la crique lui cédait chaque seconde un peu plus de terrain.

Enfin à quatre pattes, elle continua de se hisser à la force des poings jusqu'à un rocher sur lequel elle put se jucher. Il était situé juste sous le haut talus de la berge, d'où émergeaient des racines crochues comme des doigts. Hannah frissonna. Elle enfila son sweat à capuche. Les rochers déchiquetés autour d'elle étaient couverts de choses sombres, lisses et visqueuses. Son pied palpitait. Elle se pencha pour défaire ses lacets, mais les pulsations redoublèrent.

— Au secours !

De là, sa voix portait encore moins. Elle parcourut la rivière des yeux. Personne. Elle était seule. Des larmes coulèrent sur ses joues. Les rochers qu'elle avait escaladés étaient maintenant submergés. Elle avala sa salive. Allait-elle mourir ici ? Quelqu'un le remarquerait-il, au moins ?

— Pas de panique, on se calme, chuchota-t-elle en essayant de nouveau son téléphone. La barre de réseau clignota, puis disparut. Elle allait jeter l'appareil lorsque, la main levée, elle aperçut un nouveau clignotement.

Debout sur un pied, elle chercha l'équilibre. Le signal semblait stable. Qui appeler ? Maddie ? Elle lui ferait la leçon sur le danger de s'éloigner seule. Elle avait déjà eu droit au discours sur les marées et les plages de Cornouailles. Hannah éclata de rire.

Elle l'avait pourtant écouté, celui-là. Ça ne l'empêchait pas de se retrouver coupée du monde, coincée sur son rocher. Elle composa le numéro, puis retint son souffle, sans oser bouger, de peur de perdre la connexion.

— Hannah, je suis au volant, je ne peux pas te parler pour l'instant. Je viens de croiser une voiture de police. Je te rappelle de la maison.

Maddie raccrocha.

— Au secours ! cria Hannah, trop tard.

Elle répéta le numéro, mais Maddie devait avoir éteint son téléphone. L'adolescente ferma les yeux. Elle ne savait pas quoi faire. « Réfléchis, bon sang, réfléchis. » Elle se frappa la tête avec son téléphone. Idiote. Les secours. Voilà qui elle aurait dû appeler, au lieu de Maddie.

Elle composa le numéro, mais son téléphone émit un signal sonore, puis s'arrêta. La batterie était à plat. Que faire ? Elle leva les yeux. La pente était trop raide pour grimper. L'eau avait érodé le bas du talus et formé un surplomb. En fait, la partie supérieure semblait prête à s'effondrer. Le soleil brillait sur l'eau, mais elle était à l'ombre. Déjà qu'elle ne savait pas très bien nager ; avec sa cheville bousillée, elle n'avait aucun espoir. Sa bouche s'assécha.

— Hannah ? appela Maddie en rentrant des courses.

Aucune réponse dans la maison. Elle décrocha le téléphone pour appeler sa belle-fille. Elle regrettait d'avoir dû couper court à son appel, mais elle avait oublié d'installer le kit mains libres. Elle tomba directement sur la messagerie. Ce qu'Hannah voulait ne devait pas être bien urgent.

Maddie rangea ses provisions, puis étala le fruit de ses recherches sur la table. Daphne, fille d'Edward et d'Agnes Penventon, était née le 24 mars 1921, à Trevenen, où elle était morte également. À sa grande surprise, Maddie avait trouvé des renseignements sur la maison sur Internet ainsi qu'à la bibliothèque. Will avait raison de supposer qu'elle était classée. Comment avait-elle pu passer à côté d'une chose pareille ? Elle se serait bien passée de cette complication. D'un autre côté, cela lui permettrait peut-être de bénéficier d'une aide financière pour réparer le toit.

Le site était occupé depuis la fin du douzième siècle. Au départ, la maison ne possédait qu'une large pièce au rez-de-chaussée et deux petites au-dessus de la partie est. La salle à manger et l'entrée avaient été surmontées d'un étage vers 1540. Maddie regarda la cuisine en essayant d'imaginer à quoi elle ressemblait lorsque la moitié de la pièce donnait sur le toit.

Les derniers grands changements étaient survenus à la fin du dix-huitième siècle, avec l'ajout d'un second étage au-dessus de la salle à manger et de l'entrée, et la surélévation du plafond de la partie abritant l'actuel salon ainsi que la chambre de Maddie. D'après Internet, Trevenen offrait un des plus beaux spécimens de l'architecture résidentielle de la région.

La gorge serrée, Maddie se dirigea vers l'entrée pour étudier la photo de famille. L'une des femmes devait être la mère de Daphne, Agnes. Comme l'autre avait la même taille, Maddie supposa qu'elles étaient sœurs. « Que m'avez-vous légué, mesdames ? Comment pourrai-je entretenir cette maison ? Daphne, comment te débrouillais-tu, seule ? »

Maddie se détourna pour gravir l'escalier principal desservant la pièce dans laquelle Daphne avait dû faire sa chambre. La propriétaire des lieux n'avait pas porté son choix sur la plus belle, mais au contraire sur la plus simple des pièces de la maison. C'est du moins ce qu'avait conclu Maddie en voyant les vêtements et les documents qu'elle y avait trouvés en la nettoyant. Dans le tiroir de la table de chevet se trouvait un recueil de prières usagé, dédicacé à Daphne, qui l'avait reçu pour sa confirmation en mai 1936. Les pages en étaient jaunies par les ans, mais aussi par l'usage. Il en tomba une photo noir et blanc défraîchie d'un jeune homme en uniforme. Au dos figurait le nom d'Arthur Tripconey, inscrit très légèrement au crayon. S'agissait-il du grand amour de Daphne ?

Maddie glissa de nouveau la photo dans le livre, puis caressa les vêtements qu'elle avait sortis sur le lit. Ils étaient tous très anciens. Rien de rétro, on ne pouvait guère parler de style. En effet, Daphne semblait avoir une prédilection pour les vêtements de travail. Il n'y avait que deux robes. Qui était cette femme ?

Elle redescendit au rez-de-chaussée et traversa le salon. La moquette lui donnait la nausée. D'un regard, elle parcourut les abords de la pièce à la recherche d'un endroit où replier cette horreur afin de voir à quoi ressemblait le plancher dessous. Près de la cheminée, elle remarqua une bosse. Impossible de résister.

Cédant à l'impatience, elle tira d'un premier coup sec, puis encore, et, brusquement, elle se retrouva sur les fesses. Devant elle s'étendait un beau parquet, qui avait toutefois grand besoin d'attention.

À quatre pattes, elle remit la moquette en place. Peut-être pourrait-elle faire venir quelqu'un au printemps pour l'aider à l'arracher, alors seulement, elle réfléchirait à la suite. Lorsqu'elle rabattit la vieille carpette, un courant d'air froid lui effleura les doigts. Elle leva les yeux vers l'endroit où elle avait cru apercevoir une souris. Il y avait forcément un espace dans la cheminée. Elle fit la moue. Un souci de plus.

Pour l'instant, mieux valait en revenir à Daphne. Il devait bien y avoir d'autres informations sur sa vie quelque part dans la maison. Peut-être gardait-elle des documents personnels dans le bureau. Maddie avait beau passer devant plusieurs fois par jour, elle n'y était jamais entrée. Debout au milieu de la pièce, elle examina de plus près ce qui s'y trouvait. Rien n'avait bougé, sauf que, cette fois, elle remarqua une vieille bible posée sur le bureau.

Le cuir en était tout craquelé. Ses pages étaient épaisses et légèrement gauchies, mais en bon état. Maddie sentit son cœur s'arrêter lorsqu'elle l'ouvrit.

C'était la bible de la famille Penventon. L'arbre généalogique en couvrait les premières pages. D'une main tremblante, elle parcourut la belle calligraphie.

L'histoire ancienne ne l'intéressait pas ; ce qui lui importait, c'était le passé récent. Au milieu de la page, Maddie trouva ce qu'elle cherchait : le nom de Daphne. Il figurait en avant-dernière position. Daphne avait un frère, Diggory, c'est tout.

Hannah sortit un mouchoir et tenta de ravaler ses larmes. Il y avait déjà assez d'eau autour d'elle. Personne ne viendrait la sauver. Le sable avait disparu depuis longtemps. Coincée sur un rocher, elle allait se noyer sur une plage de Cornouailles.

Cela ne ferait rien à personne, pas même à Maddie. Sa belle-mère serait furieuse. Elle s'en voudrait d'avoir raccroché pour une fois qu'Hannah l'appelait au secours. « Je suis là pour toi si tu as besoin. » Tu parles ! C'était maintenant qu'Hannah avait besoin d'aide.

Merde. Elle allait mourir. Les larmes revinrent en force. Elle ferma les yeux et pensa à son père. Il s'était juste arrêté de respirer. Elle allait se noyer dans une eau glacée. Peut-être ne fallait-il pas lutter ? Peut-être était-ce son destin de mourir maintenant ? Et sa vraie mère ? Hannah sentit sa gorge se serrer. Elle s'en moquait bien aussi. Cela faisait des années que cette femme s'était débarrassée d'elle.

— Ça suffit.

Hannah sortit la bouteille de son sac à dos. Quitte à mourir, autant se saouler. Elle se rendrait moins compte. Mais non, ce n'était pas avec une bouteille de blanc bon marché qu'elle allait s'étourdir. Elle dévissa le bouchon et avala une bonne gorgée. Bien qu'elle manquât de s'étouffer, elle en reprit une autre. Peut-être qu'en descendant la bouteille d'un coup, elle tomberait dans les pommes ? C'était infect, et chaud, contrairement à l'eau sous ses pieds, qui arrivait maintenant à mi-hauteur du rocher. Le soleil commençait à baisser, mais il tapait encore sur les collines de l'autre côté de la rivière. Pourquoi n'y avait-il personne sur l'eau ?

Le vent avait tourné, et l'air froid qui s'engouffrait par l'embouchure agitait le courant. Des vagues arrivaient même jusqu'à sa crique..., son futur tombeau.

Encore une goulée, et la moitié de la bouteille était déjà vidée. Un bourdonnement lui emplit alors les oreilles. Hannah considéra la bouteille. Plutôt fort pour du 13,5°. Mais le bruit s'accrut et elle aperçut un petit bateau s'approcher d'une bouée.

Elle tenta de se lever et bascula dans l'eau. Elle but la tasse. Son corps se raidit. Non ! Elle s'accrocha au rocher et se hissa de nouveau hors de l'eau, les mains brûlées comme par l'acide. La personne à bord du bateau releva la tête, puis continua de relever sa ligne. Enfin sortie de l'eau, Hannah se secoua de la tête aux pieds.

— Au secours !

Sa voix ne portait pas. Que faire ? Le pêcheur remontait un casier à bord.

— Au secours !

Hannah le vit se pencher sur son moteur. Son cœur

bondit. La silhouette lui tournait toujours le dos. Elle joignit les mains et prit une profonde inspiration.

— Eh ! par ici !

La silhouette se retourna et balaya l'eau du regard. Hannah agita vivement les mains.

— Ici ! Ici !

L'homme se détourna, et Hannah s'effondra. L'eau atteignait le sommet de son rocher. C'en était fini.

Cinq

Maddie regarda la pendule. Il faisait nuit, et Hannah n'était pas encore rentrée. Elle hésita, puis décrocha le téléphone pour tenter de joindre le mobile de l'adolescente. Certes, il fallait lui lâcher du lest, mais elle n'avait même pas laissé un mot sur la table pour indiquer où elle allait.

Sans la moindre tonalité de sonnerie, l'appel fut basculé sur la messagerie. Maddie ferma les yeux et, pour la énième fois, regretta l'absence de John. Lui saurait quoi faire. Il saurait comment s'y prendre avec elle. Elle se frotta le front. Ce n'était pas juste, mais elle n'y pouvait rien. Néanmoins, il ne fallait pas perdre de vue que la situation était encore pire pour Hannah.

Le téléphone sonna, et Maddie sursauta.

— Hannah, où es-tu ?

— C'est Tamsin.

— Salut, dit Maddie en s'effondrant sur une chaise.

— Hannah n'est donc pas avec vous ?

— Non. Vous savez où elle est ? s'enquit Tamsin.

— Non, pourquoi ?

— Emma est là et, comme ils n'ont pas vu Hannah en quittant la plage, elle m'a demandé de vous appeler pour voir si elle était rentrée.

— Quelle plage ? demanda Maddie en se levant.

— Ils faisaient la fête sur une plage au bord de la rivière.

— Quand ? s'alarma Maddie.

Toutes sortes d'idées lui passèrent par la tête. Hannah n'était quand même pas assez stupide pour s'aventurer toute seule quelque part.

— Cet après-midi. Je suis sûre que tout va bien et qu'Hannah a fait du stop avec d'autres nouveaux. On va passer quelques coups de fil. Pas de panique.

— D'accord.

— Je vous rappelle dès qu'on en sait un peu plus.

— Merci.

Maddie raccrocha. Il n'était rien arrivé à Hannah ; elle allait forcément bien. Mais si ce n'était pas le cas ? Maddie se prit la tête dans les mains. Elle avait promis à John de prendre soin d'Hannah. Et si elle avait échoué ?

Hannah s'affala dans le bateau. Impossible de parler. Elle n'avait plus de voix à force d'avoir crié, toutefois, cela avait marché. Mark l'avait aperçue.

Trempée de la tête aux pieds, elle tremblait de tous ses membres. Mark l'enveloppa dans son pull, puis remit le bateau en marche. Sans un mot, il jeta un coup d'œil derrière elle pour retrouver leur chemin dans le noir. Des lumières clignotaient sur les deux rives, et le petit bateau était secoué par les vagues.

Or Hannah avait trop mal aux mains pour se tenir. Le vin lui remuait l'estomac, mais elle tremblait trop pour vomir. Un gros homard la fixait de ses yeux perçants dans son casier. Sans la lâcher du regard, il faisait claquer ses impressionnantes pinces. Hannah eut un mouvement de recul. Ces choses vivaient dans l'eau où elle était tombée. Ses tremblements redoublèrent.

— On y est presque ! cria Mark.

Elle n'osait pas le regarder. Dieu sait ce qu'il pensait. Elle était stupide, mais au moins elle était en vie. En levant la tête, elle vit un ponton. Ils étaient sains et saufs. Mark attacha le bateau. Hannah tenta de se mettre debout lorsqu'il lui tendit la main, mais ses jambes ne la soutenaient plus. Il la prit dans ses bras pour la déposer sur la plate-forme en bois.

Avant qu'elle ne puisse dire un mot, il la porta jusqu'au yacht-club, où il s'arrêta devant les toilettes pour femmes.

— Il y a quelqu'un ? appela-t-il.

Comme personne ne répondait, il entra et franchit une autre porte avant de déposer Hannah sur un banc.

— Je vais mettre la douche en marche et te laisser un moment sous l'eau chaude. Je veux que tu y restes jusqu'à ce que je revienne.

Hannah acquiesça de la tête, ou du moins crut le faire. Son corps ne lui obéissait plus. Elle savait maintenant ce que signifiait être en état de choc et d'hypothermie.

Maddie reposa le téléphone et se mit à arpenter la cuisine. Tamsin allait arriver. Que faire ? Que pouvait-elle faire ? Rien. Maddie s'arrêta et appuya la tête contre la fenêtre.

Des phares percèrent alors l'obscurité dans la cour. Comment Tamsin avait-elle pu faire si vite ? Maddie fronça les sourcils en voyant Mark descendre de voiture et sortir quelque chose de la banquette arrière. Son cœur s'arrêta. Une tête blonde était posée contre sa poitrine. Hannah était enveloppée dans une couverture et elle avait la cheville droite bandée. Que s'était-il passé ? Maddie courut ouvrir la porte.

— Bonsoir. Hannah va bien.

Mark porta directement l'adolescente à l'étage.

— Quelle est sa chambre ?

— Au bout du couloir.

Maddie était juste derrière lui.

— Je vais vous ouvrir.

Il marqua une pause et elle se précipita dans la pièce pour tirer la couette sur le lit, puis elle regarda Mark déposer doucement Hannah.

— Mais que s'est-il passé ?

— Une petite mésaventure, expliqua Mark en adressant un regard à Maddie. Repose-toi, Hannah.

Maddie borda la jeune fille. Hannah avait les yeux écarquillés et les mains bandées.

— Merci, dit-elle d'une voix à peine audible.

Mark la salua et tira Maddie par le bras dans le couloir.

— Mark ? fit Maddie en s'arrêtant à l'escalier.

— Elle va bien.

— Oui, mais qu'est-il arrivé ?

— Je relevais mes casiers à homards quand je l'ai entendue crier.

— Où était-elle ?

Et s'il ne l'avait pas entendue ? Maddie en eut la nausée.

— Sur un rocher, dans la rivière.

— Comment ?

— Elle s'était fait surprendre par la marée, dit-il.

— Oh mon Dieu ! Elle a appelé, mais je lui ai raccroché au nez.

Mark haussa un sourcil.

— Vous conduisiez ?

Maddie baissa la tête.

— Regrettable, mais compréhensible.

Il lui passa un bras autour des épaules et la guida vers la cuisine.

— Vous auriez quelque chose à boire ? Je prendrais bien un verre.

— Bien sûr. C'est la moindre des choses que je puisse faire pour vous remercier.

— J'en vois plusieurs autres, railla-t-il.

— Ça m'étonne de vous...

Un faible sourire aux lèvres, Maddie partit chercher le whisky.

Sur la table à côté du lit, Maddie déposa un plateau avec du thé et des toasts. Hannah dormait toujours profondément, le visage très pâle. Sa belle-fille avait failli se noyer. Cela devait l'avoir terrifiée. Maddie préférait ne pas s'appesantir sur ce qui aurait pu se produire. Une fois de plus, elle avait échoué.

Il était 9 h 30, et elle était censée conduire Hannah chez le médecin, qui voulait revoir sa cheville une fois qu'elle serait moins enflée, afin de s'assurer qu'il s'agissait seulement d'une sévère entorse et non d'une fracture. Par chance, avait expliqué Mark, le médecin dînait au yacht-club la veille ; aussi avait-il pu examiner la jeune fille à sa sortie de l'eau.

Assise au bord du lit, Maddie aurait voulu caresser la chevelure d'Hannah, qui ressemblait tant à celle de son père, mais elle joignit les mains. Elle ne savait pas gérer une adolescente. En fait, elle ne savait pas gérer, point. Qu'aurait fait John ? D'un côté, Maddie aurait volontiers étranglé Hannah pour sa bêtise, mais, de l'autre, elle souhaitait simplement la prendre dans ses bras. Elle ne savait pas ce qu'il fallait faire. Elle posa la main sur le front d'Hannah, qui ouvrit les yeux. Malgré sa moue, Maddie s'accrocha. Elle savait maintenant que sa belle-fille devait avoir cherché à l'appeler au secours lorsqu'elle lui avait tout bonnement raccroché au nez.

— Pardon.

Maddie lui caressa de nouveau le front, mais Hannah chassa sa main. Maddie se leva.

— Il faut que je t'emmène chez le médecin. Tu veux que je t'aide à t'habiller ? Si tu changes d'avis, appelle, ajouta-t-elle comme Hannah levait les yeux au ciel.

Maddie quitta la chambre. Que faire ? Comment allait-elle se rattraper ?

Le panier était rempli de pommes. Maddie ne savait pas très bien ce qu'elle allait faire de tous ces fruits. Elle redressa les épaules tout en parcourant des yeux le verger débordant qui descendait en pente douce dans un pli du terrain. Judith était passée jeter un œil au jardin et aux arbres fruitiers.

À son avis, certains appartenaient à de rares variétés anciennes, locales qui plus est. Judith avait pris des photos. Elle avait dit qu'elle reviendrait avec des réponses lorsqu'elle les aurait trouvées.

Ses branches couvertes de lichen donnaient au gris chiné du pommier une douce couleur claire. Les poiriers ployaient sous le poids de leurs fruits encore verts. Maddie se demandait s'il ferait encore assez chaud pour qu'ils mûrissent. Ce serait un tel gâchis de ne pas utiliser ces fruits, mais combien de confiture, de compote, de chutney, etc. allait-elle encore pouvoir faire ? Ces derniers jours, elle avait l'impression de participer à un atelier de cuisine, mais au moins cela lui changeait les idées. Hannah ne parlait plus ; du moins, à Maddie, qui ne lui en voulait pas. Chacune de ses questions se heurtait au silence. Si elle ne l'avait pas entendue bavarder au téléphone avec Abi, Maddie aurait pu croire que sa belle-fille avait totalement perdu l'usage de la parole.

Les bras chargés, elle se dirigea vers la maison. Ce qu'elle aimait ce cadre ! Les champs qui descendaient en pente raide en contrebas du petit plateau, sur lequel se dressait la propriété, puis remontaient doucement. Les lignes du groupe de bâtiments lui donnèrent quelques idées pour un nouveau tableau, mais elle savait qu'elle les aurait oubliées le temps d'arriver à l'intérieur. Elle semblait incapable de retenir quoi que ce soit. L'inspiration lui venait par moments dans la journée, mais elle disparaissait avant qu'elle ait eu le temps de s'en saisir. On aurait dit que certaines de ses connexions internes avaient été débranchées. Elle voyait le monde, elle parvenait à l'interpréter avec sa vision personnelle, mais cela s'arrêtait là. Le maillon permettant de passer à la production avait été coupé ou totalement perdu.

Sans doute réfléchissait-elle trop. Il suffisait de peindre, peindre, peindre, mais, avant de pouvoir s'y mettre, il lui fallait décider ce qu'elle allait faire de tous ces fichus fruits. Elle posa les derniers sur la table de la cuisine.

Un parfum de cannelle et de clou de girofle dissipa ses soucis. Des pots couvraient la moindre surface disponible. Maddie éclata de rire. Jamais elle ne s'était imaginée dans ce rôle de femme d'intérieur. Un peu artiste et bohème, sûrement, mais fée du logis, certainement pas. Et pourtant, cela lui plaisait. En quittant la cuisine, elle admira le travail accompli dans la maison. Son manque d'entretien avait disparu sous une couche de peinture et un intense dépoussiérage. Plusieurs photos anciennes, dont celle des dames Penventon, avaient retrouvé leur place, et elle avait suspendu quelques-unes de ses œuvres qui, malgré leur modernité, s'accordaient parfaitement avec le charme ancien de la maison. Une galerie n'aurait pas présenté meilleure rétrospective de son travail. Aussitôt l'assaillit de nouveau la pensée que toute sa créativité s'était tarie avec la mort de John.

Le chagrin l'envahit. Cela l'étouffait et l'aveuglait. Comment se faisait-il qu'elle soit toujours en deuil ? Que pleurait-elle : son mari ou ce qu'elle avait perdu ? Pour être honnête, elle ne savait pas et, d'ailleurs, elle préférait ne pas trop creuser la question, car cela la faisait trop souffrir. Elle était devenue amorphe. L'homme qu'elle avait juré aimer pour la vie avait ouvert en elle une plaie béante qui ne se refermerait jamais, semblait-il.

Elle traversa la salle à manger pour aller s'asseoir sur le rebord de fenêtre. Malgré la pile de documents entassée sur la belle table, elle trouvait cet endroit paisible. Ses longues jambes repliées, Maddie serra ses genoux dans ses bras et contempla l'arbre.

À hauteur d'yeux, une branche était gracieusement cadrée par une vitre dont le verre déformait les lignes et estompait les bords. Le mélange de verts incita Maddie à se relever pour gagner l'écurie. Elle avait besoin de peindre. D'oublier les pommes, d'oublier la maison, d'oublier tout, et de peindre.

Hannah regardait Maddie s'activer dans la cuisine. Si elle revenait encore à la charge, l'adolescente allait la frapper. Depuis l'incident de la plage, Maddie ne cessait de lui demander comment elle allait, et c'était insupportable. En plus, sa belle-mère avait l'air exténué, presque pire que lorsque son père était mort.

— Tu veux autre chose ? demanda Maddie.

Hannah fit non de la tête. Maddie marqua une pause et se planta à côté d'elle. Hannah serra les dents. C'en était trop ; elle allait devoir dire quelque chose.

— Qu'est-ce qui ne tourne pas rond chez toi ?

— Tout va bien, merci.

— Bon.

Pourtant, Hannah trouvait que sa belle-mère ressemblait à un lapin pris dans les phares d'une voiture.

— Dans ce cas, sors, fais quelque chose. Je n'ai aucune intention d'aller sur la plage.

Il en faudrait du temps avant qu'elle envisage de s'approcher de nouveau de la rivière. Un frisson lui parcourut le dos.

— Hannah.

— Arrête avec tes « Hannah ». Ça fait des lustres que tu ne m'as pas laissée seule. Sors.

— Je vais bien.

— C'est faux. Peut-être que tu devrais faire une petite virée à Londres ou ailleurs. Peut-être même juste au pub. Vas-y, vis ta vie ! Hannah mordit dans une pomme. Je vais appeler Tamsin pour qu'elle passe te prendre ce soir.

— C'est inutile. Je n'ai aucune envie d'aller au pub.

— Bien sûr que si. Tu es sur le point de craquer.

— N'importe quoi. Je suis juste un peu déprimée. Ça arrive.

— S'il n'y a que ça, va te faire harmoniser les chakras, ou je ne sais pas, moi. Mais je crois que le pub fera l'affaire. Paie-toi un verre de vin ou deux ou trois. Vis.

Hannah quitta la cuisine pour rejoindre sa chambre. Elle avait entrepris de transcrire l'un des documents du coffre. C'était sacrément laborieux, mais, avec sa cheville, elle n'avait pas grand-chose d'autre à faire, à part ses devoirs, ces dernières semaines.

Assise sur son lit, elle sortit son bloc-notes, puis ouvrit le parchemin. Elle adorait la manière dont les lettres tourbillonnaient et s'entremêlaient, mais cela n'en facilitait pas la lecture. Jusque-là, elle n'avait déchiffré qu'une dizaine de mots, et l'un d'eux était « Penventon ». Il fallait vraiment qu'elle montre cela à Maddie, mais pas tout de suite. C'était sa trouvaille.

— Vas-tu enfin me dire pourquoi Hannah voulait tant que tu sortes ? s'enquit Tamsin tandis qu'elles quittaient la voiture pour gagner le pub.

Maddie leva les yeux au ciel.

— Aucune idée.

— Elle m'a parlé de déséquilibre, du fait que tu avais un grand besoin de boire.

Tamsin ouvrit la porte du New Inn.

— Ah bon ?

— Oui, selon elle, tu aurais besoin de sexe pour rééquilibrer tes chakras.

— C'est donc comme ça que ça marche ? s'esclaffa Maddie. Je m'étais toujours demandé.

— Je ne sais pas, mais tu m'étonnes qu'ils fassent fortune si c'est le cas, gloussa Tamsin en se dirigeant vers le bar. Vin rouge ?

Maddie acquiesça de la tête et alla se poster près du feu.

— Comment va Mark ?

Tamsin se retourna.

— Égal à lui-même. Pourquoi ?

— Je ne l'ai pas revu, alors, je me demandais.

— Tiens donc ?

Tamsin sourit.

— Oh ! ça va. On ne peut plus s'inquiéter de personne sans qu'on vous fasse des allusions ?

— Non.

« C'est bon à savoir », songea Maddie. À l'avenir, elle s'abstiendrait.

Tamsin se retourna et tendit un verre à Maddie.

— Avale-moi ça et raconte.

— Je ne sais pas, bredouilla Maddie.

— Voilà qui est franc.

Tamsin fit signe à un homme à l'autre bout de la salle avant de s'asseoir à sa table. D'une tape sur le banc, elle invita Maddie à prendre place à côté d'elle.

— Je ne suis pas en forme. Je ne sais pas si c'est le déménagement ou quoi, mais quelque chose me pompe toute mon énergie. Maddie baissa les yeux sur ses mains.

Elle qui contrôlait si bien avant… Tout semblait lui échapper, maintenant.

— Hannah a raison. Tu as bien besoin d'un verre, d'une partie de jambes en l'air et d'une bonne claque aussi.

Tamsin leva la main.

Maddie éclata de rire.

— Pour mon premier, c'est facile. J'éviterai mon troisième en me baissant. Quant à mon deuxième, aucun candidat en vue.

— Je suis sûre que je ne n'aurais aucun mal à te trouver un partenaire consentant.

Maddie vit Tamsin passer en revue les prétendants possibles au bar. Aucun d'eux ne correspondait à ce qu'elle cherchait, mais savait-elle au moins ce qu'elle désirait ? Ce qui lui manquait, c'était l'intimité du couple, la tendresse, la communication tacite. Jamais un coup d'un soir ne lui apporterait tout cela. Par ailleurs, elle ignorait totalement comment laisser de nouveau un homme entrer dans sa vie. En fait, elle ne savait même pas si elle en avait envie. Sans compter, bien sûr, qu'il y avait Hannah.

— Oh ! je n'en doute pas, mais je n'ai besoin de personne pour s'en occuper à ma place. Je ne suis pas du genre à juste m'envoyer en l'air. Ce n'est pas mon style.

Maddie caressa le pied de son verre.

— C'est bien le problème avec nous, les femmes. On a aussi besoin d'un peu d'amour, crétines que nous sommes, hein ?

Maddie sourit. Tout était si simple, à entendre Tamsin.

— Et si je t'arrangeais un rendez-vous ? s'enquit Tamsin.

Maddie frissonna.

— Non.

— Allez. Un rendez-vous, ça ne peut pas te faire de mal. Juste un petit dîner tranquille à Truro ou ailleurs.

— Et où irais-tu pêcher cette âme charitable ?

Maddie eut l'horrible vision de tous les hommes disponibles du comté alignés comme devant un peloton d'exécution pour être soumis à l'évaluation intraitable de son amie. Connaissant Tamsin, aucun ne répondrait aux critères spécifiques de Maddie, mais il s'en trouverait forcément un pour passer un peu de bon temps. Après tout, c'était peut-être de cela qu'elle avait besoin.

— Fais-moi confiance.

— C'est bien le problème, justement, s'esclaffa Maddie.

— Tu verras. Maintenant, finis ton verre.

— Si on arrêtait de parler de moi ?

Maddie but une gorgée.

— Très bien. Regarde qui arrive.

Maddie étudia le grand blond qui venait d'entrer. « Viking » aurait été le terme approprié... Et plutôt appétissant, comme spécimen.

— Oui, je suis tout à fait d'accord, dit Tamsin.

— Avec ?

— Ce qui se lit sur ton visage, s'esclaffa Tamsin.

— De quoi tu parles ?

— Du désir.

Tamsin siffla doucement.

— Voilà un beau morceau pour le satisfaire.

— Chut, il va t'entendre, murmura Maddie.

— Hmmm. Si tu allais nous chercher un autre verre ?

Tamsin la poussa pour qu'elle se lève et la jeta pratiquement dans les bras du Viking.

— Excusez-moi, j'ai trébuché.

Maddie se retourna et fronça les sourcils à l'adresse de Tamsin, qui arbora un sourire innocent.

— Ce n'est pas grave, assura-t-il d'une voix grave, mâtinée d'influences scandinaves.

En attendant qu'il passe commande au bar, Maddie chercha des yeux les gens en compagnie desquels il était venu au pub, mais il semblait être seul.

— Je peux vous offrir un verre ? demanda-t-il.

— Pardon ? fit Maddie, captivée par son regard bleu acier.

— Je vous offre un verre ? répéta-t-il.

— Merci, mais mon amie et moi avons tout ce qu'il nous faut, répondit Maddie avec un sourire avant de détourner les yeux.

— Que faites-vous au bar, dans ce cas ?

Maddie chercha une réponse polie, mais Tamsin était pliée. Impossible.

— Je commande à boire, dit-elle en regardant ses pieds.

— Dans ce cas, permettez, fit-il avec une petite révérence.

Que faire ? Refuser et passer pour une mauvaise tête ? Mais, si elle acceptait, elle se sentirait pire.

— Merci.

— Que buvez-vous ?

— Du cabernet.

Maddie sentit Tamsin arriver derrière elle.

— Salut. Merci pour le verre. Moi, c'est Tamsin, se présenta-t-elle, la main tendue.

— Enchanté. Je m'appelle Gunnar.

— Bonjour, Gunnar. Qu'est-ce qui vous amène par ici ? demanda Tamsin.

Maddie donna une discrète tape sur la cuisse à son amie et but une gorgée tout en étudiant l'homme. Le menton taillé à la serpe et les cheveux d'un blond tirant sur le blanc qui contrastait avec sa peau bronzée, il semblait tout droit descendu d'un drakkar.

— Je tourne un documentaire sur les effets du réchauffement mondial pour l'industrie de la pêche.

— Très intéressant, commenta Tamsin.

Maddie allait s'étouffer si Tamsin continuait.

— Oui, cela affecte la pêche dans le monde entier, mais ici, en Cornouailles, les gros bateaux-usines ne sont pas les seuls concernés, cela touche aussi les petits chalutiers. Ce côté plus individuel, ça rend le sujet plus fort.

— Combien de temps comptez-vous rester ? s'enquit Tamsin.

— Tout l'été. Pour l'instant, on se documente, surtout, mais, quand il fera meilleur, on tournera davantage.

« Génial », songea Maddie. Il ne manquait plus que Tamsin lui demande où il logeait.

— Quand êtes-vous arrivé ? poursuivit celle-ci.

— Il y a une semaine.

— C'est tout ? Où logez-vous ?

Maddie n'en revenait pas de l'audace de son amie.

— J'ai loué un cottage, ici, à Manaccan.

Il sourit.

— Bienvenue dans notre petit monde, Gunnar, conclut Tamsin avec un grand sourire.

— Merci.

Il leva son verre et but en regardant Maddie droit dans les yeux.

Il fallait bien admettre qu'elle trouvait le Viking à son goût avec ses belles dents blanches qui brillaient dans la pénombre.

Six

— À quand remonte la dernière fois où tu as fait l'amour ?

Les mots de Tamsin semblèrent résonner. Tout était un peu flou dans la cuisine, même le sourire taquin de Tamsin qui apparut derrière le bord de son verre. Maddie s'appuya contre le dossier de sa chaise et but une nouvelle gorgée de vin. Il était minuit passé et elles entamaient leur troisième bouteille. Elle savait qu'elle le regretterait, mais, pour l'instant, c'était plaisant.

— Tu me demandais quoi ?

— Tu m'as bien entendue, rétorqua Tamsin.

— Ce n'est pas très sympa, comme question.

— Pourquoi ? demanda Tamsin.

— Je ne sais pas. Et toi ?

— Hier soir, justement.

Tamsin sourit.

— Avec ton mari, j'espère.

— Je ne te le dirai pas.

Maddie se pencha en avant.

— Moi non plus.

— Ça fait si longtemps que tu ne t'en souviens plus ? demanda Tamsin.

— Non, ce n'est pas ça, malheureusement. Je m'en

souviens très bien. On savait que ce serait la dernière. C'était terriblement poignant.

Les larmes faillirent lui monter aux yeux, mais elle les chassa d'un clignement d'yeux et adressa à Tamsin un sourire tremblant.

— Désolée.

Tamsin caressa la main de Maddie.

— Pas depuis, donc ?

— Oh mon Dieu, certainement pas. Qui voudrait d'une vieille bique comme moi ?

Maddie eut un petit rire forcé.

— Tu n'as rien d'une vieille bique, et Gunnar a demandé ton numéro ce soir, et puis il y a Mark. Il te tourne autour depuis ton arrivée.

— Il n'a pas vraiment eu le choix. Je lui suis un peu tombée dessus.

— Il ne s'en est pas plaint, en tout cas.

Maddie sourit. Mark était beau garçon, mais il flirtait avec tout le monde. Ce n'était pas son type d'homme, même si l'emballage n'était pas vilain. Peut-être pourrait-elle lui demander de poser nu pour elle, en tout cas. Sa plastique ne lui avait pas échappé. Elle rougit.

— Je vois qu'il te plaît bien. C'est évident.

— Enfin, Tamsin, à qui ne plairait-il pas ?

— Salut, vous deux.

L'objet de leur discussion entra par la porte de la cuisine avec Anthony, le mari de Tamsin, venu la chercher.

Maddie s'enfonça dans sa chaise. Mark avait-il entendu la conversation ?

— Salut, les garçons.

Tamsin se leva pour sortir deux autres verres, qu'elle remplit en renversant un peu de vin rouge sur la table.

Le regard d'Anthony se posa sur les bouteilles vides à côté de la poubelle.

— On passe une bonne soirée, à ce que je vois.

— Absolument, confirma Tamsin en lui adressant un sourire en coin.

Mark tira la chaise à côté de Maddie. Il sentait la mer.

— Où êtes-vous allés, tous les deux ? s'enquit Maddie avant d'avaler une bonne lampée de son vin.

— Oh ! au yacht-club pour la soirée course. Vous avez loupé quelque chose.

Mark étira ses longues jambes sous la table.

— Non, pas du tout. C'était très bien, nous aussi.

— Maddie nous a préparé un bon petit repas après notre virée au pub.

— D'où les cadavres, commenta Anthony avec un geste de la main en direction de la poubelle.

Tamsin lui assena une grande tape sur le bras. Maddie éclata de rire devant l'air faussement indigné de la victime. Ils avaient l'air si bien ensemble. En était-il ainsi pour elle et John ? En avaient-ils eu l'opportunité ? Ils sortaient tout juste de leur passion de jeunes mariés lorsque le cancer avait mis le holà à leurs ardeurs.

— Alors, si vous nous disiez de quoi vous parliez, toutes les deux ? s'enquit Anthony.

— Jamais de la vie !

Tamsin tapa du poing sur la table.

— Ah ! de sexe, donc, s'esclaffa-t-il en évitant le regard de sa femme.

— Où est Hannah ? demanda Mark à Maddie. Sortie ?

— Elle est juste au-dessus de nous. Elle doit tout entendre, répondit Maddie avec un sourire narquois.

— Comment va sa cheville ?

— Plutôt mieux. Les jeunes guérissent rapidement, dit Maddie.

— Elle est jolie. Mais d'une couleur de cheveux très différente de la tienne, souligna Anthony.

— C'est ma belle-fille.

Maddie songea à la petite blonde au-dessus et fronça les sourcils. Comment auraient été ses propres enfants ? Blonds comme John ou bruns comme elle ?

— Qu'est-il arrivé à sa mère ? s'enquit Anthony.

Maddie se passa la main dans les cheveux.

— Elle a disparu quand Hannah avait trois ans.

— Comment ça ? Portée disparue ?

— Partie. Elle a annoncé à John qu'elle les quittait et qu'elle ne voulait plus jamais les voir, ni lui ni Hannah. John a répondu que, dans ce cas, il voulait que ce soit couché noir sur blanc.

— Ouah ! fit Tamsin.

— Je sais, dit Maddie.

— Je ne comprends pas comment une femme peut abandonner son enfant, reprit Tamsin calmement.

À ces mots, la gorge de Maddie se serra. Peu importait jusqu'où l'adolescente pousserait le bouchon, jamais elle n'abandonnerait Hannah. Elle ne jugeait cependant pas sa mère pour ce qu'elle avait fait. Comment Susan en était-elle arrivée à une extrémité pareille ? Par suite du baby blues ? À cause de John ? Maddie s'arrêta là.

Ce n'était pas juste pour John. Toutefois, elle se demandait si son défunt mari s'était montré aussi exigeant envers sa précédente compagne.

Anthony se tourna vers sa femme.

— Par contre, ça ne te pose pas de problème qu'elle quitte son mari ?

— Bien sûr que non. D'ailleurs, j'y pensais l'autre jour en voyant ton nouvel apprenti. Comment s'appelle-t-il déjà ? Michael ?

— Tu l'épuiserais. Il est trop jeune, s'esclaffa Anthony. Hannah est donc ta fille maintenant ?

— Oui. C'est officiel depuis quelques mois. Hannah n'était pas vraiment ravie, soupira Maddie.

— C'est terrible à vivre, ça, d'être rejetée par sa mère, déclara Tamsin.

Maddie hocha la tête. Elles ne pouvaient plus compter que l'une sur l'autre désormais, et Maddie devait tout faire pour que cela marche. Elle avait promis.

Hannah arpentait sa chambre. Il lui fallait treize pas exactement pour aller d'un bout à l'autre. Elle le savait pour l'avoir vérifié vingt fois. Quel ennui ! Elle sortit le livre de son sac à dos. Ses pages jaunies n'invitaient guère à le feuilleter, mais son professeur avait dit que c'était un bon début pour se renseigner sur la Cornouailles du seizième siècle. Curieusement, il ne lui avait pas demandé pourquoi elle s'y intéressait. Elle devait avoir l'air d'une passionnée d'histoire. C'était inquiétant.

Actuellement, elle essayait de lire un document rédigé en 1570. Elle avait mis des lustres à déchiffrer la date, car elle avait complètement oublié les chiffres romains. L'écriture était superbe, mais le papier, lépreux.

Hannah ramassa la plume de pigeon qu'elle avait trouvée dans le jardin et la tint entre ses doigts en essayant d'imaginer les savants mouvements nécessaires pour une telle calligraphie. Elle regarda les pattes de mouche sur ses devoirs par terre. Son écriture était pitoyable. Vive, enragée et méprisante pour la personne qui allait la lire. Comme c'était vrai ! En l'occurrence, son professeur d'anglais. Avant d'atterrir dans ce trou à rats, elle appréciait moyennement cette matière, mais l'idiote en question n'était qu'une peau de vache. Comme rien ne lui convenait jamais, Hannah avait décidé de ne plus faire aucun effort. Son dernier devoir était couvert de rouge. La garce n'avait encore rien vu.

Hannah posa la plume. Quelle frustration de ne pas arriver à lire ce truc ! Elle considéra de nouveau la lettre et la pile des autres documents. C'était du charabia, mais c'était beau.

Le silence régnant enfin dans la cuisine, elle se glissa vers l'escalier. Lorsqu'elle passa devant la pièce qu'elle attribuait à la fileuse, le clair de lune dessinait d'étranges motifs au sol. Au lieu de tourner pour descendre, elle se lança dans l'exploration. Maddie n'était pas intervenue dans cette pièce. Les murs étaient dans leur jus, et des toiles d'araignée envahissaient tous les coins.

Tout en fixant la pâle lumière dans la cour, Hannah s'assit au bureau dans l'alcôve. Le plateau était recouvert d'un cuir craquelé, et les tiroirs, munis de poignées ouvragées ; elles avaient un contact agréable. Hannah tira sur celle du milieu et découvrit un album de photos poussiéreux qu'elle posa sur le plateau. Au moment où elle en souleva la couverture, un courant d'air s'infiltra par les interstices des fenêtres. Elle frissonna.

Hannah commença à feuilleter les pages grises. La maison avait l'air différente en noir et blanc. À l'époque, la porcherie avait un toit. Les femmes sur les photos étaient grandes, comme Maddie, en fait, ce qui paraissait logique puisque Maddie était plus ou moins parente avec elles. Tout à coup, sa main s'immobilisa, et Hannah s'arrêta de respirer.

En noir et blanc, Maddie posait au pied du grand arbre dans le jardin de devant. Hannah rapprocha l'album de ses yeux. Cela ne pouvait être que Maddie adolescente. Le même nez, les mêmes cheveux, tout. La seule chose qui paraissait curieuse, c'était le chemisier qu'elle portait. Tellement rétro, style années 1970.

Bizarre. Maddie disait n'être venue pour la première fois à Trevenen qu'en avril dernier ; or elle mentait. La preuve. Une fois l'album refermé, elle se demanda ce que

Maddie aurait à dire le lendemain, lorsqu'elle l'obligerait à s'expliquer.

Il devait être au moins midi. Hannah avait mal à la tête. Une chose après l'autre, d'abord, il lui fallait une tasse de thé et un antalgique. Elle ne serait pas la seule. Maddie était complètement bourrée la veille. Tamsin était plutôt drôle. Elle lui avait adressé un clin d'œil quand elle avait resservi sa belle-mère. Maddie allait souffrir aujourd'hui, surtout quand Hannah lui demanderait pourquoi elle avait menti. Hannah sourit. La journée s'annonçait excellente. Elle sauta du lit.

Une fois dans la cuisine, la jeune fille alluma la radio. La vie était chouette parfois. Elle ouvrit la fenêtre et salua le soleil d'un geste de la main. Cela lui ferait du bien de manger. Son morceau préféré passa pendant qu'elle cassait des œufs dans un bol. Elle se mit à chanter et danser.

— Bonjour, Hannah. Tu es en voix.

Mark était appuyé au montant de la porte, les cheveux en bataille et la barbe mal rasée, pareille à une pelouse naissante.

Hannah sursauta.

— Qu'est-ce que vous foutez là, vous ?

Il entra dans la pièce.

— Je viens de me réveiller.

— Ah ! parce que vous venez ici pour le petit-déjeuner ?

— Non.

Hannah posa la casserole à grand bruit sur la table. Cette belle journée tournait au cauchemar. Mark avait dormi là. Il avait couché avec Maddie. Il s'étira.

— Qu'est-il arrivé au coffre ?

— Vous êtes entré dans ma chambre ? Hannah s'arrêta de battre les œufs.

— Oui, j'étais mal réveillé et j'ai cru que c'étaient les toilettes.

— Vous êtes allé pisser dans ma chambre ?

Hannah n'appréciait guère les images qui se formaient dans son esprit.

— Non. Mais j'ai admiré la peinture, dit-il.

Il avait pénétré sur son territoire. Déjà qu'il couchait avec Maddie… Il est vrai qu'elle n'avait pas dû être en état de faire grand-chose. Il y avait trois bouteilles vides et une à moitié pleine sur la table. Une minute : pourquoi cherchait-il les toilettes dans sa chambre ? Maddie en avait dans sa chambre. C'est donc qu'il avait dormi dans la chambre à côté de la sienne et s'était trompé de sens dans le couloir.

— Alors, que s'est-il passé ? insista-t-il.

— Oh ! un accident.

Mark s'empara du café.

— Avec un marteau ?

Hannah leva les yeux.

— Tu veux bien m'expliquer ?

Elle se mordit la lèvre.

— Attendez.

Elle courut à l'étage, s'empara du coffre et revint en courant dans la cuisine. Elle posa la boîte sur la table. Mark l'étudia.

— Tu en as parlé à Maddie ?

— Non.

— C'est bien ce qui me semblait.

— Pourquoi ? demanda-t-elle.

— Tu ne lui racontes pas grand-chose.

— Pourquoi ? Je devrais ?

Hannah regarda ses pieds.

— Pourquoi, en effet ?

Il sourit.

— Oh là là, vous n'allez pas jouer les paternalistes avec moi.

Hannah fronça le nez. Mark éclata de rire.

— Qu'est-ce qu'il y a de drôle ?

— C'est une première. On m'a déjà reproché bien des choses, c'est sûr, mais ça, jamais.

— Il était temps, dit-elle.

— Peut-être, oui.

— C'est sûr. Alors, vous pensez que c'est réparable ?

Elle l'espérait sincèrement. Il était si beau, ce riche bois sombre.

— J'en sais rien. Le bois est très endommagé de ce côté. C'est une antiquité.

— Oui, du seizième, je dirais.

Mark leva les yeux.

— Comment sais-tu ça ?

— À cause des documents qui étaient dedans.

— Des documents ?

— Des trucs.

Elle haussa les épaules. Il n'avait pas besoin de savoir.

— Tu les as montrés à quelqu'un, ces trucs ? Il s'installa sur une chaise.

— Non.

— C'est un secret ? demanda-t-il.

— Oui. C'est moi qui ai trouvé le coffre. Tout ce que je veux savoir, c'est si on peut le réparer, trépigna-t-elle.

— Possible. Celui qui pourra te renseigner habite à un peu plus d'un kilomètre d'ici. C'est le vieux Tom Martin. Il a des tas d'activités, mais la restauration de meubles est celle qu'il préfère.

— Bien. Je peux l'appeler ? demanda-t-elle.

— Oui ou, sinon, tu peux y aller. Comme il n'est plus tout jeune, il ne quitte guère son atelier. Tu peux y passer maintenant, il devrait y être.

— Et comment je fais pour y aller ?

— Tu tournes au bout de l'allée et tu suis la route tout droit jusqu'à un panneau sur la gauche indiquant MARTIN'S FIELD. C'est chez lui. Fais le tour pour rejoindre l'atelier derrière. Tu lui diras que tu viens de ma part.

— Vous dites qu'il est vieux. Vieux comment ? Comme vous ?

— Plus, gloussa Mark.

Hannah secoua la tête. Décidément, elle ne le comprenait pas.

Le toit du cottage apparut avant qu'elle ne distingue le reste. Ses savants entrelacs de chaume surprirent Hannah, qui songea aussitôt à une maison en pain d'épice.

De la musique classique s'échappait de la grange. Ses vastes portes étaient grandes ouvertes, et un néon accroché aux poutres éclairait un homme grand et maigre qui, penché sur un banc, caressait un morceau de bois.

— Il y a quelqu'un ?

Hannah s'avançait avec précaution parmi les chutes de bois et les meubles en morceaux éparpillés par terre. Des yeux d'un bleu comme elle n'en avait jamais vu la regardèrent. Effrayant.

— C'est vous, Tom Martin ?

Hannah fixa le cuir tanné de son interlocuteur. Il était beaucoup plus vieux que Mark ; en fait, on aurait dit un mort-vivant.

— Oui.

Il reposa le ciseau à bois pour lui tendre la main.

— Et tu es ?

— Moi, c'est Hannah Hollis.

— De Trevenen ?

— Oui. Comment le savez-vous ? demanda-t-elle.

— C'est tout petit, le Meneage.

— Carrément.

Hannah leva les yeux au ciel. En effet, Tamsin et tous les autres semblaient toujours au courant de tout, dans ce canton.

— Que puis-je pour toi ?

Ses yeux tombèrent sur l'objet qu'elle tenait entre les mains.

— Mark a dit que vous pourriez peut-être restaurer ceci.

— Mark Triggs ? demanda-t-il.

Hannah acquiesça de la tête.

— Voyons ça. Ses doigts caressèrent le grain du bois jusqu'à l'endroit cassé.

— Tu peux me dire ce qui s'est passé ?

Sous son regard perçant, Hannah se sentait comme à l'école. Sans se démonter, elle redressa les épaules.

— Il s'est cassé.

— C'est ce que je vois. Comment ? lui demanda-t-il, droit dans les yeux.

Elle se balança d'un pied sur l'autre.

— Vous avez vraiment besoin de le savoir ?

— Oui, plus ou moins. Ça m'aide de savoir comment le bois a été abîmé, ça me permet de réfléchir à la meilleure solution pour le réparer.

— Je ne vois pas bien quelle différence ça ferait.

Elle prit une profonde inspiration.

— Un marteau m'a échappé des mains.

— Avec pas mal de force ?

— Oui. Je ne savais pas où il allait atterrir, évidemment.

Elle haussa les épaules.

— Ça se voit. Bien, jeune fille, je crois que je vais pouvoir faire quelque chose.

Il sourit. Hannah s'affala contre la table.

— Super.

— Passe-moi la pince derrière toi, s'il te plaît.

— Oh ! mais combien ça va me coûter ? demanda-t-elle.

— Ce coffre appartient à quelqu'un d'autre ? Il saisit l'outil et retira soigneusement les éclats de bois pour les poser sur le plan de travail.

— Non, c'est un trésor. Il appartient à celui qui le trouve.

Elle regarda au plafond.

— Je vois. C'est donc le tien ?

— Oui.

Hannah baissa les yeux. En réalité, il appartenait à Maddie ; cependant, elle considérait que tout ce qui se trouvait dans sa chambre était à elle.

— J'imagine que tu ne disposes pas d'une grande fortune.

Hannah opina du chef.

— Dans ce cas, tu n'as qu'à nettoyer un peu ici.

— OK.

Hannah remarqua alors la sciure et les copeaux de bois partout.

— Il y a un balai dans le coin, indiqua le vieux Tom, qui se tourna vers le coffre.

Hannah détestait le ménage. À Trevenen, cela ne la dérangeait pas de faire sa chambre, car c'était son espace à elle, mais là, c'étaient les saletés d'un autre. Elle se dirigea lentement vers le balai. Aux murs étaient accrochés des bouts de métal qui ressemblaient à d'antiques instruments de torture. Ce type était-il un vieux sadique ? Était-il prudent de rester seule avec lui ?

— Tu veux bien mettre la bouilloire en marche tant que tu es là-bas ? Je ne sais pas, toi, mais moi je suis assoiffé.

Sa voix rappelait à Hannah ces hommes un peu snobs dans les films en noir et blanc. Il n'avait pas l'air cornouaillais du tout. Il devait être blond, à l'époque où il avait encore des cheveux.

La bouilloire fit un raffut du diable quand Hannah la brancha. Le balai la nargua jusqu'à ce qu'elle se décide à rassembler la sciure autour d'elle. Au moindre courant d'air, le vent soulevait néanmoins de petites tornades qui anéantissaient ses efforts. Cela ne servait à rien. Mieux valait faire de petits tas et les jeter rapidement à la poubelle. Au déclic de la bouilloire, elle se cogna la tête contre le plan de travail.

— Merde, lâcha-t-elle en passant la main sur sa bosse.

— Comment ? Je n'ai pas bien entendu.

Hannah lui jeta un coup d'œil. Malgré son expression neutre, elle aurait juré qu'il rigolait. Le vieux schnock.

— Le thé est dans la boîte derrière la bouilloire. Il y a du lait dans le pichet, sinon il faudra aller faire un saut à la cuisine.

Hannah se dirigea vers la bouilloire en se frottant toujours la tête d'une main, la pelle à poussière dans l'autre. Elle sentait la bosse grossir et le sang battre autour. Elle prit deux tasses sur l'étagère, puis son regard se posa sur une théière au motif à fleurs assorti.

Il y avait aussi des soucoupes, mais elle ne voulait pas s'en servir, car elle savait que ce serait à elle de faire la vaisselle. À coup sûr. Il y avait déjà les deux tasses plus la théière. Au diable les soucoupes ; ça la saoulait d'avoir à les laver aussi.

Dans la boîte, elle trouva une jolie cuillère en argent au manche travaillé. Le contact du décor sous ses doigts lui plaisait beaucoup. Elle renifla le thé en vrac.

— C'est quoi, ce truc ?

Tom releva la tête.

— Tu veux dire quel type de thé ?

— Oui, si on veut.

— Du lapsang souchong.

— Oui, eh ben, le lapsang, c'est pas mon truc, marmonna Hannah entre ses dents.

— C'est un thé fumé chinois très rafraîchissant.

— Youpi. Tellement plus simple que le bon vieux thé normal en sachet ! s'exclama-t-elle.

— Parce que tu aimes cet infâme breuvage ?

Hannah versa une cuillère à café de feuilles dans la théière, puis ajouta l'eau. Elle n'allait pas pouvoir boire ce truc. Elle observa les feuilles tournoyer dans l'eau chaude.

— Il y a des biscuits.

Le vieillard considéra un instant le soleil qui pénétrait par la porte.

— Tu crois qu'il fait trop froid pour s'installer dehors ?

Hannah jeta un coup d'œil à l'extérieur. Le soleil brillait encore. Ça irait s'il avait un endroit abrité.

— Non, ça devrait aller.

— Il y a un plateau par terre, derrière la poubelle.

Hannah le sortit et sourit en découvrant le motif de smiley, très années 1970, qui l'ornait. Il n'allait pas du tout avec les tasses et la théière en porcelaine, mais, après tout, elle n'était pas chez elle. Elle y déposa le lait, la théière, les tasses et le paquet de biscuits. Avant qu'elle n'ait eu le temps de le soulever, le vieux monsieur passa le bras par-dessus sa tête pour attraper les soucoupes, une passoire et une assiette. Puis il sortit les biscuits de leur emballage et les disposa sur l'assiette.

Ce culot. Hannah se tut et le suivit dans le jardin. Ils franchirent la haie par un interstice et débouchèrent dans un ravissant verger ensoleillé et chargé de fruits.

— Alors, miss Hollis, voulez-vous bien faire le service ?

Hannah détourna les yeux du pommier qu'elle admirait et se retourna.

— Vous rigolez ?

— Pourquoi donc plaisanterais-je ?

Assis jambes croisées sur un banc, Tom semblait confortablement installé.

— Pourquoi ? Comment savez-vous si j'en suis capable, d'abord ?

Hannah le fixa droit dans les yeux.

— Il me semble que c'est une compétence de base que tout le monde a acquis passé un certain âge. Je me trompe ?

Hannah se mordit la lèvre en saisissant la délicate porcelaine. Malgré ses mains maladroites, elle parvint à ne rien verser à côté de la petite passoire. Elle lui tendit la tasse, mais il ne la prit pas.

— Al-lô ? Votre thé, dit-elle.

— Non, ce n'est pas mon thé.

— Comment ça, ce n'est pas votre thé ?

— Pour que mon thé soit complet, il me faut une tasse, une soucoupe et une cuillère.

— Vous êtes dingue. On n'a même pas de sucre. Pourquoi voulez-vous une cuillère ?

— Pour remuer le thé, dit-il.

Hannah cligna des yeux. Voilà qu'elle était coincée là, avec sa tasse, comme une idiote. Il n'y avait qu'à faire ce qu'il disait. Ensuite, elle pourrait faire comme bon lui semblerait. Elle prit la soucoupe et posa la tasse dessus. Comme il n'y avait pas de cuillères, elle repartit en chercher dans l'atelier. Comme celle de la boîte à thé, elles étaient en argent travaillé. Sensass.

Au retour, elle courut vers le jardin. Non, le « verger », aurait sans doute corrigé le vieux Tom. Il n'y avait pas de fleurs, juste des arbres fruitiers, ce n'était donc pas un jardin. Elle se prit le pied dans une racine et s'affala par terre.

— Pas de précipitation, miss Hollis.

— Hannah.

Elle épousseta l'herbe sur son jean, puis repartit plus tranquillement vers la table. Le premier thé qu'elle avait servi devait être froid maintenant. Le prendrait-il mal si elle le jetait pour recommencer ? Elle, en tout cas, détestait le thé froid. Aussi le versa-t-elle dans l'herbe en retenant son souffle. Comme il n'émit aucune réclamation, elle reprit à zéro.

— Du lait ? s'enquit-elle derrière ses cheveux.

— Oui, volontiers, juste un nuage. Le lapsang a une saveur si délicate qu'il ne supporte pas l'excès de lait.

— Il m'en faudra beaucoup, alors.

Tenant la tasse, la soucoupe et la cuillère en équilibre, elle lui tendit le tout.

— Merci, miss Hollis.

— Hannah.

Elle se servit à son tour, se demandant si le thé aurait le goût de cendrier, dont il avait l'odeur. Tenant uniquement sa tasse, elle s'appuya contre le dossier du fauteuil en bois et passa une jambe sur l'accoudoir.

— Alors, miss Hollis, qu'est-ce qui vous amène en Cornouailles ?

— Appelez-moi Hannah. Miss Hollis, ça me fait l'effet d'être une vieille institutrice.

— Et c'est un problème ? La plupart des vieilles institutrices, comme tu dis, de ma connaissance sont de délicieuses personnes.

— Sans doute, mais ennuyeuses, je suis sûre.

— Pas du tout.

— Oh ! peut-être pas pour vous.

Hannah se risqua à boire une gorgée et cligna des yeux.

— Revenons à ma question : que nous vaut l'honneur de ta présence en ces lieux ?

— Une putain de malchance, dit-elle en faisant la moue devant son thé.

— Inutile de dire des gros mots, dit-il.

— Je n'ai pas dit de gros mots.

— Si.

— Quoi ? « Putain » ? demanda-t-elle.

— Oui. C'est un gros mot.

— Non, dit-elle.

— Si.

— Peut-être à l'époque des dinosaures, mais plus maintenant.

Hannah commençait à se demander si elle n'était pas montée à bord d'une machine à remonter le temps lorsqu'elle avait franchi le portail, un peu plus tôt. Ce n'était pas désagréable, en tout cas. Le verger était magnifique, et la table et les chaises, d'un joli bleu passé.

— D'où tiens-tu cela ? demanda-t-il.

Hannah se redressa et posa sur la table sa tasse vide, qu'elle avait bue sans s'en rendre compte.

— Écoutez, c'est un mot qu'on dit tous les jours.

— Certes, mais cela en change-t-il la signification pour autant ? demanda-t-il.

— Non, mais personne ne le prend plus dans ce sens.

— C'est qui « personne » ? demanda-t-il.

— Ceux qui ne sont pas des dinosaures. Considérant ses rides, elle tenta de deviner son âge.

— Tu parles des plus de, disons..., soixante ans ? suggéra-t-il.

— Plus ou moins, oui.

— Bien, comme je tombe dans cette catégorie, j'aimerais que tu t'abstiennes de l'employer, d'accord ?

— Oui, oui. Si ça vous ennuie tellement.

— Merci.

Le vieux Tom se cala au fond de son fauteuil.

— Aurais-tu la gentillesse de me resservir un peu de thé ?

Lorsque Maddie ouvrit les yeux pour la seconde fois de la journée, le soleil n'entrait pas par la fenêtre orientée à l'est ; et Mark se tenait au bout du lit avec un plateau. Elle cligna des yeux. La dernière fois qu'elle avait jeté un œil au réveil, il était 8 h et elle s'était dit qu'une petite heure de sommeil supplémentaire ne serait pas de trop. Quel gâchis ! À quoi Hannah avait-elle passé sa journée ? L'avait-elle vue dans cet état ? Peut-être en tirerait-elle une leçon, à savoir que sa belle-mère n'était pas un exemple à suivre dans la vie.

La fin de la soirée, ou plutôt de la matinée, était plus que floue dans son souvenir ; en fait, elle ne se rappelait même pas être montée dans sa chambre.

La dernière chose dont elle se souvenait clairement était d'avoir dit au revoir à Tamsin et Anthony. Elle et Mark étaient ensuite retournés boire un autre verre ou deux dans la cuisine.

— Bonsoir, dit-il.

— Il n'est pas si tard ?

— Presque l'heure de l'apéro, se moqua-t-il.

— Oh non ! grimaça-t-elle.

— Du thé et du pain grillé, peut-être ?

— Peut-être.

Maddie s'appuya sur les coudes, mais s'affala de nouveau. Mark écarquillait les yeux, car elle ne portait qu'une petite culotte. Tu peux me passer le tee-shirt au bout du lit ? demanda-t-elle.

— Bien sûr.

Elle l'enfila en se tortillant sous la couette.

— Désolé. Je n'ai pas réussi à trouver ton pyjama hier soir.

— Quoi ?

Maddie s'assit.

— C'est toi qui m'as mise au lit hier soir ?

Il sourit. Subitement, tout le sang qui travaillait à évacuer sa gueule de bois lui monta au visage.

— Oh mon Dieu ! Qu'est-ce que j'ai fait ?

Le sourire de Mark s'élargit.

— Non, qu'est-ce que j'ai dit ?

Maddie se frotta la tête. C'était de plus en plus inquiétant. Mark s'assit au bout du lit et lui tendit le plateau.

— Ça t'amuse, hein ? fit-elle. Je t'en prie, si je me suis totalement lâchée, si j'ai dansé toute nue dans le jardin, dis-le-moi, que je puisse m'autoflageller.

Maddie vit le rire monter dans la poitrine de Mark, puis éclater avec force. Elle ne put s'empêcher de se joindre à lui.

— C'était si terrible ? parvint-elle à demander.

— Pire.

— Non, je t'ai fait des avances ?

Elle tenta de boire une gorgée de thé. Il toussa.

— Oh non ! On n'a quand même pas… Je n'ai pas... Non, ce n'est pas vrai ?

Maddie considéra le sourire de Mark.

— C'est vrai ?

— Non.

— Ouf.

— L'idée de coucher avec moi est-elle donc si effrayante ? demanda-t-il.

— Euh, je n'y ai pas vraiment réfléchi.

Elle lui jeta un regard en coin. Déjà qu'elle avait du mal à accepter l'idée de sortir avec quelqu'un, alors coucher... Les yeux fermés, elle repensa au pub. Avait-elle vraiment accepté de dîner avec Gunnar ?

— Je suis sincèrement désolée, quoi que j'aie pu faire.

— Tu ne veux pas savoir ? demanda-t-il.

— En toute honnêteté, je préfère ne pas le savoir, non.

Maddie avala sa salive. Ce n'était vraiment plus de son âge.

— Comme tu veux. Mais, pour ton information, j'ai dormi dans l'une des chambres vides, à l'autre bout de la maison.

Elle se frotta les tempes.

— Tu as fui mes propositions ?

— Euh... Je crois qu'il vaut mieux que je me garde de tout commentaire, car, quoi que je dise, ce sera mal pris.

Maddie plongea le nez dans sa tasse.

— Hmmm.

— Ce n'est pas une raison pour ne plus me parler.

— Hannah a vu tout ça ? demanda-t-elle.

— Non.

— Tant mieux.

Maddie se cacha derrière ses cheveux pour mieux déchiffrer son expression. Après un regard à la chambre, où il n'y avait aucune trace de ses vêtements, la panique commença à la gagner.

— Mark, il faudrait quand même que je sache ce qui s'est passé.

Il haussa un sourcil.

— Si tu insistes.

— Oui.

— Eh ! Mark, l'interrompit la voix d'Hannah dans l'escalier. Ton mobile sonne.

— J'arrive.

Il se tourna vers Maddie et la regarda droit dans les yeux.

— Je reviens.

Sa main lui caressa la cheville sur la couette, et elle sentit un picotement lui remonter le long des jambes.

Maddie était maintenant à la table de la cuisine. Le monde s'était enfin arrêté de tourner autour d'elle.

Jamais plus elle ne prendrait une telle cuite, se promit-elle. Elle leva les yeux vers Mark.

— Comment a été Hannah aujourd'hui ?

— En excellente forme.

— Bien. Je m'en veux toujours terriblement de ce qui lui est arrivé.

Le perpétuel silence d'Hannah accentuait son sentiment de culpabilité. Il grandissait de jour en jour.

— Ce n'était pas ta faute.

— Mais si je l'avais écoutée au lieu de m'inquiéter de la police...

— C'est fini et elle va bien.

— J'espère.

Maddie croisa les doigts, puis les cacha en entendant Hannah arriver.

— Enfin levée ? fit l'adolescente.

Maddie la regarda derrière le bord de sa tasse.

— La galerie a appelé un peu plus tôt, annonça-t-elle, l'air de rien.

— Ah bon ? réagit aussitôt Maddie.

— Oui, et j'ai expliqué que tu ne pouvais pas répondre parce que tu avais la tête au fond de la cuvette.

— Tu as quoi ?

Maddie faillit renverser son thé en se levant.

Mark recula vers l'évier.

— Eh ! j'ai cru que c'était là que tu étais, vu le bruit.

Maddie s'effondra sur sa chaise et se prit la tête entre les mains.

— Merci. Je ne peux pas te reprocher ta franchise, mais tu m'as sans doute fait perdre une vente.

— Je n'ai pas dit que c'était à cause des quinze litrons que tu t'étais enfilés hier soir.

Maddie leva les yeux.

— Dieu merci.

— J'ai dit que c'était à cause des vingt litrons.

Hannah se leva et quitta la pièce en valsant.

Maddie se mit à réfléchir à toute vitesse. Comment réparer les dégâts ? Avec un peu de chance, ils croiraient à une blague. Hannah revint et jeta un vieil album de photos sur la table.

— Tu m'as menti.

— Quoi ?

Maddie se frotta le nez entre les yeux. Alors que sa situation avec la galerie périclitait peut-être, Hannah piquait une de ses crises. Elle lui faisait payer le bon temps qu'elle avait pris la veille.

— Tu as dit que tu n'était venue pour la première fois à Trevenen qu'en avril dernier.

— En effet.

Maddie fronça les sourcils.

— Menteuse. Tiens, regarde.

Hannah ouvrit l'album et montra du doigt une photo. Maddie en resta bouche bée. Elle se voyait devant le grand arbre ; pourtant, ce ne pouvait être elle.

— Voilà la preuve.

Hannah tapota la photo du doigt. Maddie sentit son cerveau se vider de son sang, et la pièce se mit à tourner.

— Qu'est-ce qu'il y a ? On te prend en flagrant délit de mensonge et tu tournes de l'œil ?

Maddie tira l'album sur ses genoux. Devant les larmes qui commençaient à lui couler sur les joues, Hannah battit en retraite. Mark s'avança. Elle tenta de se ressaisir.

— Ce n'est pas moi.

— Mais bien sûr ! Tourne les pages, tu verras, c'est toi. Toi, quand tu étais ado. Drôle de look, d'ailleurs.

Maddie se moucha.

— Où as-tu trouvé ça ?

— Dans le bureau de la pièce où il y a les livres. Alors, tu t'en souviens maintenant ?

— Ce n'est pas moi. C'est ma mère.

Maddie tenta de comprendre ce que cela signifiait, car il ne faisait aucun doute que la jeune fille sur la photo était sa mère.

— Ce n'est pas ta mère. Elle était petite et grosse.

— Ma mère adoptive, oui. Là, c'est Nancy Penventon, ma mère biologique.

Hannah s'effondra sur la table.

— Tu as été adoptée ? Tu ne me l'avais jamais dit.

— Je croyais l'avoir fait.

— Non, je m'en souviendrais.

Maddie se rendit vaguement compte qu'Hannah avait l'air déçue.

— Je suis désolée.

Hannah haussa les épaules.

— Tu n'as jamais voulu connaître ta mère ?

— Si, mais je n'ai su que j'avais été adoptée qu'en terminale.

Maddie percevait une envie dans la voix d'Hannah. Elle comprenait. Hannah devait être hantée par l'abandon de sa mère. Comme sa mère adoptive était merveilleuse, Maddie ne s'était pas posé tant de questions sur sa mère biologique. Elle n'avait pas manqué d'amour dans la vie. À son avis, Hannah, en revanche, se posait plus que des questions. Sa belle-fille s'en voulait-elle ?

— Tu l'as cherchée ? Rencontrée ? Où est-elle ?

— Dans un cimetière du nord de la Cornouailles. Elle est morte en me donnant naissance à seize ans.

— Ouah ! Elle était juste un peu plus vieille que moi.

Maddie hocha la tête.

— Tu avais déjà vu des photos d'elle, avant ?

— Non.

Maddie leva les yeux vers Hannah et vit sa gorge se serrer. Puis, à sa grande surprise, l'adolescente lui posa la main sur le bras. Elle ne l'avait pas volontairement touchée depuis la mort de John. De gros sanglots secouèrent Maddie. Hannah eut un mouvement de recul.

— J'y vais.

— Tu veux que je reste ?

La voix de Mark, qui lui tendait une boîte de mouchoirs en papier, semblait très lointaine.

Maddie fit non de la tête. Elle avait besoin d'être seule.

La pièce était plongée dans la pénombre, et Maddie ignorait depuis combien de temps elle regardait la même photo. Au bruit de la fenêtre derrière elle, elle revint à la première page. Daphne, toute mince dans sa salopette, se tenait dans le jardin avec une pelle.

Son visage lui semblait familier malgré les années passées depuis le portrait sans une ride qu'elle croisait chaque jour dans l'entrée. Sur ce cliché non daté, Daphne devait avoir entre quarante-cinq et cinquante ans.

Maddie continua, la main tremblante. Sa mère était venue là. Pourquoi s'en étonner ? Comme il était indiqué sur son acte de naissance qu'elle était née à Plymouth, Maddie avait toujours supposé que sa mère vivait dans les environs. Elle qui croyait n'être rattachée à Trevenen que par des liens distants, ces photos semblaient indiquer le contraire.

Sous les yeux de Maddie, Nancy posait sur la plage. Elle avait l'air mal à l'aise, mais elle était belle. Même en noir et blanc, Maddie percevait des traces de bronzage sur les épaules de sa mère. Avec précaution, elle souleva le cliché pour le retourner. *1970.* Maddie tenta de faire le calcul. Sa mère était-elle enceinte d'elle à l'époque ? Cela ne se voyait pas du tout..., mais sur elle non plus. Qui était son père ? Avait-il aimé sa mère ? Peut-être n'y avait-il pas eu d'amour ? Maddie caressa chacun des portraits de sa mère au fil de l'album. Le sourire de Nancy irradiait un peu plus de photo en photo. Aucune ombre ne venait assombrir ses yeux clairs. Nancy semblait amoureuse, mais de qui ?

Lorsque Maddie avait appris son adoption et la mort de sa mère, elle avait posé des questions sur son père, mais ses recherches avaient abouti à une impasse. Son acte de naissance mentionnait seulement *père inconnu.*

Or, c'était tout ce que possédaient ses parents adoptifs. Certes, ses questions étaient restées sans réponse, mais elle avait eu une vie agréable, et ses études d'art avaient pris le relais ; elle avait laissé tomber. À quoi bon servait-il de connaître le passé ? Seul l'avenir comptait.

L'avenir ? Que pouvait-elle espérer maintenant ? Elle était veuve, avec une ado pleine de ressentiment sur les bras. Maddie reposa délicatement l'album sur la table. En s'étirant, elle toucha les poutres du plafond, pleines d'anciens trous de ver et de marques d'assemblage. Tout autour d'elle évoquait le passé. À elle de se donner un nouvel élan. Il lui fallait un projet. La vie n'était pas terminée parce qu'elle était seule. Peut-être était-ce une bonne chose de découvrir sa mère et son passé, peut-être cela lui permettrait-il d'avancer.

Avant Trevenen, son passé était simple. Était-elle en train de détruire cela ? Était-ce trahir ses parents adoptifs que de vouloir en savoir plus sur ses parents biologiques ? Maddie se frotta les tempes. Charles et

Grace Smith l'aimaient. Tout ce qu'ils lui avaient jamais demandé était de garder la foi. Maddie éclata de rire. Comme elle n'avait pas respecté cette parole, en découvrir plus sur ses parents ne serait pas pire.

— Trevenen, quels secrets me réserves-tu encore ?

Un frisson la parcourut. Elle regarda l'arbre par la fenêtre. Sa mère s'était tenue juste là, elle avait souri à un photographe. Nancy avait passé au moins un été ici avec Daphne. Qui était-elle pour Daphne ? Et qui détenait ces réponses ?

Sept

Maddie ne cessait de contempler la photo de sa mère. Elle ne s'en lassait pas. Pour quelqu'un qui avait si facilement abandonné la partie autrefois, cela virait à l'obsession. Elle avait même sorti une photo de l'album pour la glisser dans son carnet de croquis. Et maintenant, au lieu de se laisser inspirer par la beauté de son environnement en cette magnifique journée, son esprit était assailli par toutes sortes de questions concernant sa conception. Que s'était-il passé ? Qui était son père ? Où était-il ?

En cette fin de mois d'octobre, on se serait cru en août. Le soleil était si chaud qu'elle s'adossa à son sac pour regarder paître les moutons parmi les hautes herbes jaunes dont Nare Head était couvert. Pas la moindre brise ne venait la rafraîchir et, dans un demi-sommeil, elle se laissait bercer par le doux ressac qu'elle percevait sur les rochers en contrebas.

— Tiens, tiens, mais qui voilà ?

Maddie sourit sans ouvrir les yeux, ravie d'entendre la voix de Mark, dont elle sentit l'ombre sur elle.

— Un baiser réveillerait-il la Belle au bois dormant ?

Un sentiment de panique mêlé d'excitation la sortit de sa torpeur. Lorsqu'elle ouvrit les yeux, le visage de

Mark était si près du sien qu'elle distinguait la longueur de ses cils. Un sourire planait sur ses lèvres.

Il aurait suffi d'un léger mouvement de sa part pour que leurs bouches se touchent. Que voulait-elle ? La drague était juste un mode de fonctionnement chez lui, alors qu'il n'était pas dans sa nature à elle de se comporter ainsi.

— Salut, répondit Maddie en tâchant de retrouver son bon sens.

La chaleur l'avait séduite bien avant l'arrivée de Mark.

Il s'écarta.

— Ah ! Elle se réveille.

Maddie cligna des yeux et afficha un sourire forcé.

— La prochaine fois, je serai plus prudente. On n'est jamais à l'abri d'un prince charmant, sur ce promontoire.

— Carrément ! Tu aurais aussi bien pu recevoir un baiser de l'un de ces moutons, là-bas.

Maddie éclata de rire.

— Qu'est-ce qui t'amène ici ?

— La station de surveillance du littoral.

Maddie inclina la tête.

— Leur téléphone est en panne à cause de l'installation d'un nouveau poteau sur la route, et on m'a demandé d'apporter son déjeuner à une tête en l'air.

— Toujours à secourir les âmes en détresse ?

— Tu me connais.

— Oui.

Pourtant, Maddie n'arrivait pas du tout à le cerner.

— Je ne serai pas long. Je dépose ça et je reviens.

Il s'éloigna à grands pas. En le regardant rejoindre la cabane, Maddie se surprit à éprouver une pointe de désir. Elle n'avait pas de raison de se le reprocher, mais, ces derniers temps, elle s'en voulait pour tout.

Elle compara le croquis de Falmouth Bay, posé sur ses genoux, à la vue. En ce moment, un pétrolier à la coque rouge était à l'ancre, et le contraste des couleurs était saisissant. Son premier essai était lamentable.

Elle sortit ses pastels et une feuille vierge. Ses doigts voletèrent durant quelques minutes sans se préoccuper d'autre chose que des formes et des couleurs alentour. Le bonheur total. Quel soulagement !

— Quelle rapidité ! commenta Mark en étudiant son œuvre.

Maddie leva la tête. Elle n'avait pas remarqué son retour. Ces instants d'évasion étaient si rares dernièrement.

— Ça arrive, parfois.

Elle laissa tomber le papier pour ramasser son bloc. Au fusain, elle esquissa les traits de Mark. Son geste ralentit lorsqu'elle en vint à la bouche. Du pouce, elle estompa l'ombre sous sa lèvre et s'attarda. Puis elle s'interrompit et leva les yeux. Il la fixait d'un regard intense. Elle avala sa salive.

Cette fois, le croquis ne l'avait pas transportée loin du monde, il l'avait au contraire forcée à y revenir. Elle porta la main à sa bouche.

Il suivit son geste des yeux, puis un sourire se dessina sur ses lèvres.

— Le fusain rend beaucoup mieux sur le papier, mais j'avoue que ça te va bien aussi.

Maddie éclata de rire. Ses doigts étaient couverts de noir, et sa bouche, elle le savait, ne devait guère être mieux. Il ramassa la photo de sa mère.

— Elle était très belle. Comme toi, d'ailleurs.

Maddie éclata de rire et adopta une position plus confortable.

— Merci.

— Tu es contente, finalement, d'avoir une photo d'elle ?

Maddie s'apprêtait à répondre que oui, mais elle se ravisa.

— Je ne sais pas.

Elle regarda au loin vers la mer. Un voilier avançait lentement sous la brise légère, ce qui devait frustrer les marins, mais au moins il n'était pas encalminé.

— C'est merveilleux, ces photos, mais… je n'arrête pas de me demander si je n'aurais pas préféré ne rien savoir.

Elle eut un rire caustique.

— C'est terrible à dire, non ?

— Pas vraiment. Je comprends. Il vaut mieux ne pas remuer certaines choses quand on sait que les réponses ne changeront rien.

— C'est vrai, dit Maddie en se levant. Tu es en voiture ?

Il acquiesça de la tête.

— Tu peux me ramener ?

— Bien sûr, répondit-il en souriant.

— Tu as l'air aux anges, déclara Tamsin, souriante.

— Hmmm, fit Hannah en jouant avec le cœur de son collier.

— Ce n'est pas si mal, ici, hein ?

— Sans commentaire.

— Cette joie aurait-elle quelque chose à voir avec le prochain retour d'un certain garçon ?

— Je ne vois pas de quoi tu parles, dit Hannah en regardant ses mains.

— Bien sûr. Suis-je donc bête ! Ce sont tes révisions pour ton exam de maths qui te mettent en joie, rétorqua Tamsin, l'air très sérieux, et Hannah éclata de rire.

— Absolument.

Hannah ramassa ses livres et sortit de chez Tamsin par la porte de derrière. Pourquoi la perspective de revoir Will l'excitait-elle autant ? Ils n'étaient pas encore amis ni quoi que ce soit.

Pourtant, elle devait bien l'avouer : elle comptait les heures. Il devait rentrer le vendredi, et il y avait un truc de prévu au yacht-club le samedi soir. Il ne l'avait pas invitée directement, mais par l'intermédiaire des fils de Tamsin. Elle y serait allée de toute façon, vu qu'il n'y avait rien d'autre à faire dans ce bled.

Elle ne pouvait même pas surfer sur Internet, car Maddie ne s'en était pas encore occupée. La faute à la maison, disait-elle, ou plus précisément au réseau électrique. Hannah en était réduite à se servir de l'ordinateur à l'école pour communiquer avec le reste du monde. C'était vraiment l'âge de la pierre, ici.

Son sac à dos posé contre la haie, elle sortit son téléphone et relut le message d'Abi. *Roulé 1 pelle à Andrew ir soir. gnial. J sais qu'il te plaisait b1, mè kom t pa là. jSpR ke tu ne m'en voudras pa. Biz.* Hannah se mâchouilla la lèvre inférieure. Que ressentait-elle ? Elle tapa une réponse. *T'en veux pa. Me sens juste 1 pe à l'écart, mm 6 j ne suis pa pr le ménage à 3. Qd vi1-tu me voir ? Biz.*

Avant d'appuyer sur « envoi », elle marqua une pause pour admirer la vue. De là, elle surplombait le pli du relief. Il était parsemé de champs et découvrait un étonnant point de vue sur la mer.

Chaque fois, elle éprouvait un pincement au cœur devant tant de beauté inattendue. Le curieux mélange entre la nature et la main de l'homme – les prés bien délimités, les touffes d'arbres et la mer. Ce jour-là, il faisait si clair qu'elle avait l'impression de pouvoir quasiment toucher l'eau malgré la distance.

Il lui fallait bien admettre qu'elle n'avait jamais rien vu de tel lors de ses pérégrinations à Fulham. Les bords de la Tamise étaient plaisants, mais pas d'une beauté à couper le souffle, compte tenu de la pollution. N'empêche, même si c'était nettement plus beau ici, Londres lui manquait.

Elle envoya son message, ramassa son sac et reprit le chemin de la maison. La maison ? Non, Trevenen n'était pas sa maison. Ce n'était pas chez elle ; elle n'avait plus de chez-soi. C'était à Trevenen qu'elle habitait pour l'instant. C'était le toit qui la protégeait de la pluie...

Enfin, tout juste. Non, ce n'était pas juste de dire ça. Trevenen était un endroit intéressant ; il ne fallait pas être trop dur avec cette maison. Ce plaisir, elle le réservait à Maddie, qui l'avait traînée là. Oui, c'était Maddie la responsable de tout, y compris des pelles qu'Andrew roulait à Abi.

Maddie jeta plusieurs jupes sur son lit. Quelle tenue adopter ? D'ailleurs, pourquoi avait-elle accepté l'invitation à dîner de Gunnar. Euh, il était super beau, c'était déjà une bonne raison, mais cela faisait vraiment une éternité qu'elle n'était pas sortie avec quelqu'un. Inutile de se monter la tête. Ce n'était qu'un dîner. Un dîner, cela n'avait rien de compliqué. Elle savait se tenir à table et faire la conversation. On ne lui en demandait pas davantage.

Maddie remplit la baignoire et versa la dernière goutte de l'huile de bain que John lui avait offerte. Quelque part, elle savait qu'il approuverait. Il ne lui avait demandé que trois choses. La première était de s'occuper d'Hannah – ce qu'elle n'arrivait pas très bien à faire pour le moment. La seconde était de continuer à sourire à la vie. À vrai dire, elle n'avait pas fait beaucoup mieux sur ce plan non plus. C'était l'échec sur toute la ligne, sauf pour sa dernière requête. Cet engagement-là, elle l'avait respecté.

Une fois dans l'eau, elle savoura l'odeur de gardénia qui flottait autour d'elle. Indépendamment de sa volonté, des larmes lui coulèrent sur les joues. En se caressant le bras, elle se remémora la dernière fois qu'ils avaient fait l'amour. C'en était presque comique tellement c'était triste. John était si faible, si frêle. Ils avaient ri et pleuré. Il lui avait caressé la peau, comme s'il voulait y imprimer son amour dans chaque pore. Son état s'était si vite détérioré ensuite. Un an à peine s'était écoulé depuis.

Comment avait-il pu l'abandonner, s'il l'aimait tant ? Comment avait-il pu lui demander cela ? Tout était chamboulé dans sa tête. Il connaissait sa foi, et pourtant il lui avait demandé la seule chose qu'elle avait juré ne jamais faire. Le pardon était maintenant impossible. Elle se frotta la peau avec le loofah. Si seulement elle pouvait gommer ce douloureux souvenir aussi facilement que ses cellules mortes…

Le soufflé lui fondait dans la bouche. Quelle technique le chef avait-il employée pour obtenir un aussi divin mélange de crabe, de citron et de fromage ? se demandait Maddie.

— L'entrée te plaît ? demanda Gunnar avec un sourire.

— Beaucoup. C'est si léger et pourtant si onctueux. Tu veux goûter ?

— C'est gentil.

Il lui tendit sa fourchette.

Elle la remplit et se demanda pourquoi elle avait tant appréhendé cette soirée. Les manières presque démodées de Gunnar rendaient tout si simple ! Avec un sourire, il lui prit la fourchette. Elle vit briller un éclat dans ses yeux.

Comment un regard d'un bleu aussi froid pouvait-il exprimer tant de chaleur. Maddie éprouva un petit picotement agréable au creux de l'estomac.

En relevant la tête, elle vit Mark entrer dans le restaurant, une autre femme, encore, au bras. Elle sourit. Savait-il au moins se contenter d'une seule ? Quelque part, elle en doutait, et elle se demanda s'il n'en était pas attristé.

Le contact des doigts de Gunnar sur sa main la ramena à leur conversation. Avec douceur, il caressait sa peau blanche, une sensation qui lui plaisait. Elle leva les yeux vers lui.

— Parle-moi de ta peinture, l'exhorta-t-il.

— Quoi te dire, si ce n'est que je n'arrive à rien, à part quelques croquis ? s'esclaffa-t-elle.

— Quand as-tu su que c'était ce que tu voulais faire ?

— Ça, c'est facile.

Elle sourit.

— Depuis toujours. D'après ma mère, je passais mon temps à dessiner, à peindre, etc.

— Tu n'as jamais rien envisagé d'autre ?

— Non.

Le serveur arriva avec leur plat. Tous deux avaient choisi le filet de bar accompagné d'une purée de céleri.

— J'adore la cuisine ici.

Gunnar marqua une pause.

— Comme ils n'emploient que des produits locaux, on a le goût du terroir.

Maddie cligna des yeux. Elle voyait ce qu'il voulait dire.

— C'est vrai.

— Ce poisson a probablement été pêché au large des Manacles.

— Les Manacles ?

— De dangereux récifs au large de la côte. Ils ont causé plus d'un naufrage.

Maddie écarquilla les yeux.

— Oui, si tu visites l'église de Saint-Keverne, tu en verras la liste. C'est triste, mais ce récif est une bénédiction pour la pêche. J'y suis allé il y a plusieurs semaines.

Elle hocha la tête. Ces naufrages lui faisaient penser à ce qui était arrivé à Hannah.

— Quelque chose ne va pas ?

Elle cligna des yeux. Pas question de laisser la culpabilité lui gâcher la soirée.

— Non, non, je me demandais juste si j'avais encore de la place pour un dessert.

— On peut partager.

— Entendu.

Maddie fixa son attention sur son compagnon pendant qu'il lui racontait sa pêche dans les Manacles, mais elle ne parvenait pas à se défaire des images de noyés.

— J'ai l'impression que tu es fatiguée, dit-il.

— Oh ! je suis navrée.

— Il n'y a pas de quoi. On y va ?

Elle opina du chef. Gunnar régla l'addition sans accepter qu'elle y participe. Un vrai chevalier, sauf qu'elle aimait encore mieux le voir en Viking. Tandis qu'il l'aidait à enfiler son manteau, elle croisa Mark du regard.

— Merci, dit-elle en se tournant vers Gunnar, puis elle se dirigea vers la sortie et adressa un signe à Mark, qui se leva.

— Maddie, quel plaisir de te voir ici !

— On s'est régalés. J'espère que vous apprécierez aussi, dit Maddie avec un hochement de tête vers la table.

— Tu connais Natalie ? demanda-t-il.

— Non.

Maddie sourit et tendit la main à la petite blonde.

— Bonsoir, fit Natalie.

— Mark, tu connais Gunnar ? Il habite à Manaccan.

— Bonsoir, Mark.

Elle le vit jauger Gunnar et remarqua que le Viking était plus grand, mais pas aussi large de carrure.

— Comment va Hannah ? s'enquit-il.

— Bien.

Avec un demi-sourire, elle s'écarta à l'approche du serveur.

— Vous allez être servis. On vous laisse profiter.

Maddie adressa un vague sourire à Mark et Natalie avant de guider Gunnar vers la sortie d'une main dans le dos.

Elle avait oublié la sensation du contact d'un homme. Sa densité. Le simple fait de toucher Gunnar, même de manière aussi banale, réveilla ses souvenirs. L'air froid lui chauffa les joues le temps de rejoindre la voiture.

— Merci pour ce dîner.

— Ce fut un plaisir.

Il lui tint la portière ouverte.

Personne n'avait fait cela pour elle depuis la mort de son père. Il avait toujours eu ce geste de gentleman envers elle. Maddie se félicita que Gunnar ne puisse pas voir comme sa gorge se nouait dans l'obscurité. Son père était décédé depuis longtemps. Pourquoi son souvenir la rendait-il subitement si émotive ? De grosses gouttes de pluie se mirent à tomber sur le pare-brise. Tandis que Gunnar se concentrait sur la route, elle s'efforça de contenir ses émotions. Elle avait passé une agréable soirée, c'est tout ce qui importait.

— Maddie, peux-tu m'indiquer la route, s'il te plaît ?

— Bien sûr, répondit-elle, séduite par son charmant accent.

Trevenen sembla surgir sans prévenir. Elle était arrivée. La maison était plongée dans le noir, à l'exception de la lumière au-dessus de la porte. Hannah lui avait à peine adressé la parole, si ce n'est pour lui annoncer, un peu plus tôt, qu'elle sortait avec les Tamsin. Elle consulta sa montre : 22 heures. Il n'était pas tard. La voiture était maintenant arrêtée… Que faire ? Lui proposer d'entrer ? Était-ce trop osé ? Elle se tourna vers lui tandis qu'il lui tenait la portière ouverte.

— Tu veux prendre un café ?

— Ce serait avec plaisir, mais j'ai rendez-vous avec des pêcheurs demain matin… à 5 heures.

— Oh !

Maddie se tourna pour partir.

— Sincèrement, Maddie, ça me dirait bien, mais je vais avoir du mal à me lever à cette heure-là.

— C'est sûr.

Arrivée à la porte, Maddie se retourna. La pluie avait faibli, mais elle sentait encore les gouttes sur son visage.

— Merci encore pour cette soirée.

Elle se dressa sur la pointe des pieds pour l'embrasser sur la joue. Sa très légère barbe, invisible, lui picota les lèvres. Comme elle marquait une pause, sans s'écarter, afin de savourer sa proximité, elle le sentit tourner la tête. Ses lèvres se posèrent alors sur les siennes. Elle fut bien incapable de bouger.

— Dînons ensemble la semaine prochaine, un jour où je n'aurai pas rendez-vous à l'aube le lendemain, lui suggéra-t-il à l'oreille.

— Oui, ce serait sympa.

— Mardi ? proposa-t-il.

— Pourquoi pas ?

— S'il y a un problème, appelle-moi.

Maddie resta sur le seuil tandis qu'il remontait en voiture. Lorsqu'il eut quitté le chemin, elle se passa les doigts sur les lèvres. Comment un baiser aussi innocent pouvait-il la faire frémir ainsi ? Elle avait passé l'âge de ces bêtises. Quoi qu'il en soit, une fois rentrée, elle demeura appuyée sur la porte refermée et se demanda l'effet que lui ferait un vrai baiser du Viking. Peut-être le découvrirait-elle le mardi suivant.

— Il y a quelqu'un ?

Maddie vit une tête passer par la porte de l'écurie.

— Bonjour.

Maddie posa ses pinceaux, et une femme corpulente entra.

— Quel joli ciel vous avez peint là ! s'exclama-t-elle en montrant du doigt la toile.

Maddie fronça le nez. Elle avait passé la matinée à essayer de tirer quelque chose du croquis réalisé lors de sa promenade à Nare Head, mais le résultat lui semblait plat.

— Je m'appelle Helen Williams. J'ai eu votre message à propos de Daphne.

— Ah !... Euh..., oui.

— Vous savez que vous lui ressemblez.

Helen la dévisageait de la tête aux pieds.

— Ainsi qu'à sa nièce.

Maddie écarquilla les yeux.

— Sa nièce ?

— Nancy, dit Helen.

— Vous la connaissiez ? demanda Maddie.

— Oui, un peu. Nous étions du même âge. Elle venait passer l'été chez Daphne.

Maddie n'en revenait pas : d'abord les photos, et maintenant quelqu'un qui avait connu sa mère. Helen parcourut l'atelier des yeux pour en saisir les détails. Maddie se demandait si elle se remémorait son passé.

— Vous connaissiez les parents de Nancy ? s'enquit Maddie.

— Diggory, son père, était le frère de Daphne. Il a grandi ici, mais ensuite il est parti chercher fortune. Il s'est marié à Londres. Ils ne venaient pas souvent. Néanmoins, il envoyait sa fille chaque année.

Helen soupira.

— Quelle tristesse pour Daphne !

— Quoi donc ?

Maddie tentait de suivre.

— De perdre Nancy, puis le contact avec son frère.

Maddie secoua la tête.

— Je ne comprends pas.

— Diggory tenait Daphne responsable de la déchéance de sa fille adorée. Je suppose que c'était compréhensible, qu'ils ne se parlent plus, lui et Daphne.

— Sa déchéance ?

— Vous êtes le fruit d'un amour d'été, n'est-ce pas ?

Maddie hocha la tête, le cœur battant.

— Eh bien, cela s'est su que Nancy avait été déshonorée. Ici, les nouvelles vont vite, expliqua Helen avec un petit rire.

— Vous savez qui était mon père ?

— J'aimerais pouvoir le dire. Nancy était une vraie beauté, comme vous.

Elle sourit.

— Tous les garçons lui couraient après, mais je ne me souviens pas qu'elle ait eu d'affection pour l'un ou l'autre en particulier.

Elle marqua une pause et prit une longue inspiration.

— Néanmoins, elle passait beaucoup de temps avec Petroc.

— Petroc ?

Maddie sentit sa bouche s'assécher.

— Petroc Trevillion.

— Vous le connaissez ?

Maddie se força à calmer sa respiration.

— Oh oui, très bien ! J'étais sa gouvernante.

— « Étais » ?

— Il est mort cet été.

— Toutes mes condoléances.

Helen hocha la tête.

— Pourrait-il être mon père ?

Helen regarda bien Maddie.

— J'imagine que c'est possible.

— Aucune importance, de toute façon, soupira Maddie. Il est trop tard pour le découvrir.

— J'ai connu Petroc toute ma vie.

Helen se rapprocha du tableau posé sur le chevalet.

— Je me demande…

— Il n'a jamais rien dit ?

— Non, mais ce n'était pas le genre de choses dont il aurait parlé.

Helen sourit à Maddie.

— Cela ferait de vous la sœur de Tristan.

— Tristan ?

Maddie repensa à l'homme qu'elle avait croisé au pub. Il était grand et brun comme elle.

— Le fils de Petroc. J'imagine que vous pourriez lui demander de faire un test ADN. Cela répondrait à votre question.

Maddie se mâchouilla la lèvre.

— Personne d'autre ?

Elle marqua une pause.

— C'est juste qu'avant d'aborder un homme que je n'ai croisé qu'une fois pour lui demander un échantillon d'ADN, j'aimerais savoir s'il y a une chance que Petroc ait été mon père.

— Je vais y réfléchir et passer quelques coups de fil pour sonder d'autres mémoires.

— Merci, Helen.

Tandis que son interlocutrice faisait le tour de l'atelier et regardait les tableaux et les croquis éparpillés autour, Maddie songea que cet endroit avait vraiment besoin d'être rendu plus accueillant.

— Comment Daphne a-t-elle pris tout cela ? demanda Maddie.

— Très mal. Elle aimait Nancy comme sa propre fille. Je crois que la mort de votre mère lui a brisé le cœur.

Helen posa la main sur le bras de Maddie.

— Vous n'étiez au courant de rien ?

— Non, répondit Maddie.

— C'est bon de voir cette vieille demeure de nouveau habitée par une famille. C'est exactement ce dont elle avait besoin. C'est une belle maison. Vous savez, les Penventon ont connu des hauts et des bas au fil du temps, mais je trouve cela merveilleux que vous soyez ici maintenant.

Helen s'arrêta devant l'un des plus anciens tableaux de Maddie. Cette vue de la côte du Northumberland avait toujours fait partie de ses toiles préférées, mais, à l'expression qu'elle affichait, ce n'était pas le cas d'Helen. Avec l'expérience, Maddie savait qu'il valait mieux ne pas poser de questions. Même si elle s'était endurcie au fil des années, elle était toujours blessée lorsqu'on lui déclarait ne pas aimer ou être déçu par son travail.

— C'est de vous ?

Maddie acquiesça de la tête.

— Vous en savez long sur les Penventon ? s'enquit-elle.

— Moi, non, à part qu'ils se sont installés dans la région il y a fort longtemps et que, comme toutes les familles, ils ont eu leur part de soucis. Si vous voulez en savoir plus sur Daphne, Keziah Bates l'a bien connue.

Elle habite à Saint-Martin. Maintenant, Il faut que j'y aille. Je vous tiens au courant si autre chose me revient.

— Merci.

Maddie lui fit au revoir de la main, puis ramassa son pinceau.

Elle s'était bien doutée qu'elle faisait partie des soucis de la famille Penventon. Ce qu'elle ignorait, c'était qu'en venant ici, elle découvrirait la vie, si courte, de sa mère. Et puis il y avait cette pauvre Daphne, qui avait assumé toute la responsabilité des erreurs de Nancy. Tout cela semblait tellement injuste !

Huit

Le plic ploc de la pluie dans les seaux distrayait l'attention de Maddie. Elle avait les mains et les pieds gelés. Il n'aurait pas dû faire si froid en cette saison, mais, d'après les prévisions, cette météo allait se maintenir encore un peu avant que le temps ne reprenne son cours normal. Vivement ce jour.

L'idée de transformer l'écurie en atelier lui avait semblé bonne, fin août, mais, avec ce vent du nord, elle allait devoir vite trouver l'argent nécessaire pour réaménager la porcherie. D'abord, toutefois, il lui fallait chauffer la maison et revoir l'électricité. L'argent. Concentration. Finir ce fichu tableau.

Malgré des débuts prometteurs, sa vision avait disparu ; or il ne lui restait plus qu'une semaine avant la date de remise de cette œuvre. Qu'ils semblaient loin les beaux jours sur le promontoire de Nare, où la luminosité de l'air et les couleurs si concentrées qu'elle en sentait presque le goût l'avaient subjuguée ! Elle en avait fait d'éclatantes études, bien que son rendu final eût une tonalité bourbeuse. Où était passée sa passion ? Comment avait-elle pu s'évanouir entre le croquis et la toile ?

En plongeant le pinceau dans le pot de térébenthine, elle se demanda si elle ne s'était pas trompée de médium. Peut-être l'acrylique conviendrait-il mieux que l'huile. Elle feuilleta ses croquis en se frottant la nuque. Au point où elle en était, tout serait bon pour retrouver l'inspiration. Tout, sauf la prière. Jamais elle ne chercherait plus consolation en Dieu.

— Maddie ?

Tamsin se tenait sur le seuil et secouait son parapluie.

— Qu'est-ce qui t'amène par un temps pareil ?

— L'envie de papoter autour d'un café.

Maddie observa son amie tandis qu'elle examinait sa toile.

— Intéressant.

— Traduction : « sombre merde ».

Maddie n'avait pas besoin qu'on lui confirme ce qu'elle savait déjà : elle ne parvenait pas à exprimer en peinture ce qu'elle avait dans la tête.

— Euh…, je ne voulais pas le dire, mais...

Tamsin sourit.

— Génial. Occupe-toi du café, moi, je vais ranger un peu.

— Ça marche.

Tamsin se sauva. Maddie dévissa un tube de rouge et en répandit le contenu sur la toile. Elle s'écarta, s'essuya les mains et sortit. La pluie horizontale qui l'accueillit dehors la démoralisa un peu plus.

— Allez, je t'écoute, fit Tamsin lorsque Maddie entra.

— Quand j'aurai dégelé.

Maddie se frotta les mains.

— Il ne fait pas si froid.

— Il fait humide, et l'écurie est une véritable passoire. Les articulations des mains à vif, Maddie était certaine d'avoir aussi le nez rouge. La chaleur de la cuisinière ne semblait lui faire aucun effet.

— La maison est grande. Ne pourrais-tu pas travailler ici jusqu'au printemps ?

— Non. D'abord, ce n'est guère mieux et, ensuite, il n'y a pas assez de place pour les grandes toiles.

— Bien. Et si tu louais un local ?

— Peut-être, mais j'ai envie de travailler ici.

Sans pouvoir l'expliquer, elle ne voulait pas quitter Trevenen. La maison s'était comme enveloppée autour d'elle. Maddie se laissa tomber sur une chaise. Que faire ? Elle ne parvenait plus à peindre. C'était une catastrophe. À trente-huit ans, il était un peu tard pour se reconvertir.

— OK, j'ai la nette impression que rien ne te conviendra aujourd'hui.

Tamsin déposa une tasse fumante devant elle. Maddie sourit et l'enveloppa de ses mains.

— Vas-tu me dire ce qu'il y a ? Un problème avec Hannah ?

— Il y a toujours un problème avec elle.

— Certes, mais plus que d'habitude ? s'enquit Tamsin.

— Non.

— C'est déjà ça.

Maddie hocha la tête en contemplant les volutes de vapeur.

— Comment vont les garçons ?

— On change de sujet, je vois. Hmmm. Ils vont bien, toujours aussi sales. Alors, qu'est-ce qui ne va pas ? Il n'y a pas que le froid dans l'écurie. J'ai vu d'autres tableaux de toi, et aucun n'est aussi sombre que celui sur lequel tu travailles. Accouche.

— Si seulement je le pouvais. Je ne sais pas ce qui se passe.

Faux, Maddie le savait bien ; seulement, il lui était impossible de parler de ce qui lui trottait dans la tête. Chaque nuit, elle souffrait d'insomnie, et, lorsque le sommeil venait enfin, ses rêves étaient peuplés de visions de John et de son corps racorni. Chaque nuit de tourment, il changeait subtilement. Chaque nuit, c'était pire. Le matin, elle se levait, exténuée, réveillée par la possibilité de ce qui serait arrivé si elle n'avait pas agi.

— Maddie, tu es toujours là ?

Tamsin l'arracha aux images gravées dans son esprit.

— Il nous faudrait peut-être une nouvelle soirée de beuverie, suggéra-t-elle.

— Seigneur, non. Je viens tout juste de me remettre de la dernière.

Tamsin gloussa en tirant une chaise.

— C'est une question d'argent ? On a tôt fait d'avoir le moral dans les chaussettes avec ces choses-là.

Maddie hocha la tête. Cela aussi, c'était un problème. Ce mois-ci, le relevé de banque lui avait adressé un formidable rappel à l'ordre. Si elle ne trouvait pas bientôt l'inspiration, il lui faudrait se chercher un emploi, quel qu'il soit.

— Daphne n'a pas laissé un peu d'argent avec la propriété ?

— Il n'est rien resté, une fois les impôts payés.

Tamsin hocha la tête.

— Tu t'es bien enterrée ici. Tu devrais sortir davantage.

— J'ai du travail.

Tamsin cligna des yeux, et Maddie vit presque son cerveau fumer.

— Je ne sais pas si tu es satisfaite de ce truc sur ton chevalet, revint-elle à la charge, mais ton temps serait peut-être mieux dépensé si tu le consacrais à en découvrir un peu plus sur la personne que tu es.

Tamsin but une gorgée de café sans toutefois détacher les yeux de Maddie.

— J'essaie, mais c'est un numéro d'équilibriste.

Tant de questions perturbaient Maddie. Nancy avait-elle accouché seule ? Ses parents l'avaient-ils reniée ? Pourquoi avait-elle choisi d'avoir l'enfant ?

Tamsin tendit la main et la posa sur celle de Maddie.

— Comment étaient tes parents adoptifs ?

— Ils étaient âgés, adorables et très croyants, répondit Maddie, consciente qu'il lui était impossible de se dérober plus longtemps. Pour eux, j'étais la réponse à leurs prières, car ils n'avaient pas pu avoir d'enfants.

— Croyants ? Quel genre ? Grenouilles de bénitier ?

— Non, de fervents catholiques.

Dans la chambre d'amis, elle conservait trois cartons remplis de livres, de crucifix et autres affaires leur ayant appartenu. Il lui restait si peu de choses d'eux qu'elle ne se résolvait pas à jeter ces reliques.

— Et toi ?

— Plus maintenant.

Maddie émit un petit rire caustique et sentit sa gorge se nouer. Elle n'aurait pas dû souffrir d'avoir abandonné la foi, et pourtant... Elle détourna le regard vers la fenêtre.

— À cause de tes études d'art ?

Maddie avala sa salive. Quelle importance pouvait avoir un petit mensonge maintenant ?

— Oui.

Tamsin gloussa.

Hannah déboula dans la cuisine et jeta son sac sur la table d'un geste nonchalant.

— Quel temps pourri ! Je croyais qu'il était censé faire chaud en Cornouailles.

— Bonjour, dit Tamsin avec un sourire.

— Salut, Tamsin.

— La Cornouailles jouit vraiment d'un climat doux. Tu n'as pas vu les palmiers ?

— Ces foutus palmiers sont sous la pluie.

— La journée a été bonne à l'école ?

— À ton avis ?

Hannah s'empara d'un biscuit et quitta la pièce.

— Un vrai rayon de soleil, conclut Tamsin. Pas étonnant que tu sois fatiguée. Il faut que je parte voir si les miens n'ont pas saccagé la maison.

Tamsin lança un sourire rayonnant à son amie et partit.

Maddie ferma les yeux. La mort de John était survenue si rapidement, au final ; il avait lâché prise. Elle aurait voulu qu'il vive encore, mais il l'avait laissée seule avec ses promesses à tenir et son chagrin.

C'étaient les vacances d'automne, et Hannah s'ennuyait. Maddie avait évoqué un petit séjour à Londres, mais ce projet avait avorté sans aucune raison. Hannah avait jeté un œil à la peinture sur laquelle sa belle-mère travaillait dans l'écurie et constaté qu'elle était très différente de ses précédentes toiles. Le seul truc bien, c'était une estafilade rouge vif au centre. On aurait dit un cœur déchiré en deux, sauf que le sang n'avait pas commencé à couler. C'était pas mal, mais très sombre.

Mais pourquoi s'était-elle réveillée si tôt ? Il était 6 h 30, et le silence régnait dans la maison. Hannah s'efforça une nouvelle fois d'éviter cette satanée planche qui grinçait sur le palier, mais sans succès.

Dans la cuisine, elle s'empara d'une pomme et sortit en courant. Le calme du petit matin faisait presque peur. Seules les plus hautes branches des arbres s'agitaient sous les caresses du vent qui descendait de la colline. À un endroit, un filet d'eau coulait sous la route. Un de ces jours, elle le suivrait jusqu'à la crique, mais pas aujourd'hui.

Le vieux Tom devait déjà être dans son atelier depuis une heure. Alors, si Hannah voulait passer du temps là-bas, il lui fallait être aussi matinale. Ça craignait, c'est sûr, mais elle adorait le contact du bois et voir le grain prendre vie. Le coffre brisé avait meilleure allure, et ils n'attendaient plus que l'arrivée d'un morceau de chêne de chez un autre restaurateur pour procéder à un assemblage à rainure et languette de l'angle cassé. Le secret, selon le vieux Tom, n'était pas d'essayer de redonner un air neuf à la boîte, mais de laisser voir l'attendrissante réparation. C'était bizarre. Il lui avait alors montré une belle restauration, puis un autre objet qu'il tentait de réparer. Avant, elle avait cherché à discuter, mais, devant la preuve, elle s'était tue.

Bien qu'il y eût de la lumière dans l'atelier, elle ne s'y rendit pas directement. Dans la cuisine, elle attrapa le café en souriant. Pendant que la bouilloire chauffait, elle descendit les tasses à bords dorés de style bistro français. D'un tiroir, elle sortit les cuillères en argent ornées d'un grain de café au bout. Ensuite vint le sucrier en argent rempli de sucre roux. Du réfrigérateur, elle sortit le lait dont elle versa une petite quantité dans le pichet en argent. Puis elle savoura l'odeur du café lorsqu'elle versa l'eau bouillante dessus. Elle ne l'avait pas remarqué avant, mais, depuis quelques matins, elle avait pris en charge le rituel du vieux Tom. Le premier jour, il n'avait cessé de maugréer entre ses dents. Le lendemain, elle l'avait chassé vers l'atelier afin de pouvoir explorer sa cuisine en toute liberté.

Le plateau en équilibre sur une main, elle traversa le jardin.

— Bonjour, miss Hollis.

— Bonjour.

Hannah posa le plateau sur le plan de travail.

— Prêt pour le café ?

— Oui. Merci.

— Ici ou dans la maison d'été ? demanda-t-elle.

— Ici, ce matin, si vous le voulez bien.

— Bien sûr.

Hannah poussa le plateau en sécurité sur le plan de travail et enfonça le piston de la cafetière. Le vieux Tom se rendit tranquillement à l'évier pour se laver méthodiquement les mains. Jamais il ne se pressait. Elle comprenait pourquoi il était resté célibataire. Elle n'avait passé que quelques jours avec lui, et déjà ses manières avaient failli la faire craquer plusieurs fois.

— Comment va ta mère aujourd'hui ? demanda-t-il.

— Ce n'est pas ma mère. C'est ma belle-mère et elle va bien.

Hannah le servit. Tom prit sa tasse, et elle observa son manège avec le sucre. D'abord, il en remplissait la cuillère, qu'il tapotait ensuite sur le côté du bol afin de n'en garder que la moitié. Pourquoi diable ne pouvait-il pas en prendre la moitié dès le départ ?

— C'était bien, votre dîner, hier soir ? demanda-t-elle.

— Excellent, merci. Et toi, qu'as-tu fait ?

— J'ai commencé le bouquin que vous m'avez prêté sur la Cornouailles des Tudors. Il est bien mieux que celui de l'école.

Hannah marqua une pause.

— Quand avez-vous quitté l'enseignement ?

— Il y a vingt ans.

— Pourquoi ? demanda-t-elle.

— Les méthodes avaient changé, dit-il.

— Eh oui, la liberté sexuelle, la drogue… C'était plutôt mieux, non ?

— Tout dépend du point de vue où on se place. D'ailleurs, ce changement-là avait eu lieu plus tôt.

— C'est une manie, chez vous, l'exactitude ! fit-elle.

— Pourquoi s'en priver quand on peut se l'offrir ?

— Je ne sais pas. Ça devient ennuyeux, je trouve.

— Jamais.

— Si vous le dites.

Hannah vit le vieux Tom consulter la pendule. Cet homme était un mystère. S'il avait pris sa retraite vingt ans plus tôt, cela signifiait-il qu'il avait quatre-vingt-cinq ans ? Il avait l'air en forme, mais il devait être plus jeune, sinon il n'aurait pas la force de travailler le bois, non ? Elle le regarda s'avancer vers un morceau de bois et entreprendre de le scier. Les gestes du vieux Tom étaient lents. Il recula afin de lui céder la place.

La première fois, Hannah avait gâché un morceau en fendant le bois en deux dans sa précipitation. Maintenant, elle savait que la hâte n'était pas gênante pour le bois brut ne nécessitant aucune finesse, mais le bois délicat requérait de la douceur.

La poignée lui parut chaude et lisse entre ses mains. Sans maladresse aucune, elle poussa et tira la scie en suivant un rythme lent dans sa tête. Debout à côté d'elle, le vieux Tom observa un instant avant de se tourner vers une autre tâche. Une fois qu'il était sûr d'elle, jamais plus il ne la corrigeait ; il la laissait avancer à son rythme et à celui du bois.

— Maddie ?

Hannah, qui descendait l'escalier un vieux livre à la main, bouscula sa belle-mère, sortie du salon l'air paniqué.

— Ça va ? Tu as un air bizarre.

Hannah s'arrêta juste devant elle.

— Qu'est-ce que tu faisais ?

— Rien. Qu'est-ce que tu lis ?

— Un livre sur la contrebande en Cornouailles. Tu sais, cette maison a en quelque sorte inspiré *La crique du Français* à Daphne Du Maurier.

— Ah bon ?

— Tu vis où depuis un mois ?

Hannah marqua une pause.

— Non, inutile de répondre. Quoi qu'il en soit, je feuilletais ce bouquin sur les contrebandiers et je me demandais s'il n'y aurait pas des passages secrets ici.

Hannah était sûre qu'une maison aussi vieille et aussi grande, dans une région connue pour la contrebande, possédait des pièces ou des passages secrets.

— Depuis quand t'intéresses-tu aux contrebandiers ?

— C'est vrai, il y a tellement d'autres trucs passionnants à faire ici…, pouffa Hannah.

Un tic nerveux fit tressaillir les coins de la bouche de Maddie.

— Tu n'es pas très curieuse. On ne peut pas dire que tu aies fait beaucoup de recherches sur ta mère ou ton père, et maintenant tu possèdes cette superbe maison ancienne...

— C'est faux. Je me suis renseignée sur ma mère et je n'ai aucune idée de l'identité de mon père.

— Pourtant, tu ne ressemblais absolument pas à ta mère, celle que j'ai rencontrée, souligna Hannah.

— En fait, je ressemblais à mon père.

Maddie sourit.

— Il était grand et brun comme moi. Il n'y avait pas de quoi susciter ma curiosité.

Hannah fronça les sourcils.

— Ça me dépasse. Comment as-tu pu ne rien soupçonner ?

— Je n'en avais aucune raison.

Maddie s'interrompit.

— Tu as peut-être raison. Je manque peut-être de curiosité ou, alors, c'est parce que je m'intéressais à d'autres choses. Tu te poses des questions sur ta mère ?

— Ouah ! Ça suffit comme ça, les révélations.

Hannah leva la main. Elle ne voulait pas parler de sa mère avec Maddie.

— Je voulais simplement savoir si tu avais vu quoi que ce soit de suspect.

— Non.

Maddie secoua la tête, puis afficha une drôle d'expression.

— Une minute. Il y a quelque temps, j'ai entendu un grattement dans le salon.

— Et alors ? On a des souris.

— Oui, on a des souris.

Maddie sourit et fit demi-tour vers le salon.

Perplexe, Hannah, sur ses talons, la vit se diriger droit vers un panneau à côté de la cheminée. Elle tapota plusieurs fois, puis passa le doigt le long du bord. Une porte s'ouvrit.

Neuf

Un nuage de poussière s'éleva dans les airs, et Maddie toussa. La porte, petite, se composait de deux panneaux qui lui arrivaient à la poitrine.

— Cool ! s'exclama Hannah, debout à côté d'elle.

— Oui.

Un courant d'air froid encercla les chevilles de Maddie.

— Mais ne nous excitons pas trop vite. On n'y voit rien, à part quelques toiles d'araignée.

Maddie en retira une de la main.

— Je vais chercher une lampe électrique, s'enthousiasma Hannah.

Maddie recula pour ouvrir grand la porte. La lumière du salon n'éclairait pas très profond. Des cloportes coururent sur le bord de l'encadrement de cheminée en ardoise.

Alors qu'elle s'apprêtait à allumer la lampe, Maddie repéra une bougie. En attendant le retour d'Hannah, elle l'alluma à l'aide des allumettes posées sur la cheminée, puis se pencha à l'intérieur du renfoncement.

Devant elle, la flamme vacillait dans le courant d'air, et ses cheveux se dressèrent sur sa nuque lorsqu'un cri retentit dans le réduit. La bougie s'éteignit. Quelque chose lui tomba dessus. Elle sursauta et se cogna la tête en se retirant.

— Eh ! tu pourrais m'attendre, râla Hannah, debout, les mains sur les hanches.

— Désolée, tu mettais trop longtemps.

— Ah ! évidemment.

— Tu n'as pas raté grand-chose, déclara Maddie en se frottant l'arrière de la tête.

— Tu es très blanche.

— Ce doit être la poussière.

— Non, comme si tu avais vu un fantôme.

Maddie haussa les épaules.

— Aucune trace de fantôme, mais...

Elle posa la bougie.

— J'ai quand même la chair de poule.

— Fais voir, fit Hannah en lui passant devant.

Maddie attendit, Hannah siffla.

— Cool.

— Quoi ?

Maddie espérait ne pas avoir à plonger de nouveau la tête à l'intérieur.

— Ça.

Hannah ressortit une petite boule ronde à la main.

— Qu'est-ce que c'est ?

Hannah la lui tendit. Surprise par son poids, Maddie faillit la laisser tomber.

— Je n'en suis pas sûre, mais, à mon avis, c'est un boulet de canon.

— Tu crois ?

Hannah opina du chef.

— Qu'est-ce que ça fait là ?

— Aucune idée, dit Hannah.

— Autre chose ? demanda Maddie en retournant dans ses mains la boule de métal dont elle appréciait la surface irrégulière.

— Oui, quelque chose qui ressemble à une pierre tombale.

— Quoi ?

— Tu as les chocottes de venir voir ou quoi ? s'esclaffa Hannah.

Maddie avala sa salive.

— Non, vas-y, je te suis.

— Pas possible, c'est trop étroit pour deux.

— Très bien.

Maddie tendit la main pour saisir la lampe de poche. Elle savait qu'à part des insectes, ce boulet de canon et peut-être une souris, il ne pouvait rien y avoir d'autre. Ce qu'elle avait entendu devait être le bruit du vent.

Elle se baissa pour franchir la porte et se releva lentement. À la lueur de la lampe d'Hannah, elle distinguait les grosses pierres de l'ancien mur du fond de la maison et de la cheminée. Aucune lumière ne pénétrait du dehors, ce qui semblait de bon augure.

L'air sentait la terre, l'humidité et quelque chose qu'elle n'arrivait pas à déterminer. Peut-être une note florale, mais elle n'était pas sûre. Les murs étaient froids au toucher.

On aurait dit une tombe. L'espace, bien que large de soixante centimètres sur trois mètres de long autour de la cheminée, semblait se refermer sur elle.

L'air vint à manquer. Maddie suffoqua.

— Tout va bien ? cria Hannah.

— Oui, je ressors.

Maddie se frotta la chair de poule sur les bras.

Pour la énième fois, Maddie s'entortilla les cheveux autour d'un pinceau pour se faire un chignon en espérant qu'il tiendrait, car cela la déconcentrait chaque fois qu'elle commençait à se sentir sur la bonne voie. Par le passé, même le passage d'un troupeau d'éléphants dans son atelier ne l'aurait pas distraite ; en revanche, le moindre craquement du toit, sans compter ses cheveux dans les yeux, suffisait désormais à la déconcentrer.

Elle sourit. John, qui avait pour habitude de passer en fin de journée, disait qu'il pourrait se tenir tout nu devant elle sans qu'elle s'en aperçoive, sauf s'il lui avait servi de sujet. Il n'avait pas tort. Un jour qu'il était venu lui mordiller le cou et la caresser, elle n'avait absolument rien remarqué, jusqu'à ce qu'elle « sorte enfin de sa transe », comme il disait.

Maddie avala sa salive. Ils avaient fait l'amour là, sur le sol en ciment de l'atelier. C'était fou. Merveilleux. Fini. Elle se moucha dans son chiffon de peinture, ce qui, elle le comprit aussitôt, était une erreur. Sans se regarder dans le miroir, elle savait qu'elle avait le visage couvert de diverses teintes de vert.

— Salut à toi, ô Martienne !

Appuyé à la porte de l'écurie, Mark levait la main à la manière de Spock.

— Le secret d'une vie longue et prospère ! s'esclaffa Maddie. La peinture verte, tu l'ignorais ?

— Mince, alors ! Voilà pourquoi j'ai tout faux depuis toutes ces années.

À son approche, il se redressa.

— Trêve de plaisanterie, comment vas-tu ?

— À part le fait d'avoir le visage couvert de peinture, alors que ma toile est vierge ?

Il acquiesça de la tête.

— Bien. Si tu allais mettre la bouilloire à chauffer pendant que je me débarbouille ? Ensuite, tu me raconteras ce qui me vaut l'honneur de ta présence.

Maddie le regarda s'éloigner vers la cuisine tandis qu'elle disparaissait avec la térébenthine. Si la peinture n'abîmait pas trop la peau, le solvant, c'était autre chose. Elle retint un cri lorsqu'elle découvrit son reflet : les yeux rouges, le nez et la bouche tachés de vert. C'était un miracle que Mark ne soit pas parti en courant en la voyant dans l'écurie.

Pourquoi s'était-elle subitement remémoré l'un de ses bons moments avec John ? C'était agréable, pour changer ; cependant, elle ne voulait penser ni à lui ni au passé. Elle se tamponna le visage.

Le vert était plus séduisant. Maintenant, elle avait la peau marbrée. Elle s'aspergea le visage d'eau froide et retira le pinceau de ses cheveux avec le secret espoir que ses boucles masquent un peu le désastre.

Mark lui tendit une grande tasse.

— Alors démartianisation réussie ?

Maddie hocha la tête. Lui n'avait ni la peau marbrée ni l'air d'un camion volé. Malgré le temps couvert de la semaine passée, il arborait toujours un magnifique bronzage. Elle devrait sortir plus souvent.

— Puisque tu es là, dit-elle en souriant, tu ne voudrais pas jeter un œil au passage secret qu'on a découvert ?

— Un passage secret ? s'étonna-t-il.

— Une sorte de réduit sombre derrière la cheminée dans le salon.

— Montre-moi.

Il lui emboîta le pas.

Maddie avala sa salive en soulevant le loquet de la porte.

— Tu as une lampe ? demanda-t-il.

Maddie lui tendit celle qu'elle avait laissée sur la cheminée, puis elle s'écarta pour contempler l'arbre par la fenêtre. Ses branches demeuraient immobiles.

Mark reparut couvert de poussière, mais l'air imperturbable.

— Une planque de contrebande, je dirais. La cheminée aurait besoin d'être rapidement rejointée.

— À cause du bruit ?

Il fronça les sourcils.

— Non, pour éviter un incendie.

— Ah.

— Elle fait du bruit ?

Elle hocha la tête.

— Ce n'est pas dangereux pour le moment ?

— Tant que tu ne t'en sers pas, j'imagine que non.

— Tu m'en vois soulagée.

Maddie s'effondra sur le canapé.

— Qu'est-ce qui t'amène ?

— Il me faut une excuse ?

Il affecta un air de chien battu.

— Oui, répondit-elle avec un sourire.

— Dans ce cas, je venais juste chercher ta cotisation pour le yacht-club.

Maddie marqua une pause.

— Elle est dans la cuisine. J'attendais d'avoir assez d'argent sur mon compte.

— C'est si tendu ?

— Oui. J'attends le déblocage de fonds qui devraient rendre les choses un peu plus faciles.

— Travailler en indépendant a ses avantages, mais l'inconvénient, c'est la trésorerie.

— C'est sûr ! s'esclaffa Maddie. J'imagine que c'est un peu plus stable pour les architectes.

— En comparaison des artistes, certainement. Enfin, même si tu n'as pas les fonds en ce moment, glisse un mot avec ta demande d'adhésion. Le comité se réunit vendredi. Ce serait bête d'attendre la prochaine réunion.

— OK.

Il la regarda attentivement.

— Tu n'es pas dans ton assiette.

Maddie sourit en espérant distraire son attention.

— Tu n'as pas tort. J'ai du mal à trouver ma routine.

Elle regarda autour d'elle.

— Surtout que je n'en ai pas eu depuis longtemps et, compte tenu de ce nouvel environnement...

— Ne sois pas trop dure avec toi-même.

Elle prit une profonde inspiration.

— Plus facile à dire qu'à faire, mais je vais essayer.

— Promis ?

— Je ne fais plus de promesses, mais je vais essayer.

— D'accord.

Il sourit.

— Il faut que j'y aille. Je dois voir un pavillon à refaire à Saint-Keverne.

— Bonne route.

— Merci. À un de ces jours.

Maddie regarda partir Mark sans pouvoir se débarrasser du sentiment de l'avoir déçu.

Il lui était impossible de faire des promesses, désormais, car elle les tenait toujours.

Or la plupart de celles qu'elle avait faites dernièrement lui avaient coûté beaucoup trop cher. En entendant Hannah chanter à pleins poumons dans la cuisine, Maddie sourit. Pour une fois peut-être étaient-elles d'humeur semblable.

— Tu as une belle voix.

— N'importe quoi, rétorqua Hannah.

— Non, c'est vrai. Il y a une chorale à l'école ?

Hannah adressa un regard dur à Maddie.

— Tu es complètement folle.

— Vraiment ? Juste parce que je dis que tu chantes bien ?

— Oui. Va te faire soigner les oreilles.

— Bien. Je me souviendrai à l'avenir qu'il ne faut pas te faire de compliments.

Maddie se tourna vers le réfrigérateur et en sortit une tête de laitue, dont elle entreprit d'arracher les feuilles.

— Tant mieux. Si on ne se parle pas, au moins, on ne se disputera plus.

— Si c'est ce que tu veux...

Maddie serra les dents.

— Oui, c'est ce que je veux.

Hannah sortit de la cuisine, puis se retourna.

— Au fait, je sors ce soir.

— Avec qui ?

Maddie s'avança de deux pas vers elle.

— Ça ne te regarde pas.

Maddie prit une profonde inspiration.

— Si, ça me regarde. Tu es sous ma garde, que ça te plaise ou non.

— Fous-moi la paix.

Hannah redressa les épaules.

— Tu n'en as rien à foutre, de toute façon.

— Attends un peu...

Maddie reposa sa salade.

— Non, objecta Hannah, qui se dirigeait vers la porte.

— Hannah, reviens ici, insista Maddie, les deux bras tendus le long du corps.

Hannah pivota sur ses talons.

— Va te faire foutre.

— Ça suffit ! J'en ai assez de ce comportement ! cria Maddie.

— Pas de bol, j'en ai rien à foutre, rétorqua Hannah en ouvrant la porte d'entrée.

Maddie se précipita vers elle. Hannah se retourna pour lui faire face.

— Qu'est-ce que tu veux ?

Maddie leva la main, puis se ravisa et repartit dans la cuisine. Là, elle s'empara d'une casserole et la jeta contre le mur.

— Pourquoi tu me détestes ? demanda Hannah.

Maddie fixa le mur. Impossible de parler ni même de bouger. Elle entendit Hannah partir. Son corps entier se mit à trembler. Que faire ? Mais qu'est-ce qui lui avait pris. Elle démarrait au quart de tour en ce moment ; il lui était impossible de canaliser ses émotions. Comme son regard se posait sur le téléphone, elle se rendit compte qu'elle avait besoin de parler à quelqu'un ; or Tamsin était la seule personne éventuellement capable de comprendre.

— J'ai failli la frapper. J'étais en rage, expliqua Maddie d'une voix tremblante.

— Tout va bien. Tu ne l'as pas fait, la rassura doucement Tamsin.

— Non, j'ai juste cassé la poignée de ma casserole préférée contre le mur, déclara Maddie, les débris sous les yeux.

Comment avait-elle pu ainsi perdre son sang-froid ? À quoi pensait-elle ?

— C'est réparable. Ce qui n'aurait pas été le cas, si tu l'avais frappée.

— Je sais, je sais. J'étais pourtant de si bonne humeur.

Le soir même, elle avait rendez-vous avec Gunnar et s'en réjouissait.

— Que s'est-il passé ? s'enquit Tamsin.

— Je suis entrée et j'ai dit qu'elle chantait bien, expliqua Maddie en reniflant.

— Tu vois ? Tu as été gentille.

Maddie éclata de rire, puis se moucha.

— Pardon.

— Pas de problème. Viens prendre une tasse de thé.

— Impossible. Et si elle revient ?

— « Quand », tu veux dire ?

— Euh, oui, je suppose. Où crois-tu qu'elle soit allée ?

Maddie se sentit gagnée par la panique.

— Et si elle faisait une fugue ?

— Tout doux. Vous vous êtes disputées. Tu ne l'as pas mise à la porte.

— Non, tout ce que je voulais savoir, c'était avec qui elle sortait. C'est trop demander ?

— Évidemment. Tu aurais dû me poser la question à moi. Avec Matt, Will et Emma. Ils vont au cinéma, à Helston.

— Pourquoi ne pouvait-elle pas me le dire, tout simplement ?

Maddie se frotta la tempe.

— Parce qu'elle te l'aurait dit ! s'esclaffa Tamsin.

— Je ne comprends pas.

Jamais Hannah ne saurait le quart de tout ce que Maddie avait fait pour elle. Peut-être devrait-elle lui dire qu'elle avait dépensé tout son héritage et vendu les bijoux de sa mère pour payer les derniers médicaments de John. Comprendrait-elle alors ?

— Elle va se calmer. Elle veut sortir, et je doute qu'elle soit habillée pour. Elle va forcément rentrer se changer.

Maddie tripotait les bords du journal.

— Pas de panique. C'est normal de se disputer. Je me disputais tout le temps avec ma mère.

— Moi, jamais. Elle était trop vieille et trop frêle.

— Ma pauvre. C'est indispensable pour grandir.

Maddie se dirigea vers la fenêtre. Personne en vue. Elle s'immobilisa sur place en se rendant compte qu'elle était soulagée de ne pas apercevoir Hannah. Comment pouvait-elle penser cela ? Pourquoi était-elle si furieuse après sa belle-fille ?

— Merci de m'avoir écoutée. Je ne sais toujours pas ce que je lui dirai lorsqu'elle rentrera.

— Repose la question. C'est tout.

— Et si l'engueulade recommence ? demanda Maddie.

— Ne fais pas attention à ses insultes et dis-lui que

tu sais avec qui elle sort de toute façon. C'est un petit monde, ici.

— Je vais prendre un bain, dit Maddie. Avec un peu de chance, ça la fera rentrer.

— Oui, n'oublie pas ton rendez-vous coquin ce soir.

— Coquin, tu parles ! On sort juste dîner.

Maddie tortilla une mèche de cheveux autour de son index. C'était son troisième rendez-vous avec Gunnar.

— Le temps le dira.

— Tu es incorrigible.

— Je ne te le fais pas dire.

Tamsin raccrocha.

Maddie ne savait pas ce qu'elle ferait sans son amie. Tout ce qu'elle avait dit était logique. Cette femme était tellement bonne mère, mais elle avait eu la chance de pouvoir apprendre depuis le début ; elle n'avait pas hérité d'un enfant difficile. Quel était donc le problème ? Gâteux devant sa fille, John avait toujours tout fait pour Hannah. En aurait-il été de même pour leur enfant ? Maddie voulait le croire, mais elle ne pouvait chasser le doute de son esprit après ce qu'il lui avait demandé de faire.

La température dehors était brutalement tombée et, malgré la chaleur du pub, Hannah ne parvenait pas à se réchauffer. Fred était au bar, Will jouait au billard avec Matt, tandis qu'Emma avait disparu aux toilettes. Hannah savait que Matt et Emma étaient ensemble depuis un moment, et elle se demandait si cela lui plairait d'avoir un copain attitré. Jusqu'à présent, cela ne lui avait jamais rien dit, mais, depuis la mort de son père, elle cherchait quelque chose de plus.

Will n'était pas le meilleur choix. Il n'était jamais là, et c'était le neveu de Mark : cela faisait déjà deux gros défauts. Il n'en manquait plus qu'un troisième pour le rayer totalement de la liste.

Elle ferait mieux de le dénicher rapidement, car elle se sentait défaillir chaque fois qu'il lui souriait. Avait-elle toujours été aussi bête ? Ou était-ce juste à cause de ces stupides fêtes de Noël ? Tous ces trucs comme le gui et autres prétextes pour s'embrasser à tout bout de champ... Et Dieu sait si elle n'avait pas besoin de prétexte pour vouloir embrasser Will !

— Eh ! tu joues la prochaine partie ? lui lança Matt.

— Oui, volontiers.

Hannah se dirigea vers la table où Matt, appuyé sur sa queue de billard, regardait Will se préparer. Malheureusement, cette position lui offrait une magnifique vue sur son fessier, superbe malgré son jean baggy.

Comme son adversaire empocha les trois dernières boules, Matt céda la place à Hannah.

— Bonne chance. Ne te laisse pas dépouiller.

— Merci. Combien on joue ? s'enquit-elle tout en enduisant de bleu son embout.

— Voyons, réfléchit Will. Je viens de piquer deux livres à Matt ; alors, je n'ai pas besoin d'argent. Disons un baiser ? suggéra-t-il avec un sourire.

— Ça, c'est si je perds. Et si je gagne ?

Hannah se força à garder son sang-froid. Avait-il lu dans ses pensées ? Il rejoignit lentement l'autre côté de la table sans la lâcher des yeux.

— Qu'est-ce que tu veux ?

Que voulait-elle ? Perdre !

— Pourquoi pas l'argent que tu viens de piquer à Matt ?

— Marché conclu. À toi la casse, déclara-t-il en installant le triangle.

Merde, même si elle voulait perdre, elle ne voulait

pas se ridiculiser. La queue de billard glissait mal entre ses mains moites. Double merde, c'était le cauchemar.

Toutefois, en levant les yeux juste avant de tirer, elle vit Will lui sourire. Elle retint son souffle jusqu'à l'arrêt des billes, puis s'écarta de la table.

— Bravo.

— Merci.

Hannah l'observa se déplacer autour de la table, évaluer la situation. Il semblait calme, alors qu'elle avait les nerfs en pelote. Le son mat de son tir ramena son attention sur le problème du moment : ne pas perdre la face. Il se prépara à son tour, et Hannah commença à se dire qu'elle n'aurait peut-être pas la chance de rejouer. Était-ce cela qu'il apprenait à l'école ?

— À toi.

Will sourit. Il y avait des billes dans tous les sens sur la table. Par où commencer ? Qu'importe. Elle planifia son coup, puis ferma les yeux jusqu'à ce que le bruit mat des billes lui fasse rouvrir grand. Bondissante, elle effectua une petite danse autour de la table. Un large sourire fendit le visage de Will.

— Bien joué, dit-il.

— Oui, je parie que tu pensais l'emporter haut la main.

— Non, mais j'aimerais bien te voir jouer les yeux ouverts, la taquina-t-il.

Vue. Crotte, il l'avait observée. Elle redressa les épaules et fit le tour de la table en quête d'inspiration. C'était clair comme de l'eau de boudin. Quoi qu'elle décide, la tâche en serait facilitée pour son adversaire. La tête haute, Hannah fit son choix et croisa les doigts.

— À toi.

Elle recula.

Il lui adressa un hochement de tête, puis se pencha pour jouer. Peut-être que, si elle toussait, il foirerait son coup et elle gagnerait…, mais ce n'était pas ce qu'elle voulait. Will était le premier garçon qu'elle avait autant envie d'embrasser. Ce n'était pas une bonne idée. Il réussit à en empocher quatre autres avant que ce ne soit de nouveau son tour. Ce n'était même pas la peine d'essayer. Néanmoins, pas question de baisser les bras.

En se préparant, elle dit une petite prière. Elle réussit deux coups avant de rater. Il ne restait plus guère de billes. Il n'en fit qu'une bouchée.

— Tu as gagné, annonça Hannah, une boule dans l'estomac.

Un lent sourire se dessina sur les lèvres de Will.

— Tu le savais !

— Oui, avoua-t-il, le regard canaille.

— Salaud.

Will éclata de rire et partit rejoindre les autres. Songeuse, Hannah rangea les queues de billard. Il voulait l'embrasser. Ça, c'était cool. Elle voulait l'embrasser. Ça, ça craignait. Quand ce baiser aurait-il lieu ? Elle s'imposa un sourire et rejoignit les autres.

— Elle en a pris du temps, cette partie, fit remarquer Matt, un bras sur les épaules d'Emma.

— Oui. Tu sais comment il est.

Hannah lança un regard vers Will.

— C'est sûr, ricana Matt. Désolé de jouer les rabat-joie, mais Emma doit être rentrée dans cinq minutes. Vide ton verre.

Hannah considéra son cola. Il lui fallait quelque chose de plus fort, car elle allait forcément devoir s'acquitter de sa dette. Du moins était-ce possible. Comme les autres se mettaient en route, elle leur emboîta le pas. Lorsqu'elle fut arrivée à la voiture, son cœur battait la chamade. Ce n'est qu'un baiser, tentait-elle de se raisonner, coincée sur la banquette arrière à côté de Will, les nerfs à fleur de peau.

Une fois Emma descendue, Hannah s'écarta pour se glisser à sa place. Lorsqu'elle releva la tête, elle en resta bouche bée. Will la regardait avec détermination. Sa main saisit la sienne. Elle avala sa salive et essaya de penser clairement. Il était mignon. Il était là pour Noël, mais ensuite il ne reviendrait pas avant les prochaines vacances. Qu'avait-elle à perdre ?

— Eh ! Fred, tu n'as qu'à me laisser chez Hannah. Je finirai à pied.

Will sourit à Hannah.

— T'es sûr ? Il fait froid, fit remarquer Fred.

— Certain.

— Comme tu veux. À demain, alors. Ciao, Hannah, dit Fred dans le rétroviseur.

Hannah aurait juré voir Matt adresser un clin d'œil à Will.

— Il fait carrément froid, confirma Will en se rapprochant.

À la lueur de la fenêtre de la cuisine, Hannah cherchait la clé dans sa poche.

— Tu veux entrer un instant ? bafouilla-t-elle, la gorge sèche.

— Ce serait sympa.

Hannah poussa la porte, ôta son manteau et constata l'absence de Maddie.

— Allons dans la cuisine. Tu veux boire quelque chose ?

— D'accord.

— Bière, thé ou chocolat chaud ?

Hannah claquait un peu des dents.

— Un chocolat me paraît de rigueur. Tu es frigorifiée.

— C'est rien. Tu peux me passer le lait ?

Elle sortit une casserole et tendit le bras pour attraper le chocolat dans le placard. Soudain, une impression de chaleur lui indiqua que Will se tenait derrière elle.

Elle sentit son souffle dans son cou. Il posa la main sur sa taille dénudée. La boîte de cacao faillit lui échapper des mains. Elle se retourna et sentit ses doigts glisser sur sa peau jusque dans son dos. Que de sensations étranges.

— Coucou, chuchota-t-il.

Incapable de prononcer un mot, Hannah contempla les paillettes dorées dans ses yeux. Il allait l'embrasser. Sa bouche se rapprocha. Émoustillée, elle leva les mains pour se stabiliser et les posa sur ses épaules. Il se rapprocha encore, et sa chaleur enveloppa son corps frissonnant.

Enfin, ses lèvres rencontrèrent les siennes. Elle laissa courir ses doigts sur son cou jusqu'à la racine de ses cheveux. Sous les caresses de Will, elle se sentit envahie de petits frissons. Jamais un baiser ne lui avait fait pareil effet.

Dix

Dans la cuisine, à l'intérieur des vitres de laquelle le givre dessinait de belles arabesques, l'haleine de Maddie faisait de la fumée blanche dans la lumière du matin. Enveloppée dans sa couette, elle contemplait les deux tasses abandonnées sur la table de la cuisine. Qui avait bien pu venir ici avec Hannah ? se demandait-elle. Dans l'évier, elle avait trouvé une poêle encore chaude. Sa belle-fille était-elle déjà levée et partie ? 9 h 30 : il n'était pas si tôt.

Tandis qu'elle cherchait ses pantoufles, l'idée lui traversa l'esprit qu'il n'aurait pas été désagréable que Gunnar soit resté lui tenir chaud la nuit passée. À quoi pensait-elle ? Jamais elle n'avait couché avec un homme qu'elle connaissait à peine, mais peut-être était-il temps d'essayer.

Frissonnante, elle songea qu'il allait falloir faire quelque chose pour le chauffage, sinon elle risquait un signalement pour mauvais traitements, ou Hannah et elle mourraient d'engelures avant la fin de l'hiver. Les pieds toujours gelés malgré ses pantoufles, elle chercha ses chaussettes en laine dans la panière à linge. Sa chemise de nuit à bretelles n'était pas adaptée à ce palais des courants d'air.

Pour tenter de se mettre dans l'ambiance des fêtes, elle entonna *Le premier Noël* tandis qu'elle enfilait ses chaussettes. Lorsqu'elle redressa la tête, Mark se tenait sur le seuil. Dans sa hâte, elle trébucha et s'affala par terre. Mark lui tendit la main pour l'aider à se relever.

— Merci.

Pourquoi avait-il toujours l'air si fringant ? se demanda-t-elle, jusqu'à ce qu'elle songeât à la réponse la plus probable.

Son sourire disparut.

— Qu'est-ce qui t'amène au pays des glaces ?

— Le froid, justement.

— Vraiment ? s'étonna-t-elle tandis que la vapeur de la bouilloire lui montait dans les cheveux, ce qui n'améliora pas sa coiffure.

— Oui. Connaissant ton problème de chauffage, je me suis souvenu que j'avais des radiateurs d'appoint qui pourraient peut-être te servir.

— Qu'est-ce qui a bien pu te donner cette idée ? dit-elle en claquant des dents.

Il la considéra de la tête aux pieds.

— La dernière mode en matière de couette.

Elle resserra l'édredon autour de ses épaules.

— Ça te plaît ?

Maddie voulut tourner sur elle-même, mais un coin de la couette se prit dans l'une des chaises de cuisine, que Mark dut retenir avant qu'elle ne tombe.

— Oui, mais seulement au lit.

Son regard et le ton de sa voix lui coupèrent le souffle. Toutefois, le temps d'un clignement d'yeux, son expression s'était évanouie.

— Il fait si froid dans ma chambre que je n'ai pas pu me résoudre à m'y habiller.

— Je vais en installer un dans ta chambre et un autre

dans celle d'Hannah. Ensuite, j'accepterai volontiers le café que tu allais me proposer.

Il disparut, et Maddie mit le café en route.

— Avec un peu de chance, la pièce se réchauffera d'ici une heure ou deux, affirma-t-il, de retour dans la cuisine. Tiens, j'ai pris la liberté de t'apporter quelques vêtements.

— Merci.

Si la journée s'annonçait aussi froide que ce matin, elle allait avoir besoin de plus, se dit-elle en considérant le jean et le pull épais.

— Je peux aller faire un tour dans le jardin, si tu veux.

— Merci. J'en ai pour une seconde. Tu n'as qu'à admirer le paysage givré, répondit Maddie avec un sourire narquois.

Mark émit un petit rire qui la ravigota. Lorsqu'il fut sorti de la cuisine, elle se défit à regret de la couette pour enfiler ses vêtements glacés.

— La côte est dégagée ? demanda-t-elle.

— Tu n'as pas encore mis le nez dehors ?

Elle fit non de la tête.

— Viens voir.

La couette de nouveau sur les épaules, elle le rejoignit sur le pas de la porte. Le soleil légèrement au-dessus de l'horizon faisait scintiller le givre sur les feuilles. Les têtes d'hortensia près de la porte de derrière étaient cristallisées.

— C'est magnifique, murmura Maddie.

— Oui.

Toutefois, ce n'étaient pas les fleurs que Mark regardait, mais elle. Son cœur s'arrêta.

— Tu trembles.

— Ouuuiiii.

— Rentrons.

Elle hocha la tête. Tout en la guidant vers la cuisinière, il réarrangea la couette. Puis il prit ses mains dans les siennes, les enveloppa et les porta à sa bouche. Son souffle excitait ses doigts glacés. Ses lèvres étaient si proches. Elle brûlait de les toucher. Ses yeux plongèrent dans ceux de Mark. Elle sentit la chaleur de son regard l'envahir. Surtout au niveau des reins..., mais d'une manière qui ne lui parut pas naturelle.

— Mark, je crois que j'ai le feu aux fesses.

Maddie s'écarta de la cuisinière pour tenter de regarder derrière elle.

— Fais voir.

Il l'attira à lui, de sorte que, collée contre lui, elle prit conscience de son excitation. Surprise, elle lui posa les mains sur la taille pour reprendre équilibre, mais en vain.

— J'ai fait bien des choses dans ma vie, mais je n'avais encore jamais mis le feu aux fesses d'une femme, dit-il en riant. Du moins pas au sens littéral.

— J'imagine, rit-elle à son tour.

Maddie lâcha la couette pour constater les marques. Une odeur de brûlé s'éleva entre eux. Il était moins une.

— Me voilà réchauffée, en tout cas, affirma-t-elle en lançant l'édredon à l'autre bout de la table.

— Blague à part, quand vas-tu faire quelque chose pour le chauffage dans cette maison ? demanda-t-il.

— Quand je pourrai.

— Tu n'en aurais pas pour si cher. Pour rénover entièrement la maison, sans le toit, il faut compter dans les quarante mille livres, dans la région. Tu n'as qu'à emprunter.

— Un emprunt, pour cette maison ? Tu plaisantes ?

Elle parcourut du regard cette cuisine qui lui plaisait tant, car tout y était de guingois.

— Cette maison vaut plus d'un demi-million. Tu as des terres, aussi.

Son regard avait perdu toute sa chaleur, il était, hélas, très sérieux maintenant. Dommage.

— Les banques n'aiment pas les gens aux revenus irréguliers.

— C'est vrai. Tu n'as qu'à vendre des terres.

Il s'assit dans l'un des fauteuils près de la cuisinière.

— Je doute que quelques hectares de terre agricole se vendent quarante mille.

— Il y a une vieille grange sur l'une d'elles. Tu pourrais peut-être obtenir l'autorisation de la viabiliser. Dans ce cas, elle vaudrait bien plus que ça.

Elle laissa tomber les épaules.

— Je ne saurais pas par où commencer.

— Moi, si.

Maddie se dirigea vers l'autre fauteuil.

— Vraiment ?

— Bien sûr. Je serais ravi de t'aider.

Maddie but une gorgée de son café, puis fit la grimace.

— Qu'est-ce qu'il y a ? demanda-t-il.

— Désolée. C'est immonde.

Il sourit et elle fronça les sourcils.

— Pourquoi n'as-tu rien dit ?

— Par politesse.

— Après tout, je te crois, pouffa Maddie.

— Tu as une excellente opinion de moi, à ce que je vois.

— Oh ! Mark. Ne fais pas trop attention. Ma vie est toute chamboulée, et je ne sais plus quoi penser.

— Vraiment ?

Il se pencha en avant et la fixa droit dans les yeux.

Elle tripota une mèche de cheveux.

— Oui.

— Comment ça ?

— Eh bien, je croyais que les choses s'arrangeraient au fil du temps entre Hannah et moi, mais je me trompais.

Lorsque j'ai épousé son père, je me suis investie dans cette idée qu'on formait une famille et j'avais l'impression que tout allait bien, mais, depuis qu'il est mort, elle ne rate pas une occasion de prendre ses distances.

— Tu as essayé de lui parler ? demanda-t-il.

— Oui. Autant parler à un mur. Hier, je lui ai fait un compliment, puis je lui ai demandé où elle allait et avec qui. On aurait dit que je lui demandais la lune. Elle a pété un câble et j'ai fait pire.

Maddie baissa la tête.

— Elle se confie au vieux Tom Martin.

— Qui est-ce ?

— Un prof à la retraite qui vit à un kilomètre, un peu plus loin sur la route.

— Ah bon… Comment ça ? demanda-t-elle.

Mark marqua une pause.

— C'est moi qui l'ai envoyée là-bas parce qu'elle voulait faire réparer quelque chose. Apparemment, ils s'entendent bien.

— Que voulait-elle faire réparer par un professeur ?

— Oh ! juste une vieille boîte en bois. Il s'adonne à la restauration, maintenant.

— Et Hannah y va tous les jours ? demanda-t-elle.

Son esprit n'arrivait pas à digérer cette information.

— Oui.

Maddie fronça les sourcils.

— Il ne fait pas dans la drogue au moins ?

— Femme de peu de foi. C'est un vieux monsieur de la vieille école qui, au pire, boit deux whiskies dans une soirée.

— Vraiment ?

— Ne sois pas si étonnée. Tom est d'excellente compagnie, et Hannah s'ennuie.

— C'est le moins qu'on puisse dire.

— Tu es dure avec elle.

Mark sourit.

— Tu crois ?

Maddie haussa les épaules.

— Oui. Ça n'a pas été facile pour elle.

— Ah ! c'est sûr : elle a un toit, quelqu'un qui l'aime et de quoi manger dans son assiette.

— Ce n'est pas ce que je veux dire.

— En tout cas, c'est vrai. Il y a des tas de gamins qui ont moins qu'elle.

Maddie serra les poings.

— Ne t'enflamme pas comme ça. Tu vas t'épuiser.

— Je suis juste fatiguée de la plaindre. Ça n'a pas été facile pour elle. Oui, sa mère l'a abandonnée. Oui, son père est mort, mais, bon sang, elle m'a encore, moi. Je crois que c'est ça, le problème.

— Je n'en sais rien. Tout ce que je dis, c'est qu'il faut lui lâcher du lest. Ce n'est pas une si mauvaise gamine. Juste insolente.

— Ce n'est pas toi qui vis avec, soupira Maddie.

Elle aurait mieux fait de se taire.

— Non, c'est vrai, mais au moins Hannah se confie.

Elle leva les yeux.

— Tu crois ?

— Oui.

— Ils forment peut-être un drôle de duo, elle et Tom, mais ils travaillent gentiment ensemble.

— Tant mieux. Elle a besoin de quelqu'un. Je regrette seulement que ce ne soit pas moi.

Elle laissa échapper un petit rire caustique. Mark se pencha vers elle et lui posa la main sur le genou. C'était un geste amical, mais Maddie se rappelait encore la passion qu'elle avait lue dans ses yeux quelques minutes seulement auparavant.

La maison semblait si vide après le départ de Mark que Maddie entreprit le ménage de la seule pièce qu'elle n'avait pas encore touchée du tout. Elle qui lui avait paru en meilleur état, avec ses murs couverts de livres, à son arrivée quelques mois auparavant, elle faisait triste mine maintenant que les autres étaient repeintes. Comme les perceptions pouvaient changer !

Maddie se mit à faire la poussière dans la bibliothèque. Elle repéra *Orgueil et préjugés*. Le cuir de la reliure était craquelé. Elle l'ouvrit à la page de titre et découvrit que Daphne l'avait reçu en prix lors d'un concours de poésie.

Elle devait avoir l'âge d'Hannah. Maddie se demanda si sa belle-fille avait lu le roman de Jane Austen et décida de le poser à son chevet afin d'éviter toute dispute à ce sujet. Peut-être avaient-elles toutes les deux besoin d'un peu plus de temps. Après tout, cela faisait moins d'un an que John était mort, et personne ne savait combien de temps il fallait pour faire son deuil, ni comment chacun le vivait. Il lui faudrait continuer d'essayer de parler à Hannah.

Maddie était dans la chambre avant même d'avoir envisagé la possibilité que ce n'était peut-être pas une bonne idée. Elle n'y avait pas remis les pieds depuis l'installation de l'armoire. D'un pas rapide, elle se dirigea vers le lit, mais s'arrêta net. Il y avait une pile de vieux documents par terre. Maddie voyait bien qu'ils étaient fragiles et jaunis par endroits.

Où Hannah avait-elle trouvé cela ? Pourquoi n'en avait-elle rien dit ? Maddie parcourut la pile, dans laquelle elle repéra un vieux cahier. En en feuilletant les pages, elle resta bouche bée devant la date : le 2 juillet 1970. Sur la page de garde, il était indiqué que ce journal appartenait à Nancy Penventon. Maddie se tourna vers la suivante.

Le 2 juillet, Trevenen. C'est si bon d'être de retour à Trevenen et d'avoir fêté mon anniversaire ici. Tante Daphne avait confectionné le plus délicieux des gâteaux et réussi à dégoter seize bougies pour mettre dessus. Elle a l'air en forme, toute bronzée à force de travailler dans le jardin. P est passé après le dîner, et on a rejoint tout le monde à la plage. Il a grandi d'au moins trente centimètres et il est très beau.

Qui était P ? Petroc ? Maddie ferma les yeux, puis les rouvrit pour poursuivre sa lecture.

Le grand changement à Trevenen, c'est qu'il y a un locataire dans l'écurie. C'est un peintre américain, et Tata dit que cela mettra du beurre dans ses épinards. Je l'ai juste aperçu ; il a un merveilleux accent. Mais je n'ai pas encore vraiment fait sa connaissance.

Maddie s'interrompit. Avait-elle envie de lire ceci ? Que lui révélerait ce journal intime ? Ferait-elle mieux de ne rien savoir ? Puis il lui vint à l'esprit que sa belle-fille l'avait lu sans lui en parler. Elle serra le cahier à s'en blanchir les articulations des doigts. Quel égoïsme ! Elle s'agrippa au cahier.

— Qu'est-ce que tu fais dans ma chambre ? demanda Hannah depuis le seuil.

Maddie tourna sur elle-même.

— Quand comptais-tu me dire que tu avais le journal intime de ma mère ?

— Réponds à ma question d'abord. C'est mon territoire. Tu n'as aucun droit de pénétrer ici.

— Oh que si ! Je suis chez moi et tu es à ma charge.

J'ai tous les droits, rétorqua Maddie, le cœur cognant contre sa poitrine.

— Uniquement à cause de ce putain de juge. J'aurais mieux fait de partir en famille d'accueil. Peut-être que j'aurais dû essayer de retrouver ma mère.

— Peut-être bien, oui.

Maddie s'en voulut. Elle ne le pensait quand même pas, non ? Où diable cela allait-il finir ? Pourquoi Hannah lui rejetait-elle toujours la faute, alors que c'était elle qui avait dissimulé le journal de Nancy ?

— En effet. Sors de ma chambre, dit Hannah en indiquant la porte.

— Pas avant que tu m'aies expliqué pourquoi tu ne m'as rien dit au sujet du journal intime de ma mère.

Le regard furieux, Maddie sentait la haine monter en elle. Elle avait beau se refuser à ce sentiment, rien ne semblait parvenir à le contrer. Hannah rougit. Maddie ne savait pas quoi faire. Il lui était impossible de faire machine arrière.

— Je...

— Oui ?

Maddie attendit en retenant son souffle.

— Je n'ai jamais regardé à l'intérieur.

Maddie s'effondra sur une chaise.

Était-ce vrai ?

— Comme ce n'était pas intéressant en comparaison des autres trucs, je ne l'ai pas lu. Tu peux le reprendre, ce foutu journal intime. J'en ai rien à foutre. Maintenant, fous le camp de ma chambre.

Maddie se leva pour s'en aller, puis s'arrêta. Elle se tourna vers Hannah, qui regardait par la fenêtre. Elle aurait voulu pouvoir lui parler, mais c'était impossible. Tête baissée, Maddie quitta la pièce. Certes, elle tenait les pensées de sa mère entre ses mains, mais dans son cœur elle devait faire face à une dure réalité : Hannah la détestait vraiment. Forcément, si elle voulait retrouver la mère qui l'avait abandonnée. Seigneur, quel gâchis ! Les choses n'étaient pas censées se passer ainsi. Elle avait épousé l'homme qu'elle aimait et qui l'aimait. Comment cela avait-il pu mal tourner ? Il fallait qu'elle s'éloigne de la sorcière. Comment Hannah aurait-elle pu savoir que ce sale vieux machin était le journal intime de sa mère ? Si elle l'avait su, elle l'aurait remis à Maddie. Pour qui la prenait-elle ? Hannah claqua la porte de sa chambre et descendit l'escalier à pas lourds. Aucun signe de Maddie au rez-de-chaussée. Hannah quitta la maison.

Sa belle-mère n'était pas heureuse. C'était devenu la reine des peaux de vache. Quel plaisir pouvait-elle avoir à venir péter ainsi les plombs dans sa chambre ? Maddie n'était plus la même depuis leur emménagement ici. Cette maison avait un drôle d'effet sur elle. La route brillait légèrement sous le soleil qui perçait à travers l'enchevêtrement de branches au-dessus d'elle. À la perspective de revoir Will le soir même, Hannah n'en pouvait plus de joie. Ce n'était pas l'envie de sautiller qui lui manquait, mais, avec ce verglas, elle risquait de se retrouver sur les fesses.

Ça avait été merveilleux, la veille. Certes, quelqu'un avait appris à Will à embrasser si bien, et cette pensée rendait Hannah malade ; néanmoins, ce baiser était génial. Elle perdrait volontiers de nouveau au billard pour remettre ça. Peut-être le soir même, avec un peu de chance. Le portail du vieux Tom était un peu coincé à cause du givre. Il lui fallut donner un bon coup de hanche dedans. De la fumée sortait par la cheminée sur le toit, mais il n'y avait pas de lumière dans l'atelier. Hannah accéléra le pas. La porte de la cuisine n'était pas fermée à clé, comme d'habitude, mais il n'y avait aucun signe du vieux Tom.

Elle alluma la bouilloire.

— Ohé ! cria-t-elle avant d'aller dans le salon.

Il y avait de la lumière.

— Mr Martin, vous êtes là ?

Hannah aperçut un livre ouvert à côté d'une chaise. Il ne devait pas être loin.

— Oui. Je suis un peu tombé.

Sa voix semblait essoufflée.

Elle monta l'escalier en trombe. Le vieux Tom était étendu sur le palier.

— Vous allez bien ?

— Pas au mieux de ma forme, je dirais. J'ai une grosse douleur dans la hanche qui m'inquiète, grimaça-t-il.

— Ne bougez pas, j'appelle à l'aide.

Hannah redescendit l'escalier en courant, composa le numéro des urgences et attendit. Il s'écoula des plombes avant qu'une voix lui réponde. Quoi qu'elle réussît à bredouiller, on l'invita à rester auprès du vieux Tom et à le tenir au chaud. Hannah raccrocha, puis appela Maddie. Elle saurait quoi faire.

— Maddie, viens vite. Le vieux Tom a fait une chute, et on attend l'arrivée des secours.

— Le vieux qui ? Parle lentement, Hannah.

— Le vieux Tom Martin.

Ce n'était pas le moment que Maddie fasse la bêtasse avec elle.

— J'ai besoin de toi.

— J'arrive.

Hannah s'empara de la couverture sur le canapé et courut rejoindre le vieux Tom. Il avait pâli, mais il était toujours conscient.

— Tenez bon, ils arrivent. Je vais vous mettre ça.

— Ont-ils dit dans combien de temps ? s'enquit-il.

— Non. Les routes ne sont pas terribles en ce moment. Alors, je dois vous tenir au chaud et vous faire parler, expliqua-t-elle en priant pour que ce ne soit pas trop long, car il n'avait pas l'air bien du tout.

— Bien.

— Comment est-ce arrivé ? demanda-t-elle.

— J'ai renversé du thé et glissé.

Hannah constata l'effort que lui demandait le simple fait de parler. Peut-être pouvait-il se contenter d'écouter. Cela suffirait à le maintenir en éveil, non ?

— Tant que j'ai toute votre attention, je crois qu'on a une cachette de contrebandier à Trevenen.

— Possible, vu l'âge de la maison.

Comme le vieux Tom grimaçait, elle comprit qu'il devait beaucoup souffrir. Si seulement elle pouvait faire quelque chose. Pourquoi Maddie n'arrivait-elle pas ?

— En tout cas, c'est super parce qu'il faut savoir où trouver le loquet pour ouvrir les panneaux.

— Les panneaux ?

Il tenta de sourire.

— Oui, les panneaux, et c'est assez grand comme espace. Il y a un curieux sol en ardoise.

Elle marqua une pause, car le vieux Tom grimaçait.

— Ça attendra, peut-être. Je crois que j'ai entendu une voiture.

Hannah tendit l'oreille, mais la respiration du vieux Tom était un peu forte. L'ambulance avait intérêt à se dépêcher.

— Il y a quelqu'un ? appela Mark dans l'escalier.

Hannah détacha les yeux du vieux Tom. Mark ? Que faisait-il là ?

— Maddie arrive, annonça-t-il en gravissant les marches quatre à quatre. Bonjour, Tom. Ça n'a pas l'air d'aller du tout.

— Non. Je crois que je me suis cassé la hanche, dit le vieillard d'une voix faible.

— Eh bien, espérons qu'il s'agit juste d'un mauvais coup et non d'une fracture. Voilà Maddie.

Maddie les rejoignit à l'étage, et Hannah la vit évaluer la scène. Le palier n'était pas grand, surtout avec Mark.

— Bonjour, Mr Martin. Je suis Maddie Hollis.

Son long bras s'étira vers le vieux Tom, qui lui serra la main.

— Enchanté.

Sa respiration devenait laborieuse.

— À part la hanche, vous êtes-vous fait mal ailleurs ? demanda Maddie.

— À l'épaule, elle a cogné en second.

— Rien d'autre ? La tête ?

— Non.

— Bien.

Maddie lança un regard à Mark.

— Si je peux me permettre, je vais aller vous chercher une couverture supplémentaire. Vous êtes en état de choc ; vous tremblez beaucoup.

Le vieux Tom sourit faiblement. Hannah savait que Maddie saurait gérer. Elle avait été géniale avec son père. Venait-elle de penser ça ? Maddie... bonne à quelque chose ? Elle aussi, elle devait être en état de choc. Merde, elle n'allait pas devenir indulgente à l'égard de Maddie ? Mark avait l'air sombre et sérieux. Était-il au courant de sa sortie avec Will, la veille ? Soudain, tout cela lui sembla très loin. Maddie revint avec un vieil édredon dont elle couvrit soigneusement le vieux Tom. Il avait l'air si frêle ; il vieillissait à vu d'œil.

Le téléphone sonna. Mark partit répondre. Maddie s'assit près du vieux Tom et lui prit la main. Elle vérifia son pouls.

— Hannah, tu veux bien aller voir si tu trouves des coussins ? Je crois qu'on pourrait installer Mr Martin un peu plus confortablement.

— Bien sûr.

Hannah avait des fourmis dans les jambes à cause de la mauvaise position dans laquelle elle était restée assise. Mark était encore au téléphone lorsqu'elle le croisa. Il avait l'air d'expliquer la route à son interlocuteur. Pourquoi l'ambulance n'avait-elle pas de GPS. C'était bizarre, non ? Heureusement qu'il était là. Elle n'aurait pas su faire toute seule.

Maddie se tortillait sur son siège en plastique. Elle sentait la peur de l'hôpital chez Hannah. C'était l'une des raisons pour lesquelles ils avaient choisi de soigner John à la maison. Hannah releva la tête, les yeux écarquillés.

— Combien de temps ils ont dit que ça allait prendre ?

— Ça ne devrait plus être long. Je doute qu'on puisse le voir.

Maddie jeta un coup d'œil à la pendule sur le mur. Elle n'aimait pas trop les hôpitaux non plus. Les odeurs de la clinique lui rappelaient des souvenirs sur lesquels elle ne voulait pas s'appesantir.

— Il avait l'air si mal lorsqu'ils l'ont emmené, dit Hannah en jouant avec ses mains.

— Il souffrait énormément.

Maddie se tourna vers Mark.

— Il a de la famille ?

— Non. Enfin, personne de proche, répondit Mark.

— Qui va s'occuper de lui ? demanda Maddie.

— Je suppose qu'ils vont le garder ici un moment, puis ils feront appel à quelqu'un de l'extérieur, dit-il en s'asseyant en face.

— C'est horrible, d'avoir chez soi des gens qu'on ne connaît pas.

Hannah se leva et se mit à arpenter la pièce.

— C'est mieux que de ne pas être chez soi.

Maddie la regarda tourner en rond, puis se rasseoir.

— C'est vrai. Au moins, papa était avec nous.

Maddie voulut lui toucher la main. Hannah eut un mouvement de recul, mais se ravisa.

— Vous êtes parents avec Mr Martin ? demanda un jeune chirurgien en blouse verte.

— Oui, répondit Mark en se levant.

— Il va bien. La fracture était nette, et nous l'avons réduite. Il a vraiment de la chance, vu...

— Oui, l'interrompit Mark. Pas d'autres dommages ?

— Juste un gros hématome sur le flanc gauche.

Maddie scruta Mark. Pourquoi avait-il coupé le chirurgien ?

— Il est en salle de réveil maintenant. Il est groggy, mais réveillé. Ne restez pas trop longtemps ; il a besoin de repos.

— Merci.

Maddie toucha l'épaule de l'adolescente. Hannah avait les larmes aux yeux.

— On va voir le vieil excentrique ? fit Mark.

— Inutile d'être grossier, rétorqua Hannah d'un ton sec.

Avec un éclat de rire, il les guida vers la salle au fond du couloir, où ils trouvèrent le vieux Tom alité avec des tubes lui sortant de partout. Il n'avait pas l'air mieux.

— Salut, papi, dit Mark en s'avançant près du lit.

— Salut, répondit Tom d'une voix à peine audible.

— Comment vas-tu ? demanda Mark.

— J'ai vu mieux.

— Tu m'étonnes.

Mark sourit.

Hannah l'écarta de son chemin. Elle ne retenait plus ses larmes. Dans sa petite main, elle prit celle du vieillard entravée par l'intraveineuse.

— Prenez soin de vous, dit-elle.

— J'y compte bien.

Tom ferma les yeux.

— Reposez-vous.

Hannah embrassa sa joue ridée.

— Je vous aime.

À ces mots, Maddie retint ses propres larmes.

Hannah était allée se coucher, et Mark venait de partir. « Quelle journée ! » songea Maddie en se servant un whisky avant de se laisser tomber dans un fauteuil dans la cuisine. Elle ramassa le journal intime de sa mère et se demanda si elle aurait la force de le lire. Néanmoins, ces pages l'éclaireraient forcément sur ce qu'elle n'avait jamais osé espérer savoir.

On a joué à faire tourner la bouteille sur la plage, hier, et j'ai dû embrasser P. C'était la première fois. Au début, c'était bizarre d'embrasser un ami, mais on a réessayé après, lorsqu'il m'a raccompagnée. C'était mieux. Le locataire est un Californien. Il est très beau et très poli. Il passe le plus clair de son temps à peindre au bord de la rivière. Je me suis glissée dans l'écurie pour voir son travail. Malgré de vastes tourbillons de couleurs, je sentais la mer.

Maddie se demandait si Helen Williams avait découvert quelque chose. Ce vieux cahier détenait peut-être la réponse, mais peut-être pas. Voir Nancy en photo lui avait en tout cas permis de savoir à qui elle ressemblait. Les pièces du puzzle se mettaient en place et, pourtant, elle avait l'impression de se désintégrer. Elle but une gorgée du liquide brûlant. D'un côté, elle avait envie de se ruer sur le journal, mais, de l'autre, elle voulait en savourer chaque mot. Elle ferma les yeux et imagina sa mère à Penarvon Cove. Il lui fallait en savoir plus.

Avec P, j'ai passé des heures à faire de la voile sur la rivière. On discute si facilement ensemble. Il adore la Cornouailles autant que moi, si ce n'est plus. Peut-être qu'on devrait se marier d'ici quelques années. Comme ça, on n'aurait pas besoin de partir.

Comme la page suivante avait pris l'eau, Maddie ne put en lire que la moitié supérieure.

J'ai passé la journée à Denis Head avec lui. Il était si absorbé par ce qu'il faisait qu'à mon avis, il n'a pas dû avoir conscience de ma présence la moitié du temps. Néanmoins, on a bavardé au déjeuner, et il m'a posé toutes sortes de questions sur ma vie et ce que je voulais faire. Personne à part tante Daphne ne m'avait écoutée avant. Ses yeux noisette dansaient quand il riait, ce qu'il a fait lorsque j'ai dit que je voulais être actrice. Il a dit qu'il faudrait que je parte en Californie, dans ce cas, pour devenir une star du cinéma. Je lui ai expliqué que je ne voulais pas faire du cinéma, mais du théâtre. Il s'est tu un instant et m'a regardée différemment, comme s'il venait de me découvrir.

Maddie se leva et déambula dans la cuisine. Sa mère voulait monter sur scène. En tout cas, Maddie n'avait pas hérité cela d'elle. L'idée de parler en public la terrifiait. Elle se rassit et chercha le passage lisible suivant.

Il faisait très chaud, et la crique était complètement déserte. J'avais très envie de me baigner, mais je n'avais pas apporté mon maillot. Il avait déjà retiré sa chemise et roulé son jean. Je n'arrêtais pas de regarder l'eau par-dessus mon livre. Il a fini par me dire qu'il ne regarderait pas si je voulais me baigner nue. La seule chose qui m'importait, c'était qu'il vienne avec moi. Je me moquais bien qu'il me voie. Je voulais qu'il me regarde.

Maddie n'était pas sûre d'avoir le droit de lire ces lignes. C'était si intime. Elle ferma les yeux. Elle ne pouvait plus lire ce soir.

Onze

Le conservateur du musée avait été d'une grande aide lorsque Maddie lui avait soumis le boulet de canon. Bien qu'il ne fût pas en mesure de l'assurer sans l'ombre d'un doute, il lui semblait être de ceux qu'on utilisait pendant la révolution anglaise.

Selon lui, il n'était pas rare d'en retrouver dans les maisons de maître au bord de l'Helford. Devant l'air ignorant de Maddie, il lui avait indiqué le rayon des livres sur la guerre. Puis il l'avait renseignée sur le meilleur endroit où commencer pour se documenter sur Trevenen et les Penventon.

Elle posa la pile de livres de la bibliothèque sur le rebord de la fenêtre, puis chercha le loquet de la porte secrète à côté de la cheminée. Dans un livre sur l'histoire de l'Helford, il était question de contrebande et, aussitôt, elle avait pensé au passage secret. Comme cette extension datait de la fin du dix-huitième siècle, il était possible que le réduit n'ait pas servi à la contrebande, mais simplement à stocker du bois.

Peut-être devrait-elle en faire de même. L'hiver approchait, et elles allaient avoir besoin de toute l'aide possible pour maintenir la maison au chaud. Après un déclic, la porte s'entrouvrit. Une araignée pendait au bout de son fil. L'animal remonta vivement les pattes pour rejoindre sa toile et sa provision d'insectes morts. Maddie s'avança dans le sombre réduit, mais la lampe refusa de s'allumer. Elle s'arrêta. Impossible de bouger. Sa peau devint moite. Quelque chose semblait vouloir s'agripper à elle ; pourtant, il n'y avait rien.

Elle recula en clignant des yeux, dans l'espoir de retrouver son bon sens dès qu'elle aurait refermé la porte. Elle imaginait des choses. En se laissant tomber sur le rebord de fenêtre, elle fit chuter les livres. Le bruit résonna dans le silence qui emplissait la pièce maintenant que la porte était fermée. Son cœur battait si fort qu'elle crut qu'il allait lui sortir de la poitrine.

Il n'y avait pas de fantômes à Trevenen. Il régnait une bonne atmosphère dans la maison. Ses doigts lissaient le velours usé du coussin. Sa nervosité n'était due qu'à la fatigue et aux vieilles histoires qu'elle venait de lire. C'est tout. Le bruit provenait uniquement du vent dans les joints en mauvais état de la cheminée. Maddie ramassa les livres, les remit délicatement en place et jeta un dernier regard à la cheminée entourée de panneaux. Sans la souris, elle n'aurait jamais découvert le passage secret. Elle se détourna et décida de prendre l'air.

Une fois dans le jardin, une brise froide lui rafraîchit les joues. Elle se laissait déborder par son imagination, et ses cauchemars la rattrapaient dans la journée. Elle allait partir faire une balade et, avec un peu de chance, l'exercice l'aiderait à mieux dormir le soir.

À son retour, elle eut beau annoncer : « Il n'y a pas de fantôme… », elle ne se sentit pas convaincue. Devant la photo des femmes Penventon au mur, elle continua : « … ni d'esprit venu me hanter, que de la bienveillance. »

Arrivée devant le restaurant à Manaccan, Maddie essuya ses mains moites sur sa jupe, puis elle tira la porte. Il n'y avait quand même aucune raison d'être nerveuse. Elle balaya la pièce du regard. Gunnar n'était pas encore là.

— Bonsoir, vous devez avoir une réservation au nom de Gunnar Karlsson.

— Oui. Souhaitez-vous prendre un verre au bar ou vous installer à table ? demanda la jeune femme.

— À table.

Maddie suivit la serveuse à travers la salle comble en tortillant les franges de son écharpe. En se laissant tomber sur la chaise, elle prit conscience de sa fatigue. Ces derniers jours, elle n'avait pensé qu'aux hommes ; à Gunnar, à Mark et au vieux Tom, en particulier. Elle s'était rendue tous les jours à l'hôpital avec Hannah. Tom allait mieux et, avec un peu de chance, il serait chez lui pour Noël.

Noël. Elle jeta un coup d'œil aux décorations. À cette époque l'année précédente, John s'accrochait à la vie. Tout ce qui touchait à Noël en serait désormais un rappel constant pour Hannah. Elle devait en souffrir. Comment Maddie devait-elle gérer cela ? Comment passer les fêtes, honorer la mémoire de John et malgré tout continuer leur vie ?

Perdue dans ses pensées, elle leva les yeux et vit la tête et les épaules de Gunnar dépasser d'un groupe au bar. Les lumières clignotantes brillaient dans ses cheveux. Il était si beau, et c'était elle qu'il cherchait. Maddie dut se pincer.

— C'est bon de te voir.

Gunnar se pencha pour l'embrasser.

Maddie avait du mal à respirer.

— Ça a été dingue, ces derniers jours. Et toi ? demanda-t-il.

— Pareil. J'ai passé pas mal de jours à l'hôpital pour rendre visite à un ami.

— Ce n'est pas trop grave, j'espère.

— Non, mais ça aurait pu l'être. Comment s'est passé le tournage, la semaine dernière ?

Sans écouter un traître mot de son histoire, Maddie contempla ses yeux, dans lesquels la flamme de la bougie faisait danser les taches bleu plus foncé.

À un moment, ils passèrent commande. Maddie fit glisser son écharpe pour la retirer et tendit l'oreille. Force était de constater que, compte tenu de ses qualités de narrateur, Gunnar avait bien choisi son métier.

— Tu as peint ? s'enquit-il.

Maddie faillit s'étrangler.

— Non, je mourrais de froid dans l'écurie en ce moment. C'est déjà assez terrible dans la maison, mais, là-bas, il n'y a vraiment aucune protection. Alors, je n'ai fait que quelques petits croquis à l'aquarelle dans la cuisine.

— C'est la seule pièce chauffée ?

— Euh, oui. Mark nous a prêté des chauffages d'appoint pour qu'on ne gèle pas la nuit.

— Mark ? C'est l'homme qu'on a croisé ? C'est un bon ami, non ?

— Oui.

Maddie s'assit. Les lumières de Noël reprirent le dessus.

— C'est gentil de sa part.

— Oui, c'est sûr.

Maddie sourit à l'idée que Mark avait la capacité d'entrer en contact avec tout le monde, et personne en particulier.

— Il ne fait donc pas trop froid dans ta chambre, alors ?

Maddie rougit en lisant entre les lignes. Voulait-il venir vérifier la température ? Il leur faudrait peut-être baisser le chauffage si ses yeux tenaient leur promesse. Était-elle prête ?

— C'est supportable.

Il sourit.

— Souhaitez-vous voir la carte des desserts ? s'enquit la serveuse surgie de nulle part.

Maddie était encore aux prises avec ses pensées : Gunnar... dans sa chambre.

— Après toutes ces bonnes choses ?

Maddie se tapota le ventre.

— Certainement pas. Tu as encore de la place ?

— Tu partagerais un fondant au chocolat avec moi ? demanda-t-il.

S'il lui souriait encore, elle était prête à faire tout ce qu'il voudrait.

— J'en prendrai une cuillère.

— J'espérais bien te tenter, dit-il en souriant.

— Juste un peu.

Maddie but une petite gorgée de vin.

Parlait-il du dessert ou d'autre chose ? Gunnar préleva une cuillerée de son fondant et la lui présenta. À son regard, il était évident que sa proposition se référait à tout autre chose. Maddie savoura la riche texture qui séduisait ses papilles. Elle se sentit rougir.

— Tu en as eu assez ? demanda-t-il.

De quoi ? Du fondant ou de lui ? Maddie se concentra.

— Oui. Du bout de la langue, elle attrapa le dernier morceau de chocolat au coin de sa bouche et sourit.

— Tu es venue en voiture ? demanda-t-il.

— Non, on m'a déposée. Ça t'ennuie de me ramener ?

— Au contraire.

Dans la nuit pluvieuse, Maddie se retrouva trempée jusqu'aux os avant d'avoir atteint la voiture. Par les vitres embuées, les lumières de Noël ressemblaient à de grosses boules brillantes dehors.

Elle ne savait pas comment interpréter le chaos qui régnait dans son corps et son esprit. En matière de séduction, elle manquait sacrément de pratique.

— Ta belle-fille est à la maison ? demanda-t-il, attentif à sa conduite sur les petites routes.

— À mon avis, elle n'est pas encore rentrée. Elle est sortie tous les soirs, cette semaine. C'est normal, ce sont les fêtes. Tu rentres chez toi pour Noël ?

— Oui. Ma mère est seule, et mes frères ne seront pas là ; alors, je pars vendredi. Si le temps le permet, bien sûr.

— Oui, il paraît que ça pourrait se dégrader sérieusement.

Maddie inspecta Trevenen, à la recherche d'un signe de présence. Aucune trace d'Hannah. Elle pouvait tranquillement l'inviter à entrer.

— Café ?

Il se tourna vers elle et sourit.

— Oui, avec plaisir.

Avant que Gunnar ne puisse lui proposer son aide, Maddie se précipita vers la porte sous la pluie.

— Quel temps de chien ! Je parie qu'il neigerait, si les températures baissaient.

Elle se débarrassa de son manteau et le suspendit derrière la porte de la cuisine pour le faire sécher.

— Je n'arrive pas à imaginer ce paysage sous la neige, dit-il en se baissant, car il passait tout juste sous les poutres.

— Non ? C'est très différent de la Norvège, j'imagine.

Elle se rapprocha de la chaleur de la cuisinière.

— Café, thé, digestif ?

— Un digestif serait parfait.

— Oui, tu as raison.

Elle se glissa dans le salon, où les alcools étaient

rangés sur une table-plateau. Les carreaux des fenêtres étaient couverts de givre, et un courant d'air entrait par la cheminée. Elle jeta un coup d'œil aux panneaux lambrissés et frissonna.

Légèrement essoufflée à son retour, Maddie songea qu'elle devait avoir l'air trempée et échevelée. Au point où elle en était, autant se détendre. Gunnar, qui, dans le fauteuil près de la cuisinière, lisait un magazine sur la vie à la campagne, offrait l'image même de la sérénité.

Lorsqu'elle se retourna après avoir servi les verres, il se leva à sa rencontre. Il devait faire un bon mètre quatre-vingt-quinze, car elle se sentait toute petite à côté de lui. John ne la dépassait que de quelques centimètres. Elle fronça les sourcils. Pourquoi fallait-il qu'elle pense à John justement maintenant ?

— Merci, dit Gunnar, dont les doigts s'attardèrent sur les siens avant de saisir le verre. Santé, ajouta-t-il, les yeux plongés dans les siens, puis il leva son verre à son adresse.

Maddie sentit son cœur vibrer.

L'eau-de-vie lui brûla la gorge et la réchauffa instantanément. Debout si près de Gunnar, elle regrettait de ne pas avoir de sofa dans la cuisine ; ce serait tellement plus confortable. Un coup de vent frappa la maison avec un bruit sourd, et une feuille de papier s'envola sur le plan de travail. Maddie bondit pour la ramasser et se heurta à Gunnar.

— Pardon.

— Ce n'est rien.

Lorsqu'il l'eut aidée à retrouver l'équilibre, il ne la lâcha plus. Elle était prise au piège. Sa respiration faiblit. Elle tenta de se baisser pour ramasser le papier, mais ne s'en retrouva que plus près de lui. Seul un espace infime les séparait. Par réflexe, elle voulut s'écarter. Il était trop tôt. Le visage de John surgit. Il hantait ses rêves et, maintenant, ses rendez-vous galants. Pourtant, sa raison vacilla et son corps s'avança.

Il baissa la tête. Elle ferma les yeux. Sa bouche lui fit l'effet d'un murmure sur la sienne. Il était porteur de promesses.

Elle se laissa aller. Les mains de Gunnar glissèrent de ses bras dans son dos. Elle s'appuya à la table. Ses doigts lui coururent le long de la colonne tandis que sa bouche esquissait des baisers sur sa joue.

— À quoi vous jouez, là ?!

La voix stridente d'Hannah transperça le cerveau embrumé de Maddie.

— Hannah !

Maddie tenta de prendre un peu de distance, mais la table derrière elle l'en empêchait.

— Je te présente Gunnar Karlsson.

Gunnar se redressa pour tendre la main à Hannah, qui paraissait avoir sept ans à côté de lui.

— Vous rigolez ! s'esclaffa l'adolescente.

— Hannah ! fit Maddie d'un ton sec.

— Bonjour, Hannah. Je suis l'ami de ta mère, dit Gunnar lentement.

Hannah croisa les bras sur sa poitrine.

— Ce n'est pas ma mère.

Gunnar se tourna vers Maddie.

— Tu coupes les cheveux en quatre, Hannah, fit remarquer Maddie en s'efforçant de garder son calme.

— Pas du tout. Tu n'es pas ma mère.

— Et j'en remercie Dieu, parfois, maugréa Maddie.

— C'est ma belle-mère ! lança Hannah, le regard furieux, à Gunnar.

— Ah ! je vois, mais vous êtes quand même parentes, dit Gunnar en se rapprochant d'elle.

— Tu ne vois rien du tout, rétorqua Hannah, qui fit volte-face et disparut.

Maddie s'effondra contre la table.

— Elle n'est pas facile, constata-t-il.

Vidée de son énergie, Maddie hocha la tête.

— C'est rien de le dire.

— Mieux vaut peut-être que je m'en aille. Je t'appelle avant mon départ.

— Ce serait sympa, dit-elle, tête baissée, se demandant comment l'atmosphère avait pu changer si radicalement.

Le feu de la passion si vite éteint et remplacé par une distance polie, Gunnar s'avança vers elle et l'embrassa sur le sommet du crâne. Elle retint ses larmes et lui sourit.

— Je te raccompagne à ta voiture.

— Par ce temps ?

Il lui caressa la joue.

— Non. Va te coucher, Madeline.

— D'accord.

Elle hocha la tête.

— Joyeux Noël.

Il était parti. Maddie resta dans la cuisine, le regard vide.

— Tu parles d'un joyeux Noël !

Elle ramassa le journal de sa mère et monta dans sa chambre. Au lit, elle ouvrit le cahier aux coins jaunis qui sentait le moisi. Avant de se plonger dans l'univers de sa mère, elle tira la couette un peu plus haut et redressa son oreiller. Ce qui s'était renversé sur les pages précédentes rendait une grande partie du texte illisible.

Je me suis déshabillée et j'ai couru à l'eau. Je sentais ses yeux posés sur moi. Jamais je ne m'étais sentie aussi vivante. J'ai plongé directement dans l'eau froide, qui m'a saisie. Il n'a pas tardé à me rejoindre, d'une nage vigoureuse, près des rochers. Il trouvait l'eau froide, mais, pour moi, elle était idéale. Il est idéal.

Maddie cligna des yeux. Les choses avaient progressé depuis le jeu de la bouteille. Rien d'autre n'avait été écrit pendant près d'une semaine.

Le bus scolaire la déposa en haut de la route, où Will l'attendait. Hannah sourit, et il lui prit son sac à dos.

— Enfin libérée.

— Pas pour longtemps, s'esclaffa-t-il.

— Inutile de remuer le couteau dans la plaie ; on sait que tu as de plus longues vacances, dit-elle en lui tapant sur le bras.

— Logique, mes parents payent une fortune pour que j'aille moins à l'école.

Hannah se sentit défaillir lorsqu'il lui prit la main. Une fois à couvert, elle savait qu'il laisserait tomber le sac pour l'embrasser. Rien que pour ça, ça valait la peine d'aller à l'école.

— Vous vous reparlez, toi et Maddie ? demanda-t-il.

— Non.

À la mention de ce nom, la bulle éclata.

— Je te trouve dure avec elle.

— Peut-être, mais c'est une salope. Elle était quasiment en train de faire l'amour sur la table de la cuisine avec un grand blond, hier soir, expliqua Hannah avec une grimace.

— Ah bon ? fit-il, une lueur d'intérêt dans l'œil.

— Enfin, j'en sais rien, mais ça y ressemblait.

Elle voulut s'écarter, mais il la retint.

— Si on essayait ?

— Oui, c'est ça, t'aimerais bien, répondit-elle en lui assénant un coup de coude dans les côtes.

— Ben, tiens !

— Dans tes rêves, mon pote, s'esclaffa-t-elle.

— Exactement.

Will l'attira dans ses bras et commença à l'embrasser dans le cou. Elle fondit contre le mur. Elle se tortilla pour savourer la sensation de l'érection contre elle. Hannah ramena la bouche de Will sur la sienne.

Leurs langues se cherchèrent, et elle fut saisie d'une sensation de vertige.

— Sors ta langue de sa bouche, mon pote, je vous ramène ! lança Fred par la vitre de sa portière.

Hannah sentit l'air froid sur son corps lorsque Will se redressa. Elle baissa son haut sous lequel il avait glissé la main. Il ramassa son sac, et Hannah monta lentement en voiture.

— Maman m'a demandé de venir vous chercher parce que Maddie est partie chercher le vieux Tom à Truro. Ton mobile était éteint, expliqua Fred en reprenant la route.

— On fait quoi ? demanda Hannah, penchée en avant autant que le lui permettait la ceinture.

— On va chez le vieux Tom aider maman à organiser la maison.

— Super.

Hannah contempla le paysage en caressant négligemment les cheveux de Will sur sa nuque. Le givre avait disparu ; c'était dommage. Cela ne sentait pas vraiment Noël lorsqu'il ne faisait pas froid. La nuit commençait à tomber quand ils arrivèrent au cottage.

Tamsin leur cria quelque chose dès l'instant où ils franchirent le seuil de la cuisine.

— Tu disais, m'man ? demanda Fred, qui entreprit aussitôt de fouiller dans le réfrigérateur.

— Bas les pattes, Fred. J'ai besoin d'aide ici, s'il vous plaît, gémit Tamsin.

Hannah se précipita dans le salon et vit Tamsin se débattre avec un sapin. L'adolescente redressa l'arbre.

— Merci. Il allait tomber. C'est Will que j'entendais aussi ? demanda Tamsin.

— Oui.

Hannah sourit.

— Et que font nos grands dadais ?

— Ils jouent les chasseurs-cueilleurs, dit Hannah.

— C'est tout eux !

Tamsin s'assit.

— Bon, ça devrait tenir, maintenant. Il faut bien donner un petit air de fête à cette maison pour Tom.

Hannah regarda autour d'elle.

— Tu as fait des merveilles. Tu as briqué toute la journée ?

— Pratiquement. Maintenant, je vais avoir besoin de ces deux rigolos pour descendre un lit dans la salle à manger et déménager la table dans l'atelier. Sans rien casser, de préférence.

— Bonne chance ! rétorqua Hannah qui doutait de leur bonne volonté.

— C'est ce que je me disais. Néanmoins, j'ai une botte secrète : il y a du gâteau au chocolat caché dans la voiture. Fred a déjà remué toute la maison pour essayer de le trouver.

Hannah suivit Tamsin dans la cuisine. La bouilloire était en marche, les biscuits, sortis sur la table, et les deux garçons, affalés autour.

— Debout, vous deux. Vous êtes venus ici prendre le thé ou quoi ? gronda Tamsin.

— Mamaaaaan, protesta Fred d'une voix traînante.

— J'ai besoin d'aide. On a du boulot, insista-t-elle.

— Je m'occupe du thé, proposa Hannah.

Elle regarda Fred s'éloigner en traînant les pieds. Will resta en arrière pour lui déposer un baiser sur la nuque.

Hannah sentit un frisson lui parcourir l'échine. Ce qu'il lui manquerait lorsqu'il retournerait à l'école !

La théière était à sa place habituelle. Hannah en caressa la surface avant d'attraper le thé en chantonnant *Les douze jours de Noël.* Elle ne pouvait chasser l'image de Will chaque fois qu'elle arrivait à « mon amour m'a donné ». Elle n'était pas amoureuse. Elle était sexuellement attirée. L'amour était une chose précieuse avec laquelle on ne badinait pas. Le désir, en revanche..., ce que c'était amusant.

La voix de Fred la tira de ses pensées.

— Oh ! Hannah, tu peux venir une minute ?

— Oui.

La table à manger, avec sa surface miroitante, était maintenant dans le salon, dangereusement proche du sapin que Tamsin tirait pour l'écarter.

— Tu pourrais remettre le canapé en place ? Comme ça, on pourra laisser ça là, dit Fred.

— Si tu veux, mais, à mon avis, ça fera trop, fit remarquer Hannah en s'exécutant.

— Oui, mais déjà qu'on a failli la rayer en la sortant de la salle à manger. On va essayer de ne plus la bouger.

— Si tu enlevais le plateau ? Ce ne serait plus un problème, répondit-elle avec son plus beau sourire.

— Très bien, petite futée. Regarde sous ce putain de truc si on peut le démonter, alors, grogna Fred.

— Fred, ton langage, gronda Tamsin de derrière son sapin.

— Pardon, m'man.

Hannah se glissa sous la table pour étudier les fixations. Cela prendrait deux secondes à démonter. Ces hommes, qui ne savaient rien faire de leurs dix doigts ! Will la rejoignit sous la table.

— Tu n'as pas besoin d'un coup de main ?

— Si !

Il s'avança pour l'embrasser. Peut-être pas si nuls, les hommes, finalement.

— Quand vous aurez fini de vous bécoter, tous les deux, vous pourrez peut-être me dire ce qu'il faut faire ?

Ils voyaient les pieds de Fred à côté d'eux.

Hannah éclata de rire, et Will se releva de sous la table.

— Elle a besoin d'un tournevis.

— Ah oui ? se moqua Fred.

— Ça suffit, les enfants.

Tamsin surgit de derrière le sapin.

Hannah se sentit rougir. Certes, elle était à l'abri dans sa cachette, mais il lui fallait se rendre dans l'atelier.

— J'y vais, annonça-t-elle en se faufilant dehors.

— Tu veux de l'aide ?

Will la suivait.

— Oui, pour le thé, lui répondit Hannah par-dessus l'épaule en se lançant dans le froid.

Mark, qui venait d'arriver, sortait des provisions de son coffre de voiture. Il leur adressa un signe de la main. Hannah se demanda si Will serait aussi grand que lui. Cela se voyait qu'ils étaient parents, malgré leur couleur d'yeux. Will les avait bleu-vert, comme son père. Lui n'était pas originaire de Cornouailles. Hannah savait qu'elle n'avait rien d'une Cornouaillaise non plus. Sa blondeur et ses yeux bleus étaient plus anglo-saxons que celtes. Elle ressemblait à son père. Enfin, à son avis. Elle ne possédait aucune photo de sa mère. Lorsqu'elle était partie, son père les avait toutes détruites. Si elle comprenait pourquoi, elle le regrettait.

À l'entrée de l'atelier, Hannah fut accueillie par une odeur d'humidité et une fine couche de poussière sur le plan de travail. Dès le lendemain, elle reviendrait faire le ménage. Le vieux Tom serait déçu de trouver les lieux ainsi délaissés.

Comme elle ressortait précipitamment, elle heurta Fred qui portait les courses.

— Tu as le travail facile, toi, dit-il.

— Eh oui, il faut avoir de la cervelle quand on n'a pas de muscles, déclara-t-elle en lui passant devant, le sourire aux lèvres.

— Espèce de vache ! lui lança-t-il.

Hannah éclata de rire en entrant dans la cuisine.

— Une des vaches de Malcolm a encore pénétré dans le jardin ? s'enquit Tamsin en remplissant le réfrigérateur.

— Non.

Hannah sourit et donna un coup de coude à Fred dans les côtes.

— Juste un commentaire en passant, m'man, railla Fred.

— Tu disais encore des grossièretés, c'est ça ?

— Oh, m'man, tu me connais trop bien. Plus que deux sacs, et c'est terminé. Mark a fait des courses pour une armée, non ?

— Avec vous dans les parages, ce ne sera certainement pas de trop, dit Tamsin.

Fred laissa Hannah et Tamsin seules dans la cuisine. La porte claqua derrière lui.

— Crois-tu que le vieux Tom appréciera toute cette ribambelle chez lui ? fit Hannah en prenant l'une des tasses de thé.

— Comme tu disais toi-même à Maddie, c'est toujours mieux que d'avoir un étranger dans la maison.

Tout en trempant un biscuit, Hannah étudia Tamsin. Elle ressemblait à une mère, sauf qu'elle avait les cheveux courts, ce qui lui donnait un air plus branché.

— C'est sérieux entre toi et Will ? s'enquit Tamsin.

— C'est un peu direct, s'étonna Hannah.

— Je suis comme ça, fit Tamsin avec un haussement d'épaules.

— On s'amuse, c'est tout.

— Un amour de vacances ? s'enquit Tamsin.

— Si tu veux.

Hannah s'était elle-même posé la question.

— Je demandais juste comme ça.

Hannah posa les mains sur les hanches.

— C'est Maddie qui veut savoir ?

— Il se trouve que non. Elle n'a même pas mentionné le sujet. J'en ai juste entendu parler par les garçons.

— Et qu'est-ce qu'ils en disent ?

Hannah s'affala contre le plan de travail.

— Juste que vous passez votre temps ensemble.

— C'est mal ? demanda Hannah.

— Pas du tout. Je faisais juste ma curieuse.

— Dans ce cas, pas de problème.

Hannah sourit.

— On l'aide juste à s'habiller. Ce ne sera pas long, Mrs Hollis. Asseyez-vous. Je vous appellerai, assura l'infirmière en indiquant les chaises vides de la salle d'attente.

Maddie s'assit et se souvint qu'elle avait apporté le cahier de sa mère. Elle le regarda, puis elle sortit son téléphone et composa le numéro d'Helen.

— Bonjour, Helen, c'est Maddie Hollis à l'appareil.

— Il paraît que vous aidez le vieux Tom Martin.

Maddie sourit.

— En effet, mais je me demandais si, par chance, vous aviez trouvé quelque chose à propos de Nancy et Petroc.

— Pas vraiment, ma chérie. C'était il y a longtemps, et les souvenirs s'estompent.

— C'est vrai.

— Néanmoins, Tristan est ici en ce moment ; si vous alliez le voir ?

Maddie avala sa salive.

— Ça peut attendre.

— Qu'est-ce qui peut attendre ? demanda une grave voix masculine.

— Désolée, Tristan, c'est un peu gênant.

— Quoi ?

— Il se pourrait que votre père Petroc...

Maddie marqua une pause.

— Que mon père quoi ? demanda-t-il.

— C'est peut-être un peu tiré par les cheveux, mais ma mère est morte en couches, voyez-vous, et, euh, votre père et ma mère...

Maddie ne parvenait pas à prononcer les mots.

— Seriez-vous en train de sous-entendre que Petroc était votre père ?

Maddie se raidit.

— Sincèrement, je n'en sais rien. Je me raccroche à ce que je peux, mais, après tout ce temps, c'est le seul lien qui me permettrait peut-être de savoir qui était mon père.

Le silence se fit au bout du fil. Maddie retint son souffle. Elle s'était renseignée. Cela coûtait cher de faire un test ADN, et rien n'était garanti entre frères et sœurs.

— Je ne vois pas le rapport avec moi.

— Il est ténu, en fait.

Maddie se mâchouilla la lèvre inférieure.

— C'est juste qu'après toutes ces années, j'aimerais bien savoir qui je suis.

Il eut un rire caustique.

— N'est-ce pas ce que nous voulons tous savoir ?

Douze

Les lumières se reflétaient dans les boules de Noël du pub, bondé en cette période de fêtes. Maddie se laissa tomber sur le banc près du feu pour repenser à la longue journée qu'elle venait de passer et au fait que le réveillon avait lieu le lendemain. Elle s'était laissé surprendre, malgré tous les chants de Noël qui résonnaient partout. Avec tout ce qui s'était passé, elle était trop fatiguée pour s'en réjouir. Même la formidable transformation de la maison de Tom, œuvrée par Tamsin et les enfants, n'avait pas réussi à la mettre dans l'ambiance.

— Votre vin, mesdames. Je crois que vous l'avez mérité, déclara Anthony en posant une bouteille sur la table.

— C'est un euphémisme, commenta Tamsin en se l'appropriant.

Du regard, Maddie chercha Mark, qui était appuyé au bar. Presque sans y penser, elle remonta de ses bottes à ses épaules, en s'attardant sur son derrière. Il avait bien aidé à ramener Tom chez lui. Maintenant, ces mains si douces avec le vieil homme enserraient une pinte de bière. Elles étaient puissantes. Pas comme les longs doigts du Viking. À la vue d'une femme venue le rejoindre, elle détourna les yeux.

— À quoi tu penses ? s'enquit Tamsin.

Maddie rougit.

— Oh ! rien d'important.

— Pourtant, tu matais les fesses de Mark.

— Tamsin, tu es incorrigible.

Maddie jeta de nouveau un coup d'œil vers le bar. La femme avait disparu dans la foule, laissant Mark seul avec sa bière.

— C'est juste une constatation. Il a un super derrière, concéda Tamsin.

— Et ça ne dérange pas Anthony que tu mates les fesses des autres hommes ?

— Écoute, je n'émets aucune objection quand il regarde d'autres femmes, alors…

Maddie éclata de rire et but une gorgée de vin. La dernière fois qu'elle était venue, elle avait rencontré Gunnar. Il sortait du lot. Mark était d'ici. Il se fondait parfaitement dans ce pays qui l'avait modelé. Et le résultat n'était pas vilain à voir.

— Tu le mates encore, fit remarquer Tamsin.

— Non, j'essayais de lire le menu sur le tableau.

— N'importe quoi, gloussa Tamsin.

Anthony, debout devant elles, boucha la vue à Maddie.

— Mesdames, vous avez fait votre choix ?

— Maddie sait ce qu'elle veut, parvint à répondre Tamsin en gardant son sérieux.

— Pourquoi ai-je l'impression d'avoir loupé quelque chose ? demanda-t-il.

— Ma commande peut-être, se moqua Tamsin.

Anthony inclina la tête sur le côté et attendit, un stylo et un bloc à la main.

— Oui, bien sûr. Tu prends quoi, mon amour ?

— À part toi, un steak.

Tamsin caressa la jambe de son mari.

— Entendu, et toi, Maddie ? demanda-t-il.

— La lotte, merci.

Maddie sourit.

— Personne pour la dinde ?

Il attendit.

— On en mangera assez dans deux jours, ballot, dit Tamsin.

Il fit face à sa femme.

— A-t-on jamais assez de dinde ?

— On en reparlera le cinquième jour de Noël, crois-moi.

Tamsin le regarda s'éloigner.

— Les hommes, il faut toujours tout leur apprendre, hein ?

Maddie scruta des yeux son amie.

— Tu es d'humeur coquine.

— Tu crois ?

— Oui.

— Ce doit être à cause de l'esprit des fêtes. Des lumières, du gui...

Tamsin regarda autour d'elle.

— Du vin rouge ? ajouta Maddie en caressant son verre.

— Peut-être, mais toi, c'est quoi, ton excuse ? Tu t'es envoyé le Viking ?

— Tamsin !

— Autrement dit, non.

— Hannah est rentrée trop tôt.

Maddie vit Mark se retourner et sourire dans leur direction. Elle adorait la manière dont ses yeux se plissaient.

— Ah ! ces jeunes qui vous mettent des bâtons dans les roues, s'esclaffa Tamsin.

— C'est rien de le dire. Elle a complètement pété les plombs. On ne faisait pourtant que s'embrasser.

— Que s'embrasser ? Vous comptiez faire plus ? s'étonna Tamsin.

Maddie y réfléchit. L'aurait-elle fait ?

— Oublie-moi, tu veux. Sérieusement, elle m'inquiète. Je me trompe peut-être, mais je crois qu'elle pense que je suis infidèle à son père.

— Son fantôme, tu veux dire.

Tamsin but une gorgée.

— Ne plaisante pas avec ça. J'ai clairement vu son visage avant que le Viking m'embrasse.

Maddie regarda vers la porte, prête à voir débouler Gunnar.

— Il souriait ou il fronçait les sourcils ? s'enquit Tamsin.

— Il souriait.

Tamsin se renfonça dans les coussins.

— Eh bien, tu vois ? Tu as l'approbation du fantôme de feu ton mari.

— Quoi ?

Maddie fronça les sourcils. Elle n'aimait pas aborder ce sujet. Cela lui rappelait la sensation étrange qu'elle avait eue à son arrivée à Trevenen. Elle frissonna.

— Il veut qu'on t'embrasse. Tu pourrais essayer avec Mark. Il est censé être assez fort en la matière. Il a beaucoup de pratique.

— Tu le sais de première main ou c'est juste ce qui se raconte ? demanda Maddie, ravie de passer à autre chose.

— Non, pour moi, ça n'a jamais été que la bonne vieille bise sur la joue.

Tamsin leva les yeux au ciel.

— Ne sois pas si triste, railla Maddie.

— Ah ! toutes ces expériences ratées. J'ai rencontré Anthony trop jeune.

— Comme d'habitude, on vous laisse seules, et vous voilà reparties sur le sexe, déclara Anthony qui se glissa à côté de sa femme.

— Tu parles. Il était question de combat de boue, en fait, dit Tamsin.

— Excellente idée. Si vous nous en offriez un sérieux, suggéra-t-il.

Maddie s'étrangla avec son vin.

— Je ne savais pas que ça pouvait être sérieux.

— Oh ! mais on prendrait ça très au sérieux, abonda Mark en prenant place sur un tabouret.

— Et vous nous voudriez en bikini riquiqui, fit Maddie en jetant un coup d'œil à Mark.

— Ça va sans dire.

Il lui adressa un sourire avec une lueur de malice dans les yeux. Il flirtait de nouveau, mais elle aussi, après tout.

— Le plus riquiqui possible, renchérit Anthony.

— Vieux dégoûtant, fit Tamsin en donnant à son mari une tape sur le bras. Voilà nos plats. Je meurs de faim.

— Moi aussi, renchérit Mark sans quitter Maddie des yeux.

Elle n'était plus sûre d'avoir envie de manger.

Les ronflements du vieux Tom arrivaient jusque dans la cuisine, où Hannah mettait la pizza au four en réfléchissant à la préparation d'une salade. Cela en valait-il la peine ? Will en mangerait-il ? Il sirotait une bière devant une de ces stupides émissions de fin d'année. Elle avait horreur de ça. Qui avait envie de repenser à l'année écoulée ? C'était nul. La seule chose qu'il y avait de bien, c'étaient Will et le vieux Tom.

Le rire de Will était presque noyé par ses ronflements. Peut-être cela expliquait-il pourquoi le vieux Tom ne s'était jamais marié. Qui aurait pu supporter un bruit pareil ? Elle se félicitait de ne pas être de l'équipe de nuit. Jamais elle n'aurait pu dormir avec un tel raffut. Mark allait coucher là tous les soirs pendant les fêtes. Maddie avait proposé qu'elles emménagent, elle et Hannah, mais l'adolescente la soupçonnait de ne l'avoir suggéré qu'à cause du problème de chauffage à Trevenen.

— Tu veux de l'aide ? cria Will.

— Non. Tu veux de la salade ou autre chose ?

— Juste toi et la pizza.

Hannah sourit. Ça, c'était la belle vie. Elle s'installa sur le canapé et se pelotonna sous le bras de Will.

— À quelle heure rentre Mark ?

— Espérons pas avant longtemps, que je puisse profiter un peu de toi.

Will lui mordilla l'oreille. Hannah sentit ses orteils frétiller.

— Tu me fais envie, mais je te rappelle qu'on n'est pas tout seuls.

— Le vieux Tom m'a tout l'air d'avoir sombré dans les bras de Morphée, vu l'absence de bruit. Il ne s'apercevrait de rien si je te courais après dans toute la maison.

Sa main lui caressa l'épaule, puis descendit progressivement.

— C'est vrai, mais ça pourrait être gênant s'ils rentrent alors que tu me cours après.

— Tu crois ?

— Oui. Carrément. Tu n'as jamais surpris tes parents ?

— Non. Ça a failli une fois, mais heureusement, non. Et toi ?

— Oui. Un jour, mon père et Maddie s'en donnaient à cœur joie, tellement qu'ils n'ont même pas remarqué que j'étais là.

Elle fit la grimace.

— Ma pauvre.

— C'était dégueu.

— J'imagine. Et tu as surpris Maddie depuis ? demanda-t-il.

Hannah réfléchit. Mark et Maddie passaient beaucoup de temps ensemble à cause du vieux Tom. Peut-être devrait-elle semer un peu la zizanie.

— Oui, je t'en ai parlé. Avec ce type. Un certain Gunnar.

— Ça ne va pas plaire à Mark, déclara Will avant de boire une gorgée de bière.

— Qu'est-ce que ça peut lui faire ?

Hannah haussa les épaules, l'air de rien.

— Maddie lui plaît.

— Ah bon ?

Hannah jouait avec sa bouteille de bière.

— Oui.

— Dommage. Je commençais à bien l'aimer, dit-elle.

Il se tourna pour la regarder.

— Pourquoi ça t'ennuierait qu'il sorte avec elle ?

— Elle est encore en deuil. Imagine, ça ne fait même pas un an.

Au souvenir de son père, puis à l'idée que Maddie puisse s'envoyer deux hommes, Hannah serra le goulot de sa bouteille. Will fronça les sourcils.

— Hein ?

— Ça ne fait pas assez longtemps ; sinon, c'est qu'elle n'a peut-être jamais aimé mon père. Elle ne devrait sortir avec personne. Mark a intérêt à garder ses distances, parce qu'elle attire les hommes comme un aimant.

Hannah relâcha sa prise.

— Si elle se tape ce mec, tu n'as rien à craindre, affirma Will en jouant avec une mèche de cheveux d'Hannah. Ça m'étonnerait que Mark soit très partageur. De toute façon, il n'est pas du genre à devenir intime avec qui que ce soit. Alors, à ta place, je ne m'inquiéterais pas.

— Tiens, tiens. Tu sais pourquoi ?

— Je ne devrais pas en parler, dit-il après avoir avalé une gorgée de bière.

— Pourquoi ?

Elle lui embrassa la main.

— Parce que je ne sais pas tout.

— Vas-y, je t'écoute.

Elle laissa courir sa main le long de sa cuisse.

— Voilà : Mark a été marié, il y a des lustres.

— Et alors ?

Ses caresses remontèrent un peu plus haut.

— Le problème, c'est pas ça. C'est ce qui s'est passé après.

— Allez, raconte, maintenant que tu m'as mis l'eau à la bouche.

Sa main s'arrêta juste avant son entrejambe.

Will avala sa salive.

— Eh ben, il a laissé Claire ici pour partir aux États-Unis participer à un super programme d'architecture.

— Et ?

— Ben, elle était malade et elle est morte pendant son absence, et il n'est pas revenu.

— Ouah ! Pas très fort question engagement, hein ?

Will haussa les épaules.

— Sans doute.

— C'est la maladie qu'il ne supporte pas ?

— Je ne sais pas.

Will tripota l'étiquette de sa bouteille.

— Et ?

— C'est tout ce que je sais. Il n'est jamais sorti très longtemps avec personne.

Will se renfonça dans les coussins.

— Il n'est pas revenu en Cornouailles pendant des lustres.

— Tu m'étonnes. Comment l'ont-ils même laissé revenir ?

Hannah lui caressa de nouveau la cuisse.

— Elle était d'ici ?

— Oui.

— Sacrée tache pour sa réputation ! s'esclaffa-t-elle.

— On peut dire ça.

Il la dévisagea. Hannah sourit.

— Pourquoi tu souris ?

Il posa sa bière. Elle remonta légèrement la main, puis l'embrassa.

— Dodo, l'enfant do...

Maddie se réveilla au son de sa propre voix, les bras serrés autour d'un oreiller. Elle s'assit. Le réveil indiquait 2 h 30. Pour tenter de chasser les images qui lui perturbaient l'esprit, elle secoua la tête, mais ses visions demeurèrent, pareilles aux effets de rémanence du soleil. Elle ferma les yeux dans l'espoir de faire cesser la brûlure. Alors, elle entendit un bébé pleurer. Pas juste un bébé, un nouveau-né. Sa robe de chambre jetée sur ses épaules, Maddie s'avança près de la fenêtre, dont l'intérieur était couvert d'une épaisse couche de glace. Hélas, contrairement à son espoir, le paysage éclairé par la lune ne révélait la présence d'aucun chat. Elle s'immobilisa, osant à peine respirer. Le bruit reprit. Elle avait beau ne pas vouloir y prêter attention, il ne s'arrêtait pas. D'où provenait-il ? Était-ce le vent ? Non, le calme régnait dans la nuit. Elle avala sa salive.

L'envie de retourner au lit et de tirer la couette sur sa tête la démangeait, mais elle savait qu'elle ne parviendrait pas à dormir. Le bruit lui parviendrait, car elle le saurait là. Là, dans la cache des contrebandiers.

Le froid pénétrait à travers le tissu de sa robe de chambre. Elle serra sa lampe électrique dans sa main et descendit l'escalier menant au salon. La sombre silhouette du sapin de Noël se dressait tel un géant aux aguets dans le noir. Elle alluma.

La vue des guirlandes n'apaisa guère le tourbillon de ses pensées. Maddie alluma aussi les guirlandes électriques afin de soulager la tension qui étreignait son corps. Elle laissa un doigt courir sur la décoration préférée de sa mère, qui représentait la nativité.

Alors qu'elle contemplait le visage de Marie, Maddie perçut les pleurs. Il n'y avait pas d'erreur possible. Il s'agissait d'un nouveau-né et non d'un chat. Que faire ? Dormait-elle ? Son haleine faisait une fumée blanche dans l'air glacé. Tout ceci était trop réel, contrairement à ses rêves. Dans ses tourments nocturnes, les détails virevoltaient et changeaient, et elle essayait de dire non, mais aucun mot ne sortait de sa bouche.

Ceci n'était pas un rêve, ni un cauchemar. Elle était éveillée, dans la nuit du réveillon de Noël, et un bébé pleurait. Ou c'était réel ou elle avait sombré dans une grave maladie mentale. Peut-être ne fallait-il pas l'exclure. Elle savait qu'il fallait qu'elle soit folle pour faire ce qu'elle allait faire. D'une main tremblante, elle alluma la lampe et se dirigea vers la cheminée.

Tout en elle la poussait vers ce bébé qu'il fallait bercer. À chaque pas qui l'en rapprochait, les pleurs se faisaient plus pressants. Elle s'arrêta, tremblante de peur ; pourtant, elle savait qu'il ne pouvait y avoir d'enfant dans la maison. De quoi avait-elle peur ? De ses propres pensées ? Des araignées ? D'un chat pris au piège ? Que pensait-elle trouver ? Un fantôme ? Son bébé ?

Avant de pouvoir s'en dissuader, elle actionna le loquet, et la porte s'ouvrit. Les pleurs lui transpercèrent le cœur. Par réflexe, Maddie se signa.

Le poil hérissé, elle passa sa torche par l'ouverture. Sa gorge se noua. Sa respiration se fit difficile. L'air était plus froid que dans le salon. Elle franchit la porte et, bien que transie, elle se mit à transpirer.

Hésitante sur le seuil, elle força ses pieds à bouger et sa main à braquer le faisceau lumineux dans les recoins sombres. Rien ; toutefois, l'espace semblait s'élargir autour de la cheminée. À ses pleurs, on avait l'impression que le bébé manquait d'air. Maddie porta la main à sa gorge.

Des brins de paille saillaient des murs, et elle distinguait des poutres au-dessus. Le sol se composait de larges dalles, différentes de celles de l'entrée et de la cuisine. Elles ressemblaient plutôt, comme Hannah l'avait indiqué, à d'anciennes pierres tombales. Le cœur de Maddie s'arrêta de battre. Elle se détourna et se mit à courir.

Puis elle tomba la tête la première en criant.

Treize

— Tu ferais mieux de te mettre quelque chose sur le visage, fit remarquer Hannah en lui jetant un coup d'œil.

— J'y vais, répondit Maddie, qui se frottait délicatement la bosse en formation au-dessus de son œil gauche.

— Et tant que tu y es, tu peux te réserver une place à l'asile. Tu dis quand même que tu as trébuché parce que tu as entendu un bébé pleurer.

Hannah leva les yeux au ciel et ouvrit le congélateur. Elle en sortit un sachet de petits-pois surgelés qu'elle tendit à sa belle-mère. Maddie voyait bien qu'elle n'était pas contente d'avoir été réveillée par ses cris à 3 h du matin. En fait, la jeune fille avait même l'air secouée.

— Merci, Hannah.

Hannah se retourna, la mine blême.

— De rien.

Elle frissonna, puis disparut.

Maddie erra sans but dans la cuisine. Comme le froid des petits-pois s'ajoutait à la fraîcheur de la pièce, elle considéra la bouilloire. Un café ? Elle était déjà totalement réveillée, la caféine ne lui ferait pas plus de mal et elle pourrait poursuivre la lecture du journal intime de sa mère.

Tante Daphne m'a trouvée dans l'écurie, en train de poser nue dans un vieux fauteuil. Elle a froncé les sourcils, et j'ai compris que cela ne lui plaisait pas, même si elle n'a rien dit. Il a suggéré qu'on s'arrête là ; moi, je n'en avais pas envie. J'adorais la sensation de ses yeux posés sur moi, même s'il ne me regardait que comme un modèle. Ses croquis étaient comme des caresses.

Maddie tenta de comprendre ce qui se passait. Nancy était-elle amoureuse du peintre ? Plusieurs pages avaient été arrachées du cahier.

À en juger par leur aspect jauni, cela ne datait pas d'hier. Tout laissait supposer que sa mère posait non pour Petroc, mais pour le peintre. Nancy faisait un parfait modèle avec ses longues jambes et la finesse de ses traits.

J'ai envie de lui. Il est si beau. Ses boucles forment presque des anglaises, et il a les bras magnifiquement bronzés. J'ai envie de sentir la force de ces muscles que j'ai aperçus à la mer. Comment lui faire baisser la garde ? Je l'aime et j'ai envie qu'il me regarde de la même façon.

Nancy parlait-elle de Petroc ? Maddie se frotta le front. Tristan n'avait pas les cheveux bouclés. En revanche, elle n'avait vu de Petroc que des photos de lui âgé. Ses recherches l'avaient menée aux livres qu'il avait écrits sur l'histoire des jardins, au dos desquels la photo montrait un monsieur grisonnant très distingué. Elle ignorait à quoi il avait pu ressembler dans sa folle jeunesse. Au début de l'été, Nancy pensait manifestement à Petroc, mais maintenant Maddie n'en était plus sûre.

Je lui ai apporté une bouteille de vin que j'ai prise dans le placard avant d'aller le rejoindre au bord de l'eau. Le soleil baissait derrière la colline. Je voulais que tout soit parfait. Je savais ce qu'il fallait que je fasse. J'ai entendu une fille de terminale tout raconter en détail. Il est parfait et je l'aime. Il n'est pas comme ces garçons boutonneux de Londres.

Maddie avala sa salive. Avait-elle été conçue après une bouteille de vin au bord de la rivière ? Elle regarda autour d'elle, puis ramassa le sachet de petits-pois pour l'appliquer de nouveau sur son œil.

Je ne m'attendais pas à avoir mal, mais cela s'est mieux passé la seconde fois. Il a un si beau corps. J'aimerais tellement lui dire tout mon amour. Je ne sais pas encore très bien comment, pour l'instant. Peut-être que ce soir. Lorsque tante Daphne sera endormie, j'irai le voir en cachette.

Maddie ferma les yeux. Le journal finissait là. Ensuite ne se succédaient que des pages blanches.

Maddie n'aurait pas dû écouter Tamsin. Se rendre à l'église n'était pas ce qu'il lui fallait pour le réveillon. Elle se glissa par la porte pour prendre un bon bol d'air. Le froid lui serra la poitrine. Ses mains se contractaient et se relâchaient de leur propre chef tandis qu'elle essayait d'évacuer sa colère et sa peine. Elle n'avait pas remis les pieds à l'église depuis l'enterrement de John. L'office qui venait de s'achever était pourtant bien différent ; néanmoins, les joyeuses mélodies jouées à l'orgue ne parvenaient pas à lui remonter le moral.

Devant elle flottait la vision de petits moutons en tricot tout droit sortis de la crèche. Elle s'agrippa à une stèle pour se soutenir. Que faisait-elle là, près d'un an après la mort de John, le cœur toujours brisé ? Les cris des enfants à l'intérieur de l'église la transperçaient de part en part.

— Tout va bien ? demanda Mark.

Elle se demanda depuis combien de temps il était là, à côté d'elle.

— Oui, merci.

Elle avala sa salive et se détourna.

— Tu es sûre ? Tu es toute pâle, et ceci m'a tout l'air d'un œil au beurre noir.

Elle porta la main à son visage. Le bleu que lui avait valu sa chute à l'aube lui ornait le tour de l'œil et le haut de la pommette d'un savant mélange de violets et de jaunes.

— Oui, ça va. Tu as vu Hannah ? s'enquit-elle d'une voix qu'elle s'efforçait de garder égale.

— Oui, elle bavarde avec ma sœur. La mère de Will, ajouta-t-il comme Maddie haussait les sourcils.

Il la prit par le coude pour l'écarter de la foule qui sortait de l'église. Puis il la dévisagea et lui caressa légèrement la joue. Elle tremblait. Ce n'était pas de gentillesse qu'elle avait besoin pour l'instant, mais d'un peu d'espace.

— Je te dépose chez Tamsin ? demanda-t-il.

— J'ai ma voiture.

Elle se détourna.

— Il faut que je voie Hannah. Je ne sais pas ce qu'elle a prévu.

— Comme d'habitude, non ?

Il lui posa la main sur la manche, et elle sentit sa chaleur lui remonter le long du bras.

— Oui, soupira Maddie.

Elle balaya la foule du regard.

— Elle ramasse les partitions là-bas. Qui l'aurait cru ?

Il retira sa main, et Maddie retourna dans l'église à contre-courant de la foule. La poitrine serrée, elle força ses poumons à s'emplir d'air tout en se rappelant que l'église de Manaccan n'avait rien de commun avec l'église moderne de Londres. Elle était ridicule. Dieu n'allait pas descendre la frapper de mort. Encore que cela l'eût sans doute soulagée.

— Hannah.

L'adolescente s'interrompit et leva les yeux.

— Ça va ?

Maddie hésita. Sa belle-fille avait-elle été aussi perturbée par tout cela ? Non, elle la regardait comme si elle était folle. Peut-être était-ce le cas.

— Tu veux que je te dépose ?

— Non, répondit Hannah avant de se détourner pour parler à une femme grisonnante.

Maddie sortit précipitamment de l'église, tête baissée pour dissimuler le flot de ses larmes. Le temps qu'elle tâtonne avec ses clés pour monter en voiture, le bruit des voix joyeuses emplit l'air. Zut ! Maudite Hannah Hollis. Une fois à l'abri, Maddie laissa libre cours à ses larmes. Personne n'avait besoin de voir le mal que lui faisait sa belle-fille. C'était pourtant sa faute, et celle de John. C'était à cause d'eux qu'elle avait fait la seule chose qu'elle avait juré ne jamais faire. Ce que sa propre mère, Nancy, aurait pu et aurait probablement dû faire, mais n'avait pas fait. À cause d'eux, elle devenait folle, et Hannah lui riait au nez.

Son téléphone émit un signal sonore. Elle avait raté un appel de Gunnar pendant l'office. Comme elle ne pouvait pas lui parler pour l'instant, elle lui envoya un court message. *Joyeux Noël à toi. J'ai hâte de te revoir à ton retour.*

Un groupe d'enfants passa en chantant *We Wish You a Merry Christmas*. Les sanglots secouèrent Maddie malgré ses efforts pour refouler son chagrin. Lorsqu'elle s'était mariée avec John, elle avait cru qu'elle aurait des enfants. Mais tout ce qu'elle avait, c'était une belle-fille qui la détestait. Qu'avait-elle fait de mal ? Il lui était désormais impossible de lutter contre le ressentiment qu'elle éprouvait envers l'adolescente. Hannah l'avait-elle senti avant même que Maddie ne s'en rende compte ? C'était si stupide. Maddie frappa le volant. La douleur lui irradia la main. Il fallait qu'elle l'accepte. C'était ça, sa vie, désormais.

Par les fenêtres embuées, entourées de lumières scintillantes, Maddie aperçut la foule conviée chez Tamsin. Elle redressa les épaules et entra. Avec un peu de chance, elle réussirait à se caser dans un coin sombre. Les chants de Noël sortaient à pleins tubes des enceintes, et on lui glissa un verre entre les mains avant même qu'elle ait eu le temps de quitter son manteau. Elle se força à se détendre. L'ambiance était telle que personne ne remarquerait rien. Tout en sirotant son verre, elle défit un bras de son manteau. Mark attrapa la manche vide et lui sourit.

— Tu ne t'attendais pas à ça ? fit-il.

— Pas vraiment. Combien sommes-nous ? Maddie balaya la foule du regard.

— Beaucoup. Mais ça entre et ça sort. C'est un peu la tradition.

— Je vois. Il y a autant de jeunes que de vieux.

— Oui, sans aucun doute. Hannah nous a d'ailleurs devancés.

Mark prit son manteau.

— Je vais le poser là-haut.

— Merci.

Maddie s'avança dans la foule à la recherche de Tamsin et se demanda combien de temps il lui faudrait rester avant de pouvoir s'éclipser. C'était un événement important pour son amie, et elle ne voulait pas la vexer, mais elle n'était pas d'humeur à faire la fête. Pourquoi n'avait-elle pas tiré la courte paille pour rester avec Tom ? C'était exactement ce dont elle aurait eu envie.

Un vague sourire aux lèvres, Maddie parvint à la cuisine, où des millions de choses à grignoter occupaient la moindre surface.

— Tu peux me trouver un plateau et le poser quelque part ? s'enquit Tamsin qui sortait la tête du four.

— Bien sûr. Joyeux Noël, au fait.

Maddie embrassa son amie sur la joue.

— Qu'est-il arrivé à ton œil ?

— Je te raconterai plus tard, assura Maddie qui prit la fuite devant l'air inquisiteur de Tamsin. L'éclairage était trop fort, finalement.

Maddie se fraya un passage pour distribuer ses victuailles. Repérant enfin une table vide, elle y déposa le plateau, puis s'installa dans une embrasure de porte. De là, elle pouvait tranquillement parcourir la pièce du regard sans être dérangée. Il faisait sombre et, à moins que quelqu'un se rende aux toilettes, elle était à l'écart.

À l'autre bout de la pièce, Maddie repéra Mark, qui parlait à une jolie femme. Il croisa son regard et sourit. Elle lui rendit son sourire, puis se détourna pour admirer le tableau à côté d'elle. C'était une aquarelle du dix-neuvième siècle représentant le manoir de Trelowarren avec une grande richesse de détails.

— On se cache ? demanda Mark.

Maddie releva aussitôt la tête. Il se tenait tout près.

— Pardon ?

Elle se cala une mèche rebelle derrière l'oreille.

— Tu n'as pas l'air dans ton assiette.

— Ah bon ?

Maddie regarda de nouveau la peinture, de peur que ses yeux ne la trahissent.

— Non. Tu veux qu'on en parle ?

Maddie lui adressa un sourire désabusé.

— Comme tu veux. En tout cas, je suis là, si tu as besoin de moi.

— Merci.

Le regard plongé dans le sien, elle regretta de ne pas pouvoir lui confier ce qui la tarabustait, même si elle ne savait pas vraiment ce qu'elle aurait pu dire.

— Allez, mon vieux, vas-y, sinon je te pique la place. Cette beauté est juste en dessous, fit remarquer un homme à forte carrure derrière Mark.

Maddie le regarda, puis Mark.

— Inutile de te donner cette peine.

Lentement, Mark baissa la tête.

Surprise, Maddie ouvrit la bouche. Une lueur espiègle luisait dans ses yeux. Avant qu'elle n'ait eu le temps de parler, sa bouche effleurait la sienne.

— Eh ! vous ne pourriez pas vous rapprocher un peu que je puisse me rendre aux toilettes ?

Le corps de Mark fut projeté contre le sien. Maddie sentit ses seins s'écraser contre son torse. Son baiser se fit plus intense. Elle y perçut le goût de la cannelle et du vin chaud. Puis elle perdit toute notion d'où ils se trouvaient.

— Eh ! d'accord, ça fait plaisir de voir que les vieux savent encore prendre du bon temps, mais vous ne pourriez pas aller vous installer ailleurs ? intervint la voix moqueuse de Fred. Les chambres ne manquent pas à l'étage. Il n'y a qu'une seule boule de gui ici, et j'ai quelqu'un qui attend un baiser.

Mark s'écarta de Maddie sans cesser de la protéger. Les rires autour d'eux donnaient envie à Maddie de rentrer sous terre.

— Encore à tes vieux tours, hein, Mark ? railla une femme.

Maddie ne la reconnaissait pas.

— Absolument. Il ne faut jamais laisser passer une occasion.

Alors qu'ils ne se touchaient plus, Maddie percevait encore le moindre mouvement du torse de Mark. Elle avait beau s'efforcer de respirer normalement, elle avait toujours le souffle coupé et les genoux flageolants. Ce qu'elle se sentait bête ! Mark l'avait embrassée sous le gui, et elle se comportait comme si la Terre s'était arrêtée de tourner. Elle lui jeta un coup d'œil. Lui n'avait pas l'air perturbé le moins du monde.

Le grand type qui les avait poussés l'un contre l'autre revenait vers eux. Maddie se hâta de se fondre dans la foule. Il lui fallait sortir de là. Certes, tout cela était pour rire, mais elle ne se sentait pas d'humeur pour le moment. Elle se heurta à Hannah.

— T'as pris ton pied, hein, sale vache ?

— Hannah !

— C'est quoi, ton problème ? fit Hannah en titubant.

— Pour commencer, tu es ivre.

Maddie s'écarta afin d'évaluer les dommages.

— Et alors ? cafouilla Hannah. Au moins, je n'entends pas des voix, moi.

Au lieu de répondre, Maddie se réfugia dans la cuisine. Ce n'était ni le lieu ni le moment de se disputer avec Hannah. C'était le réveillon, un temps de paix sur la terre pour tous les hommes de bonne volonté. Les larmes menaçaient de nouveau ; mieux valait qu'elle s'en aille au plus vite. Tamsin n'était pas là, mais Anthony était en train de caler la porte de derrière, un grand verre de vin dans les mains.

— Joyeux Noël. Où est ta jolie femme ? demanda Maddie en essayant de ne pas le regarder.

— Dehors avec Margaret qui voulait fumer une cigarette.

Maddie se força à sourire et se dirigea vers la porte, mais Anthony lui bloqua le passage.

— Tu t'es sacrément arrangé l'œil. Et alors, je n'ai pas droit à un bisou pour Noël ?

— Oh ! elle a déjà assez embrassé comme ça. Elle vient de rouler des pelles à Mark dans le salon, commenta le plus jeune fils d'Anthony, Hugo, en attrapant une assiette remplie de friands à la saucisse.

— Ah oui ? se moqua-t-il gentiment.

— Le gui peut avoir un effet étrange, bafouilla Maddie.

— C'est sûr.

Anthony lui posa doucement la main sur le bras.

— Ça va, ma belle ?

Maddie hocha la tête et s'enfuit dans le jardin, où elle se fit aussitôt alpaguer par Helen Williams.

— Maddie, je suis si contente que vous soyez là.

— Joyeux Noël.

Maddie sourit, ravie de voir qu'il faisait sombre dehors.

— J'ai trouvé quelque chose pour vous.

Maddie fronça les sourcils.

— En rangeant certaines pièces qui ne servaient pas, à Pengarrock, j'ai retrouvé un tableau que je n'avais pas vu depuis des années.

Maddie sentit sa bouche s'assécher.

— Voyez-vous, lorsque je suis venue vous voir à Trevenen, votre peinture m'a rappelé quelque chose, mais je n'arrivais pas du tout à me rappeler quoi.

— Oui ?

— Le tableau que j'ai trouvé ressemble beaucoup à ce que vous faites, mais la date au dos indique *1970*.

Quatorze

La pierre froide sur laquelle Hannah était basculée, tête en avant, lui entrait dans les côtes. Will lui retenait les cheveux. Le goût âcre de la bile mélangé à l'odeur de clou de girofle lui donnait de nouveau des haut-le-cœur. En attendant que les dernières secousses passent, Hannah se releva.

— Merci.

Elle s'essuya la bouche avec le mouchoir de Will. Il était maculé de noir de mascara. Elle devait avoir fière allure. En fait, elle avait probablement meilleure mine qu'elle ne se sentait, c'était dire.

— Tu peux marcher, maintenant ? s'enquit Will qui s'écarta pour la regarder.

— Je crois.

— On n'a qu'à appeler Maddie pour qu'elle vienne nous chercher.

— Ça va pas, la tête ? Plutôt mourir.

Will haussa les épaules et resserra sa veste autour de lui.

— C'est toi qui vois.

Hannah mit un pied devant l'autre et tenta de garder l'équilibre. Will revint vers elle et lui glissa un bras sous le sien. C'était mieux. Le ciel était dégagé et il allait geler. Les lumières d'une ferme clignotaient au loin. C'était carrément romantique, mais elle se sentait carrément malade. Elle allait sans doute vomir de nouveau. Super Noël.

— Tu ne veux pas essayer de marcher un peu plus vite ? J'aimerais rentrer.

— Pardon, fit Hannah en tentant de s'écarter.

— Non, ce n'est pas que je ne veux pas être avec toi, mais il est plus de minuit, et ma mère m'attend sûrement. C'est tout. Je serai dans la merde, si je rentre trop tard.

— Ah oui, c'est ça.

Hannah baissa les yeux par terre.

— Allez, Hannah. C'est toi qui as voulu te mettre la tête à l'envers ce soir.

Il continuait de marcher en la tirant.

— Merci de me le rappeler.

— Ce n'est plus très loin. J'aperçois Trevenen, maintenant.

— Génial.

Hannah distinguait la sombre silhouette de la maison. La lumière brillait dans la chambre de Maddie et dans la cuisine. Par la fenêtre du salon, elle apercevait le sapin de Noël illuminé. Tout avait l'air si parfait…

Or ce n'était qu'un putain de mensonge. Son père était mort, Maddie la détestait, et Will ne l'aimait plus parce qu'elle n'était qu'une idiote. Joyeux Noël à tous.

— Tu frissonnes, constata Will en passant les bras autour d'elle.

— Oui. C'est pas grave, dit Hannah qui claquait des dents comme un vieux casse-noisettes.

Ils étaient arrivés.

— Joyeux Noël, Hannah.

Will lui planta un baiser sur le sommet du crâne et la

poussa vers la porte. Puis, avec un au revoir de la main, il s'éloigna en courant dans l'allée.

Hannah entra dans la cuisine et se versa un verre d'eau. Pour se réchauffer, elle s'assit dans le fauteuil près de la cuisinière. Elle mourait de faim, mais il lui semblait plus raisonnable d'attendre le lendemain pour manger, car son estomac avait besoin d'un peu de temps pour se remettre.

Elle se leva pour aller éteindre les illuminations du sapin. Il faisait aussi froid dans le salon que dehors. Hannah se frotta les bras et éclata de rire à la vue des cadeaux sous l'arbre. Qui Maddie croyait-elle berner ?

Elle retira la prise, puis remarqua la chaussette accrochée à la cheminée. Elle était remplie. Le père Noël était passé, alors qu'elle n'avait pas été sage du tout. Elle essuya ses larmes et courut se coucher.

Hannah avait très mal à la tête. Il lui fallait de l'eau et un cachet. Ses souvenirs de la veille étaient un peu flous. Mais comment Maddie avait-elle pu embrasser Mark comme ça, devant tout le monde ? C'était horriblement gênant et carrément dégueulasse. Sa belle-mère avait révélé son vrai visage : deux hommes différents dans la même semaine. C'était loin d'être une femme fidèle.

Hannah avait une grosse envie de faire pipi ; alors, autant se risquer au rez-de-chaussée. C'était le matin de Noël, après tout, et il y avait tous ces cadeaux sous l'arbre, plus la chaussette, qui l'attendaient. Ils devaient tous être pour elle puisqu'elle n'avait rien acheté pour Maddie. Une pointe de culpabilité l'assaillit, mais elle n'y prêta pas attention.

Lorsqu'elle entra dans la cuisine à pas feutrés, Maddie, assise à côté de la cuisinière, lisait un livre en sirotant un thé. Hannah se dirigea vers la théière.

— Joyeux Noël.

Pour la première fois depuis des lustres, Maddie avait la mine reposée et les joues roses.

— Oui, c'est ça.

Maddie leva les yeux de son livre.

— Tu veux ton petit-déjeuner ou d'abord ouvrir tes cadeaux ?

— M'en fiche. J'ai pas très envie de petit-déjeuner. Des toasts, ça suffira.

— Entendu.

D'un geste précis, Maddie ferma son livre, puis se leva du fauteuil. Elle dominait Hannah, et ce serait probablement toujours le cas, car l'adolescente s'était arrêtée de grandir, ce qui la gonflait carrément. Son père était plutôt grand, mais sa mère devait être toute petite. Eh merde, voilà qu'elle repensait à sa mère. Peut-être pourrait-elle demander à Maddie ce qu'elle pensait de l'idée de la retrouver, mais ce n'était pas le moment.

L'esprit encore embrumé par sa cuite de la veille, elle commença à s'imaginer la scène si Maddie et son père avaient eu des enfants. Auraient-ils été des géants comme Maddie ? En tout cas, elle se félicitait que cela ne soit pas arrivé.

Hannah rajouta un peu d'eau sur le thé, car il était trop fort. Elle attendait juste que vienne le reproche du fait qu'elle avait bu la veille, mais Maddie s'affairait avec le grille-pain. Elle semblait beaucoup trop calme. La radio passait des chants de Noël, et cette atmosphère paisible faisait hurler Hannah en silence.

Lorsque Maddie posa le toast devant elle, Hannah n'eut qu'une envie : le lui jeter à la figure. Ne pouvait-elle cesser de sourire ? N'avait-elle pas conscience que Noël la pompait ? Que son père n'était plus là ? Ce serait l'anniversaire de sa mort le 31 décembre. C'était pourri, les fêtes, et pourtant Maddie fredonnait en chœur un chant de Noël.

— Je vais chez le vieux Tom dans une demi-heure, si tu veux venir, lui proposa Maddie avec le sourire.

Son œil au beurre noir ne s'était pas arrangé. Hannah ne comprenait toujours pas ce que Maddie faisait l'autre nuit. À son avis, sa belle-mère devait avoir pris un coup sur la tête, car elle racontait n'importe quoi. Des pleurs de bébé ? Carrément bizarre. Hannah était allée plusieurs fois dans le réduit sans jamais rien y trouver ni rien entendre. Pourtant, en y réfléchissant bien, Hannah se souvenait qu'une nuit, alors que Maddie était partie se coucher de bonne heure, elle avait entendu quelque chose d'étrange, mais elle était sûre qu'il s'agissait d'un chat. Elle se concentra de nouveau sur Maddie.

— C'est ton tour ?

— Non, mais j'ai pensé que ce serait sympa. Maddie se remit à fredonner.

— Je pourrais passer la journée avec lui.

Hannah brûlait d'envie de rester tranquille avec le vieux Tom, afin d'éviter les lamentables efforts de Maddie pour faire régner la joie et la bonne humeur.

— Oui, mais je crois que Tamsin serait déçue.

— Pourquoi veut-elle nous inviter à déjeuner après le monde qu'elle a reçu chez elle hier soir ?

Hannah grignota son toast. Maddie essuya le plan de travail avant de reposer le torchon.

— À mon avis, c'est une sorcière.

— Là, tu n'as peut-être pas tort ! pouffa Hannah. Elle semble au courant de tout ce que font les garçons.

— Oui. C'est vrai.

Maddie marqua une pause et regarda Hannah.

— Alors, tu viens avec moi ce matin ?

— Peut-être.

— Bon, je vais me changer. Rejoins-moi dans dix minutes, si tu viens.

— Et les cadeaux, alors ? demanda Hannah.

— Tu n'as qu'à les apporter chez le vieux Tom.

Maddie quitta la cuisine. Hannah secoua son set de table par la porte. Elle n'emporterait pas les cadeaux chez le vieux Tom ; pas question de dévoiler qu'elle n'avait rien prévu pour Maddie. Elle se leva et jeta son reste de toast à la poubelle avant de gagner le salon. Là aussi, Maddie avait mis de la musique de Noël. Le sapin tout illuminé brillait de maintes décorations anciennes, dont certaines provenaient de chez les parents de Maddie, et d'autres, du premier Noël qu'elles avaient passé ensemble. Il s'agissait de babioles confectionnées par leurs soins. Hannah se pencha pour regarder les paquets. Il y avait cinq cadeaux pour elle et pas un seul pour Maddie. Hannah les monta, ainsi que la chaussette, dans sa chambre.

En franchissant la porte de derrière, chez le vieux Tom, Maddie se dit qu'Hannah cachait bien sa gueule de bois.

— C'est Mrs Bates ? appela Mark du salon.

— Non, répondit Maddie en posant ses affaires sur le plan de travail.

Hannah entra à son tour, claqua la porte derrière elle et passa en trombe devant Maddie pour aller voir Tom. Sa belle-mère la suivit d'un pas plus distingué.

— Joyeux Noël à toi aussi, Hannah, fit Mark alors qu'elle faillit le faire tomber en se ruant sur le vieux Tom.

— Au moins, il n'y a pas que moi qu'elle snobe, souligna Maddie, qui embrassa Mark sur la joue, puis prit une profonde inspiration.

Leur baiser de la veille était encore beaucoup trop présent dans son esprit. Le gui avait bon dos.

— Joyeux Noël, dit-elle en lui tendant un gros paquet multicolore.

— C'est pour moi ? demanda Mark.

— Oui, mais ce n'est rien de bien extraordinaire.

— Voilà ma curiosité piquée, affirma-t-il d'un ton enjoué.

— Ça m'étonne de toi, rit Maddie en se dirigeant vers Tom.

— Joyeux Noël.

Maddie l'embrassa, puis se débarrassa de son manteau.

— Vous êtes au thé ? Parce que j'ai apporté du champagne. J'ai pensé que quelques bulles égaieraient cette grise matinée.

« Et ça permettra à Hannah de soigner le mal par le mal », ajouta-t-elle en son for intérieur. Elle croisa le regard entendu de Mark.

— Merveilleuse idée. Hannah, tu veux bien aller nous chercher des verres ?

Le vieux Tom arbora un large sourire tandis qu'Hannah filait à la cuisine.

— Vous avez petit-déjeuné ?

Maddie regarda Mark. Il avait quelque chose dans les yeux qu'elle ne parvenait pas à déchiffrer.

— Non, pas encore, répondit-il.

— Bien. Dans ce cas, que diriez-vous de quelques œufs brouillés avec du saumon fumé ? demanda-t-elle.

— Formidable, applaudit le vieux Tom.

Mark déposa son cadeau au pied du sapin. Maddie espérait qu'il lui plairait. Elle prenait le risque de lui offrir l'aquarelle qu'elle était en train de réaliser le jour où il l'avait interrompue sur Nare Head, mais c'était juste pour le remercier de tout ce qu'il avait fait pour Hannah et pour elle. Sans son aide et celle de Tamsin, les choses auraient été beaucoup plus difficiles.

Tom se pencha en avant.

— Ça m'a l'air intéressant.

— Oui, hein ? Si je l'ouvrais après le petit-déjeuner ? demanda Mark.

— Je ne m'emballerais pas trop vite, à votre place. C'est juste un tableau de Maddie, déclara Hannah qui posait les verres sur la table basse.

— Hannah, tu es une rabat-joie ! gronda le vieux Tom.

Hannah rougit. Maddie les observa, tous les deux. Tom pouvait dire tout haut ce que tout le monde pensait tout bas sans se faire dévorer tout cru. C'était un miracle.

Mark suivit Maddie dans la cuisine. Malgré la gêne qu'il avait suscitée en elle la veille, ce baiser avait été fantastique. Il n'y avait vraiment pas de quoi dramatiser ; mais elle n'avait eu ni le temps ni l'espace pour gérer ses émotions.

— Il faut excuser Hannah. Même si elle ne l'avouera pas, à mon avis, elle se traîne une gueule de bois carabinée.

Maddie ne savait pas très bien pourquoi elle présentait des excuses pour sa belle-fille. Mark la connaissait assez bien.

— Ce n'est pas une excuse.

— Je sais.

Maddie marqua une pause.

— Mais c'est une période difficile pour nous deux, car l'anniversaire de la mort de John approche.

Mark se rapprocha et lui posa la main sur l'épaule. Elle s'adossa un instant contre lui et savoura son contact.

— Quand vas-tu m'expliquer ce qui est arrivé à ton œil ?

Maddie s'écarta avec un éclat de rire.

— Un autre jour.

Maddie lui adressa un sourire radieux.

— Tu peux me passer les œufs ? Profitons de cette belle matinée de Noël, d'accord ?

— Qu'est-ce qu'on fait là ? Je croyais qu'on allait chez Tamsin ?

Hannah ouvrit les yeux. Elle s'était endormie dès qu'elle était montée dans la voiture.

— Helen Williams m'a demandé de passer voir quelque chose.

— Helen qui et qu'est-ce qui peut être si important pour que tu viennes dans un palais pareil le jour de Noël ?

Hannah se pinça pour s'assurer qu'elle ne s'était pas réveillée au beau milieu d'un épisode spécial Noël de *Dr Who*.

— Tu peux rester dans la voiture. Je n'en ai pas pour longtemps.

Hannah s'assit.

— Non, je viens. Où on est exactement, d'ailleurs ?

— Pengarrock.

Maddie descendit de voiture et se dirigea vers l'imposante porte.

À côté de cet endroit, Trevenen paraissait tout petit, ce qui demandait quelques efforts. Au loin, Hannah distinguait l'embouchure de l'Helford baigné par la lumière du jour.

La porte s'ouvrit grand sur une femme corpulente au sourire rayonnant.

— C'est merveilleux que vous ayez pu venir aujourd'hui. Bonjour, Hannah, nous n'avons pas encore fait connaissance.

La femme tendit la main. Hannah la lui serra.

— Bonjour.

— Entrez.

Devant le sapin de Noël haut de six mètres, Hannah comprit qu'elle avait bel et bien atterri dans un épisode hors série de *Dr Who* et que le Tardis surgirait au premier détour. Cet endroit était fascinant.

— Je ne veux pas vous déranger pendant votre déjeuner, dit Maddie.

— Non, pas du tout. Je sais à quel point c'est important pour vous.

Hannah regarda les deux femmes et se demanda pourquoi elles parlaient en langage codé.

— Merci.

Maddie sourit.

— Je l'ai descendu au salon. C'est par là.

Maddie suivit, et Hannah quitta à regret le sapin pour leur emboîter le pas, mais elle ne le regretta pas. Deux des murs de la pièce étaient occupés par des portes-fenêtres qui donnaient sur une vue magnifique. C'était somptueux.

Lorsqu'elle parvint à détacher les yeux du panorama, elle constata que Maddie et Helen regardaient au dos d'une toile. Peut-être Helen voulait-elle donc de l'aide pour une restauration. Ce n'était pas vraiment le truc de Maddie, mais Hannah songea que ses difficultés financières la portaient peut-être à se tourner vers n'importe quoi.

Elle les regarda tourner et retourner délicatement la peinture.

— Je n'arrive pas bien à lire le nom de famille, mais je suis sûre que le prénom est Peter, annonça Helen sans quitter Maddie du regard. Vous déchiffrez quelque chose ?

Maddie hocha la tête.

— Je crois que c'est Johnson ou quelque chose comme ça.

Hannah considéra l'œuvre. Qui était Peter Johnson ? Était-ce un cadeau que lui faisait Maddie pour Noël ? Le tableau était chouette, un peu différent du style habituel de Maddie, mais comme elle n'avait pas l'air très normale en ce moment…

Quinze

Les recherches pour retrouver le peintre Peter Johnson s'étaient révélées des plus simples. Né à Santa Monica, en Californie, l'artiste avait une femme et trois fils. Apparemment, il était assez connu. Ses tableaux avaient quelque chose d'étrangement familier, comme Maddie avait pu le constater à Pengarrock. Mais que faire maintenant ?

Rien ne prouvait que cet homme fût son père, et il n'était même pas évident qu'il fût l'artiste qui avait logé dans l'écurie cet été-là.

La seule chose dont elle était sûre, c'était qu'il avait peint la vue de Pengarrock en 1970. Ça et le fait qu'il avait vingt-deux ans contre seize pour sa mère. Petroc en avait dix-sept à l'été 1970.

Elle avait le numéro de téléphone de la galerie qui avait accueilli la dernière exposition de Peter. Fallait-il oser ? Impossible de se dévoiler et d'expliquer pourquoi elle voulait le contacter ; il lui faudrait donc mentir. Le matin, elle avait fixé le plafond pendant des heures en essayant de décider la manière de s'y prendre.

Aucune réponse ne lui était parvenue jusqu'à ce qu'elle tombe sur le journal de la veille. Maddie composa le numéro en Californie et retint son souffle.

— Farnsworth Galerie, que puis-je pour vous ? répondit une femme.

— Bonjour, je m'appelle Madeline Hollis. Je suis reporter pour le *Helston Packet* en Cornouailles, en Angleterre. Je me demandais si vous pourriez m'aider.

Maddie perçut un bruit derrière elle. Ce n'était pas le moment qu'Hannah vienne lui tourner autour.

— Je peux toujours essayer.

— Voilà, je travaille à un article sur des artistes qui sont venus dans notre région et s'en sont inspirés. Or je suis tombée sur un certain Peter Johnson. Je sais que vous avez exposé ses œuvres dernièrement.

Maddie marqua une pause.

— Je me demandais si vous pourriez me mettre en rapport avec lui.

— Peter en Angleterre ? Ça me paraît peu probable.

— C'était en 1970.

— Bien avant que je ne le connaisse.

La voix parut presque soulagée.

— Vous croyez que ce serait possible ?

La gorge sèche, Maddie se demandait encore pourquoi elle faisait cela.

— Je ne vois pas pourquoi cela ne le serait pas. Rappelez-moi le nom du journal ?

— Le *Helston Packet.*

Maddie espérait qu'on lui pardonnerait ce mensonge et que cette dame n'irait pas vérifier.

Un bruit sourd retentit sur la table derrière elle, mais elle se concentra pour noter l'adresse e-mail que lui indiquait son interlocutrice. Puis elle raccrocha d'une main tremblante. Lorsqu'elle se retourna, elle découvrit Hannah qui lui lançait un regard furieux.

— Qu'est-ce que tu racontais ? Tu n'es pas reporter au *Packet.*

— Non.

Maddie ne savait pas où tout cela allait la mener.

— Tiens, je savais bien que tu étais une menteuse. C'est la preuve.

Hannah marqua une pause et repoussa ses cheveux en arrière.

— C'est qui, ce Peter Johnson que tu cherches tant à joindre ?

Maddie fronça les sourcils. Que pouvait-elle répondre ? Elle venait de se faire traiter de menteuse.

— Mon père, je crois.

Hannah se raidit.

— Ton quoi ?

— Mon père. Helen savait que je cherchais à découvrir qui était mon père et elle s'est souvenue de cette peinture, celle qu'on a vue à Noël. Elle savait que cela ressemblait beaucoup à ce que je fais.

— Je croyais que c'était un de tes tableaux.

— Je sais. Ça m'a secouée quand je l'ai vu.

— Ouah ! Alors, tu vas le contacter ? demanda Hannah.

Peu importe la manière dont elle présenterait les choses, Hannah en serait blessée ; aussi Maddie décida-t-elle d'aller droit au but.

— Sincèrement, je ne sais pas.

— Moi, je le ferais.

Hannah la regarda droit dans les yeux.

— Moi, j'aimerais parler à ma mère.

Maddie eut l'impression qu'on lui plantait un couteau dans le cœur.

— C'est vrai ?

— Oui, mais je ne sais pas comment, avoua Hannah, les épaules tombantes.

— Il doit bien y avoir un moyen.

Maddie lui toucha la main. Elle savait le terrain miné,

car John avait tout fait pour s'assurer que Susan ne reprenne jamais contact avec Hannah.

— Ah oui, lequel ?

— Je ne sais pas, mais je vais chercher.

— Merci.

Hannah hocha la tête et partit.

Une chose de plus à ajouter à sa liste : retrouver la mère qui avait abandonné son enfant, soupira Maddie. Comment allait-elle joindre Susan ? Elles ignoraient totalement ce qu'elle était devenue et quel nom elle portait. Peut-être s'était-elle mariée.

Maddie ferma les yeux et s'efforça de ne penser ni aux difficultés ni à l'éventuelle souffrance qui les attendaient. L'adresse qu'elle avait entre les mains allait peut-être lui permettre de découvrir qui elle était vraiment. Son père était peut-être en vie, et elle pouvait, si elle le voulait, prendre contact avec lui. En quoi était-ce différent pour Hannah ?

Il planait dans l'air une odeur de bougies éteintes lorsque Maddie referma soigneusement la porte de l'église. Elle ignorait pourquoi elle était venue, mais le silence était apaisant, et la sérénité des lieux commença à s'insinuer en elle dès qu'elle s'assit, au dernier banc, pour admirer les compositions florales. C'était beaucoup moins dur d'être là, cette fois. En cette veille de Nouvel An, cela faisait un an que John était mort. Il fallait tourner la page et prendre un nouveau départ.

Non, elle n'aurait pas les enfants qu'elle avait souhaités, mais elle pourrait mener une vie heureuse en Cornouailles. Elle s'était fait de bons amis et elle allait peut-être obtenir l'autorisation de viabiliser le terrain de la vieille grange, qu'elle pourrait ensuite revendre. Cela lui procurerait l'argent nécessaire pour effectuer les travaux à Trevenen et s'aménager un atelier digne de ce nom dans la porcherie. La nouvelle année s'annonçait pleine de possibilités pour faire avancer les choses dans le bon sens.

Alors, elle déplia le papier qu'elle avait dans la poche et considéra l'adresse e-mail de Peter Johnson. Elle avait déjà rédigé trois brouillons sans envoyer un seul message. Cette surprenante hésitation était liée au fait qu'elle supposait que le peintre ignorait son existence.

Maddie rangea l'adresse dans sa poche. Jusque-là, ses recherches concernant la mère d'Hannah n'avaient pas abouti. Les pistes les plus évidentes, Google et Facebook, n'avaient rien donné. Tout cela lui pesait. Et si Susan ne voulait toujours pas entendre parler d'Hannah ? Serait-ce pire que de ne pas la connaître du tout ? Hannah n'était-elle déjà pas trop jeune, la première fois, pour être confrontée au choc du rejet ? Et si cela se produisait de nouveau, en serait-elle brisée ? Il n'y avait pas de réponse, et Maddie n'avait pas vraiment le choix.

Elle quitta son refuge sans la moindre solution, mais elle ne comptait pas vraiment en trouver là, car Dieu ne faisait plus partie de sa vie. Sans Lui, c'était toutefois plus dur qu'elle ne l'aurait cru. Elle venait de traverser la pire année de sa vie, et tout ce qui lui semblait avoir du sens par le passé n'en avait plus. Sur le sentier, elle donna un coup de pied dans une pierre, qui roula avant de s'arrêter devant une branche morte. Le sentier en était jonché à cause du fort vent du nord qui soufflait la veille.

La tempête avait par ailleurs chassé la couverture nuageuse qui s'était installée entre Noël et le jour de l'An. Le ciel était bleu, et l'air, si clair et froid qu'il lui brûlait les poumons.

Elle entendit la porte de l'église s'ouvrir derrière elle.

— Bonjour.

En se retournant, Maddie découvrit le pasteur.

— Joyeux Noël.

— Merci.

Il s'avança pour la rejoindre.

— Veuillez m'excuser si ma remarque est déplacée, mais vous me semblez soucieuse. Je me demandais si vous souhaitiez parler à quelqu'un.

Il marqua une pause.

— Je sais que cette période de l'année peut être éprouvante pour beaucoup.

Maddie retint le rire hystérique qui menaçait de lui échapper.

— Merci, mais je vais bien.

C'était le plus gros mensonge qu'elle ait dit ces derniers temps. Elle pleurait encore son mari, elle se disputait constamment avec sa belle-fille qui la détestait, elle était obsédée par ce qu'elle avait fait, et sa maison était hantée. Elle se sentait tout sauf bien.

— Ravi de l'entendre. Je sais que vous êtes nouvelle ici et que cela peut faire beaucoup. Je suis là si vous avez besoin.

Maddie sourit. Elle se demandait comment il savait qu'elle était nouvelle, alors qu'elle n'avait mis les pieds à l'église que la nuit de Noël et, pour la seconde fois, ce jour. Elle ne pensait pas l'avoir rencontré ailleurs.

— C'est noté. Merci.

Alors qu'elle entendait ses pas s'éloigner sur le gravier dans la direction opposée, elle fit demi-tour pour le rattraper.

— À vrai dire, auriez-vous eu connaissance ou… ?

Maddie détourna les yeux de son regard affûté avant de continuer.

— … fait l'expérience des fantômes ?

— Trevenen est une vieille maison.

Il s'interrompit. Elle hocha la tête. Qu'est-ce qui lui prenait de poser cette question, à un pasteur qui plus est ?

— Personnellement, je n'y crois pas, mais je n'écarte pas non plus l'idée, bien sûr, et, en bon Cornouaillais, je dois bien avouer avoir un penchant pour le mystique.

Elle sourit en comprenant qu'il n'avait pas l'air de la prendre pour une folle.

— Vous croyez donc en avoir un à Trevenen ? reprit-il en se frottant les mains.

— Oui, je le crains.

Elle ne sentait plus ses orteils. Avoir cette conversation dans un cimetière par la journée la plus froide de l'année n'était sans doute pas la chose la plus sensée, mais, ces temps-ci, elle ne savait plus ce qui était raisonnable.

— L'avez-vous vu vous-même ou vous en a-t-on parlé ?

— Je l'ai vu. Du moins, entendu.

Elle avala sa salive. Elle avait l'air folle. Certes, c'était une artiste, mais elle avait les pieds sur terre.

— Entendu. Voilà qui est intéressant.

Il regarda par-dessus les toits du village, vers les champs de l'autre côté de la vallée.

— Juste vous ?

Elle acquiesça de la tête.

— Hannah m'a dit que vous aviez perdu votre mari il y a un an.

Elle opina du chef, se demandant quand et pourquoi Hannah avait parlé au pasteur.

— Je peux savoir en quoi c'est important ?

— Eh bien, en période de deuil, il est fréquent de voir ou d'entendre des choses.

Il s'interrompit, car une femme venait vers eux.

— Bonjour, Mrs Bates. Ne vous inquiétez pas, j'arrive.

La dame sourit et descendit la colline. Maddie se demanda s'il s'agissait de la Keziah Bates qu'elle devait contacter au sujet de Daphne.

— Je crois qu'il nous faudrait un peu plus de temps pour cette conversation, Mrs Hollis, et malheureusement on m'attend pour une réunion au foyer rural. Appelez-moi.

Maddie sentit son mobile vibrer dans sa main gantée. Elle hocha la tête avec un sourire. Laissait-il entendre que le fantôme n'était que dans son esprit ? Le pasteur disparut de sa vue.

— Allô ? fit-elle en tapant du pied sur le verglas.

— Bonne année ! déclara Gunnar avec enthousiasme.

Maddie chassa ses pensées.

— Tu as passé un bon Noël ?

— Oui. Je viens juste de rentrer et je profite du beau temps. Je me demandais si tu serais libre pour une balade jusqu'au Loe Bar.

Maddie regarda autour d'elle et tenta de ne pas paraître trop hésitante. Il faisait un froid de canard.

— Oui.

La longue étendue de sable en contrebas du parking était déserte. Tout le monde devait préparer le réveillon au chaud, ce qui était beaucoup plus sensé.

Maddie devait rejoindre Tamsin et Anthony au yacht-club. Elle ne savait pas quels étaient les projets d'Hannah ; elle espérait en tout cas qu'elle ne boirait pas trop.

Elle leva les yeux vers Gunnar.

— Tu es déjà venu ?

— Oui, pour tourner des plans pittoresques de la région. Pas toi ?

— Non. J'étais toujours restée sur la péninsule de Lizard jusque-là. Il y a tant à peindre à ma porte sans aller jusqu'à Helston. Ce n'est pas très sage de ma part, vraiment.

Elle lui adressa un sourire en coin.

— Toi, pas sage ? Hmmm.

En le regardant, elle surprit une lueur dans ses yeux. De toute évidence, ils ne pensaient pas à la même chose.

— Tes recherches avancent ? demanda Maddie.

— Oui. Ça se passe bien. J'aime la Cornouailles. Il y a – comment dire ? –, quelque chose de magique ici.

D'un geste, il désigna les airs.

— Oui, c'est vrai.

Elle repoussa ses cheveux et contempla les vagues qui se fracassaient sur le rivage. Une fois descendue de voiture, elle faillit s'envoler avec le vent.

— Tu es sûr de vouloir descendre ?

— Oui, c'est super, non ? fit-il avec un sourire jusqu'aux oreilles.

Après s'être muni du panier posé sur la banquette arrière, il la prit par la main. Maddie n'était pas très convaincue, car la mer était déchaînée, et elle luttait contre le vent, les yeux à moitié fermés. La conversation serait limitée avec ce bruit ; néanmoins, elle se laissa entraîner. Le sentier montait et descendait, mais Maddie n'en vit pas grand-chose.

— Nous y voilà, annonça Gunnar.

Une longue étendue de sable séparait la mer. Les vagues venaient s'écraser d'un côté, mais le calme semblait régner de l'autre.

— C'est beau, mais très exposé.

— À mon avis, si on se dirige vers le petit bassin, on trouvera un endroit à l'abri pour déjeuner.

Maddie espérait que le panier contenait du thé chaud, de la soupe chaude et des tas d'autres trucs chauds. Le froid descendait, et, malgré le charme et le romantisme du lieu, elle avait faim et froid. Gunnar lui reprit la main – là, au moins, elle aurait chaud. Ils marchèrent encore dix minutes avant qu'il s'arrête devant une piscine naturelle baignée par le soleil et abritée du vent.

— Tu frissonnes, Maddie.

— Oui, dit-elle en claquant des dents.

— C'est parce que tu es trop maigre, dit-il en la considérant de haut en bas.

Après Noël, Maddie se sentait rien moins que maigre. Il l'enveloppa dans ses bras, et le bruit du vent s'arrêta. Elle cessa de trembler.

— C'est mieux. Tu as faim ?

Il relâcha son étreinte afin de la regarder.

— Une faim de loup.

— Excellent.

Il ouvrit le panier, sortit un petit tapis et l'invita à s'asseoir.

Une fois à terre, Maddie sentit le soleil sur ses joues. Gunnar lui tendit une grande tasse remplie d'un liquide fumant. L'odeur des épices fut emportée par la brise. C'était chaud et sucré sur la langue.

— Alors, dis-moi ce que tu aimes. J'ai du saumon fumé, du jambon, du bœuf et du fromage.

— J'aime tout. À toi de choisir.

Elle resserra les jambes sous elle tandis qu'il lui tendait une tartine de pain et de saumon, qu'elle dévora avant qu'il ait eu le temps de préparer la sienne. Ce n'était pas poli, mais elle avait trop faim.

— Tu trembles de nouveau, dit-il.

— J'en ai bien peur, répondit-elle d'une drôle de voix à cause des frissons.

— Viens par là.

Maddie se rapprocha, et il lui passa un bras sur les épaules avant de lui offrir autre chose à manger.

— C'est mieux.

Il l'embrassa sur le bout du nez. Elle sourit et se blottit un peu plus.

— Tu te sens mieux ? demanda-t-il.

— Oui, un peu. Merci.

— Tu as vu les nuages là-bas ?

Il pointait du doigt vers l'ouest. Maddie hocha la tête.

— Le temps va changer.

— Ah bon ? Comment ?

— Le ciel ne nous le dit pas. Il annonce simplement un changement.

Il lui sourit et plongea son regard dans le sien.

Avec un éclat de rire, elle détourna les yeux.

— Tant qu'ils ne nous cachent pas le soleil, tout ira bien !

— Peut-être.

Il la souleva de terre pour la prendre entre ses genoux et l'enveloppa de ses bras. La chaleur de ses jambes lui réchauffa les fesses. Elle se sentait comme une enfant, mais cette sensation ne tarda pas à céder la place à une impression beaucoup plus adulte, car les lèvres de Gunnar lui effleuraient la tempe.

Il faisait preuve d'une telle douceur que Maddie tourna la tête de surprise. Sa bouche rencontra la sienne et s'y attarda. Le contact de ses lèvres était agréable. Elle lui rendit son baiser et se détendit. Les orteils ne la chatouillaient pas comme lorsque Mark l'avait embrassée au réveillon, mais ce n'était pas mal non plus. Elle se sentait en sécurité. Gunnar était de taille à tenir le monde à l'écart pour la protéger.

— Ça va mieux ?

— Beaucoup mieux.

— Prête pour le dessert ? demanda-t-il.

Maddie haussa un sourcil tandis que Gunnar libérait un bras pour sortir du chocolat. Que pouvait-il y avoir de mieux que de s'embrasser en mangeant du chocolat ?

Seize

La flamme de la bougie se reflétait dans le carreau de la fenêtre à côté de laquelle Hannah, assise, tenait la photo de son père. Les larmes lui coulaient sur les joues. Du revers de la main, elle les essuya avant de caresser l'image.

— Pourquoi es-tu parti, papa ? Je me sens si seule. Maddie n'est pas ma mère. À la première occasion, elle partira. Je ne sais pas quelles promesses elle t'a faites, mais elle ne les tiendra pas.

Elle se moucha.

— Les hommes lui tournent autour, et elle m'abandonnera pour partir avec l'un d'eux. Tu m'as bien laissée, toi, alors qu'est-ce qui t'a fait croire qu'elle resterait ?

Elle fit une pause.

— Tout le monde m'abandonne. Pourquoi Maddie serait différente ? Ce n'est qu'une question de temps.

Brusquement, elle se releva et éteignit la bougie. Son père ne pouvait pas l'entendre. Il ne se souciait pas d'elle. Maddie non plus. Quant à sa mère, où qu'elle soit, elle se moquait éperdument d'elle. Quelle galère, la vie ! Elle se moucha de nouveau et se regarda dans le miroir. Elle avait de grandes traînées rouges sous les yeux. Le look parfait pour la soirée.

Will et toute la bande devaient passer la chercher dans une heure. Maddie n'était pas rentrée ; elle n'avait pas été à la maison de l'après-midi. Hannah ignorait totalement où elle était, mais, à son avis, elle était sortie avec un homme. Elle le sentait. L'eau sous la douche était relativement chaude, et ses larmes se mêlaient au jet intermittent. Vivement que Maddie dépense un peu d'argent pour cette vieille ruine. D'après le vieux Tom, Mark et Maddie prévoyaient une réunion la semaine suivante pour dresser les plans de la grange que Maddie comptait vendre. Super. Elles auraient peut-être l'eau chaude en permanence, alors. En posant le pied sur le lino froid, Hannah reconnut toutefois qu'elle aimait Trevenen. Son téléphone lui annonça l'arrivée d'un message d'Abi.

Kc avec Andrew. Ça crl. T tjrs avec Will ?
Plein 2 câlins. Pk ? Oui. Biz, répondit Hannah.

Dans l'attente de la réponse, elle se demanda si elle avait assez de crédit pour appeler son amie. Maddie se fâchait toujours si Hannah appelait trop de numéros de portable du fixe, et elle vérifiait tous les numéros aussi.

Il a roulé dê pelles à Karen à la fet chez Tim. Biz.
Tu étais là ? Le salaud. Biz.
Oui ça crl tro. Tu me mank. Biz.

Hannah frissonna. Et si Will faisait cela à l'école ? Comment le saurait-elle ?

Tu me mank aussi. Vil me voir vite. Biz.
Vais essayer. Biz.

Au moment où elle se débarrassait de sa serviette, Hannah entendit une voiture arriver. Un prudent coup d'œil par la fenêtre lui révéla, à son grand soulagement, qu'il s'agissait de Maddie et non de la bande. Elle ne savait pas quoi mettre. Pour le réveillon du Nouvel An, on était censé faire un effort, mais elle n'en avait aucune envie. Une jupe courte en jean ferait l'affaire.

— Hannah, tu es encore là ? cria Maddie dans l'escalier.

— Oui, dit-elle en enfilant ses vêtements.

— Super. À quelle heure pars-tu ?

— Dans une seconde. Pourquoi ? s'enquit Hannah en sortant de sa chambre.

— Je me demandais si vous pourriez m'emmener chez Tamsin, au lieu que Mark vienne me chercher, c'est tout.

— Oh ! euh, Fred est censé passer d'ici quarante minutes, mais on ne va pas chez Tamsin. On va au Prince, expliqua Hannah sans savoir très bien pourquoi. Maddie n'avait pas besoin de le savoir.

— Je pensais que vous pourriez me déposer, insista gentiment Maddie.

— Ah ! euh, mais pourquoi tu ne prends pas ta voiture ?

— Parce que je compte bien boire plusieurs verres de vin ce soir ; alors, il vaudrait mieux que je me fasse conduire.

— Demande à Mark de passer te prendre. Maddie voulait juste savoir quels étaient ses projets, songea Hannah en envoyant promener un mouton de poussière du bout du pied.

— Très bien, ça me semblait simplement plus facile. C'est pas grave.

Maddie s'éloigna au rez-de-chaussée.

Hannah sourit. Sa belle-mère aurait une mauvaise surprise lorsqu'elle voudrait prendre son bain : elle avait utilisé toute l'eau chaude.

Minuit approchait, et tout le yacht-club se rassemblait pour le compte à rebours final. Maddie recula vers le fond. Elle avait chaud d'avoir trop bu et trop dansé. Prise d'une envie subite de fuir, elle se faufila discrètement jusqu'à la terrasse, puis descendit l'escalier en espérant que personne ne s'apercevrait de son absence. Toute cette jovialité, c'était trop pour elle. John était mort, sa vie avait changé irrémédiablement, et elle avait passé la soirée à faire croire à tout le monde que tout allait bien, que son passé ne lui pesait pas sur les épaules.

L'odeur de l'iode lui remonta le moral dès qu'elle fut près de l'eau. Balancées par la brise, les lumières du Ferryboat, à la pointe, avaient un air festif. Un bruit de pas l'avertit qu'elle n'était plus seule, et son sentiment de liberté s'évanouit. Elle allait devoir remettre son masque en place. Une fois sa moue déridée en un sourire de mise, elle se retourna.

— Salut.

— Trop de foule pour toi ?

Mark vint à ses côtés.

Elle acquiesça de la tête, un peu surprise de le voir, lui. Comme la chaleur du club s'était estompée, elle frissonna. Mark lui passa un bras autour des épaules, et elle se cala naturellement contre lui. Une petite voix lui dit qu'elle ferait mieux de résister, mais elle refusa de l'écouter.

Tout à coup, un bruit fusa au-dessus de leurs têtes, et le feu d'artifice éclata au-dessus de la rivière.

— Bonne année, lui glissa Mark au creux de l'oreille.

— Oui, bonne année à toi aussi.

Le chœur cacophonique de *Ce n'est qu'un au revoir* s'éleva du club. Mark enlaça Maddie pour l'attirer contre lui. Au contact de ses lèvres, si légères sur les siennes, un déclic se fit en elle. Elle répondit à son baiser. Avec un féroce appétit. Elle ignorait d'où lui venait cette frénésie, mais elle n'avait pas la force de s'y opposer. Pourquoi être raisonnable ? Pourquoi ne pas profiter de l'instant ?

Maddie remonta les mains le long du torse de Mark jusqu'à son cou. Au contact de sa peau nue, elle s'arrêta. Son cœur battait contre le sien.

C'était de la folie, mais c'était plus fort qu'elle. Ses doigts se glissèrent dans sa chevelure. Comme elle laissait échapper un petit soupir, il eut un mouvement de recul.

— Non, supplia-t-elle, pas encore rassasiée de sa bouche.

Elle lui butina les lèvres jusqu'à ce qu'il cède, puis se pressa contre lui. Il partageait son émoi. Sa propre excitation la choquait, mais peu importait.

Les lèvres de Mark descendirent lentement dans son cou, l'enflammant davantage. Toutes les fibres de son corps en éveil, elle prit conscience qu'elle était femme et qu'elle brûlait de désir pour cet homme. Elle bascula les hanches contre lui. Elle avait oublié ce qu'était le désir.

— Maddie ? fit Mark en lui caressant la taille.

— Oui, répondit-elle, obsédée par l'envie de se retrouver nue au lit avec cet homme sur-le-champ.

— Tu es sûre de vouloir ça ?

— Oui et non, mais ne t'arrête pas.

Les caresses de Mark flirtaient avec ses seins. C'en était presque douloureux. Il reprit possession de sa bouche, et elle sentit la tension s'accroître davantage en elle.

— Salut, vous deux. On fête la nouvelle année dans son coin, à ce que je vois.

La main de Mark se reposa sur sa taille.

— Salut, Ben. Tu sors fumer en douce ?

— Oui, j'ai dit à ma femme que j'avais arrêté. Quel nigaud ! Mais je ne voudrais pas vous déranger, glousse-t-il en s'éloignant vers le sable.

Maddie s'écarta de Mark. Il la tenait toujours, mais l'air froid de la nuit s'était immiscé entre eux. Il l'embrassa sur la tempe.

— Tu frissonnes. On devrait peut-être retourner à l'intérieur.

Elle opina du chef. Elle n'avait pas envie de quitter ses bras, mais le moment était passé. Il y avait entre eux une véritable alchimie, quelque chose qui avait la capacité, une fois déclenché, de l'embraser. Ce n'était pas une bonne chose. Il n'avait aucune persévérance, il passait d'une femme à une autre. Avait-elle envie ou besoin de cela ? Avait-elle de l'affection pour lui ? Cela avait-il de l'importance ? Pouvait-elle se permettre de perdre son amitié juste à cause de son désir ? Il s'était montré un ami solide depuis son arrivée dans cet univers où tout semblait tourneboulé. Était-elle prête à sacrifier cela pour une simple liaison ? Dans ce cas, Gunnar n'était-il pas un meilleur choix ?

Mark lui prit la main, et ils remontèrent au club. La musique pulsait. Maddie reconnut un morceau des années 1980 qui lui rappelait vaguement quelque chose. À l'intérieur, le premier visage qu'elle aperçut fut celui d'Hannah, qui la foudroyait du regard. Dans la bousculade, Mark lui lâcha la main, et elle se sentit nue. La seule personne qui la regardait était Hannah, mais c'était bien assez.

— Tiens, tiens, on se connaît, non ? Où étais-tu passée ? demanda Tamsin qui venait à sa rencontre avec un verre de champagne.

— Je prenais juste un peu l'air.

Maddie but une gorgée.

— Hannah est arrivée quand ?

Maddie constata que Will tenait sa belle-fille par la taille. Tout avait l'air si simple pour les jeunes.

— Juste avant minuit.

Maddie hocha la tête. Il fallait qu'elle s'en aille maintenant, mais Tamsin avait de toute évidence envie de faire la fête.

— Tu penses rentrer quand ?

— Oh ! on va continuer chez Paul. Tu es aussi invitée, annonça Tamsin avec un grand sourire.

— Je suis vraiment trop fatiguée pour faire la fête jusqu'à pas d'heure. Je ne sais pas comment tu tiens.

— La vitamine, indiqua Tamsin d'une tape sur sa flûte de champagne avant de repartir danser avec Anthony.

— On danse ? demanda Mark.

Maddie ferma les yeux et s'efforça de ne pas repenser à leur étreinte sur la plage, mais c'était un slow, et elle allait de nouveau être dans ses bras. Lorsqu'elle les rouvrit, elle ne vit que Will et Hannah, à l'autre bout de la piste, dans toute l'expression verticale d'un désir horizontal.

— Oui, pourquoi pas ?

Il n'y avait aucun mal à désirer un homme. L'un comme l'autre étaient sans attaches. Les choses pouvaient être très simples, à moins qu'elle ne les complique. Après une dernière gorgée de champagne, elle se glissa dans les bras de Mark. Puis elle posa la tête sur son épaule, ferma les yeux et respira son odeur. Il sentait le savon et la mer.

— Où est Gunnar ce soir ? demanda Hannah, tout près.

Maddie releva brusquement la tête.

— Je ne sais pas.

— Je croyais que tu étais avec lui cet après-midi, la houspilla Hannah.

Maddie cligna des yeux.

— En effet.

Mark se détacha un peu.

— Tu devrais savoir où est ton copain. On ne t'a donc

jamais appris que ce n'est pas des manières de sauter deux mecs en même temps ? persista sa belle-fille.

Ses mots restèrent en suspens. Will l'emmena plus loin.

Chaque muscle du corps de Mark était tendu. Que lui passait-il par la tête ? Son visage ne trahissait aucune expression ; il arborait un masque poli. Comment lui expliquer sa relation avec Gunnar ?

— Tu aurais pu l'inviter ce soir, fit-il remarquer sur un ton aussi civil que s'il s'était adressé à une inconnue.

— Oui, mais je n'en avais pas la moindre intention.

Maddie réfléchit un instant à ce qu'elle désirait vraiment.

— Écoute, il faut vraiment que je rentre. Tu crois que quelqu'un irait dans ma direction, plutôt que chez Paul ?

Elle se dégagea de l'étreinte de Mark. Du coin de l'œil, elle aperçut le sourire d'Hannah.

— J'ai promis à Tom de revenir dès que ce serait fini ici. Je te raccompagne.

— Merci.

Maddie baissa les yeux. Après la manière dont Hannah l'avait montrée du doigt, elle ne pouvait s'empêcher de se sentir jugée.

— Maintenant ? demanda Mark.

— Oui, je vais juste dire au revoir à Tamsin et Anthony.

— Très bien. On se rejoint à la voiture.

Il tourna les talons pour se diriger vers la porte.

Dix-sept

Maddie agrippa le volant à pleines mains, puis le relâcha. Il lui fallait trouver la force d'affronter Mark. Depuis le réveillon du Nouvel An, ils ne s'étaient que brièvement parlé au téléphone. Elle ouvrit la portière et avisa la boue sur le bord du chemin. Ses sentiments étaient à peu près aussi clairs. Elle prit une profonde inspiration. Il croyait Hannah. Alors, que dire, et surtout par où commencer ?

Gunnar. Elle ne se comportait pas mieux avec lui, en se le gardant sous le coude, alors qu'elle n'arrivait pas à se décider. Pourtant, elle n'aurait peut-être pas le choix, au final. Jamais elle n'aurait imaginé se retrouver dans pareille situation.

Au moment de sonner à la porte, le souvenir de sa première visite lui revint à l'esprit. Jamais il ne lui serait venu à l'idée, alors, qu'elle en pincerait un jour pour celui qui lui avait ouvert. Comment ? Serait-elle amoureuse de Mark ? Elle n'était plus une enfant impressionnable. Connaissant les enjeux de cette réalité-là – la joie, la souffrance et la perte –, était-elle donc vraiment amoureuse ?

Oui. Le sourire de Mark lui faisait danser le cœur, elle fondait sous ses baisers, mais c'était surtout pour sa gentillesse qu'elle craquait. Il en avait même pour Hannah, c'était dire. Elle était prête à mourir et ressusciter pour lui, comme elle l'avait été pour John, mais avait-elle seulement ressuscité depuis ?

Maddie sourit à Mark debout sur le seuil, puis jeta un coup d'œil derrière lui afin de lui masquer ces pensées. Il n'avait nul besoin de les connaître. Il méritait mieux que ce qu'elle avait à offrir : une femme brisée, une belle-fille grincheuse et une vieille maison en triste état.

— Salut. Il recula sur le seuil.

— Je te remercie vraiment, parce que je serais bien incapable de déposer cette demande de permis sans toi.

Elle se mordit la lèvre afin de ne pas en dire plus. Elle ne partageait ses secrets avec personne ; or celui-ci n'était en rien différent.

— En fait, tu pourrais, mais il te faudrait un autre architecte.

— C'est vrai.

Elle sourit.

— Mais je n'en connais pas.

— Tu devras donc faire avec moi.

Il lui prit son manteau.

— Eh oui.

Pour sûr qu'elle ferait avec. Mais que faire ? Il semblait si sérieux. Maudite Hannah. Maddie n'était pas sûre de savoir comment arranger la pagaille qu'elle avait semée. Mais peut-être sa belle-fille lui avait-elle rendu service ? Ou du moins à Mark ?

— Je te propose un verre ? s'enquit Mark en se dirigeant vers la cuisine.

Maddie s'arrêta net. Il pouvait lui proposer tout ce qu'il voulait.

— Volontiers.

— Du vin rouge ? demanda-t-il.

— Super.

Elle parcourut son intérieur des yeux et apprécia la vue offerte par la large baie vitrée.

— Regarde sur la table du bureau, je te rejoins dans une minute.

Maddie trouva le bureau. Le tableau qu'elle lui avait offert était suspendu au mur. Il ne devait pas la mépriser s'il gardait son œuvre sous les yeux ; ou peut-être était-ce uniquement pour la déco. Elle balaya les plans du regard. Ils brillaient par leur simplicité, parfaitement adaptée au site.

Mark arriva avec le vin.

— Qu'est-ce que tu en penses ?

— C'est parfait. J'en connais qui vont avoir une très belle maison.

Elle sourit.

— La vue aussi est belle, là-bas.

— Tu m'enverras la facture, n'est-ce pas ? Elle espérait que son ton très sérieux répondait au sien. Si seulement elle ne l'avait pas embrassé, au moins, elle ne saurait pas ce qu'elle manquait.

— Peut-être une fois que ce sera vendu, mais pas avant.

— Tu es sûr ? insista-t-elle.

— Oui.

Par-dessus le bord de son verre, elle l'observa, essayant d'imprimer le moindre détail de son visage dans son esprit afin de le croquer en rentrant. Cela lui permettrait peut-être de se soulager. Mais qui croyait-elle duper ? C'était pour pouvoir le voir quand elle le voulait.

Il sourit.

— Je dépose la demande demain. Ça prendra six semaines, en gros.

— Entendu.

D'un pas nonchalant, Maddie regagna la cuisine.

L'air semblait lourd de non-dits. Elle posa son verre sur l'îlot central et se balança d'un pied sur l'autre.

— Mark, j'aimerais qu'on reparle du réveillon du Nouvel An.

Elle avala sa salive. Il avait l'air sur ses gardes, et la couleur de ses yeux avait presque viré au noir.

Il s'appuya sur le plan de travail.

— Qu'y a-t-il à en dire ?

— Je n'ai pas pour habitude de me comporter comme ça.

— Comme quoi ? demanda-t-il.

Son visage ne trahissait rien.

— Tu vois très bien ce que je veux dire : ce qui s'est passé sur le ponton.

Elle se dirigea de l'autre côté de l'îlot, loin de lui, puis s'arrêta et posa les mains sur la surface en bois.

— Et que s'est-il passé ?

Elle jeta un coup d'œil par terre, la gorge serrée. Il fallait en finir, sinon jamais elle ne pourrait aller de l'avant.

— Mark, je me suis montrée un peu exubérante et je voulais m'en excuser.

— Tu n'as pas à t'excuser, dit-il doucement.

— Bon, si c'est ton sentiment, tant mieux.

Elle se redressa et retira les mains du plan de travail. C'était horrible. Elle venait de se rendre compte qu'elle l'aimait, et il agissait comme s'ils venaient de faire connaissance, comme s'ils n'avaient rien partagé.

— Ça n'a rien à voir avec mes sentiments.

Il s'avança vers elle et fit tomber la barrière entre eux.

— J'en ai savouré chaque instant. En fait, je regrette qu'on se soit arrêtés pour retourner à l'intérieur.

Il n'était plus qu'à un centimètre d'elle. Maddie ne respirait plus. Elle se tourna vers lui.

— Mark ?

— Oui ?

— On a une super amitié, non ?

Il acquiesça de la tête.

— Ce serait trop bête de la mettre en péril.

Ça, elle en était certaine.

— Tu es sûre ?

Mark ne la touchait pas, et pourtant, il était si près qu'elle sentait son souffle sur sa peau.

— Oui, dit-elle d'une voix rauque.

Il lui passa un doigt sur la bouche. Puis le posa sur sa lèvre inférieure. Elle ne respirait plus.

— Mark.

— Oui ?

— C'est insensé, dit-elle, comme paralysée.

Ses doigts glissèrent le long de son cou.

— Oui.

Il baissa la tête pour l'embrasser. C'était tout ce qu'elle voulait.

Tandis qu'elle fixait l'obscurité par la fenêtre de la cuisine, Maddie écoutait la voix de Gunnar, dont l'enthousiasme lui faisait plisser le nez. Pouvait-elle ou devrait-elle le repousser encore une fois ? Avait-elle envie d'aller dîner chez lui avec tout ce que cela impliquait d'intime ?

— Je ne sais pas quels sont les projets d'Hannah. Je peux te rappeler ?

Consciente de sa mauvaise excuse, elle raccrocha le téléphone en se demandant pourquoi elle avait même envisagé la possibilité d'accepter.

— Tu fais une drôle de tête, constata Tamsin en relevant les yeux des plans sur la table.

— Ah bon ?

— Oui. Qu'est-ce qui se passe avec le Viking ?

Maddie fronça les sourcils.

— Il veut que j'aille dîner chez lui.

— Ça m'a l'air d'une excellente idée.

Maddie tripotait le bord du torchon à vaisselle.

— Tu n'as pas l'air convaincue.

— Non.

Maddie jeta un coup d'œil à son amie, si à l'aise dans sa vie. Tout était réglé pour elle. Elle n'avait pas à replonger dans le monde des célibataires. Elle était mariée à l'homme qu'elle avait toujours aimé.

— Est-ce que ça a quelque chose à voir avec Mark ? s'enquit Tamsin.

Maddie redressa aussitôt la tête.

— C'est juste qu'en arrivant chez lui hier soir, je vous ai trouvé un drôle d'air, à tous les deux.

Tamsin marqua une pause.

— J'ai vraiment eu l'impression que je dérangeais. Je ne sais pas si c'était à cause de vos cheveux ébouriffés ou de vos mines étonnées.

Elle observa Maddie.

— Je me trompe ? Il se passait quelque chose, parce que je me suis sentie comme un cheveu sur la soupe.

Maddie rougit.

— Ah. Je me disais bien. Donc, si je n'étais pas arrivée, vous auriez terminé vos galipettes par terre ?

Tamsin haussa le sourcil.

— Sans commentaire. Les choses avaient évolué très rapidement.

— Autrement dit, j'avais raison. Il était temps, d'ailleurs. Ça fait quand même un moment que vous vous tournez autour, tous les deux. C'est la première fois que je vois Mark se retenir aussi longtemps.

— Pourquoi ?

Maddie se rapprocha de Tamsin.

— Pourquoi quoi ?

— Pourquoi se retenait-il ? Il y a quelque chose qui ne va pas chez moi ?

Maddie joua avec un bouton de son cardigan.

— Qu'est-ce qui te fait penser ça ?

— Oh ! je ne sais pas. Comme tout le monde dit que Mark est un coureur de jupons, je commençais à me sentir laissée-pour-compte.

Tamsin partit d'un rire sonore.

— Franchement, je crois que, s'il a eu de la retenue, c'est parce qu'il se soucie de toi. Tu es une amie, et il a parfaitement conscience de sa réputation.

— Je ne sais pas pourquoi, mais ça ne me rassure pas beaucoup, soupira Maddie.

Tout était chamboulé dans sa tête.

— Idiote. Ça fait un moment que tu lui plais. C'est d'ailleurs forcément le cas, sinon il n'aurait pas attendu aussi longtemps pour passer à l'action.

— Je ne crois pas que ce soit lui.

Maddie regarda le grain du bois sur la table.

— Quoi ?

— C'est plutôt moi qui suis passée à l'action.

— Tu as bien fait ! s'esclaffa Tamsin.

Elle consulta sa montre.

— Il est 18 h passées. Sers-moi un verre.

Maddie se mordit la lèvre inférieure, mais s'exécuta.

— Tu crois qu'un verre ou deux me délieront la langue ?

— Oui. Au fait, que comptes-tu faire pour le dîner chez le Viking ?

— Je lui ai dit que je le rappellerais.

— Pourquoi ne veux-tu pas y aller ?

Tamsin scruta Maddie.

— Si, je veux bien y aller.

Elle fit tourner le vin dans son verre.

— Je crois.

— Tu jongles avec deux hommes ?

— Dit comme ça, c'est horrible.

Maddie se remémora sa dernière sortie avec Gunnar, qui, hormis le froid, avait été d'un merveilleux romantisme. Il ne l'avait pas poussée dans ses retranchements pour passer aux choses sérieuses, mais ils avaient dépassé le stade amical.

— L'idée me paraît plutôt agréable, à moi.

Tamsin s'assit dans le fauteuil, qui l'avala. Ses jambes ne touchaient pas tout à fait le sol.

— Tu es terrible.

— Oui, je sais, répondit son amie sans la lâcher des yeux. Revenons à toi.

— Moi ?

Maddie regarda par la fenêtre.

— Oui, toi et tes deux hommes.

— Voilà une idée sympathique, s'esclaffa Maddie.

— Coquine.

Tamsin but une gorgée.

— Tu m'avais caché ça.

— À moi aussi. Jusqu'à présent, bien sûr.

Elle s'affala sur une chaise.

— Mais, non, par principe, je ne peux pas jouer sur les deux tableaux. Je ne peux pas faire ça.

— Tu ne peux pas ou tu ne veux pas ? s'enquit Tamsin.

— Les deux.

Elle ne pouvait pas continuer à faire marcher Gunnar, sachant que son cœur était ailleurs, non ? Non, impossible. Elle n'était pas comme ça. Du moins, l'ancienne Maddie ne l'était pas. Mais l'année passée, elle avait changé.

— D'accord. Alors, lequel tu choisis ?

— Je n'en sais rien.

Si, elle le savait, mais elle ne voulait pas l'admettre pour le moment.

— Lequel te fait le plus d'effet ? demanda Tamsin, tout sourire.

Maddie rougit légèrement.

— Allez, avoue. De toute évidence, il y en a un qui te fait vibrer.

Maddie acquiesça de la tête. En effet, il s'en était fallu de peu pour qu'elle se retrouve à « faire des galipettes par terre », comme disait Tamsin, avec Mark. Elle en aurait pleuré de frustration lorsque son amie était arrivée avec les devis d'Anthony pour les plans.

— Tu ne veux pas le dire ?

Tamsin attendit.

— Je crois savoir, de toute façon.

— Vraiment ?

— Oui. Tu ferais mieux de rappeler le Viking pour lui dire que tu n'es pas libre, si tu n'es pas vraiment prête à te faire les deux.

— Tamsin !

Maddie la regarda bouche bée.

— Maddie, je ne suis pas une idiote. J'ai bien vu la lueur dans tes yeux quand tu regardes Mark. Le Viking est à ton goût, mais c'est de Mark que tu as envie.

— C'est si évident ? demanda Maddie.

— Pour moi. Je doute que le reste de la population locale l'ait découvert pour l'instant, mais qui sait ?

Tamsin haussa les épaules.

— Ne me dis pas ça ou je pars me faire nonne.

Maddie considéra la paix du cloître tout en sirotant son vin.

— Ce n'était pas ce que tu pensais faire en venant ici ?

— Euh, peut-être. Ç'aurait été plus simple. Je ne savais pas du tout à quoi m'attendre. J'étais désespérée.

— Eh bien, on a la belle vie ici.

— Oui, et je ne veux pas tout gâcher.

Maddie s'interrompit.

— Je n'ai jamais pu me contenter d'avoir une liaison. Ça n'a jamais été mon style. Je ne crois pas que ça le soit devenu, même si je suis différente depuis quelque temps. Et Mark n'est pas l'idéal pour une relation plus sérieuse, n'est-ce pas ?

Tamsin ouvrit la bouche, mais la referma rapidement au crissement de pneus qui se fit entendre devant la maison.

— Qui est-ce ?

Tamsin bondit à la fenêtre, mais la voiture s'éloignait déjà.

— Au moins, ce n'était pas l'un des miens au volant. Hannah est rentrée.

— Génial.

Maddie avala une bonne gorgée de vin.

— Un vendredi soir en compagnie de ma chère belle-fille. Peut-être que je devrais accepter l'invitation du Viking.

— Tu devrais.

Tamsin retourna s'installer dans le fauteuil.

— Quoi ?

— Je sais que tu préfères Mark, mais le Viking est un beau mec et tu lui plais. Ça n'engage à rien.

— Essayerais-tu de me dissuader en ce qui concerne Mark ? demanda Maddie, la bouche sèche.

— Non, je dis juste qu'il est plus compliqué.

— Merci de l'avertissement.

— À quoi serviraient les amis, sinon ?

Maddie sursauta quand le téléphone sonna. Tamsin décrocha.

— Allô ?

Cela ne pouvait pas être Gunnar, mais Maddie ferait mieux de trouver une excuse au cas où.

— Salut, Mark. C'était comment Penzance ?

Tamsin se tut, et Maddie observa les diverses expressions qui animaient son visage.

— Mais tu n'appelais pas pour moi. C'est Maddie que tu veux, dit Tamsin en souriant.

Maddie grimaça. Comment rester posée après cela ?

— Salut.

— Comment vas-tu ? demanda Mark.

— Bien, merci.

Maddie avala sa salive. Tamsin ricanait dans son coin. Maddie était sûre que Mark pouvait l'entendre. Elle tenta de lui faire signe de se taire, mais son amie l'ignora.

— Je me demandais si tu serais libre pour un verre ou pour dîner, ce soir.

Maddie savait ce qu'elle voulait, mais il n'était pas question de le dire au téléphone.

— Dîner me paraît bien. Tamsin a dit qu'ils allaient au Shipwrights, indiqua Maddie, qui se pensait plus en sécurité à plusieurs, à l'abri de ses propres désirs.

— On s'y retrouve ou je passe te prendre ? demanda-t-il.

« Si tu passes ici, on n'ira nulle part », songea-t-elle.

— Pourquoi ne pas s'y retrouver vers 19 h 30 ?

— À tout à l'heure, alors.

Après avoir raccroché, elle se tourna vers Tamsin.

— Pas si mal pour un vendredi soir, hein ? Deux propositions ! ricana son amie.

— Pas mal, juste compliqué, convint Maddie avec le sourire.

Hannah courut à sa chambre en évitant Maddie et Tamsin dans la cuisine. Elle frappa son oreiller. Will ne rentrait pas pour les vacances d'hiver.

Il partait skier en famille, quelle misère ! Pourquoi avait-elle un copain qui allait à l'école ailleurs ? Idiote.

C'est sûr, il lui avait envoyé un e-mail pour s'excuser, mais il devait avoir une autre copine, forcément. Elle ici…, lui là-bas.

Hannah prit son téléphone et envoya un message à Abi.

Je crois k je vais kc avec Will. Biz.

En attendant la réponse, elle fit les cent pas.

Pk ? J croyais kil te plaisait bi1. Biz.
Oui, mè il est n'est pa là. G besoin 2 qn ici. Biz.

C'est peut-être ce qu'elle avait de mieux à faire. Il y avait des tas de mecs bien à l'école. Peut-être qu'elle devrait sortir avec l'un d'eux, mais que faire lorsque Will rentrerait ? Eh bien, ça lui apprendrait. Il n'avait qu'à revenir plus souvent !

— Hannah, le téléphone ! cria Maddie.

Hannah descendit au petit trot, se demandant si elles disposeraient un jour de plus d'un combiné. Une fois les travaux de la maison terminés, supposait-elle, si ce miracle se produisait un jour.

Hannah arracha le téléphone des mains de Maddie et sourit à Tamsin. Pourquoi sa belle-mère ne ressemblait-elle pas davantage à son amie ? Elle était cool, au moins. C'était une vraie mère, pas une sorte d'artiste hippie qui attirait tous les hommes à la ronde.

La voix à l'autre bout du fil la fit sourire. C'était Emma. La bande sortait ce soir et demandait si elle voulait venir. Super ! Passer la soirée à la maison avec Maddie était la dernière chose dont elle avait envie, mais au moins sa belle-mère semblait ne pas avoir prévu de sortir avec Gunnar ou Mark. Comme elle n'avait pas revu ce dernier depuis le réveillon du Nouvel An, son plan avait dû fonctionner. Il avait choqué Will, mais elle s'en moquait.

— C'était Emma ? s'enquit Tamsin.

— Oui, répondit Hannah, qui se demandait parfois si Tamsin n'avait pas un don de seconde vue.

— Elle t'a proposé une sortie ?

Hannah jeta un coup d'œil à Maddie, à qui elle ne souhaitait pas du tout révéler ses projets.

— Oui. Un ciné.

— Super. Qui t'a ramenée ce soir ? demanda Tamsin.

— Oh ! Ted.

Hannah se demandait où elle voulait en venir.

— Ted Dunne ?

— Oui. Pourquoi ?

Hannah fronça les sourcils.

— Je me demandais juste à qui appartenait la voiture martyrisée.

— Tu es trop marrante.

Hannah prit une pomme et les laissa à leur vin. Un éclat de rire retentit tandis qu'elle gravissait l'escalier. Jamais elle ne comprendrait comment ces deux vieilles pouvaient rester à la maison un vendredi soir. Quel ennui ! Qu'allait-elle mettre avec son jean slim ? Ses ballerines ou ses Converse ? L'adolescente essaya les deux, puis les envoya valser contre l'armoire. Cela lui rappela le soir où le marteau lui avait échappé des mains. Sans cela, jamais elle n'aurait rencontré le vieux Tom. Ç'aurait été terrible.

Il allait beaucoup mieux maintenant. La veille, elle avait passé la soirée chez lui et n'en revenait pas des progrès qu'il avait faits. Il n'avait plus besoin de personne dans la journée, juste la nuit, et, la plupart du temps, c'était Mark qui s'en chargeait. Ils semblaient assez proches, tous les deux.

Hannah enfila de nouveau ses ballerines et opta pour elles. Une fois son écharpe fuchsia autour du cou, elle fut prête. Et maintenant ? Elle n'avait aucune envie d'aller retrouver Maddie ; s'il n'y avait eu que Tamsin, cela aurait été différent.

C'était très sympa de bavarder avec elle, car elle écoutait sans faire d'histoires. Maddie était vraiment déboussolée depuis quelque temps. Si seulement Hannah savait à cause de quoi. Avant, jamais sa belle-mère ne laissait paraître ses émotions, mais maintenant c'était tout le contraire. On aurait dit qu'on lui avait ouvert les vannes et que rien ne l'arrêtait plus.

Hannah jeta un coup d'œil à ses livres, mais elle n'avait pas envie de faire ses devoirs. Le vieux Tom la poussait à s'accrocher à l'école, et elle faisait des efforts, mais ça suffisait comme ça. Si seulement elle avait pu l'avoir comme prof ! Il devait être super cool. Mieux valait s'attaquer au problème de Will ; aussi ramassa-t-elle son téléphone. Jamais ça ne marcherait avec lui, de toute façon. Ils s'étaient bien amusés, mais il était temps de rompre. Elle rédigea un SMS, puis s'interrompit à la notification d'un message.

Tu disais pourtant kil embrasse super bil. Biz.
Oui. Biz.

Elle n'avait pas envie de casser. Elle relut l'e-mail de Will.

Hannah, je croyais t'en avoir parlé depuis des lustres. On va au ski pour les vacances, comme tous les ans, et j'aurais bien voulu que tu viennes avec nous. J'ai demandé à ma mère et elle était OK sur le principe, mais il n'y a pas assez de place au chalet. Si tu veux, tu pourras venir l'an prochain.

Ça craint, on ne va pas se voir pendant une éternité, mais on aura un mois à Pâques. W

Hannah tripota son collier. L'inviterait-il à les accompagner l'année suivante s'il avait quelqu'un d'autre ? Elle effaça son texto, puis se leva pour aller chercher le coffre réparé dans l'armoire. Les dégâts, qui n'avaient rien de désastreux, demeuraient visibles, mais ils faisaient désormais partie de son histoire.

Elle en souleva le couvercle et en sortit la tasse et la soucoupe aux armoiries des Penventon. D'après ses recherches sur Internet, elles correspondaient à l'inscription en latin gravée dans la pierre au-dessus de la fenêtre de la cuisine. Le vieux Tom la lui avait traduite : « La force grâce à Dieu », ce qu'elle trouvait assez nul, mais ce n'était pas sa devise. Quelle serait la sienne ? Elle n'en avait pas la moindre idée. Celle du vieux Tom serait quelque chose comme « Le respect avant l'action ».

Dans l'idée de dresser l'inventaire du contenu de la boîte, elle sortit l'objet suivant. Avec précaution, elle caressa le document plié en accordéon. Il avait l'air officiel avec le sceau rouge qui le fermait. En y regardant de plus près, il revêtait les mêmes armoiries que l'assiette. Sans doute devrait-elle immédiatement l'apporter à Maddie puisqu'elle était une Penventon.

C'était peut-être quelque chose d'important. Au bruit d'une voiture arrivant dans l'allée, elle le déposa soigneusement sur son bureau. La bande venait la chercher. Elle s'occuperait de ces vieilleries plus tard.

Dix-huit

Pourquoi n'y avait-il donc personne comme Tamsin pour l'attendre à son retour et l'écouter raconter sa soirée, songea Hannah en ouvrant la porte d'entrée. Dans la cuisine, elle alluma la télé et la bouilloire. Quel ennui de boire son thé toute seule ! Sa tasse à la main, elle s'installa devant un film d'horreur. Il était près de minuit, et Maddie n'était toujours pas rentrée. Lorsqu'elle était partie, sa belle-mère avait prévu de sortir avec Tamsin. Il n'y avait rien d'inhabituel à cela ; néanmoins, il se faisait tard. Peut-être étaient-elles chez Tamsin. Son absence ne cessa néanmoins de la turlupiner tandis qu'à l'écran les victimes se faisaient trancher la tête les unes après les autres.

À 1 h 30, le film terminé, il n'y avait toujours aucun signe de Maddie. Hannah essaya le mobile de Maddie, mais n'obtint aucune réponse. Fallait-il appeler chez Tamsin ? Elle risquait de passer pour une idiote. Au lieu de cela, elle s'empara du café instantané. Afin de rendre buvable ce truc abominable, elle y ajouta trois cuillérées de sucre.

Dans sa chambre l'attendait le document sur son bureau. Elle le soupesa et le retourna entre ses mains avant de glisser un doigt sous le rabat. Jamais le pli n'avait été ouvert, ce qui paraissait insensé. Même sans en connaître l'âge exact, il ne fallait pas être un génie pour s'apercevoir qu'il ne datait pas d'hier. Or, il n'avait jamais été découvert, ou alors par des gens peu curieux. Ou peut-être avait-il été rescellé ? Ne vaudrait-il pas mieux ne pas y toucher et attendre Maddie ? Hannah retourna chercher un couteau à la cuisine. Qui saurait qu'elle l'avait ouvert ? Elle pouvait très bien l'avoir trouvé comme cela. Elle jeta un coup d'œil à l'allée par la fenêtre, puis glissa la lame sous le sceau avant de changer d'avis.

Les mains tremblantes, elle déplia le document. Malgré la riche calligraphie, elle déchiffrait *Trevenen*, *Penventon* et la date : *1570*. En revanche, le style était difficile ; peut-être s'agissait-il d'un testament. Les noms *Catherine*, *Mary*, *Philip* et *Thomas* se lisaient assez facilement ; en revanche, le reste était truffé de *par la présente* et autres formules tout aussi énigmatiques. Le vieux Tom pourrait néanmoins l'aider.

Elle ralluma la télé, mais il n'y avait rien d'intéressant. À 2 h, elle l'éteignit, car elle n'arrêtait pas de bâiller. Où diable était passée la méchante belle-mère ? Hannah se mit à arpenter la pièce en essayant de réfléchir. De nouveau, elle tenta d'appeler le mobile de Maddie, mais il bascula directement sur la messagerie vocale. Putain de Cornouailles ! Il n'y avait jamais de réception quand on en avait besoin. Autant aller se coucher. De toute évidence, elles faisaient la fête. Maddie était peut-être en compagnie de ce grand blond tout droit sorti d'un mauvais film X. Peut-être était-il en train de se la taper chez lui. La salope.

Hannah remonta. Elle frissonnait de froid. Peut-être ferait-elle mieux de se préparer une bouillotte. Aussitôt, elle redescendit mettre la bouilloire à chauffer. En attendant, elle recomposa le numéro de Maddie. Il était maintenant près de 2 h 30. Si sa belle-mère comptait passer la nuit dehors, elle aurait au moins pu prévenir. Cela ne faisait ni chaud ni froid à Hannah, c'était juste une question de bonnes manières, quoi.

De nouveau, le téléphone passa aussitôt en mode messagerie. Où diable était-elle ? Hannah imagina Maddie agonisant à l'hôpital. Par acquit de conscience, elle vérifia si le fixe fonctionnait. La tonalité s'en fit clairement entendre.

Si Maddie était mourante ou morte, on serait déjà venu l'en informer. Munie de sa bouillotte, elle remonta se coucher. Le vent se levait dehors, et le grand arbre se balançait sous une pluie battante. La nuit idéale pour rester seule à la maison. Hannah se blottit contre sa bouillotte et tenta de s'endormir.

Dès qu'elle posa le pied au Shipwrights, Maddie eut un mauvais pressentiment. À la vue de Tristan, elle sut que Mark serait sur les dents. C'était déjà assez difficile pour lui d'oublier son passé sans qu'on vienne constamment lui rappeler son échec. Elle savait ce que c'était que de vivre avec ses erreurs : l'enfer. Tamsin les dirigea rapidement vers leur table.

— Je vais voir ce qu'il y a au menu pendant qu'Anthony s'occupe du vin, hein ?

Tamsin s'éclipsa afin de laisser Mark et Maddie en tête-à-tête.

— Ça va ? s'enquit Maddie avec un signe de tête en direction de Tristan et Judith.

— Oui.

— Bon. Je vais juste aller leur dire bonjour, dans ce cas.

Maddie remarqua le regard vide de Mark.

— Si tu veux.

Elle fendit lentement la foule jusqu'à l'autre bout du bar.

— Salut.

— Je dirais que vous pourriez bien être la fille de Petroc, fit Judith à Maddie qui souriait au couple.

— Les Américains, commenta Tristan avec un large sourire devant son air ébahi.

— Je vois. Helen vous a parlé du tableau ? demanda-t-elle.

— Oui, mais sans plus d'explications, dit Judith.

— Je sais juste qu'un peintre américain a logé dans l'écurie, à Trevenen.

— Ah oui, dit Judith en se penchant en avant.

— Or ce tableau ressemble à l'un des miens. Bien sûr, il pourrait s'agir d'un hasard extraordinaire, mais j'ai retrouvé le peintre sur Internet, et je dois dire que toutes les œuvres de ce Peter Johnson me sont étrangement familières.

— C'est génial, conclut Judith en se calant dans son fauteuil.

— Nous ne sommes donc pas parents ? demanda Tristan.

— Qui sait ?

Maddie haussa les épaules.

— Pourquoi ne faites-vous pas un test d'ADN, vous en sauriez un peu plus ? suggéra Judith en sirotant son vin.

Maddie se mordit la lèvre. Cela coûtait trois cents livres.

— Vous avez contacté l'artiste ? demanda Tristan.

— Pas encore. Je ne sais pas trop comment lui présenter les choses, s'esclaffa Maddie.

— C'est assez gênant.

Maddie hocha la tête.

— Salut, vous tous ! lança Nate Barton qui s'avançait vers eux.

Maddie avait le vague souvenir de l'avoir rencontré lors de sa première venue au pub.

— Tristan, désolé d'apprendre qu'on t'a refusé le permis pour ta grange. Tu comptes retenter le coup ?

Tamsin tapota le bras de Maddie.

— Salut, tout le monde. Désolée de vous enlever Maddie, mais il faut qu'on passe commande.

— Tenez-moi au courant si vous voulez faire ce test, déclara Tristan avec le sourire.

— Je n'y manquerai pas.

Maddie suivit Tamsin jusqu'au tableau noir.

— Quel test ? s'enquit Tamsin, les sourcils froncés.

— C'est une longue histoire, répondit Maddie, le regard rivé sur le tableau.

— Exactement comme je les aime.

— Oui, je sais.

— Peu importe. Quelque chose de plus intéressant vient d'arriver.

Tamsin regarda la porte, et Maddie découvrit Gunnar qui s'avançait vers elles.

— Salut, l'accueillit Tamsin avec un grand sourire. On a traîné Maddie ici pour dîner. Vous vous joignez à nous ?

— Avec plaisir.

Il rendit son sourire à Tamsin, mais adressa à son invitée un regard interrogateur. Maddie espéra se tirer d'affaire avec un haussement d'épaules.

Le moment était vraiment mal choisi pour tomber sur Gunnar. Cela faisait beaucoup sourire Tamsin, mais ce n'était pas juste. Elle qui ne voulait pas mélanger les deux hommes, ils s'étaient retrouvés côté à côte au bar, le blond décontracté et le brun mal luné. Jamais Maddie n'avait trouvé Mark mal luné avant, mais force était de constater l'expression sur son visage. Que cela signifiait-il ? Cette sacrée Tamsin avait l'air d'avoir avalé le pot de crème, et même plus.

Maddie se tenait à la fenêtre de la cuisine chez Tamsin, elle regardait les trois hommes essayer de démarrer la voiture de Fred, qui avait calé en rentrant. Elle entendait Tamsin fredonner en débarrassant le reste du dessert qu'elle avait improvisé à leur retour du pub. Elle ne savait pas comment ils en étaient venus à jouer aux devinettes, mais ils avaient bien ri. Dommage que sa vie soit elle aussi devenue une énigme.

Dès qu'elle sentit les deux hommes la regarder, Maddie se détacha de la fenêtre. Nul doute que Mark repensait aux mensonges d'Hannah. Il l'avait invitée à sortir, et voilà qu'il se retrouvait à passer la soirée en compagnie de son rival. Qu'est-ce qui lui prenait, bon sang ? Avait-elle vraiment envie de cela ? Non, certainement pas. Il était 2 h du matin, elle bâilla.

— Ton verre est vide.

Tamsin la rejoignit. Tu as eu peur de les voir ensemble, hein ?

— Ça, tu peux le dire.

Maddie couvrit son verre de la main.

— De l'eau. Il faut que je retrouve mes esprits.

— Lequel tu préfères maintenant que tu les vois côte à côte ?

— Tamsin !

— Qu'est-ce que j'ai dit ? rétorqua son amie, une lueur dans l'œil.

— Ça suffit. Ils pourraient revenir à tout instant.

Maddie jeta un regard par la fenêtre et compta les têtes.

— Et alors, où est le problème ? C'est évident pour tout le monde que tu leur plais à tous les deux.

— Je sais, mais je n'aime pas ça.

Maddie se mâchouilla la lèvre inférieure.

— Pourquoi donc ?

— Écoute, tu me connais maintenant, mais il n'y a pas si longtemps, j'étais très différente et j'ai l'impression que tout ce changement me perturbe.

— Qu'est-ce qui est différent ?

Tamsin s'appuya contre le plan de travail.

— Même si j'évoluais dans le milieu artistique, je ne couchais pas avec n'importe qui. En fait, à part John, je n'ai eu qu'un seul amour. J'étais une bonne petite catholique – une sorte de phénomène, peut-être.

— Et qu'est-ce que tu essaies de me dire, là ?

Tamsin haussa un sourcil.

— Juste que j'ai toujours mené une vie très rangée et que tout cela est vraiment nouveau pour moi. La vie était tellement plus simple à cette époque.

— Et alors ? Prends un nouveau départ. Il n'est jamais trop tard pour se rebeller un peu. Cours deux lièvres à la fois, vis ta vie, hoqueta Tamsin.

— Plus facile à dire qu'à faire. Les habitudes ont la vie dure.

— Sans vouloir faire de jeux de mots.

Tamsin sourit. Maddie éclata de rire.

— Tu es une femme libre et jolie. Lâche un peu prise et, comme je disais, vis ta vie.

— Je ne me sens pas libre.

Non, c'était même loin d'être le cas. Maddie avait la sensation de traîner un boulet qui commençait à peser.

— Pourquoi ?

— Bonne question. Je me rends compte maintenant que j'étais déjà en deuil bien avant la mort de John. J'avais beau essayer de me convaincre que les médicaments feraient leur effet, je savais au fond de moi que ce ne serait pas le cas. Ça a peut-être commencé à l'époque du diagnostic, auquel cas ça remonte à des années. Ça devrait suffire.

— Ah, c'est donc à cause d'Hannah ? suggéra Tamsin.

— Tu crois ?

Maddie vida son verre.

— Absolument. Elle n'a pas envie que tu tournes la page. Elle se sent menacée.

— Je doute qu'Hannah se sente menacée par quoi que ce soit.

Maddie repoussa ses cheveux en arrière.

— Tu te trompes. Elle ne se sent pas en sécurité.

Maddie recula d'un pas.

— Qu'est-ce que je devrais dire ! laissa-t-elle échapper.

— Tu ne te sens pas en sécurité ?

Tamsin but une gorgée.

— Ce n'est pas ce que je voulais dire, répondit Maddie en se tripotant les doigts.

— Dis-moi, alors.

— Je vais peut-être accepter ce verre de vin, finalement.

— Pas de problème.

Tamsin la servit.

— C'est juste qu'elle n'a jamais une pensée pour moi. Je suis la source de tous ses maux. À croire qu'elle pense que j'ai tué son père, alors que j'ai mis ma vie de côté pour le soigner. J'y ai laissé ma carrière, mon argent et mon âme.

Maddie tressaillit, regrettant déjà ces derniers mots. Le vin la faisait parler.

— Je ne m'en plains pas, mais ce n'est pas ce que j'avais imaginé lorsque j'ai épousé John.

— Le grand mariage en blanc ? demanda Tamsin.

Maddie fit non de la tête. Elle ne voulait pas repenser à toute cette joie, maintenant que ces promesses de bonheur étaient évanouies.

— Pas exactement, mais j'avais trouvé mon âme

sœur et j'ai ouvert les bras à Hannah. Je voulais une famille, un foyer et une vie. Au lieu de ça, j'ai profité d'une année de mariage avec un homme merveilleux, puis tout s'est envolé.

Tamsin posa la main sur celle de Maddie.

— Je sais que c'est stupide et égoïste, mais on m'a tout pris quand on a diagnostiqué la maladie de John. D'un seul coup, j'ai tout perdu, y compris l'affection qu'Hannah avait pour moi. Pour une raison ou une autre, c'était ma faute si son père était malade. C'est ma faute si on a dû vendre notre maison de Londres, et c'est ma faute si je suis en vie.

— Oh ! Maddie.

— Non, pas de « Oh ! Maddie ». Je sais que j'ai l'air de pleurnicher, mais j'ai tout donné à John et à sa fille... pour recevoir quoi, en retour ? Rien... que du chagrin.

Maddie but une nouvelle gorgée de vin. Elle brûlait de déverser sa peine au sujet du bébé. Le tourment couvait et croissait en elle. Le temps n'aidait en rien.

— Je sais de quoi j'ai l'air en disant cela. Je sais qu'Hannah n'a personne, mais moi non plus. À ses yeux, je ne suis que l'affreuse belle-mère et j'en ai vraiment assez. Je lui apporte un toit et je la nourris ; elle pourrait avoir un peu de reconnaissance. Juste un peu.
Maddie était au bord des larmes. Elle était fatiguée de tout garder pour elle.

— C'est normal de ressentir ça.

Tamsin se rapprocha.

— Non, pas du tout ! s'esclaffa Maddie.

— Personne ne te demande d'être une sainte, tu sais.

— Moi, si. Bon sang, on peut dire que c'était l'échec total.

— Là, je ne peux rien pour toi, dit Tamsin avec un sourire. Je peux juste te dire que tu es normale.

— Merci.

Maddie esquissa un sourire.

— Je suis juste une femme parmi des millions qui n'a pas d'enfant et qui en voudrait, mais qui se rend compte que le temps a passé. La seule différence, c'est que j'ai une harpie à la maison qui me déteste de tout son cœur.

— Tu n'es pas trop vieille pour fonder une famille, souligna Tamsin.

— Et comment je passe outre le monstre qui régit ma vie ?

— Depuis combien de temps envisages-tu ta relation avec Hannah sous cet angle ?

Tamsin resservit Maddie.

— Je ne sais pas, mais c'est pire depuis qu'on a emménagé ici. Tout s'est intensifié, comme si l'air frais avait chassé le filtre qui atténuait ses sentiments.

— Comment ça ?

— C'est difficile à dire, sauf que rien ne va. La dernière fois qu'elle s'est montrée gentille avec moi, c'est lorsqu'elle a trouvé la photo de ma mère. Je sais que c'est stupide d'en être blessée, mais, à Noël, elle n'a même pas pris la peine de m'écrire une carte, sans parler de me faire un cadeau.

— Je vois, mais c'est une gamine et, de toute évidence, elle souffre. Tu ne m'as pas dit que sa mère l'avait abandonnée ?

— Si, ce que je n'avais jamais compris jusqu'à maintenant.

Maddie cligna des yeux ; jamais elle n'aurait dû prononcer ces mots.

— Ce n'est pas vrai. Jamais tu ne l'abandonnerais, même maintenant. Je sais qu'elle te donne du fil à retordre, mais imagine ce qu'elle doit ressentir. Sa mère l'a laissée, puis son père est mort.

Maddie n'avait certes pas abandonné Hannah, mais elle avait fait pire. Que penserait Tamsin si elle savait ?

— Oui, je suis toujours là, mais je ne sais vraiment pas pourquoi, en ce moment.

— Parce que tu l'aimes, suggéra Tamsin.

— Vraiment ? Je ne sais plus. Si la seule chose que je puisse attendre d'elle, c'est de l'amertume, je ne suis pas sûre d'avoir envie de continuer longtemps. Je ferais mieux de vendre Trevenen et de l'envoyer en pension. D'ailleurs, c'est peut-être ce que je vais faire. Maddie fit tourner son verre entre ses mains. Le printemps arrivait, c'était la meilleure période pour vendre la maison.

— Tu en es vraiment là ?

— Je crois. La seule chose qui me retienne, c'est une sorte de loyauté bête envers cette fichue maison. Ma mère l'adorait et elle a toujours été dans la famille Penventon, dit Maddie, la gorge nouée. Si je vends, ce sera fini, mais ce sera de toute façon le cas à ma mort. Je suis la dernière de la lignée ; alors, autant serrer les dents et me débarrasser d'Hannah et de Trevenen, qui ont de toute évidence besoin de plus que ce que je peux leur apporter.

— Mais tu auras plein d'argent, une fois que tu auras vendu la grange.

— Tu veux dire « si ».

Maddie haussa les épaules. Tout était si précaire. Elle but une gorgée de vin et regarda Mark et Gunnar entrer dans la cuisine. Que voulait-elle vraiment ?

Dix-neuf

Arrivée avec Mark à Trevenen, Maddie ouvrit la porte pour rentrer. Ni l'un ni l'autre n'avait prononcé un mot sur le trajet de retour, sauf pour dire au revoir à Gunnar, qui les avait quittés au carrefour. Maddie se sentait moulue de fatigue. À cause de l'heure tardive ou de sa discussion avec Tamsin, elle n'aurait su dire ; tout ce qu'elle voulait, c'était son lit.

— Merci de m'avoir raccompagnée.

— C'était avec plaisir, dit Mark.

— Tu veux dormir dans la chambre d'amis au lieu de rentrer ?

— Pourquoi pas ?

— D'accord, mais dépêche parce que j'ai du mal à garder les yeux ouverts.

Maddie s'appuya contre le mur.

— Je vois ça.

Mark se pencha pour l'embrasser. Même si elle le voulait, son corps ne répondait plus. S'il la rejoignait au lit, elle serait incapable de rester éveillée. Il la poussa dans l'entrée et referma la porte derrière eux. Aveuglée par la lumière de la cuisine, Maddie cligna des yeux.

— T'étais où, putain ? s'écria Hannah.

— Quoi ?

Maddie écarquilla les yeux en voyant sa belle-fille lui voler dans les plumes.

— Tu m'as très bien entendue. T'étais où, putain ? T'as vu l'heure ? Il est 3 h 30.

— Oui, en effet, dit Mark calmement.

Dans son mouvement de recul, Maddie sentit le corps puissant de Mark dans son dos.

— Tu t'inquiétais ? s'enquit-il.

— Non. Pas du tout.

Hannah se tenait jambes écartées, les bras croisés sur la poitrine.

— Alors, que fais-tu dans la cuisine avec une couverture à cette heure de la nuit ? demanda-t-il.

— Je n'arrivais pas à dormir.

Elle se détourna.

— Tu as essayé un lait chaud ?

Mark guida Maddie et Hannah dans la cuisine.

— Très drôle, cracha Hannah.

Maddie se laissa tomber sur la première chaise venue. Sa tête flottait presque loin de son corps. Sans parvenir à se concentrer, elle vit Mark poser une casserole de lait sur le feu. Hannah se tenait debout, sans voix. Si elle en avait eu l'énergie, Maddie aurait éclaté de rire.

— Alors, Hannah, tu allais m'expliquer que tu te faisais du souci pour Maddie, reprit Mark en sortant des tasses du placard. Au point même que ça t'empêchait de dormir.

— Mon cul, oui. Je n'arrivais pas à dormir, c'est tout.

— Alors, pourquoi veux-tu savoir où elle était ? demanda-t-il.

— C'est pas tes oignons, gros con !

— Hannah, surveille ton langage.

Maddie tenta de se redresser sur sa chaise.

— Ta gueule ! Tu sors jusqu'à plus d'heure avec Mark. Tu crois peut-être que je ne sais pas ce que vous avez derrière la tête ? Il veut juste te sauter comme toutes les autres, et puis il te laissera tomber.

Maddie se leva.

— J'en ai plus qu'assez de t'entendre parler de cette façon.

La claque partit et, à sa grande surprise, atteignit son but. Maddie distinguait parfaitement la marque rouge de sa main sur la joue de sa belle-fille.

L'adolescente ne bougea pas ; néanmoins, Maddie sentit ses jambes flageoler. Sitôt qu'elle prit conscience d'avoir frappé Hannah, son regain d'énergie se dissipa aussi vite qu'il était venu.

Cela faisait longtemps qu'elle se retenait, mais, cette fois, Hannah était allée trop loin en l'humiliant ainsi devant Mark, qu'elle avait insulté. Même s'il lui était difficile de l'admettre, cela lui faisait du bien de péter un câble. Son geste lui inspirait certes de la répulsion, mais aussi un immense soulagement.

— Nom de Dieu, Maddie ! s'écria Mark. Assieds-toi.

Maddie s'effondra sur une chaise et regarda Hannah, qui faisait mine de s'esquiver.

— Reste là, Hannah. Il faut que vous parliez, toutes les deux, affirma Mark en versant le lait chaud dans les tasses. Je suis sérieux. Ça dépasse les bornes.

— Oh ! quelle attention de ta part, Mark. Tu fais un vrai prince charmant, à voler à son secours, une fois de plus. Je devrais appeler SOS Enfants battus.

— Oui, tu pourrais, mais ça t'apporterait quoi ? répliqua Mark, qui mesurait une cuillerée de chocolat.

Hannah pivota sur ses talons, attrapa la boîte et en répandit le contenu sur le sol avant de quitter la pièce.

— Merde !

Maddie se précipita pour ramasser.

— Reste assise. Je m'en occupe.

Maddie avait cependant déjà plongé sous l'évier pour prendre la pelle et la balayette. « Une fois de plus », songea-t-elle, Hannah semait la pagaille, mais elle en avait tous les droits, cette fois. Rattrapée par la réalité, Maddie tomba à genoux.

— Laisse. Ça peut attendre.

Il lui retira la pelle des mains, la hissa sur ses pieds et l'installa dans le fauteuil avant de lui placer une tasse dans les mains.

Elle tenta de se remettre debout.

— Ne bouge pas. Il y a déjà assez de dégâts comme ça.

Maddie grimaça. Elle avait frappé sa belle-fille. Quelle idiote ! Elle qui se maîtrisait si bien, voilà qu'elle ne contrôlait plus rien, pas même ce qu'elle ressentait pour Mark. Que devait-il penser après cette scène ? La porte d'entrée claqua.

— Il faut que je la rattrape, déclara-t-elle en se levant.

— Assieds-toi. Tu n'es en état d'aller nulle part.

Il lui posa une main ferme sur l'épaule et la repoussa dans le fauteuil.

— Ne bouge pas. Ça va aller.

Il regarda par la fenêtre, puis disparut dans l'entrée.

Rien n'allait plus. Sa belle-fille quittait la maison à 4 h du matin.

— Elle est partie chez le vieux Tom, annonça-t-il de retour dans la cuisine.

— Elle ne va quand même pas le réveiller à cette heure ? bâilla Maddie.

— Il est toujours debout à l'aube, et je ne vois personne de mieux placé pour lui parler. Il est posé et il t'aime bien.

— Merci.

— Tu peux m'expliquer ce qui vient de se passer ? demanda-t-il.

Elle fit non de la tête. Elle ne savait pas.

— Reprenons au début, alors. Ça a toujours été comme ça entre vous ou c'est à cause de moi ?

— J'ai bien peur que tu n'y sois pour rien ! s'esclaffa Maddie.

— Vraiment ?

Il s'assit.

— On a eu de bons moments, Hannah et moi, mais, depuis que son père est mort, elle s'est beaucoup éloignée. Elle me hait carrément maintenant.

— Ce n'est pas de la haine, de t'attendre pour voir si tu vas bien.

— C'est quoi, alors ? fit Maddie, incrédule.

— De l'inquiétude. Elle ne savait pas où tu étais et ne parvenait pas à te joindre.

— Qu'est-ce que tu en sais ?

Maddie sentit l'adrénaline retomber d'un coup. Comme la tasse était trop lourde, elle la posa.

— Je viens d'entendre ton téléphone, dans l'entrée, indiquer que tu as des messages. Tout le monde sait que la réception est mauvaise chez Tamsin.

— Pourquoi n'a-t-elle pas appelé Tamsin, si elle était si inquiète ?

— Parce que ça aurait été un signe de faiblesse.

— Et, donc, en la frappant, je suis devenue la peau de vache pour laquelle elle me prend déjà.

— Non. Je n'ai pas dit ça, objecta-t-il.

— Si, c'est ce que tu dis.

Maddie se demandait si les choses pourraient être pires.

— Maddie, tu n'y vois plus clair.

Elle avait en effet besoin d'être remise à sa place, car elle dépassait vraiment les bornes.

— Je dis juste qu'elle s'inquiétait pour toi.

— Et ça lui donne le droit d'être aussi grossière ?

Maddie fronça les sourcils.

— Non, mais c'est une gamine qui ne sait pas encore gérer ses émotions.

— Moi non plus, de toute évidence.

Elle se laissa retomber dans le fauteuil.

— Ce n'est pas ce que j'ai dit.

— Non, mais c'est ce que ça implique, soupira Maddie.

— Là, tu interprètes. Je me suis moi-même retenu, en fait.

— Ah bon ?

Maddie se pencha en avant, la tête appuyée sur les mains.

— Oui, mais plutôt de lui mettre mon pied au derrière.

Il posa une main sur les siennes.

— Il aurait sans doute mieux valu, mais c'est fait maintenant. Elle va probablement appeler SOS Enfants battus.

— Mais non. Elle a bien réagi en se tournant vers le vieux Tom. Il va l'écouter, puis il lui fera comprendre ce qu'elle a dit. Il sait s'y prendre avec elle.

— Je sais. Moi pas.

Elle souffrait de tout son être.

— Ce n'est pas vrai. Tu l'aimes.

C'était le monde à l'envers : Hannah restée debout à l'attendre pendant qu'elle sortait jusqu'à pas d'heure.

— Oui. Oui, je suppose, mais pour l'instant c'est vite perdu de vue, ça.

— Si tu ne l'aimais pas, ses propos ne te blesseraient pas autant.

Maddie lui adressa un faible sourire.

— Allez, au lit ! Tu auras besoin de toute ton énergie plus tard.

Maddie se leva.

— Tu prends la chambre d'amis ?

— À moins que tu n'aies mieux à m'offrir ? Mark haussa un sourcil.

— C'est ça, pour apporter de l'eau au moulin d'Hannah ? Je ne crois pas, non.

Mark éclata de rire et l'embrassa sur le front. Maddie se dirigea lentement vers le salon, qu'elle traversa en regrettant déjà d'avoir si vite relégué Mark dans la chambre d'amis. L'idée de se pelotonner contre lui était plus que séduisante. Néanmoins, elle doutait déjà d'avoir l'énergie de gravir l'escalier ; alors, affronter la tentation dans son lit...

L'oreiller sur la tête ne bloquait pas les pleurs. À force de tourner et de se retourner, Maddie s'avoua vaincue et s'assit. Elle avait mal à la tête, mais pas trop.

Elle méritait pire pour s'être ainsi laissée aller la veille. Son geste était condamnable. Hannah ne le lui pardonnerait jamais. C'était la deuxième action impardonnable qu'elle commettait de sa vie. Décidément, elle les accumulait.

La lumière de la lampe de chevet ne rendait que plus froide l'atmosphère de la chambre. Le radiateur de Mark n'était pas de taille. Avec un soupir, elle se rendit à l'évidence : rien ne servait de se blottir sous la couette pour contempler la fumée blanche de son haleine, cela ne chassait pas le bruit.

Vêtue le plus chaudement possible, Maddie se glissa au rez-de-chaussée et alluma les lumières du salon. Le bruit s'était arrêté, nota-t-elle avec soulagement. Ce devait être un chat errant ou peut-être un renard. Elle n'avait pas donné suite à sa conversation avec le pasteur, ni aux autres d'ailleurs, mais, après s'être préparé un thé, elle reviendrait jeter un œil derrière la porte, sans avoir peur, telle une adulte douée de raison. Peut-être pourrait-elle même demander son aide à Mark sans qu'elle ait besoin de lui expliquer qu'elle entendait pleurer un bébé.

En consultant sa montre, elle se rendit compte qu'il était 7 h, bien plus tard qu'elle n'avait cru. Il faisait encore nuit le matin. Elle alluma toutes les lumières sur son passage jusqu'à la cuisine..., la scène du crime. À la perspective d'avoir à nettoyer le chocolat en poudre renversé par terre, elle se renfrogna.

— Bonjour.

Mark était attablé avec du papier et un stylo.

— Bonjour, répondit Maddie en souriant.

— Bien dormi ? demanda-t-il.

— Non. Et toi ?

— Non.

— Qu'est-ce qui t'a perturbé ?

Elle mit la bouilloire à chauffer et sortit la théière et deux tasses hautes.

— Un chat, je pense.

Maddie s'arrêta.

— Tu l'as aussi entendu ?

— Oui, j'ai regardé partout, mais je ne l'ai pas trouvé.

Il se leva et s'étira.

— Ça semblait venir de la cache des contrebandiers, mais le son se répercute parfois de manière étrange.

Maddie hocha la tête et prit une profonde inspiration.

— Tu as vérifié ?

— Oui, mais je n'ai rien vu. En revanche, j'ai admiré le sol. Elles sont impressionnantes, ces dalles en pierre. On n'en trouve plus d'aussi grandes de nos jours, du moins pas pour le sol.

— Pour moi, on dirait des pierres tombales.

— C'est à peu près la bonne taille, s'esclaffa-t-il. Peut-être de gens dont personne ne voulait.

Maddie frissonna et décida de changer de sujet.

— C'est pour quoi faire, le papier et le stylo ?

— Oh ! juste une liste de choses à faire.

Il sourit.

— Je peux ajouter quelque chose ? demanda-t-elle.

Il fit oui de la tête.

— Une liste de bons agents immobiliers pour moi.

— Ça va si mal que ça ?

— Pour dire la vérité, je ne sais pas, mais... Maddie regarda par la fenêtre.

— Mais quoi ? demanda-t-il.

— Je crois que j'ai besoin de savoir quelles sont mes options.

Si j'en ai, d'ailleurs, ajouta-t-elle en son for intérieur.

— Tu veux vendre Trevenen ?

— Non, soupira Maddie, mais parfois ce qu'on veut dans la vie n'a pas grand-chose à voir avec ce qu'on obtient.

En entendant Mark bavarder avec le vieux Tom dans la cuisine, Hannah se frotta les yeux. Quand était-il arrivé ?

— Je me demandais quand j'allais te voir, dit le vieux Tom d'une voix calme, mais claire.

— Elle est toujours là ? demanda Mark.

— Oui, endormie sur le canapé. Le pauvre chat est épuisé.

— Je n'en suis pas surpris. Que t'a-t-elle dit ? demanda Mark.

Hannah détestait qu'on parle d'elle, mais elle était trop fatiguée pour bouger.

— Entre deux sanglots, que Maddie l'a frappée. Que tu couches avec Maddie et que sa vie est foutue. Que Maddie va l'abandonner ou, plus exactement, que tu vas la lui enlever.

— Bon, dans ce cas, c'est simple. Si je me retire, Hannah devrait se calmer.

Mark n'était pas si bête. Hannah se tourna de l'autre côté.

— Non. Le prochain qui s'intéressera à Maddie subira le même sort, et Hannah empêchera encore plus sa belle-mère de la protéger.

— Que veux-tu dire ? demanda Mark.

— Hannah a peur d'être de nouveau abandonnée.

Hannah s'assit.

— Ah bon ?

— Oui. À mon avis, sa colère cache le fait qu'elle croit que Maddie la quittera comme sa mère. Elle a peur que Maddie parte avec un autre homme et l'oublie, affirma le vieux Tom.

Hannah bondit sur ses pieds.

— C'est ma faute, alors, dit Mark.

— Pas tout à fait, mon garçon.

Le vieux Tom marqua une pause.

— La gamine a été traumatisée par les événements de sa vie, et ça l'a rendue un peu hystérique. Tout n'est pas perdu, cependant. Maddie aime Hannah. Tu apprécies Hannah et tu es amoureux de Maddie.

Le vieux Tom toussa.

— Tu as donc tout compris ?

— Oui.

— Tu crois que c'est si simple ? demanda Mark.

— Non, ce n'est pas simple du tout. Tu remarqueras que je ne me suis jamais marié. Je ne sais que trop bien que rien n'est simple, contrairement à ce qu'on pourrait croire. Comment va Maddie ?

— Elle est lessivée et inquiète.

« Bien fait pour elle, la vieille bique ! Où est ce fichu numéro de SOS Enfants battus ? » se demanda Hannah en s'étirant.

— Appelle-la pour lui dire que tout va bien, suggéra le vieux Tom.

Bien ? Certainement pas. Hannah se frotta les yeux.

— Oui, chef ! s'esclaffa Mark.

Hannah l'entendit composer le numéro.

— Maddie. Elle est ici, elle dort. Tom dit qu'elle va bien.

Hannah tendit l'oreille.

— C'est inutile. Tu veux parler à Tom ? s'enquit Mark.

Non, ce n'était pas une bonne idée. Hannah ne voulait pas que le vieux Tom livre ses pensées à Maddie. Elle se sentait déjà assez trahie par ce qu'il avait raconté à Mark. Elle parviendrait à faire rompre Maddie et Mark, elle en était sûre. Le vieux Tom avait tout faux. Hannah quitta le confort du canapé et entra dans la cuisine.

— Qu'est-ce que tu fais là ?

— Je viens prendre un thé avec Tom. Et toi ? répondit Mark en souriant.

« Menteur », songea Hannah en se posant sur une chaise.

— Tu sais très bien pourquoi je suis là, ducon.

— Hannah ! gronda le vieux Tom.

— Pardon, dit-elle, vautrée sur sa chaise.

— Tu veux bien nous servir le thé, s'il te plaît ? Ce serait vraiment très gentil de ta part.

Le vieux Tom se leva de sa chaise pour se diriger vers le salon.

— Bien sûr.

Hannah lança un regard noir à Mark. Il devait être envoyé par Maddie. C'était bien d'elle, la sale peau de vache. Elle n'avait pas le courage de venir elle-même ; elle envoyait son homme.

Sans réfléchir, Hannah prépara le plateau. Certes, le vieux Tom avait ses manies, mais il était toujours content de retrouver sa compagnie. Elle rinça la théière à l'eau bouillante et regarda les feuilles de thé usagées s'écouler par le trou d'évacuation.

Ils avaient déjà bu trois théières depuis son arrivée au petit matin. Il lisait auprès du feu lorsqu'elle s'était présentée. L'air froid avait calmé la rougeur sur son visage ; néanmoins, la marque devait encore être visible. Encore maintenant, elle sentait la main de Maddie sur sa joue.

En arrivant avec le plateau, Hannah vit Mark assis dans le petit fauteuil près du feu. Il semblait tout pensif. Déjà, la veille, il avait su garder son calme pendant l'échange houleux auquel il avait assisté.

— Merci, Hannah, dit le vieux Tom en lui adressant l'un de ses merveilleux sourires qui lui donnaient l'impression d'être une gentille fille.

— De rien.

Elle se glissa sur le canapé, mais elle savait que son vieil ami n'allait pas tarder à lui demander de faire le service. C'était un rituel ; or, avec lui, tout était traité avec respect.

— Hannah, tu fais le service, s'il te plaît ?

Elle se lança dans l'exercice qu'elle pratiquait maintenant depuis ses premières visites. L'époque de l'atelier lui manquait, mais elle savait qu'il faudrait encore un moment avant que le vieux Tom ne puisse rester debout pendant de longues périodes.

Elle tendit une tasse à Mark, dont les grandes mains lui rappelèrent le lait chaud qu'il avait préparé la veille. Ce n'était pas un mauvais bougre, mais il ne fréquenterait pas Maddie. Hannah devait tout arrêter avant que cela n'aille trop loin. Toutefois, elle devait faire attention, car Mark était quand même l'oncle de Will.

— Merci, Hannah, dit Mark.

Résistant à l'envie de lui répondre par un doigt d'honneur, elle parvint à esquisser un sourire. Elle tendit sa tasse au vieux Tom. Il allait vraiment mieux. Sa peau semblait avoir retrouvé sa couleur normale. Il n'avait pas l'air très bien autour du Nouvel An. Nul doute que son séjour à l'hôpital n'avait pas aidé. Hannah se félicitait que son père y ait passé si peu de temps. Elle le revoyait allongé sur son lit dans le salon. Ses amis ne comprenaient pas pourquoi il voulait être là, au milieu de la maison. C'est juste qu'ils avaient du mal à faire face à sa maladie ; or, ce n'était pas parce qu'il était malade qu'il ne voulait pas vivre le temps qu'il lui restait.

Hannah ne savait pas vraiment pourquoi elle repensait à son père. Aucun des deux hommes présents ne lui ressemblait de près ou de loin. Mark en était même l'opposé. Son père était moins grand, plus mince et plus clair de peau. Quant au vieux Tom, c'était juste un Anglais de la vieille école.

— Hannah, si tu allais voir s'il reste du gâteau ? Je suis sûr que Mark en apprécierait un morceau, tout comme moi.

Hannah sourit au vieux Tom, mais décocha à Mark un regard furibond avant de se sauver à la cuisine. Comment le vieux Tom pouvait-il avoir autant de considération pour Mark ? Certes, Mark avait été très présent lorsque le vieil homme avait vraiment eu besoin d'aide, et il l'avait sauvée de la noyade, mais il aimait Maddie. Enfin, au dire du vieux Tom, ce qu'il n'avait pas nié.

Même si leurs voix lui parvenaient, elle ne distinguait pas le détail de leurs propos, tandis qu'elle collait sur une assiette le gâteau qu'elle avait trouvé.

Au moment de retourner dans le salon, elle se rendit compte qu'elle avait oublié les assiettes, les serviettes, les couteaux et les fourchettes. Tout ce cérémonial la gonflait parfois, mais le vieux Tom étant quelqu'un de génial, elle supportait ses travers.

— Ah ! tu as trouvé. Excellent. Merci. Mark, te laisserais-tu tenter ? demanda le vieux Tom en agitant la main comme s'il voulait bénir le cake.

Pourquoi retenait-il Mark, alors qu'il le savait être la dernière personne ou presque qu'elle souhaitait voir ? Le vieux Tom ne faisait jamais rien sans raison. Quelle idée avait-il donc derrière la tête ? Hannah vit Mark sourire et hocher la tête. Elle regretta presque de ne pas pouvoir le trouver sympa, mais c'était impossible tant qu'il serait lié à Maddie.

Vingt

Le curseur clignotait à l'écran. Devant l'ordinateur, Maddie commençait à mettre en forme le fouillis de ses notes.

Cher Peter,
Je m'appelle Madeline Hollis et je suis la fille de Nancy Penventon.

Elle marqua une pause. C'était assez direct, mais comment aborder la suite ?

Je vous écris, car je viens d'hériter d'une maison, Trevenen, en Cornouailles, et...

Et quoi ? Vous rappelez-vous avoir couché avec ma mère ? Non, ça n'allait pas marcher...

J'ai découvert certaines choses.

Les doigts de Maddie restèrent en suspens au-dessus du clavier. Voilà qui était suffisamment vague.

Je me demandais si vous vous souveniez de l'été de votre séjour à Trevenen, en 1970. J'essaie de reconstituer une sorte de puzzle...

« Tu parles d'un euphémisme ! » songea Maddie...
Et je me demandais si vous pourriez m'aider. Si cela ne vous dérange pas, j'aimerais pouvoir vous appeler au moment qui vous conviendra.

Maddie grimaça. C'était épouvantable : elle ne disait pas ce qu'elle voulait. Sans doute parce qu'elle l'ignorait elle-même, mais c'était toujours mieux que ses cinq tentatives précédentes. Elle en avait assez d'y réfléchir. Elle signa en indiquant ses coordonnées, puis cliqua sur « envoyer » avant d'avoir eu le temps de changer d'avis.

Maddie sortit les papiers de son sac. Elle avait passé l'après-midi sur Internet, à la bibliothèque d'Helston. Devant elle étaient étalées les recherches qu'elle avait effectuées pour Hannah sur sa mère. Elle n'avait pas trouvé grand-chose, mais c'était déjà ça, par rapport à sa dernière tentative. Quelqu'un parmi les anciens amis de John était-il resté en contact avec Susan ? Le lendemain, elle en appellerait plusieurs ; peut-être lui apporteraient-ils quelques lumières sur ce qui s'était passé à l'époque.

Un coup d'œil à la pendule lui indiqua qu'il était 18 h 30, et Hannah n'était toujours pas rentrée. Tous les soirs, cette semaine, elle avait retenu son souffle jusqu'à ce qu'Hannah ait franchi la porte. Maddie était maintenant habillée pour aller dîner avec Gunnar, et il n'y avait aucun signe de l'adolescente. Elle aurait dû être rentrée depuis une heure. Maddie essayait de se rassurer, en vain. Depuis le samedi soir précédent, elle marchait sur des œufs. Les deux femmes se parlaient à peine. Maddie aurait voulu présenter des excuses à sa belle-fille et, plus elle y pensait, plus elle se rendait compte à quel point elle avait eu tort d'agir comme elle l'avait fait. Certes, le comportement d'Hannah y était pour quelque chose, mais cela ne justifiait pas son geste. Maddie était adulte et avait depuis longtemps appris à contrôler sa colère. Comment faire pour éviter que le fossé ne se creuse jusqu'au point de non-retour ? Le mutisme n'aidait pas. La sonnerie du téléphone la fit sursauter.

— Maddie, c'est Tom.

— Comment allez-vous ? demanda-t-elle.

— Très bien. J'appelais pour vous dire qu'Hannah est là. Elle m'aide pour mes livres. Je ne voulais pas que vous vous inquiétiez.

Maddie laissa échapper un soupir.

— Merci, Tom.

— Les jeunes n'ont aucune idée du souci qu'on se fait pour eux. Ils ne voient pas où est le problème.

— Oui, c'est ce que j'ai cru comprendre.

— Seriez-vous libre pour venir dîner demain soir ?

— Bien sûr. Que puis-je apporter ?

— Le dessert. Je ne sais rien faire et, pourtant, j'adore ça.

— Avec plaisir. À quelle heure ? demanda-t-elle.

— Vers 19 h 30.

— Merveilleux. Merci.

En raccrochant, Maddie se fit la remarque qu'Hannah aurait quand même pu appeler elle-même. Non, il ne fallait pas penser comme cela. Cela ne faisait que raviver la colère. Hannah était une ado qui avait encore des tas de choses à apprendre. Si seulement elle voulait bien laisser Maddie l'aider… Mais, de toute évidence, ce n'était pas dans ses intentions. Maddie consulta sa montre. Gunnar était en retard. Ce n'était vraiment pas le moment pour une relation compliquée. Ce qu'il lui fallait plutôt, c'était éventuellement une bonne partie de jambes en l'air, qui lui rappellerait qu'elle n'était pas encore la vieille peau toute ridée qu'elle se sentait être la majeure partie du temps. Elle éclata de rire. Pourquoi ne pas envisager sans complexes une simple partie de jambes en l'air, dans ce cas ? Pour cela, il faudrait peut-être faire preuve de moins de circonspection. Au fond, elle doutait de pouvoir chasser le naturel, mais rien ne l'empêchait d'essayer. Peut-être Gunnar aurait-il la chance d'en bénéficier... Le téléphone sonna de nouveau. Lentement, Maddie se leva de sa chaise.

— Allô ?

— C'est Gunnar.

— Salut, répondit Maddie avec le sourire.

— Je suis désolé, mais je dois annuler. Mon producteur veut le script pour demain, je vais devoir travailler toute la nuit.

— Ce n'est pas grave.

Maddie tenta de masquer la déception dans sa voix. Si seulement Gunnar savait ce qu'il ratait ; mais peut-être se vengeait-il de l'autre soir.

— Je t'appelle d'ici quelques jours pour qu'on remette ça ?

— Bien sûr.

L'envie de lâcher prise qu'elle éprouvait l'instant d'avant tiendrait-elle jusque-là ou le bon sens reprendrait-il le dessus ?

— Il faut que j'y retourne. Bye.

Il raccrocha. Tant pis pour la soirée de débauche ; ce serait plateau-télé. Elle regarda le réfrigérateur, dont la porte ne lui apporta aucune inspiration. Peut-être un coup d'œil à l'intérieur l'inciterait-il à concocter quelque chose pour le dîner.

Comme l'avait fait remarquer Tamsin, elle ne devrait pas se montrer trop dure envers elle-même après tout ce qu'elle avait vécu dernièrement, mais rester seule un vendredi soir, ça n'aidait pas.

— Eh bien, Trevenen, je crois qu'on va rester en tête-à-tête ce soir.

Elle marqua une pause, mais seule la pluie battante lui répondit.

— Oh ! tu ne me parles pas non plus ? Qu'est-ce que je t'ai fait ?

De nouveau, le silence ne fut interrompu que par le vrombissement du réfrigérateur.

— Rien, dis-tu ? Euh, ce n'est pas tout à fait vrai. J'aimerais faire tant, mais c'est impossible pour l'instant.

Les yeux fermés, elle se prit à espérer que Mark ait raison pour la grange. Elle se tourna vers la fenêtre. Pourquoi pensait-elle à Mark ? Il ne l'avait pas invitée à sortir ce soir. En fait, elle ne l'avait pas revu depuis le samedi précédent. Nul doute qu'après avoir découvert que sa présence n'était pas requise en tant que témoin dans une affaire de maltraitance sur enfant, il avait pris ses distances, et elle ne pouvait pas lui en vouloir. Bon sang, ce qu'il lui manquait ! Était-ce à cause de ses yeux qui se plissaient lorsqu'il souriait ou de la manière dont réagissait son corps près d'elle ? Stop, stop. Elle sortit le reste de bouillon de poulet du réfrigérateur et en claqua la porte. Quelques gouttes en éclaboussèrent son chemisier en soie.

— Merde, fit-elle en voyant la tache.

Elle posa le saladier sur la table, puis traversa la maison. Trevenen requérait beaucoup d'amour, et elle avait fait de son mieux, mais les couches de peinture qu'elle avait appliquées à la va-vite à leur arrivée n'avaient qu'effleuré la surface fatiguée sans combler ses besoins réels. Elle marqua une pause dans le salon.

Son regard, comme toujours, se porta vers la cheminée. Mark avait convenu que les dalles en ardoise ressemblaient à des pierres tombales. Elle soupira. Les pleurs retentissaient chaque nuit. Maddie continuait de se persuader qu'il s'agissait d'un chat, mais son cœur lui disait autre chose. Elle connaissait les cris d'un nouveau-né. Bien sûr, c'était fou.

Elle se força à en détacher les yeux pour examiner le reste de la pièce, dont elle adorait les proportions. Le plafond était haut, le plâtre s'effritait sur les bords, et les murs présentaient des taches d'humidité. Elle était en mesure de réparer les moulures, mais d'abord il lui fallait gagner sa vie. Or elle n'avait fait ni l'un ni l'autre. Pourquoi ? Par le passé, elle gérait beaucoup mieux son temps. Sa carrière et Trevenen méritaient mieux. Pour être honnête, cela s'appliquait à un peu tout dans sa vie.

Dans sa chambre, elle retira vivement son joli haut en soie pour enfiler un doux pull en cachemire. Il était mité en plusieurs endroits, mais chaud. Ensuite, elle mit la main sur son jean préféré. Enfin, elle sortit d'épaisses chaussettes, puis, enfin à l'aise dans cette tenue plus décontractée, retourna à la cuisine.

Tandis que la soupe réchauffait, elle chercha s'il lui restait un peu de pain. Ce ne fut qu'en plongeant la main au fond du congélateur qu'elle en trouva une miche. Elle reluquait une bouteille de vin lorsqu'elle entendit des pneus crisser sur le gravier.

À cause des trombes d'eau, elle ne parvint pas à distinguer la voiture par la fenêtre. Comment Hannah allait-elle rentrer par ce temps ? Mais, anticipant la réaction de l'adolescente si elle venait à sa rescousse, Maddie décida de s'abstenir, cette fois. Elle se dirigea vers la porte, où elle s'attendait à entendre frapper, et sursauta malgré tout lorsque cela se produisit. En ouvrant grand, elle découvrit un Mark détrempé sur le seuil.

— Entre vite, dit-elle en s'effaçant devant sa silhouette dégoulinante.

— Bonsoir à toi aussi.

— Pardon, j'étais concentrée sur le côté pratique.

Elle lui déposa une simple bise sur la joue en veillant à ne le toucher que du bout des lèvres.

Malgré sa fascination pour l'état dans lequel il était, elle passa à l'action. Sur le chemin de la cuisine, elle sortit une serviette du placard, qu'elle lui tendit, puis elle le regarda se frotter les cheveux. Le résultat lui donna le fou rire.

— À ce point ? demanda-t-il.

— Carrément. Qu'est-ce qui t'est arrivé ?

— J'ai crevé.

— Tu n'as pas appelé l'assistance ? s'étonna-t-elle.

— Pas de réseau, et puis je sais changer une roue.

— Bien sûr.

Maddie ne pouvait s'empêcher de sourire.

Mark lui jeta la serviette mouillée.

— Eh ! se plaignit-elle.

Il se dirigea vers elle, sans la lâcher des yeux, jusqu'à ce qu'il fût à quelques centimètres.

— Je venais justement te voir. J'ai passé la semaine à Tresco, sur les îles Scilly. Avec ce mauvais temps, le téléphone ne marchait jamais.

Maddie saisit le dossier de la chaise derrière elle.

— Je m'inquiétais pour toi, dit-il.

— Merci.

Elle se passa la langue sur les lèvres. Il était tout près.

— Ça va ? demanda-t-il.

— Oui, je suis moins mouillée que toi, s'esclaffa-t-elle.

— On peut facilement y remédier.

Les coins de sa bouche se soulevèrent.

— Non, non. Si tu t'approchais plutôt de la cuisinière ? Tu n'as qu'à retirer ces vêtements trempés.

— C'est que tout est... Il baissa les yeux vers la flaque à ses pieds.

— Je vois, dit-elle.

— Non, mais ce serait le cas si je t'écoutais.

Il sourit.

Elle avala sa salive. Il franchit la distance qui les séparait. Malgré la froide humidité qui transperça son jean, elle sentit une bouffée de chaleur l'envahir.

— Tu ferais mieux de te déshabiller. Tes vêtements sont complètement trempés, chuchota Maddie.

— Tu es sûre ?

Il n'avait pas bougé, sa bouche était à un centimètre de la sienne.

— Oui. Tu vas t'enrhumer.

— Je n'ai pas froid, dit-il.

— Moi non plus.

En reculant, elle heurta la table.

— Je vais te chercher ma vieille robe de chambre.

— Je suis sûr qu'elle me siéra à ravir.

— Forcément.

Maddie courut à sa chambre en imaginant déjà Mark dans sa robe de chambre à fleurs roses et violettes, vision qui lui fit rater la dernière marche de l'escalier. À la hâte, elle ouvrit les deux portes de son placard et s'empara de la vieillerie. Pourquoi gardait-elle cette chose affreuse ? Parce que c'était un vieux cadeau de sa mère. La chère femme serait horrifiée si elle savait qu'un homme nu allait s'en vêtir. En essayant de chasser cette pensée, Maddie retourna calmement à la cuisine.

À la vue de Mark couvert de la seule serviette qu'elle lui avait prêtée, elle perdit toute contenance.

— Tu comptes rester plantée là pour me peindre ? demanda-t-il avec un large sourire.

— Ça, c'est une idée. Tu poserais nu pour moi ? demanda-t-elle.

— C'est quasiment le cas, là, mais il y a un peu de courants d'air par ici.

— C'est vrai.

Elle se dirigea vers lui, en prenant son temps. Elle n'avait aucune envie de couvrir ce corps splendide d'un quelconque vêtement. Ce dont elle avait envie, c'était de le contempler, puis de le caresser lentement et entièrement. Bien qu'elle gardât ses distances pour lui tendre la vieille robe de chambre miteuse, elle ne se priva pas de se rincer l'œil.

— Je ne t'aurais jamais imaginée voyeuse, dit-il.

— Désolée, ça fait partie du métier, rougit-elle en lui tournant le dos.

Son petit rire ne lui échappa pas. En dépit de tous ses efforts, il lui était impossible d'étouffer le désir qu'elle éprouvait rien qu'à le regarder.

— C'est bon, tout danger est écarté, annonça-t-il.

— Parce que ce n'était pas le cas avant ? demanda-t-elle en se retournant.

— Plus ou moins, répondit-il, une lueur coquine dans les yeux.

— Ah oui ?

Maddie se mordit la lèvre.

— Oui, tes yeux m'envoyaient des signaux très intéressants.

— Tiens, tiens ?

Elle haussa un sourcil.

— Oui.

— Eh bien, ça m'ennuie d'avoir à te le dire, mais le violet et le rose ne te vont pas vraiment.

Elle tendit le bras derrière lui pour éteindre sous la soupe.

— Aucun espoir, donc, de conclure dans cet accoutrement ?

— Absolument aucun.

Elle sourit. Il n'en demeurait pas moins magnifique.

— Tu restes dîner ?

— Si tu le proposes. Ma roue de secours est aussi à plat. Je suis arrivé jusqu'ici de justesse.

— Oh ! Tu veux appeler quelqu'un ? s'enquit Maddie en tranchant le pain.

— Je pensais que je pourrais t'emprunter ta voiture jusqu'à demain. Inutile d'imposer une sortie à quelqu'un d'autre par ce temps.

Il leva les yeux vers la chambre au-dessus.

— Et Hannah, elle est passée est où ?

— Chez le vieux Tom, répondit Maddie, l'estomac noué. Je dois dire qu'elle y a passé une bonne partie de la semaine. Il m'a invitée à dîner demain soir.

— Moi aussi.

— J'imagine que c'est pour nous remercier. Il y aura sans doute aussi Tamsin et Anthony, et d'autres.

— Oui, probablement.

Elle prit une profonde inspiration. Si elle s'efforçait de tenir une conversation banale en évitant de le regarder, elle parviendrait peut-être à faire abstraction de sa nudité sous le motif à fleurs.

— Je peux te faire quelque chose ? demanda-t-il.

Maddie pivota sur ses talons.

— … ?

— Mettre la table, par exemple, précisa-t-il en souriant de toutes ses dents.

— Oui. Merci.

Maddie se concentra de nouveau sur le seul grille-pain. C'était bien la peine d'essayer de chasser de son esprit ses fantasmes d'adolescente en chaleur.

— Il n'y a que de la soupe ? s'enquit Mark.

— J'en ai peur. Je n'attendais personne.

Quand elle se retourna, il lui souriait. Tout en se raccrochant à n'importe quoi pour se persuader qu'il était parfaitement normal que Mark soit assis à sa table à moitié nu, Maddie servit la soupe et déposa le pain grillé sur une assiette.

Elle retint son souffle pour essayer de juguler le flot du désir qui montait en elle. De son côté, il avait l'air détendu. Comme il avait le torse largement dénudé par l'échancrure de la robe de chambre, elle se surprit à penser à ce qui devait se trouver exposé sous la table. Elle s'assit.

— Comment s'est passée cette semaine avec Hannah ? s'enquit-il avant d'avaler une cuillerée de soupe.

— Je ne sais pas vraiment.

— Comment ça ?

— Quand elle n'est pas chez le vieux Tom, elle m'adresse à peine la parole, expliqua-t-elle avant de poser sa cuillère.

— Et c'est mauvais signe ?

— Oui.

Elle fronça les sourcils, et il lui sourit.

— Un peu plus de soupe ?

— C'était parfait.

— Un reste de bouillon de poulet, parfait ? s'esclaffa-t-elle. Elle est bien bonne, celle-là.

— Mais c'est vrai. On ne se fait pas de bouillon de poulet quand on vit seul.

— Tu as raison, je n'avais pas vu les choses sous cet angle.

Elle inclina la tête sur le côté et l'observa.

— Tu t'en faisais quand tu étais célibataire ? demanda Mark.

— Non.

Maddie sourit, puis fronça les sourcils. Pourquoi Mark était-il toujours célibataire ? Il était superbe, doué et gentil. Ça n'avait pas de sens.

— Mark ?

— Ouh, ça a l'air sérieux.

Maddie se mordit la lèvre. Allait-elle continuer ou valait-il mieux laisser tomber ?

— Pourquoi tu ne t'es jamais remarié ?

— Ah ! je vois que le téléphone arabe fonctionne toujours.

— Je ne vois pas ce que tu veux dire, mais Tamsin m'a parlé du fait que tu as perdu ta femme il y a quelque temps, et je me posais juste la question. Enfin, peu importe. Ce ne sont pas mes affaires.

L'atmosphère légère qui régnait entre eux était rompue, et elle regretta d'avoir abordé ce sujet.

— Disons simplement que l'engagement n'est pas mon fort.

Elle avait espéré qu'il réponde quelque chose comme : « C'est juste que je n'ai pas rencontré la bonne. » Sans le regarder, elle se leva pour débarrasser les bols, se demandant si elle avait un dessert à lui proposer, car, malgré ses dires, une soupe et du pain grillé ne constituaient pas vraiment un repas. Et il lui fallait trouver quelque chose à dire pour rompre ce silence gênant. Fromage ?

— Non, merci.

La tête baissée, tout à ses réflexions sur la manière de faire oublier ses propos, elle se heurta à lui devant l'évier. Il ne faisait aucun bruit, pieds nus.

— Pardon.

Maddie s'écarta.

— Je vais faire la vaisselle, annonça-t-il.

— Merci, mais assieds-toi. Il fait froid, pieds nus, par terre.

— C'est rien, j'en ai vu d'autres, dit-il à mi-voix.

Maddie demeura immobile. Il était trop près. Son odeur la submergeait. Contrairement à son intention, elle se rapprocha au lieu de s'écarter.

— Tu ne crois pas que j'en ai vu d'autres ? reprit-il.

— Non. Debout à quelques centimètres de lui, elle était en proie à des tas d'émotions contradictoires. Comme elle ne pouvait lever les yeux vers son visage, elle fixa les poils sur son torse. Ses doigts s'approchèrent, mais s'arrêtèrent avant de le toucher.

— Tu veux quelque chose, Maddie ?

Sa voix semblait sortir de sa poitrine, qu'elle voyait monter et descendre.

— Oui, dit-elle en avalant sa salive et en le regardant droit dans les yeux. Toi.

— Comme ça ? Tu plaisantes, dit-il en indiquant les fleurs.

— S'il le faut, mais je préférerais sans.

Elle l'attira à lui.

Avec précaution, Hannah sortit le testament de son sac. Le vieux Tom était assis en face d'elle, à la table de la cuisine, les mains soigneusement croisées. Elle retira le mouchoir en papier rose. C'était tout ce qu'elle avait trouvé pour le protéger dans son cartable, et, par chance, il semblait avoir survécu au bric-à-brac qu'elle transportait. Elle le lui tendit. Ses mains tremblaient un peu, ce qu'elle trouvait inquiétant. Elle l'avait déjà remarqué un peu plus tôt avec les tasses à thé.

Il caressa le document, puis le déplia délicatement. Le mot « révérence » vint à l'esprit d'Hannah. Le vieux Tom traitait ce document avec révérence. Ouah ! Peut-être n'aurait-elle pas dû le transporter dans son sac à dos.

— C'est une des choses que tu as trouvées dans le coffre qu'on a réparé ?

Hannah acquiesça de la tête. Les doigts du vieux Tom survolèrent le texte comme s'il lisait du braille.

— Je n'ai pas réussi à le déchiffrer.

Hannah regarda le sommet du crâne du vieux Tom.

— Ça se comprend. Il était déjà ouvert quand tu l'as trouvé ? demanda-t-il en relevant la tête.

Hannah avala sa salive. À quelqu'un d'autre, elle aurait menti, mais à lui, c'était impossible.

— Non.

— Intéressant.

Il se pencha de nouveau sur le pli.

— Tu as raison, il s'agit bien d'une sorte de testament.

— Celui de qui ? demanda-t-elle.

— D'une certaine Catherine Penventon.

Hannah tapota sur la table avec le bout des doigts. Les questions se bousculaient dans sa tête, mais elle savait qu'il ne servait à rien de presser le vieux Tom. Dans un vain espoir de subitement comprendre ce qui était écrit, elle se leva pour aller regarder par-dessus son épaule. Puis son regard se tourna vers la fenêtre, derrière laquelle la pluie ne cessait de tomber.

— Très intéressant, conclut le vieux Tom en se calant contre le dossier de sa chaise.

— Quoi ? fit Hannah, toujours debout.

— Raconte-moi un peu ce que tu sais de la famille Penventon.

— Pas grand-chose.

— Je vois.

Il réunit les doigts des deux mains, comme s'il allait prier.

— Eh bien, en apparence, c'est un simple testament rédigé par Catherine Penventon pour léguer Trevenen à son fils Thomas, alors à la garde de son frère James Penventon. Sa sœur Mary aurait le droit d'habiter là tant qu'elle ne serait pas mariée.

— « En apparence », vous dites ?

— Oui. J'ai comme l'impression que tout cela cache

autre chose. As-tu trouvé d'autres papiers de cette époque ?

— Non. Qu'y a-t-il ?

— Ce n'est peut-être rien, mais, à moins que cette Catherine ait été veuve et qu'elle se soit mariée à un cousin Penventon, quelque chose ne colle pas.

— Un enfant illégitime ?

— Je n'en suis pas certain, mais il est intéressant que ce testament n'ait jamais été ouvert.

Elle hocha la tête.

— As-tu vu une bible familiale ou un autre document de famille dans la maison ?

— Oui, je crois.

Hannah se souvenait vaguement d'un gros livre épais et poussiéreux, mais où ?…

— Qu'est-ce que ça peut faire, un enfant illégitime ?

— Que t'enseigne-t-on en histoire ? demanda-t-il.

— Pas grand-chose, ou alors, c'est que je n'écoutais pas parce que la question n'était pas au programme du contrôle.

Hannah se mit à arpenter la cuisine.

Le vieux Tom secoua la tête.

— Bon, lorsque tu retrouveras la bible, pourrais-tu en regarder les première et dernière pages ?

— Bien sûr, pourquoi ? rétorqua Hannah, assise sur le bord d'une chaise.

— Souvent, les familles y notaient leur généalogie en indiquant les naissances, les morts, les mariages, etc.

— Oh ! Je regarderai. Vous croyez qu'il en traînerait une aussi vieille quelque part ?

— Euh, probablement pas, mais une plus tardive pourrait contenir les informations nécessaires.

— Cool.

Hannah marqua une pause.

— Je sais que Maddie a effectué des recherches sur

l'histoire des Penventon parce que j'ai aperçu ses notes sur la table de la cuisine.

— Excellent. Demande-lui ce qu'elle a découvert.

Le vieux Tom se cala sur sa chaise.

— Sinon, tu as eu des nouvelles du jeune Will ?

— Oui. Il m'a envoyé un e-mail. Il part au ski dans quelques semaines, le salaud.

— En quoi est-ce salaud d'aller skier ?

— Il ne reviendra pas pour les vacances, fit Hannah, les yeux au ciel.

— Ah ! je vois.

Il rangea soigneusement le testament dans son mouchoir rose.

— Tu as quelque chose de prévu pour ces vacances ?

— Non, dit-elle, le regard rivé sur ses ongles. Je ne crois pas puisque je n'ai pas dit plus de cinq mots à Maddie depuis la semaine dernière.

— Est-ce bien raisonnable ?

— Peut-être pas, mais c'est comme ça.

— Et elle a essayé de parler avec toi ? demanda-t-il.

— Oui, avoua l'adolescente en jouant avec son collier, les yeux rivés par terre.

— Mais tu l'as repoussée.

— Quoi ?

Elle releva la tête et vit le sourire entendu du vieux Tom.

— Tu l'as envoyée paître ?

— Ben, oui. C'est une peau de vache.

D'une main levée, elle l'empêcha de la corriger.

— Je dois vivre avec elle, mais c'est tout.

— C'est tout ce que tu veux ? demanda-t-il.

— Oui.

Elle hocha la tête, mais les larmes lui montaient aux yeux.

— Elle me nourrit, c'est tout. Je ne l'ai pas choisie et je vais encore devoir rester avec elle quelques années.

— Et elle, elle en pense quoi, à ton avis ?

— Eh ben, c'est ce qu'elle a décidé.

Elle se détourna.

— Et tu en déduis quelque chose ? demanda-t-il.

— Oui, qu'elle a accepté parce qu'elle culpabilisait par rapport à mon père, grommela Hannah entre ses dents.

— Elle aurait aussi pu refuser. Elle t'a adoptée.

— Non, elle n'aurait pas refusé parce qu'elle est trop stupide.

— Tu crois que c'est le bon mot ? Ce n'est pas vous rendre justice, ni à l'une ni à l'autre.

— Oui, ben, peu importe. Vous voulez un thé ?

Hannah bondit sur ses pieds pour gagner l'évier. Ses mains agrippèrent la céramique blanche.

— Non, merci, mais sers-toi, si tu veux.

— Merci. Je vais peut-être aller faire un tour.

Elle regarda par la fenêtre.

— Par ce temps ? D'ailleurs, à moins que Maddie ne puisse venir te chercher, il va sans doute falloir que tu dormes ici. Malheureusement, je ne suis pas encore d'attaque pour conduire.

Hannah regarda le jardin plongé dans le noir. Elle ne voyait rien, mais elle entendait la pluie battre en rafales contre la fenêtre. Le vieux Tom avait raison : impossible de sortir par ce temps.

— Hannah, veux-tu qu'on en parle ? demanda-t-il.

— Je vous croyais professeur d'histoire, pas psychologue.

— Il faut bien un peu de psychologie pour enseigner, tu ne crois pas ?

Il sourit.

— Non, tout ce que font les profs, c'est régurgiter ce qu'il faut savoir pour les putains d'exams.

— Dans ce cas, tu as vraiment joué de malchance avec tes professeurs, et, si c'est tout ce que tu leur demandes, tu ne te rends pas service. Hannah, tu es une enfant brillante.

— Je ne suis pas une enfant.

Elle se retourna. Les larmes lui coulaient sur les joues, mais elle se moquait qu'il puisse le voir. Tout était simple pour lui.

— Dans ce cas, jeune femme, tu devrais en attendre davantage de toi, de tes professeurs et de Maddie.

— Qu'est-ce qu'elle a à voir avec mon éducation, elle ?

— Tout. Elle est à la maison avec toi ; or, c'est là qu'on apprend ce qu'est la vie.

— Je vis et je n'ai pas besoin d'apprendre quoi que ce soit d'autre. Maddie ne m'a jamais rien appris et elle ne m'apprendra jamais rien.

— Non ? Et le fait de s'en tenir à quelque chose parce que c'est bien de le faire, même si on vous le renvoie constamment dans les dents ? demanda-t-il.

— Ah ! c'est comme ça que vous le voyez ? Vous prenez le parti de Maddie finalement.

— Je ne prends aucun parti, je faisais simplement remarquer qu'il en existe un autre. Et modifier sa vie pour ceux qu'on aime ?

— À quoi a-t-elle renoncé ? Elle m'a fait quitter Londres pour m'amener ici.

Hannah s'essuya le nez du revers de la main.

Le vieux Tom lui tendit un mouchoir.

— Ne s'est-elle pas occupée de ton père avant, alors qu'il était mourant ?

— C'était sa femme.

— Il aurait pu passer ses dernières années à l'hôpital ou à l'hospice, mais elle a mis son travail de côté pour le soigner.

— Oui..., mais comment savez-vous tout ça ? demanda-t-elle.

— J'ai des oreilles. Je m'intéresse aux autres et je pose des questions. Je ne me contente pas des informations qu'on me régurgite.

— Merci.

Hannah se rendit au salon et envisagea d'envoyer promener les coussins sur le canapé, mais ce n'était pas sa chambre. Chaque chose avait sa place chez le vieux Tom. Les livres étaient rangés sur les étagères, les coussins, sur le canapé.

Elle avait envie de frapper. Les lumières qui clignotaient lui rappelèrent que la tempête faisait rage dehors. Merde, elle avait besoin de se défouler.

— Tu veux un verre de vin ou de sherry ? lança le vieux Tom.

Hannah sentit ses jambes se dérober sous elle et elle s'écroula de rire sur le canapé. Décidément, elle aurait tout entendu : le vieux Tom lui proposait un verre, maintenant. Que faire ?

— Je veux bien du vin, s'il vous plaît.

Elle s'empara de l'un des coussins bien alignés et l'embrassa. Elle était coincée chez le vieux Tom et coincée en Cornouailles. Et on lui tendait du vin rouge dans un verre à pied en cristal. C'était dingue !

— Ça va mieux ? demanda-t-il.

— Non, mais à votre avis, putain ?

— Ton langage.

— On s'en fout.

Elle but une gorgée.

— Merci. C'est vraiment très bon.

— Oui, c'est l'un de mes préférés, mais il est trop fin pour mon palais maintenant. Je suis ravi qu'il te plaise.

Dans son verre, également en cristal taillé, Hannah vit du whisky. Elle ne se souvenait pas d'avoir vu ces verres avant, mais elle n'avait encore jamais bu d'alcool ici, à part le champagne à Noël et les bières qu'elle avait vidées avec Will, bien sûr. Tout ça semblait bien loin maintenant.

— Ça vous manque, le vin ?

Elle fit tourner le liquide.

— Oui, mais c'est la vie. Je pense que c'est ce vin que je servirai demain soir.

— Que se passe-t-il demain soir ?

— J'ai invité plusieurs personnes à dîner pour les remercier. Tu es libre ? demanda-t-il.

— Je crois. Je peux vous aider ?

— Oui, ce serait très gentil. J'ai bien peur que nous devions manger dans la cuisine, car la salle à manger est encore une chambre.

— La cuisine est très agréable, assura-t-elle.

— Oui.

— Mais ça ne vous ressemble pas beaucoup, hein ?

— Non, pas vraiment.

Hannah sourit. Elle regarda le verre dans sa main. Elle imaginait très bien le miroir ciré de la table couverte de cristal et d'argenterie. La cuisine n'avait pas ce style.

Vingt et un

Le talon de Maddie se prit dans le gousset de sa culotte et elle bascula sur le lit avant de tomber par terre avec un bruit sourd. Le souffle coupé, elle ne pouvait plus bouger.

Mark arriva en courant.

— Tu vas bien ?

Maddie dégagea la dentelle noire de sa chaussure pour adopter une pose plus convenable. Avec un peu de chance, on ne voyait rien à part ses jarretelles et ses porte-jarretelles. Pourquoi diable n'avait-elle pas mis un collant ?

— J'en ai l'air ? s'esclaffa-t-elle.

— À mes yeux, oui, mais d'aucuns pourraient dire que c'est une position compromettante.

Elle ôta une chaussure pour la jeter dans sa direction.

— Je prends ça pour une invitation à te laisser.

— Exactement.

Une fois Mark redescendu au rez-de-chaussée, Maddie se redressa sur ses genoux, puis se remit debout. Était-il vraiment arrivé juste au moment où elle était affalée par terre, la culotte sur les chevilles ? Maddie ne voulut même pas y penser. Pourquoi avait-il donc fallu qu'elle enfile ses chaussures en premier. Elle avait vraiment la tête ailleurs aujourd'hui, puis elle se rappela pourquoi et sourit. En hâte, elle ajusta sa robe et jeta un dernier regard dans le miroir. Elle avait fière allure, même si c'était elle qui le disait. Elle resplendissait. Elle fonça au rez-de-chaussée afin de couper court à ses pensées.

— Hannah est partie devant ? s'enquit-elle en constatant que Mark était seul dans la cuisine.

Son cœur fit un bond. Maddie ne l'avait jamais imaginé en costume, et il était à croquer. Mais elle ne l'aurait jamais imaginé non plus dans une robe de chambre violette et rose.

— Non, elle descend, dit-il.

— Tu es superbe.

Maddie s'approcha et passa la main sur son revers avant de redresser sa cravate.

— Toi aussi. Sans parler de ce qu'il y a dessous, se moqua-t-il.

Après une tape sur le bras, elle s'écarta en entendant Hannah dans l'escalier. Puis elle ramassa le flan qu'elle avait préparé.

— Prêts ? demanda Hannah en passant la tête par la porte.

Maddie en resta bouche bée. L'adolescente portait une robe-fourreau rouge qui mettait en évidence sa jolie silhouette, habituellement dissimulée sous des couches de pull-overs. Elle était presque élégante. Seul son maquillage noir sur les yeux était un peu trop appuyé. Maddie se demandait si c'était la même jeune fille que celle partie chez le vieux Tom la veille.

— Tu es ravissante.

Maddie se tut et se prépara mentalement à encaisser.

— Merci. Toi aussi.

Les yeux écarquillées, Maddie en bafouilla presque.

— Merci.

— On y va ?

Mark tenait la porte d'entrée.

Le sol était encore détrempé, mais la pluie avait fini par s'arrêter, nota Maddie avec soulagement.

— Combien serons-nous chez Tom ce soir ? s'enquit-elle en se tournant vers Hannah, sur la banquette arrière.

— Neuf, avec lui.

— C'est pas mal. Heureusement que tu as pu l'aider.

À leur arrivée, toutes les lumières étaient allumées. Trois autres voitures étaient déjà là.

— On dirait qu'on est les derniers, constata Mark en éteignant le moteur.

— Il faut que je file.

Hannah se glissa par la portière et fonça aussi vite que le lui permettaient ses talons. Maddie vit disparaître un éclair d'or.

— Elle s'est tirée à quatre épingles, fit remarquer Mark en ouvrant la portière à Maddie, qu'il débarrassa de son flan.

— Oui, c'est une surprise, parce qu'à part pour l'enterrement de son père, je ne crois pas l'avoir jamais vue faire un effort.

— Le vieux Tom a une bonne influence sur elle.

— Oui.

Maddie se fraya un chemin parmi les flaques jusqu'à l'entrée de la maison. Elle savait que Tom n'apprécierait sans doute pas que ses invités débarquent dans la cuisine.

— Bonsoir, Maddie. Vous êtes en beauté, vraiment, l'accueillit-il, très élégant en veste de smoking, en l'embrassant sur les deux joues.

Elle sourit, puis s'avança dans la pièce. Cela faisait des années qu'elle ne s'était pas sentie aussi légère ; en fait, pas depuis son mariage avec John. Mark semblait heureux, lui aussi. Elle le regarda échanger une poignée de main avec le vieil homme, puis vit Hannah emporter le dessert à la cuisine.

Par la porte d'entrée demeurée ouverte entra Will. Il ressemblait tellement à son oncle que le cœur de Maddie se serra. Elle se demandait si Hannah savait qu'il serait là. Peut-être était-ce la raison pour laquelle elle avait soigné sa tenue.

— Salut, salut, fit Tamsin, qui lui tendit un verre de champagne. Dis-moi, tu rayonnes. C'est à cause de ça qu'Hannah a dû coucher ici hier soir ?

— Non.

Maddie adressa un regard interrogateur à Tamsin.

— C'est juste que je me sens bien.

— Alors, c'est sans doute parce que ça ne répondait pas chez Mark hier soir ni ce matin. Il sourit à tout va.

Maddie faillit s'étrangler en buvant.

— Tamsin.

— Pas de ça avec moi. Je sais la vérité, maintenant. C'était bien ? s'enquit Tamsin, dont les yeux brillaient.

Maddie se sentit rougir. Elle aurait dû savoir que Tamsin devinerait.

— Salut, Maddie, lança Anthony en l'embrassant. Tu as l'air en grande forme.

— Merci.

Maddie jeta un regard à Tamsin, qui émit un petit rire. Soudain, un cri retentit dans la cuisine, et on entendit une casserole tomber par terre. Maddie se précipita pour aider, mais s'arrêta net à la vue d'Hannah, pendue au cou de Will. Voilà qui répondait à sa question. C'était pour le vieux Tom qu'Hannah avait fait un effort, ou peut-être pour elle-même, ce qui n'était pas rien, de fait. Maddie se posta près du feu et regarda autour d'elle. À part Mrs Bates, elle ne connaissait pas les autres. Mark, en conversation avec l'un d'eux, leva la tête et lui adressa un clin d'œil. Il lui fallait garder la tête claire, mais c'était bien difficile.

— Tom, quelle bonne idée vous avez eue ! Mais vous êtes sûr que ce n'est pas un peu trop ? s'enquit Maddie en tendant son verre à son hôte qui se proposait de lui resservir du champagne.

— C'est Hannah qui a fait le plus gros. Je voulais d'ailleurs vous toucher un mot à son sujet.

Maddie hocha la tête et se prépara.

— Mais pas ce soir, ajouta-t-il.

— Très bien.

Maddie tenta de sourire.

— Elle est très jolie.

— En effet. Elle rayonne maintenant que Will est là. Un peu comme vous avec Mark.

— Tom…

Maddie tenta de prendre un air indigné.

— C'est un tout petit monde. N'oubliez pas que rien ne reste secret, ici.

Après cette sorte d'avertissement, glissée avec le sourire, il s'en alla remplir les verres des autres. Maddie se laissa aller contre la cheminée. Comment gérer, maintenant que tout le monde était au courant ? Mince, leur histoire n'en était pas encore à ce stade. L'objet de ses pensées lui souriait par-dessus la tête de Mrs Bates. Elle aurait voulu être ailleurs ; à Trevenen, seule avec lui. Un grand sourire aux lèvres, Hannah fit le tour de l'assemblée avec un plateau en argent. Maddie se demanda comment Tom avait pu lui réserver la surprise de la venue de Will. De loin, elle vit l'adolescente bavarder poliment avec une invitée. Pas la moindre trace de son insolence habituelle. Y avait-il de l'espoir, finalement ?

— Quelle transformation ! dit Mark, venu se joindre à elle.

Des yeux, il suivit Hannah à travers la pièce.

— Oui.

Le simple fait de regarder Mark emplissait Maddie de désir. Partageait-il ce sentiment ? Ou devait-il sa mine rayonnante à cette seule nuit torride qu'il venait de passer ?

— Est-ce que je t'ai dit que je te trouve ravissante ce soir ? fit-il avec le sourire.

— Mark, je t'en prie, arrête. Tout le monde a l'air au courant, protesta-t-elle, mais il l'interrompit en lui posant un doigt sur les lèvres.

— Ah oui ? Et comment cela se fait-il ?

— À cause de ton sourire satisfait, j'imagine.

À ces mots, ledit sourire s'accentua.

— Si je m'écoutais, je te prendrais dans mes bras pour t'embrasser, là, devant tout le monde. Et ce n'est que le début de ce que j'aimerais te faire, ajouta-t-il dans un murmure.

— Mrs Bates, quel plaisir de vous revoir !

Maddie garda la tête haute et tendit la main avec l'espoir qu'en raison de son âge, Mrs Bates n'ait plus l'ouïe aussi fine.

— Oui, très chère, cela fait plaisir de vous voir si radieuse.

— Merci, répondit Maddie, qui vit Mark étouffer son rire derrière une gorgée de champagne. Je voulais vous poser certaines questions au sujet de Daphne. Il paraît que vous la connaissiez bien ?

— En effet, dit Mrs Bates. Une femme bien.

— Qui était Arthur Tripconey ? demanda Maddie.

— Son fiancé. Il n'est pas revenu de la guerre.

Mrs Bates secoua la tête.

— Dieu la bénisse, jamais elle n'a regardé un autre homme.

— Quelle tristesse !

Mrs Bates lui posa la main sur le bras et sourit.

— Il paraît que les félicitations sont de mise : vous avez reçu le permis pour la vieille grange. Cela signifie-t-il que vous allez rester ?

Maddie écarquilla les yeux. Elle n'avait pas encore reçu de réponse.

— Oui, je reste. Trevenen a besoin de moi.

— Oui, c'est vrai. Insuffler de nouveau la vie dans la vieille maison. Il ne vous reste plus qu'à faire des enfants.

Mark s'éclipsa en toussant. Maddie leva les yeux au ciel et tenta de trouver quelque chose à dire.

— Oui, enfin, j'ai Hannah.

— C'est vrai, mais, contrairement à vous, elle n'est pas de Cornouailles, n'est-ce pas ?

Mrs Bates regarda Hannah.

— Non, en effet, mais elle est à moi.

— En tout cas, Trevenen est dans la même famille depuis des générations. Daphne tenait vraiment à ce que cela continue.

— Ah oui ?

Maddie jeta un rapide coup d'œil autour d'elle.

— Vous saviez donc que je suis la fille de Nancy ?

— Oui, très chère.

— Sauriez-vous par hasard pourquoi Daphne n'a pas essayé de prendre contact avec moi si elle connaissait mon existence ?

Cette question préoccupait Maddie.

Mrs Bates marqua une pause et regarda le feu.

— Je suppose que je peux en parler aujourd'hui.

— Je vous en prie, l'enjoignit Maddie, la bouche sèche.

— Tout cela a été si douloureux. Daphne a été anéantie lorsqu'elle a découvert l'état de Nancy. Son frère, Diggory, l'a menacée de mort.

Mrs Bates porta la main à sa gorge.

— Daphne m'a dit qu'il avait tenté de convaincre

Nancy d'avorter. De lui faire comprendre que cela ruinerait sa vie d'avoir cet enfant.

Maddie se rattrapa à la cheminée.

— Daphne n'était pas en faveur d'un avortement. Elle savait que Nancy avait commis une erreur, mais supprimer une autre vie n'était pas une solution. Comme Nancy ne disait rien, Daphne ne savait pas quoi faire.

Mrs Bates fit signe à Tamsin, à l'autre bout de la pièce.

— Daphne était rongée par la culpabilité parce que cela s'était produit sous sa garde. Elle aurait dû s'en douter, mais la pauvre pensait que Nancy était bien trop jeune pour ces choses. Entre nous, j'ai toujours pensé qu'elle fréquentait une mauvaise école à Londres, mais Daphne ne voulait rien entendre.

Mrs Bates exprima sa désapprobation par un tss-tss.

Maddie contempla le dos de sa main et avala sa salive.

— Nancy a finalement annoncé qu'elle voulait garder le bébé. À ce stade, Diggory a déclaré qu'elle n'avait qu'à mener sa grossesse à terme, mais Daphne ne devait plus jamais chercher à la joindre.

Hannah, qui vint remplir leurs verres, adressa un regard étrange à sa belle-mère. Maddie se sentait le visage blême.

— Daphne n'a ensuite plus eu de nouvelles jusqu'au jour où elle a découvert l'annonce de sa mort dans le journal. Par la suite, elle a appris que Nancy s'était enfuie pour vous donner le jour. Voyez-vous, Diggory avait insisté pour qu'elle donne l'enfant à adopter. À la mort de Nancy, Daphne est morte aussi d'une certaine façon. Elle a toujours eu le sentiment que c'était à cause de ses propres croyances que Nancy s'était sentie obligée d'avoir l'enfant et qu'elle était par conséquent responsable de sa mort.

— Oh ! c'est horrible.

Maddie ferma les yeux. Une immense peine l'envahit. Celle de Daphne, celle de sa mère et la sienne réunies.

— Oui, c'était une femme brisée. Voyez-vous, Nancy était l'enfant qu'elle n'avait jamais eu. Elle vous savait en vie, mais c'est tout. Jamais elle ne s'est sentie en droit de prendre contact, car Diggory avait été très clair.

Maddie avala sa salive.

— Je suis désolée, très chère.

Mrs Bates lui tapota la main.

— Daphne vous aurait adorée. Vous lui ressemblez beaucoup, comme Nancy d'ailleurs. C'est tellement triste, tout cela.

Maddie regarda à l'autre bout de la pièce, où Mark bavardait avec Will. Elle s'efforçait de ne pas sombrer dans la souffrance de Daphne et de Nancy. Sa mère aurait dû avorter. C'était à cause d'elle si Daphne avait vécu avec la culpabilité de la mort de Nancy. Mrs Bates avait tort : Daphne aurait détesté Maddie, car c'est elle qui avait tué Nancy en naissant. Une douleur aiguë lui vrillait les tempes.

— Merci, Mrs Bates. Cela explique beaucoup de choses. Sauriez-vous par hasard ce qu'il est advenu de mes grands-parents ?

— Je crois qu'ils ont émigré en Australie à la mort de Nancy.

Maddie se demandait si sa grand-mère était toujours en vie, mais sans doute pas puisque Daphne était morte à plus de quatre-vingt-dix ans. Pourquoi n'avaient-ils pas voulu d'elle ?

— Il me revient quelque chose. Je crois que la mère de Nancy a souffert d'une dépression nerveuse.

Mrs Bates but une gorgée de champagne.

— Oui, c'est cela. Elle avait toujours été un peu bizarre, si vous voulez mon avis.

Maddie bâilla et décrocha le téléphone.

— Allô ?

— Salut, Maddie, c'est Geoff.

— Ça faisait longtemps que je n'avais pas eu de nouvelles.

Assise sur le bord de la table, Maddie se demanda pourquoi l'ami de John la contactait.

— Rien de surprenant maintenant que tu vis à six heures d'ici.

— C'est vrai ! s'esclaffa Maddie. Quand viens-tu nous rendre visite ?

— Bientôt, c'est promis.

Il marqua une pause.

— Maddie, tu es sûre de vouloir joindre Susan ?

Maddie sentit son cœur se serrer.

— Oui, enfin, non, mais Hannah y tient vraiment.

— Pourtant, John n'a jamais voulu.

Maddie se mordit la lèvre.

— Je sais, mais il n'est plus là, et elle cherche sa mère.

— Elle t'a, toi, dit-il.

— Inutile de te dire que, pour l'instant, ça ne compte pas beaucoup.

Maddie repensa aux échanges houleux auxquels il avait pu assister dans les jours qui avaient suivi l'enterrement.

— Ça ne s'est donc pas arrangé ?

Maddie ne répondit pas tout de suite.

— Si, un peu.

— Bien.

— Tu as un numéro de téléphone ?

— Non, mais un ami avait une adresse en Nouvelle-Zélande.

— En Nouvelle-Zélande ?

Susan n'aurait pas pu déménager plus loin.

— Oui.

— OK, donne toujours.

Maddie regarda l'adresse et sut qu'il valait mieux s'y mettre sur-le-champ. Après plusieurs feuilles froissées et roulées en boule, elle songea que son courrier était presque pire que ce qu'elle avait écrit à Peter Johnson.

Chère Susan,

Je ne sais pas si vous avez su que John Hollis est décédé il y a un an, le 31 décembre, commençait sa version définitive. Je suis sa veuve et donc la belle-mère de votre fille. Je sais que John ne souhaitait pas que vous receviez des nouvelles d'Hannah ni que vous la revoyiez. C'est donc avec des sentiments partagés que je vous écris. À bientôt seize ans, Hannah pleure son père et se sent totalement perdue. Elle m'a demandé de l'aider à retrouver sa mère. J'ignore ce qui s'est passé autrefois et quels sont vos sentiments aujourd'hui, mais votre fille souhaiterait prendre contact avec vous. Je vous serais reconnaissante de bien vouloir m'indiquer votre position sur la question.

Sincères salutations,

Maddie Hollis

Ce n'était pas terrible, mais il faudrait faire avec. Elle glissa sa lettre dans une enveloppe, qu'elle ferma.

Vingt-deux

À l'abri d'un porche, Maddie admirait la vue sur le port de Falmouth. Les nuages s'amoncelaient dans le ciel de Saint-Mawes, et les vagues léchaient les bateaux. Comme souvent en mars, le temps était capricieux et la pluie menaçait. Néanmoins, rien ne viendrait gâcher son humeur. Toutes sortes d'idées passionnantes lui trottaient dans la tête.

Finalement, les réprimandes de Tamsin, quelques semaines plus tôt, avaient porté leurs fruits : elle venait de passer une matinée très productive en se rendant à l'université ainsi que dans plusieurs galeries. Il était temps pour elle, en effet, de rencontrer du monde et de se construire une vie sociale. Cela ne semblait pas si difficile, d'ailleurs.

Délaissant la vue, elle tourna dans la rue et heurta aussitôt quelqu'un. Surprise, elle bafouilla des excuses avant de se rendre compte que les mains qui l'aidaient à reprendre équilibre n'étaient autres que celles de Gunnar.

— Salut, Maddie, dit-il en souriant.

— Gunnar.

C'était bien la dernière personne qu'elle imaginait croiser à Falmouth.

— Tu tombes bien. J'allais justement déjeuner. Tu m'accompagnes ?

Au même moment, l'estomac de Maddie émit de sonores gargouillis, de sorte qu'il lui fut impossible de refuser. Elle sourit.

— Très volontiers.

— Merveilleux. Je connais l'endroit idéal.

Ils traversèrent plusieurs ruelles jusqu'au quai. De l'extérieur, l'établissement ne payait pas de mine, mais elle avait le sentiment qu'en matière de restauration, elle pouvait suivre Gunnar les yeux fermés.

On les installa rapidement à une table près de la fenêtre donnant sur une petite cour. Puis Gunnar s'excusa. Maddie croisa les mains sur la carte et se demanda comment elle allait gérer. Elle examina ses ongles. Il restait une trace de peinture rouge sous l'un d'eux. Comment avait-elle pu ne pas la voir, mais peut-être qu'aveuglée par son bonheur, elle lui avait échappé. La seule pensée de Mark la détendit. Il n'y avait rien à redouter. Elle n'avait pas mené Gunnar en bateau, même si elle aurait sans doute dû lui dire avant qu'elle fréquentait Mark désormais. Elle leva les yeux sur sa mine radieuse.

— C'est devenu mon restaurant préféré depuis mes nouvelles recherches, déclara-t-il.

— Je ne savais pas que Falmouth était un port de pêche.

— Non, en comparaison de, disons, Newlyn, mais c'est quand même un haut lieu du littoral. On sent la présence de l'histoire à chaque coin de rue.

Elle hocha la tête tout en consultant le menu. Elle aimait sa manière de voir les choses. Il ne fallut pas longtemps au documentariste pour lui faire raconter sa matinée tandis qu'elle dévorait sa succulente salade aux fruits de mer.

— Alors, tu as trouvé une galerie ?

— Ce n'est pas si simple, s'esclaffa-t-elle, mais disons qu'il y en a une avec laquelle ça pourrait marcher. Le temps nous le dira. Pour dire la vérité, ce que j'ai trouvé le plus excitant ce matin, c'est le programme de l'université.

— Tu n'as pas de diplôme ? s'étonna-t-il.

Maddie sourit de sa formulation.

— Si, j'ai même un master. Non, ce qui me passionne, c'est la possibilité de travailler avec des étudiants.

— Enseigner ?

— Pas exactement.

Maddie marqua une pause et contempla la couleur noire de la coquille de moule entre ses doigts.

— Conseiller.

— Ah oui, c'est différent. Ils viendraient te consulter avec déjà des connaissances.

Elle acquiesça de la tête.

— Tu vas donc t'installer de manière plus permanente.

— Oui, mais ça, je n'en avais jamais douté.

Comme il lui adressait un sourire en coin, elle prit une profonde inspiration.

— C'est une bonne chose qu'on se soit croisés aujourd'hui, parce que je voulais te dire que je sors avec Mark.

Elle se cala au fond de sa chaise. C'était dit. De manière un peu brusque, peut-être, mais elle ne voyait pas comment elle aurait pu faire autrement.

— Je n'en suis pas surpris. Je sentais bien l'alchimie entre vous, mais ça n'empêche que ça me rend triste.

Il tendit la main vers elle. Elle la saisit.

— Je suis désolée.

— Oui, ça aurait pu être bien.

Il lui pressa brièvement la main.

— On peut quand même être amis ?

— Absolument.

Maddie sourit et se tourna pour admirer le rayon chaud de lumière jaune qui adoucissait le gris des pavés dans la cour.

La pluie s'abattait sur Hannah, attentive au moindre signe du printemps le long de la petite route. Cette fichue Maddie n'arrêtait plus de chanter dans la maison. Hannah ne savait pas ce qu'il y avait, mais la petite idée qu'elle s'en faisait ne lui plaisait guère. Cette semaine, Mark avait passé toutes ses soirées à Trevenen. Il arborait un sourire idiot, en plus, mais, comme ils avaient passé leur temps sur des plans et les coordonnées d'agents immobiliers, elle pouvait se tromper.

Le vieux Tom s'était traîné pendant des jours après son dîner. Elle et Will s'étaient éclipsés de bonne heure, mais Maddie et Mark étaient restés pour tout ranger. Elle espérait qu'il se sentirait mieux cette semaine, car elle n'avait rien de mieux à faire qu'à lui tenir compagnie. Entre lui ou Maddie, le choix était vite vu.

Des flaques bordaient le sentier de Trevenen. Elle s'amusa à les franchir d'un bond. La vieille maison ne semblait pas remarquer la pluie. Depuis combien d'années subissait-elle les affronts du temps ? Même la serrure de la porte datait d'une autre époque. Quant à ses larges planches, elles semblaient provenir d'un bateau. Voilà une idée intéressante. À propos d'histoire, elle n'avait pas encore retrouvé la bible. Peut-être lui faudrait-il solliciter Maddie, qui l'avait selon toute vraisemblance changée de place.

Hannah entra et posa son sac à dos sur la table.

— Il pleut ? s'enquit Maddie en levant les yeux de son carnet de croquis.

— À ton avis ? Qu'est-ce qu'il y a pour dîner ?

— Je n'en sais rien. Je n'y ai pas encore réfléchi.

Hannah ouvrit le réfrigérateur. Rien à part un pot de fromage blanc moisi et du céleri mou. Ce n'était pas très prometteur.

— Depuis quand tu n'as pas fait les courses ? demanda-t-elle.

— Lundi, je crois. Pourquoi ? répondit Maddie, les mains couvertes de fusain.

— Le frigo est carrément vide.

Maddie poursuivit son croquis.

— Tu comptes les commencer quand, les travaux ? demanda Hannah à la vue des plans sur la table.

Maddie leva les yeux et sourit.

— Je n'ai pas encore obtenu le permis pour la grange. Mais on a déposé les plans pour ici.

— Tu penses l'obtenir ?

— Eh bien, Mrs Bates semblait penser que c'était comme fait et, euh...

Maddie s'interrompit.

— Euh, quoi ?

— J'ai reçu une offre pour la grange, alors qu'elle n'est pas encore sur le marché.

Hannah regarda de nouveau les plans.

— C'est légal ?

— Ce n'est pas illégal puisque je ne l'ai pas mise sur le marché.

Hannah ne voyait aucune nature morte ni photo sur la table à partir desquels Maddie pouvait travailler. Elle se rapprocha et vit le croquis d'un nu, un homme bien fait, sans tête. Qui que ce fût, Maddie travaillait de mémoire. Ses doigts s'agitaient furieusement pour estomper le trait ici et là.

— C'est qui ?

Hannah plissa le nez.

— Il est sacrément outillé.

— Oui, euh, sans doute.

Maddie rougit un peu.

— Qui est-ce ?

Il y avait plusieurs dessins terminés sur la table.

— Personne, en fait.

— Ton fantasme.

Hannah regarda les cuisses bien dessinées.

— Oui, exactement.

— C'est dégueu.

Maddie toussa.

— Le corps d'un homme nu n'est pas dégueulasse. C'est plutôt beau, au contraire. Autrefois, les peintres l'appréciaient beaucoup plus que celui de la femme.

— Ce n'est pas ce que je voulais dire. C'est dégueulasse de dessiner des quéquettes, même sorties de ton imagination. Ça pourrait être papa, frissonna Hannah.

— Ton père n'était pas fait comme ça.

— Je n'ai pas besoin de le savoir. Merci. Si tu pouvais éviter de me mettre ça sous le nez et penser plutôt à faire à manger !

Maddie éclata de rire et se leva.

— Allez, fit Maddie, qui laissa le croquis choquant sur la table pour se laver les mains.

Hannah ne pouvait s'empêcher d'y poser les yeux. Il y avait quelque chose de familier dans la posture. Peut-être était-ce l'orientation des épaules ou l'écartement des jambes. Oh ! merde, c'était Mark. Maddie dessinait des nus de Mark. Putain.

— Des pâtes au pesto, ça te va ? s'enquit Maddie en sortant la tête du garde-manger.

À l'éclat de Maddie, Hannah comprit ce qui lui avait échappé : Maddie couchait avec Mark. Ils se fichaient bien des plans. Hannah regarda de nouveau le croquis, puis Maddie qui posait une casserole sur le feu. Hannah tourna les talons pour regagner sa chambre, dont elle claqua la porte. Appuyée dans le coin où son téléphone captait le réseau, elle saisit rapidement un texto pour Will.

Maddie couche avec Mark maintenant. Biz.

En attendant la réaction de Will, elle s'assit.

Maddie régla la radio sur la musique qu'aimait Hannah afin d'essayer de maintenir l'adolescente dans son état d'humeur raisonnable. Ce soir, Maddie dînait chez Mark.

Elle ne savait pas si sa belle-fille avait des projets de son côté. En ce samedi soir, elle était sûre que les fils de Tamsin avaient quelque chose de prévu, incluant Hannah, avec un peu de chance. La sonnerie du téléphone la fit sursauter.

— Allô ?

— Je pensais à toi, dit Mark.

Elle sourit au son de sa voix tout en regardant son croquis.

— J'étais justement en train de te regarder.

— Comment ?

— J'ai fait un croquis de toi après ton départ, expliqua-t-elle.

— En tenue décente, j'espère.

— Pas du tout.

Du pouce, Maddie corrigea l'ombre sur ses cuisses.

Il gloussa.

— À quelle heure tu viens ?

— Vers 19 heures, je pense.

Tamsin et Anthony viennent aussi ?

— Oui, soupira Mark.

— Tu as l'air déçu !

Elle rangea le croquis.

— J'aimerais t'avoir pour moi seul.

— Tu m'as eue seule il y a une heure.

Elle éclata de rire en remuant les pâtes, puis jeta un coup d'œil vers la porte.

— Je ne peux plus me passer de toi, dit-il.

— Moi non plus.

De nouveau, elle vérifia la porte.

— À très vite.

— Oui. Mais tu m'inquiètes avec ce croquis.

— Il ne faut pas, personne ne peut te reconnaître. Je n'ai pas dessiné ta tête.

— Et le grain de beauté sur ma cuisse ? Il permettrait à plusieurs personnes de m'identifier.

— Ça suffit, homme de peu de vertu. À plus tard.

Maddie sourit et raccrocha. Elle qui se demandait comment leur relation évoluerait une fois qu'ils ne seraient plus de simples amis… Cela dépassait ses plus folles espérances. Elle ne savait toujours pas comment en parler à Hannah, mais ce n'était pas le moment de s'en soucier.

Une fois les pâtes prêtes, elle appela à table. Il était l'heure pour elle de s'habiller. Elle sourit à la perspective de sa soirée avec Mark. Le sourire qu'elle affichait semblait permanent. Tout avait meilleure allure, même le salon. Cela faisait quelque temps qu'elle n'avait pas entendu les pleurs. Peut-être parce qu'elle dormait enfin.

Maddie gravit l'escalier tout en réfléchissant à sa tenue. C'était juste un dîner, mais elle voulait soigner son look. Elle parcourut du regard les vêtements dans son armoire, mais rien ne lui sauta aux yeux. Ses mains effleurèrent une douce jupe longue en soie verte. Elle l'agrémenterait d'un pull-over noir, de bottes et d'une grosse ceinture. Pour terminer, elle se releva les cheveux et redescendit vivement. Hannah n'était toujours pas dans la cuisine. Elle remonta à sa chambre.

— Tout va bien, Hannah ? Ton dîner est sur la table, annonça Maddie à la porte fermée.

Elle se demandait bien ce que fabriquait l'adolescente, mais, depuis le dernier incident, elle respectait son intimité.

— Tu es là ?

Lorsqu'elle frappa, la porte s'entrouvrit. Hannah était recroquevillée sur le lit.

— Hannah ?

Maddie poussa la porte.

— Qu'est-ce qui ne va pas ?

— Fous-moi la paix !

Hannah, roulée en boule, leva les yeux. Des traînées noires avaient coulé sur son visage.

— Hannah ?

Maddie entra.

— J'ai dit : fous le camp ! T'as compris ?

Maddie ne céda pas et se baissa à temps pour éviter le livre jeté contre elle.

— Tu comptais me le dire quand ? Hein ?

Hannah lançait des regards furieux à Maddie, qui avala sa salive.

— T'as perdu ta langue ? Tu te tapes Mark et je suis la dernière à l'apprendre. Même Will était au courant, alors qu'il est retourné à l'école, tandis que moi qui vis sous le même toit, je n'en savais rien.

— Hannah..., commença Maddie.

— Pas la peine d'essayer de réparer maintenant. Ça prouve juste que j'avais raison : tu n'es qu'une salope qui dessine des mecs à poil. Fous-moi la paix. Va-t'en.

Hannah se détourna.

— Ce n'est pas juste. Comment j'aurais pu te dire pour Mark et moi, alors que tu m'adresses à peine la parole ?

Maddie savait que ce n'était qu'une bonne excuse, qu'elle aurait très bien pu trouver un moyen, mais elle n'avait pas eu envie de partager son bonheur. Pour une fois, elle voulait garder quelque chose pour elle.

— Tu aurais pu, mais tu n'as pas voulu. Tu t'en fiches. Tu me l'as assez fait comprendre, gémit Hannah d'une voix à peine audible.

— Ce n'est pas vrai.

— Ah oui ? En tout cas, inutile de compter sur moi le jour où il te laissera tomber. Parce qu'il le fera, c'est sa spécialité.

Maddie garda la tête haute. Hannah ne lui apprenait rien.

— Merci pour l'avertissement. C'est gentil de ta part de t'en préoccuper.

— Je m'en contrefous. Au contraire, je n'attends que ça, qu'il te laisse tomber.

Hannah marqua une pause et s'essuya le nez sur sa manche.

— Il ne se mariera jamais avec toi, de toute façon. Il a déjà été marié.

— Moi aussi.

— Oui, eh ben, tu n'as pas quitté ton mari mourant pour aller vadrouiller aux *States*, toi !

— Non.

Des bribes de conversation avec Tamsin lui revinrent à l'esprit. À plusieurs reprises, son amie lui avait dit que Mark avait fait des bêtises dans sa jeunesse. Maddie le savait.

— T'étais pas au courant, hein ?

Hannah sourit.

— De quoi donc ?

— Ha ! Que ton cher amant était parti suivre des cours de je ne sais pas quoi pendant que la femme qu'il venait d'épouser mourait à petit feu ici, en Cornouailles.

— Je sais.

Maddie jeta un regard autour d'elle. Hannah l'avait forcément entendue au téléphone avec Mark. C'était stupide de sa part d'avoir dit ces choses alors que sa belle-fille était dans la maison. Hannah était juste en colère et elle frappait là où elle était sûre de faire mal.

— Je regrette que tu l'aies appris de cette manière. Ce n'était pas bien.

Hannah se tourna de l'autre côté. Maddie s'éloigna.

Vingt-trois

Une fois dans la voiture, Maddie décida de se rendre au yacht-club, où elle se gara et descendit vers le ponton. Trop de choses se bousculaient dans sa tête ; elle espérait que la proximité de l'eau lui apporterait un peu de discernement. Ce qu'Hannah avait dit n'était pas nouveau, cependant, elle avait raison à propos d'une chose : Mark avait des casseroles.

Elle n'avait que ce qu'elle méritait. Elle l'avait bien cherché. Tant qu'elle n'avait pas franchi le pas, elle pouvait avoir la situation en main, mais plus maintenant. Non seulement elle lui avait cédé son corps, mais elle lui apportait son cœur sur un plateau. Quelle idiote !

Malgré l'angoisse de ces dernières années, elle n'avait rien appris. Elle s'était bêtement précipitée. Avec John et Hannah non plus, elle ne s'était pas retenue, et voilà où cela l'avait menée.

Un vent frisquet pénétrait son manteau. Elle serra les bras autour d'elle. Que faire maintenant ? La rivière ne lui apportait aucune réponse, et elle commençait à avoir froid. Elle allait être en retard pour le dîner chez Mark. Afin de se réchauffer, elle remonta jusqu'à sa voiture en courant. Au moment où elle y arrivait, son téléphone sonna. Un coup d'œil à l'écran lui indiqua qu'il s'agissait d'un appel international.

— Allô, Maddie Hollis à l'appareil.

— Allô, Maddie ? C'est Peter Johnson. Vous m'avez écrit.

Elle se figea, la clé dans la serrure.

— Oui, oui, en effet. Merci de m'appeler.

Avec tout ce qui s'était passé, elle avait totalement oublié Peter. Que diable lui avait-elle dit ?

— D'après votre e-mail, on aurait des choses à aborder ensemble.

Il semblait calme, pas du tout en colère.

— Oui, en effet.

Maddie prit appui contre la voiture pour se soutenir.

— Vous disiez être la fille de Nancy Penventon. Or, sur Google, j'ai vu que vous êtes née en 1971.

— Oui.

— Dans ce cas, je suis votre père, déclara-t-il.

Maddie avala sa salive. Il ne le niait pas. Et maintenant ?

— Maddie, vous êtes toujours là ?

Sa voix semblait distinctement inquiète.

— Pardon, je ne m'attendais pas à ce que vous me l'annonciez de manière aussi directe.

— Comment pourrait-il en être autrement ? Votre date de naissance est éloquente.

— Comment le prenez-vous ?

Maddie tenta d'imaginer Peter. Elle avait vu plusieurs photos de lui sur Internet, mais cela ne suffisait pas vraiment.

— Eh bien, je dois avouer que votre e-mail m'a troublé. C'était il y a une éternité. J'ai longuement réfléchi avant de décrocher mon téléphone. Merci beaucoup de m'avoir laissé libre de reprendre contact ou pas.

— Je sais que vous avez une famille et je ne voulais pas...

Dans l'espoir d'y trouver les mots, elle baissa les yeux vers ses pieds gelés.

— Oui, c'est ce que j'ai compris. J'ai mis ma femme et mes fils au courant. Tout ça s'est passé il y a très longtemps. Quand votre mère vous a-t-elle parlé de moi ?

Oh ! Seigneur, il y avait tant de choses qu'elle n'avait pas dites dans son e-mail. Maddie se passa la langue sur les lèvres.

— Elle ne m'a rien dit. Enfin, pas directement. Elle est morte en couches.

— Oh ! j'en suis sincèrement navré. Tout s'explique, dit-il.

— Comment ça ?

Elle regarda le ciel, mais il n'y avait pas d'étoiles.

— Les lettres que j'ai envoyées à Trevenen me sont toutes revenues.

Maddie imaginait bien, en effet, que Daphne ne voulait pas qu'il joigne Nancy.

— Écoutez, Maddie, je pense que nous avons beaucoup à nous dire, mais peut-être pas aujourd'hui.

Maddie prit une profonde inspiration.

— Oui, vous avez raison. Merci d'avoir appelé.

La formule n'était pas très heureuse, mais en existait-il seulement une ?

— Je rappellerai. C'est mon numéro. N'hésitez pas si vous souhaitez me joindre.

Maddie glissa le téléphone dans sa poche. Elle tremblait. Les lumières brillaient de l'autre côté de la rivière. Maddie entreprit de faire les cent pas autour de la voiture. Si seulement la vie pouvait redevenir simple comme avant... Quelle idée lui avait pris d'aller contacter son père ? Mon Dieu, les choix qu'elle faisait ! Elle avait épousé John, alors qu'elle savait qu'Hannah passerait toujours en premier à ses yeux. Regrettait-elle de l'avoir épousé ? Non, ils avaient passé une année merveilleuse ensemble avant que tout s'effondre. Aurait-elle renoncé au mariage si elle avait su comment cela finirait ? Impossible à dire. Elle aurait peut-être trouvé quelqu'un d'autre, fondé une famille et réalisé ses rêves, mais peut-être n'aurait-elle jamais connu l'amour qui les avait unis. Et maintenant, que faire avec Mark ?

Maddie se força à sourire et appuya sur la sonnette. Pourquoi Mark ne s'était-il jamais remarié ? Pourquoi n'avait-il jamais refait sa vie ? S'il en était incapable, peut-être ferait-elle mieux de rompre maintenant pour s'éviter davantage de peine. Elle en avait déjà assez comme ça, dernièrement.

— Je me demandais quand tu allais arriver.

Mark l'attira dans ses bras, et Maddie tenta de laisser la flamme rejaillir entre eux, mais, après quelques étincelles, le feu s'éteignit.

— Désolée pour le retard.

Elle s'écarta.

— Tout va bien ? demanda-t-il.

Le regard rivé au sol, elle entreprit de retirer son manteau. Mark se blottit dans le creux de son cou. Plus tôt, elle se serait tortillée de plaisir ; cependant, malgré les frissons que ce geste lui procurait, elle demeura impassible.

— Je me suis encore pris le bec avec Hannah.

— Elle n'a pas dû y aller de main morte.

Il lui prit son manteau.

— Les autres sont dans la cuisine.

Il marqua une pause.

— Maddie, il n'y aurait pas quelque chose que tu ne me dis pas ?

Elle le regarda brièvement. Ce n'était pas le moment, tout était trop confus dans son esprit.

— Peut-être plus tard.

Elle redressa les épaules et rejoignit Tamsin et Anthony, collés l'un contre l'autre.

Maddie sourit. Voilà ce qu'elle désirait, et elle avait été assez bête pour laisser s'insinuer dans son esprit que ce rêve pourrait se réaliser avec Mark. Quelle idiote !

— Salut, toi. Qu'est-ce qui t'a retenue ? fit Anthony en souriant.

— Une dispute avec Hannah, pour changer.

Anthony se laissa glisser de son tabouret pour lui servir un verre de vin.

— Tu as l'air d'en avoir besoin.

— Oui, je crois.

Maddie sourit.

— Santé ! Ça sent bon.

— Oui, ce garçon fait un excellent curry, commenta Tamsin, qui se penchait en avant pour lui faire la bise.

— Ce garçon ?

Mark entra.

— C'est ce que sont tous les hommes, répondit Tamsin avant d'embrasser son mari.

— Elle nous connaît trop bien, avec tous ces mâles à la maison.

Anthony adressa un grand sourire à Tamsin.

— Ah ! mais elle adore ça, objecta Mark en remuant le riz. Maddie, tu veux bien mettre les naans au four pour moi ?

Maddie tenta de lui rendre son sourire, mais sans grand succès. Cela ne servait à rien ; tout ce qu'elle voulait, c'était rentrer pleurer chez elle.

— Bien sûr.

Tout en s'évertuant à sortir le pain de son emballage, elle tenta de prendre un peu de recul.

— Que fait Hannah ce soir ? s'enquit Tamsin.

— Rien. Elle boude.

— Voilà pourquoi elle cherche la dispute.

— Oui, je suppose que je devrais avoir l'habitude. Elle n'a personne d'autre que moi sur qui passer ses nerfs.

— C'est vrai, et tu es une grande fille. Tu peux encaisser ! s'esclaffa Tamsin.

Maddie doutait pouvoir continuer longtemps de la sorte.

— Ça allait tellement mieux dernièrement, sans doute grâce à la bonne influence de Tom, je crois.

— Oui, elle s'était faite vraiment jolie il y a quelques semaines et elle était aux anges de voir Will. Tu te souviens comment on était à son âge ?

Tamsin sortit des assiettes d'un placard.

— Évidemment, puisque tu es en pleine euphorie des débuts, toi aussi !

Tamsin lui adressa un clin d'œil.

Maddie refoula ses larmes. Elle allait craquer. Elle s'empara des couverts et partit mettre la table avec Tamsin. Les hommes s'étaient plongés dans une discussion sur un projet commun.

— Tu as l'air un peu patraque. Tout va bien ? s'enquit Tamsin en posant les assiettes.

— Hannah m'a ébranlée, c'est tout. Elle sait taper là où ça fait mal.

— Je vois ça, mais, comme tu disais, elle n'a que toi pour se défouler, c'est ça le plus dur. Je suis tellement contente de n'avoir que des garçons. Bien sûr, ce n'est sans doute pas ce que je dirai le jour où ils viendront m'annoncer qu'ils ont mis une pauvre fille enceinte. Là, je suis sûre que je les tuerai.

Maddie éclata de rire. Tamsin était si équilibrée ! Rien ne semblait la démonter. Même si le pire lui arrivait, elle saurait gérer. Tandis qu'elle installait les couverts, Maddie se demanda ce qu'elle dirait plus tard à Mark, lorsque Tamsin et Anthony seraient partis. Lui demanderait-elle ce qui s'était passé avec sa femme ? Au moins, tout serait à plat. Peu importait, elle avait déjà pris sa décision.

— Tu es sûre de n'avoir rien d'autre en tête ?

Tamsin s'assit sur l'accoudoir d'un des fauteuils.

Maddie s'arrêta et contempla les anémones rouge magenta sur la table. Elle tendit la main pour en caresser un pétale. Elle en peindrait demain. Leurs subtiles nuances de couleur étaient de toute beauté.

— Si, plein.

Elle haussa les épaules.

— Alors, raconte.

— Je ne sais pas par où commencer.

Du regard, elle appela Tamsin à l'aide, mais son amie demeura sans mot dire. Maddie commençait à se demander si elle n'avait pas raté sa vocation de psy.

— Je viens d'avoir mon père au téléphone.

Tamsin bondit sur ses pieds.

— Quoi ? Il t'a appelée ?

Maddie hocha la tête.

— Comment l'as-tu retrouvé ? Quand avez-vous repris contact ? Pourquoi n'as-tu rien dit ?

— Peut-être parce qu'il se passe un peu trop de choses en ce moment.

Maddie regarda de nouveau les fleurs. Peindre lui ferait du bien. Elle pourrait se fermer à tout le reste.

— Comment te sens-tu ? Il l'a reconnu ?

— Oui, et, pour dire la vérité, je n'ai aucune idée de ce que ça me fait ; c'est trop frais.

Tamsin hocha la tête et fixa Maddie.

— Il y a autre chose. Tu es assez forte pour recevoir des nouvelles de ton père. Que se passe-t-il ?

— Je...

Maddie marqua une pause.

— Je ne suis pas sûre pour Mark et moi.

Maddie s'arrêta, car les voix des hommes se rapprochaient.

— Tamsin, pourquoi Mark ne s'est-il jamais remarié ?

— Ce n'est pas à moi de répondre. Pose-lui la question.

— Je l'ai fait il y a quelque temps, mais il a dit qu'il avait du mal à s'engager.

Elle sentit son estomac se retourner et fut prise d'une envie de vomir.

Comme Mark arrivait avec une grosse marmite, elle songea combien il lui serait difficile de ne plus sentir ses mains sur sa peau. Mark la rendait heureuse, un sentiment qu'elle pensait ne jamais pouvoir éprouver de nouveau.

— Tu peux aller nous chercher le pain et le chutney ? demanda-t-il.

Maddie se sauva à la cuisine. Il était merveilleux et elle était ridicule. Il n'y avait rien d'inquiétant dans son regard. Il était rempli de désir pour elle, et elle accordait trop d'importance aux propos d'une ado de quinze ans en proie à la colère. Idiote ! C'était un homme bien, et leur relation venait de commencer. Pour l'instant, leurs projets n'allaient pas plus loin que Pâques et le début des travaux à Trevenen. Maddie posa le pain sur une assiette et ramassa le chutney. Pas question de laisser Hannah lui gâcher sa soirée entre amis.

Hannah avait beau relire, le texto disait toujours la même chose.

Oui, j'ai su kils étaient en couple qd je suis rentré la dernière fois. Je croyais ke tu savais. Tt le monde est au courant. On en parle à mon retour. Jtm. W

Avait-elle eu tort de parler à Maddie du passé de Mark ? Will avait-il trahi son oncle en s'en ouvrant à elle ? À l'entendre, ce n'était pourtant un secret pour personne, pas plus que la relation entre Mark et Maddie. Oh ! après tout, elle s'en fichait !

Hannah descendit dans la cuisine sans savoir vraiment ce qu'elle y cherchait. Les pâtes laissées par Maddie formaient une masse gélatineuse. Hannah ignorait totalement où sa belle-mère était partie.

Elle jeta les pâtes à la poubelle parce que leur vue lui donnait la nausée, puis elle ouvrit une boîte de haricots à étaler sur ses toasts. Ce serait mieux que rien. Il fallait qu'elle mange, même si elle n'avait pas faim. Elle remua les haricots dans la casserole et regarda les bulles de sauce tomate éclater à la surface. L'orange des éclaboussures sur le mur jaune pâle donnait un curieux mélange, à son avis en tout cas.

Bon sang, elle devrait être contente. Elle avait forcément bousillé la relation de Maddie. Cette salope infidèle allait avoir une discussion avec Mark. Maddie ne pourrait pas laisser passer. Elle était comme ça.

Hannah se frotta le dos. Forcément, elle était restée en boule pendant trois heures, se rendit-elle compte après avoir consulté sa montre.

Ce qu'elle pouvait être stupide parfois. Après quelques étirements, elle saisit le toast, puis versa les haricots dessus. Ça ne ressemblait à rien. Elle s'assit et commença à porter la cuillère à sa bouche. Les haricots avaient le goût de papier mâché. Génial.

Du regard, elle chercha quelque chose à boire pour faire descendre. Dans un coin, elle repéra son cola qui datait de plusieurs jours. Dieu merci, la bouteille à moitié finie avait échappé à la manie de sa belle-mère de ranger « chaque chose à sa place ». Évidemment, Maddie était trop occupée à s'envoyer Mark pour le remarquer. Cette seule pensée la rendit malade. Les haricots avaient-ils tourné ?

Le cola n'avait plus de gaz, mais il avait meilleur goût que les haricots. Elle vida la bouteille et mangea le toast nature. C'était mieux. Elle alluma la télévision : rien. La programmation du samedi soir craignait vraiment ; la vie craignait vraiment. C'était le week-end, et elle était toute seule à la maison.

Hannah éteignit le téléviseur et retourna dans sa chambre en maudissant l'absence de connexion Internet. Elle donna un coup de pied dans le mur. Foutue maison. Si seulement elle pouvait en partir. Elle ramassa *Le retour du roi*. Peut-être parviendrait-elle à tout oublier en rêvant d'Aragon.

Dans la cuisine, Maddie nettoyait le plat du curry tandis que Mark raccompagnait Tamsin et Anthony à la porte. Elle avait mal partout et notamment à la tête. Comment allait-elle s'y prendre ? Pourquoi ne pas juste lui tomber dans les bras et oublier pour ce soir ?

Mark s'avança derrière elle et lui caressa les épaules. Elle retint son souffle et tenta de se laisser aller, mais en vain. Impossible de se détendre ; elle ne pouvait même pas bouger.

— Qu'est-ce qui ne va pas ? demanda-t-il.

En se tournant vers lui, elle constata qu'il s'inquiétait.

— Je...

Elle se tordit les mains.

— Je suis vraiment exténuée ; alors, je ne crois pas que ce soit le meilleur moment pour en parler.

— De quoi ?

Il se rapprocha, mais elle eut un mouvement de recul.

— Mark, je...

Maddie détourna les yeux. Impossible de partir sans

rien lui dire. Quelle que fût sa fatigue, elle devait lui parler.

— Qu'est-ce qu'il y a ?

— Je ne sais pas.

Pourquoi ne pouvait-elle donc pas juste cracher le morceau ?

— Qu'a fait Hannah ? insista-t-il.

Elle se tourna vers lui avec un sourire désabusé.

— Plus que tu n'imagines.

— Quoi ?

— Pardon d'être aussi énigmatique, mais je ne sais pas par où commencer. Peut-être que ce serait mieux demain.

Il avait l'air vexé. Elle savait que ce n'était pas bien, car il s'était montré honnête avec elle.

— Si on s'asseyait ?

Il hocha la tête, et elle se dirigea vers le salon en admirant au passage la manière dont il avait conçu les lieux. Mark était un artiste, comme elle.

— Tu veux un digestif ?

— Non, je dois conduire pour rentrer.

— Tu pourrais rester.

— Non, il y a Hannah.

Maddie songea à sa belle-fille recroquevillée sur son lit qui, d'une seule parole, avait tué son rêve.

— Elle est assez grande pour rester seule.

— Ce n'est pas ça.

Le cœur serré, elle le regarda s'installer à côté d'elle. C'était maintenant ou jamais, et elle aurait préféré que ce ne soit jamais.

— Maddie, il y a des choses qu'il faut que tu saches à mon sujet.

Il la scruta longuement.

— J'ai l'impression que c'est de cela qu'il s'agit.

— Je ne sais pas.

Elle se passa les mains sur les cuisses.

— Je crois que j'imagine assez bien ce qui a été dit.

Il se tut un moment.

— C'est en partie vrai et je ne suis pas très fier de la manière dont je me suis conduit à l'époque.

Elle se raidit de tout son être. Stop. Non, il fallait l'écouter jusqu'au bout. Son téléphone sonna. Elle aurait préféré l'ignorer, mais il pouvait s'agir d'une urgence.

— Il faut juste que je regarde qui c'est, dit Maddie d'une voix tremblante.

C'était le numéro de son père.

— Peter.

— Désolé de te déranger de nouveau. J'espère vraiment qu'il n'est pas trop tard. J'avais juste besoin de savoir si on s'était bien occupé de toi quand tu étais enfant. Ça me turlupine depuis qu'on s'est parlé.

Maddie sourit.

— Oui, j'ai eu une enfance merveilleuse avec deux parents adoptifs très aimants. En fait, je n'ai appris que j'avais été adoptée qu'à seize ans.

— Tant mieux.

Peter sembla hésiter.

— Bon, excuse-moi. Je rappellerai demain ou après-demain. Je me rends compte qu'il est tard chez vous.

— J'attends ton appel avec impatience.

Maddie ferma son téléphone, puis les yeux. En les rouvrant, elle se concentra sur Mark, à qui elle allait tout expliquer, lorsque son téléphone sonna de nouveau.

— Hannah ?

— Maddie, où es-tu ? demanda la jeune fille.

— Qu'est-ce qui ne va pas ? répondit Maddie en éludant la question.

— Ton père a appelé.

— Oui, il vient de me joindre sur mon portable.

— Quand est-ce que tu l'as retrouvé ?

— Aujourd'hui, en fait. Tu vas bien ? s'enquit Maddie, car elle percevait des larmes dans la voix d'Hannah, mais un déclic l'informa que l'adolescente avait raccroché. Mark, je suis désolée, dit-elle en se levant.

Certes, il fallait terminer ce qui était commencé, mais elle savait aussi que le besoin d'Hannah était plus important que le sien, comme toujours.

— Ton père ?

Mark se tenait près d'elle, sans la toucher.

Elle brûlait d'envie qu'il la prenne dans ses bras, mais trop de non-dits les séparaient.

— C'est une longue histoire, mais, oui, mon père est toujours en vie, et il habite en Californie.

Elle soupira.

— Je sais il faut qu'on parle, mais Hannah est en pleurs. J'imagine qu'apprendre que j'ai un père l'a perturbée.

Il hocha la tête. Maddie ramassa son manteau et l'embrassa sur la joue. Mark la raccompagna à sa voiture.

— Demain ? demanda-t-il.

— Oui.

Maddie passa la marche arrière pour sortir de l'allée.

Vingt-quatre

Maddie était attablée dans la cuisine, devant un café qu'elle était incapable de boire. Elle n'avait pas trouvé le sommeil de la nuit, car ses cauchemars étaient revenus. Cela n'avait guère arrangé son esprit embrouillé et son estomac contrarié. D'ailleurs, elle avait encore l'estomac dérangé.

Ce devait être psychosomatique, à cause de tout ce qui lui arrivait. À son retour à la maison, elle avait trouvé Hannah endormie en chien de fusil. Sa belle-fille savait-elle où elle était allée ? Hannah était-elle si rancunière ? Que lui avait-elle donc fait pour la blesser à ce point ? Épouser son père ? Lui assurer un toit ?

Oh ! assez de penser à cette malheureuse, avait beau se dire Maddie, elle ne parvenait pas plus à oublier l'adolescente que Mark. Hannah avait quinze ans, un père décédé et une belle-mère qu'elle détestait. Impossible de lui mettre sur le dos ses propres problèmes ; Maddie ne pouvait en vouloir qu'à elle-même.

Elle arpentait le couloir, toujours en proie à ses ruminations, lorsque, tout à coup, elle courut à sa chambre pour vomir. Il lui fallait prendre l'air pour s'éclaircir les idées. À la hâte, elle enfila les vêtements empilés sur le fauteuil.

Comme elle fouillait dans un tiroir à la recherche de chaussettes, sa main tomba sur le chapelet que sa mère lui avait offert pour sa première communion. Les perles lisses lui glissèrent entre les doigts. Elle s'était débarrassée de la majeure partie des vestiges de sa foi sans parvenir toutefois à se séparer de ce rosaire.

Sans préavis, elle éprouva le besoin de se rendre à l'église. Le *Je vous salue, Marie* résonna dans sa tête tandis qu'elle reposait le chapelet dans le tiroir. Peut-être y trouverait-elle la force de l'esprit puisque, quelques semaines auparavant, elle y avait trouvé une certaine paix. Au point où elle en était, tout était bon à prendre, car elle allait devoir reparler à Mark, et cela demanderait plus que de la sérénité.

Lorsque Maddie s'approcha de la porte, les paroissiens entonnaient un cantique. Elle avait oublié que c'était dimanche. Dire que c'était autrefois un repère de la semaine pour elle... Comment s'était-elle éloignée de tout cela aussi vite ?

La lourde porte en chêne se dressait devant elle. Elle voulait entrer – non, elle en éprouvait le besoin –, toutefois, elle n'avait pas envie de déranger l'office. Discrètement, espérant ne pas se faire remarquer, elle poussa la porte au moment du refrain. L'air embaumait le narcisse. Maddie se faufila au fond sans croiser les visages autour d'elle. On lui glissa un recueil entre les mains, et elle murmura un merci sans relever la tête. À vrai dire, les paroles étaient gravées dans sa mémoire.

Le reste de la messe, qu'elle suivit machinalement pour avoir assisté à moult offices similaires, s'écoula en un clin d'œil. Puis, tandis que l'église se vidait, elle garda les yeux rivés sur son livre de prières afin d'éviter de susciter regards et commentaires. Enfin seule, elle se vida l'esprit pour savourer la sérénité qui semblait se dégager des murs de pierre. Elle admira les jeux de lumière des vitraux par terre.

Comme un tableau de volutes grises commençait à prendre forme dans sa tête, elle en chassa vivement l'idée. Ce n'était pas le moment de penser peinture. Il lui fallait trouver la force de parler à Mark. Plus vite ce serait fait, plus vite elle pourrait recoller les morceaux et reconstruire sa vie.

Des larmes lui coulaient le long du visage. Qu'avait-elle fait ? Elle qui toute sa vie s'était appuyée sur la foi, grâce à laquelle elle avait réussi à accepter tout ce qui lui avait été donné, le meilleur comme le pire… Tout au long de la maladie de John, elle avait prié, prié pour que ce qui devait arriver arrive et pour avoir la force de survivre. Puis John lui avait demandé de faire la seule chose qu'elle se refusait de faire, et elle l'avait faite. Elle avait promis. Maddie ferma les yeux.

Chaque jour, après l'enterrement, la bataille avait fait rage dans sa tête. Elle avait promis de se faire avorter. L'une des dernières choses qu'ils avaient faites ensemble avait été de prendre le rendez-vous. Ils ne savaient pas qu'il ne serait plus là pour la soutenir dans cette épreuve. Et elle l'avait affrontée seule. Confrontée à sa croyance, elle avait dû fouler aux pieds tous ses principes pour franchir la porte. La vie était sacrée ; pourtant, elle en avait supprimé une ; une vie qui lui avait été donnée à chérir.

Maintenant, plus d'un an plus tard, elle regrettait de ne pas avoir écouté son cœur. Il aurait pourtant été facile de rompre sa promesse, et John n'en aurait jamais rien su. Impossible de revenir en arrière maintenant. Maddie essuya ses larmes. Ses péchés étaient beaucoup plus grands que ceux que Mark pouvait avoir commis. Le crucifix au-dessus de la chaire la défiait. Elle ne méritait pas le pardon, mais Mark, si.

— Bonjour, entendit-elle comme elle allait partir.

Elle crut mourir. C'était le pasteur.

— Vous ne m'avez pas appelé.

Il lui posa la main sur l'épaule.

— Désolée.

— Inutile de vous excuser. Je peux vous aider ? demanda-t-il. Pour les fantômes ou autre chose ?

— Ça va.

Maddie voulut sourire, mais elle en était incapable.

— Le chagrin peut prendre bien des formes.

Son regard se porta vers les vitraux, puis l'autel.

— Tout comme l'amour.

Maddie regarda ses mains. La croix ne lui apportait aucune réponse.

— Vous comprenez mieux que moi, dans ce cas ! s'esclaffa-t-elle.

— Non, pas du tout, mais je suis ouvert.

Il sourit.

Maddie brûlait de s'épancher. Le besoin de se confesser était très fort, mais le pauvre pasteur ne saurait quoi faire face au déballage des péchés d'une mauvaise catholique, à laquelle il était impossible d'accorder le pardon. Cet homme n'avait pas à porter son fardeau.

— Depuis notre dernière conversation au cimetière, j'ai un peu creusé dans l'histoire locale, mais je n'ai rien trouvé concernant des fantômes à Trevenen.

— Merci de vous y être intéressé, dit-elle.

— J'en ai parlé à un collègue, sans entrer dans les détails ; j'espère que cela ne vous dérange pas.

Elle fit non de la tête. « Il n'est de secret que ce qu'on ne dit pas », songea-t-elle. Avant, elle croyait que Dieu savait tout.

— Comme je lui ai dit que vous étiez en deuil, il a mentionné avoir rencontré un cas semblable à ses débuts.

Il laissa s'écouler un instant.

— Une enfant qui projetait son chagrin hors de son corps.

Maddie se leva.

— Voilà qui est intéressant. Le chagrin d'une enfant ?

Elle marqua un temps d'arrêt pour réfléchir au chagrin d'Hannah. Il y en avait certainement assez dans sa vie pour qu'elle en projette, ce qu'elle n'avait pas manqué de faire la veille. Sa conduite indiquait clairement qu'elle n'était pas prête à ce que Maddie ait une relation.

— Merci de votre gentillesse.

Maddie fila au cimetière et tenta de se rappeler tout ce qu'il y avait de bien dans sa vie. Elle avait une maison, qui serait bientôt très belle, et dotée d'un parfait atelier. Elle avait la santé ; enfin, si on voulait, car, pour l'instant, elle se sentait un peu fébrile et malade.

Il avait été fou de sa part de vouloir voir plus qu'une passade dans sa liaison avec Mark ; avec ou sans l'intervention d'Hannah, tout cela se serait vite terminé. Hannah ne s'était pas transformée en une charmante adolescente. Le changement n'avait été qu'un bref et agréable accident de parcours. Sa belle-fille la détestait, et cela ne changerait jamais. Il fallait que Maddie se construise une carapace pour gérer.

Ces choses faisaient très mal, mais ce n'était pas la fin du monde. Le passé de Mark n'était donc pas important, sauf dans la mesure où il l'empêchait de retrouver l'amour. Il devait faire tomber ces barrières. Maddie ferma les yeux. Ce ne serait pas elle qui l'aiderait à le faire. Avoir un homme dans sa vie n'apporterait pas à Hannah l'environnement stable dont elle avait de toute évidence besoin. Sa belle-fille avait presque seize ans ; elle quitterait la maison à dix-huit, c'était sûr. Maddie pourrait alors profiter du reste de sa vie. Peut-être Mark serait-il toujours dans les parages, mais jamais elle ne l'exigerait de sa part. Elle redressa les épaules et reprit sa route.

Un pâle soleil filtrait entre les conifères. Tout en tripotant son mobile, elle se dirigea vers le portail. Alors qu'elle appelait Mark, elle faillit se faire renverser par une voiture. Le conducteur lui adressa un signe d'excuse. Secouée, Maddie rangea le téléphone dans sa poche et entra à l'épicerie.

Avant d'affronter Mark, autant passer prendre le lait et le journal. Or, Mark en sortait justement. Submergée par son odeur de savon et d'après-rasage épicé, elle faillit tomber.

— Bonjour.

— À toi aussi.

Elle se prépara à le regarder dans les yeux.

— J'allais t'appeler.

— Ah oui ?

Mark haussa un sourcil et s'écarta pour laisser passer une cliente.

— Si on sortait ?

Elle acquiesça et le suivit à l'extérieur.

— Mark ? Tu ne veux pas qu'on aille quelque part pour parler ?

Maddie aperçut une lueur de tristesse dans ses yeux.

— Chez moi ? suggéra-t-il.

— Non, je ne crois pas. Ni à Trevenen, d'ailleurs.

— La plage de Saint-Anthony ?

— D'accord, on s'y retrouve.

Elle se détourna pour ne plus le regarder. Ce qu'elle venait de voir au fond de ses yeux avait suffi à lui faire comprendre qu'il savait ce qu'elle s'apprêtait à faire.

Debout sur le rivage, Mark lançait des cailloux dans l'eau. Avec le temps, nul doute qu'elle parviendrait à le regarder sans désir, mais pour l'instant ce n'était pas possible. Un vent frais soufflait de l'embouchure de la crique et animait les bateaux alignés le long du bord. À part un héron dans l'eau, ils étaient seuls sur la plage.

— Salut, dit-elle.

Il se retourna et sourit lentement.

— Il y a un banc un peu plus loin. On va s'y asseoir ?

Elle hocha la tête et lui emboîta le pas, réprimant l'envie de lui caresser le front pour en chasser le souci, puis de l'embrasser afin de faire disparaître la tristesse de ses yeux.

— Maddie, il y a certaines choses qu'il faut que je te dise.

Il parlait si bas que ses propos étaient emportés par la brise.

— Oui, je sais.

Elle lut l'émotion sur son visage. Ce n'était pas facile pour lui, mais elle ne s'attendait pas à ce qu'il commence.

— Je ne sais pas ce que tu as entendu dire.

Il lui jeta un bref coup d'œil avant de s'asseoir sur le banc.

— Oh ! euh...

— Peu importe ce qu'on t'a raconté.

Il s'interrompit un instant.

— Je suis parti aux États-Unis pour faire un stage.

— Oui.

Elle voyait bien à quel point il était difficile pour lui d'en parler, mais peut-être n'était-ce pas tant pour elle que pour lui qu'il en éprouvait le besoin.

— Écoute, je ne suis pas très fier de ce que j'ai fait à l'époque. D'ailleurs, si je pouvais revenir en arrière, je changerais beaucoup de choses, mais ce n'est pas possible. Claire et moi, on n'aurait jamais dû se marier. On était trop jeunes.

— Tu ne l'aimais pas ?

Maddie se pencha en avant pour admirer le héron sur le rivage.

— Si, de tout mon être, mais j'avais vingt-deux ans et j'étais très bête. Ma mère était morte, et mon univers était sens dessus dessous. Claire était un refuge.

Il lança un morceau d'écorce, qu'il regarda tomber dans la crique en contrebas.

— On s'est mariés deux mois à peine après le décès de ma mère. Et puis on m'a offert ce stage à Chicago. C'était la chance de ma vie. Je le savais, elle aussi.

Il inspira.

— J'étais plein d'ambition. Le monde m'appartenait, et c'était le premier pas.

— Qu'en pensait Claire ? demanda Maddie dans un murmure.

— Elle était aux anges, elle aussi. Elle voulait que je réalise mes rêves. Elle m'a incité à partir. Ce n'était que pour dix-huit mois. On pouvait survivre à la séparation. Je devais rentrer pour Noël, ce qui ferait une coupure.

— Oui, mais pourquoi n'est-elle pas partie avec toi ? s'étonna Maddie.

— Elle était en pleine formation pour devenir kiné. Je suis parti aux États-Unis deux mois après le mariage. Avec le recul, c'était vraiment idiot de ma part, mais j'étais si amoureux que j'ai cru que tout irait bien.

Il se leva.

— Je ne savais pas qu'elle était déjà malade, mais cette année, j'ai découvert qu'elle le savait.

— Quoi ? s'exclama Maddie sans pouvoir masquer sa surprise.

— Oui, elle savait déjà qu'elle était malade. En fait, elle le savait avant qu'on se marie.

Il baissa les yeux vers le sol.

— Comment a-t-elle pu ne pas t'en parler ?

— Je ne sais pas.

Il se leva et se mit à faire les cent pas.

— Ça me tourmente, mais je crois tout simplement qu'elle était trop jeune, dix-huit ans seulement. J'ai appris à mes dépens qu'on ne sait rien de la vie à cet âge.

Il se rassit.

— Quand même, elle aurait pu t'en parler ?

Elle posa la main sur la sienne.

— Il faudrait sans doute que je pose la question à Tamsin. Claire était sa meilleure amie, mais je n'ai jamais voulu en parler.

— Tu as donc voulu oublier.

Maddie laissa ses doigts courir sur le dos de sa main. Elle aurait voulu le soulager de sa peine, mais elle savait que c'était impossible.

— Oui, en un sens, mais j'ai surtout voulu jouer les affreux... ou en tout cas j'en éprouvais le besoin.

Le regard de Mark se perdit au loin.

— C'était un rôle facile à tenir, jusqu'à ce que je découvre qu'elle m'avait caché sa maladie. Le sentiment d'avoir été trahi a été plus fort, à ce moment-là, que la colère que j'éprouvais envers moi-même.

Maddie hocha la tête.

— Cela faisait six mois que le stage avait commencé quand elle m'a annoncé qu'elle était malade, mais elle traitait ça à la légère. Je devais rentrer deux mois plus tard pour Noël. Elle m'a assuré qu'elle irait bien jusque-là, que ce n'était pas grave, mais elle mentait.

Il avala sa salive.

— Je l'ai bêtement prise au mot. Elle ne voulait pas qu'on sache qu'elle était malade ; elle l'a caché à tout le monde. Mais elle était mourante et je ne le savais pas. J'étais son mari.

Il baissa les yeux.

— Quelle horreur ! Pourquoi n'a-t-elle rien dit ?

Maddie regarda l'eau se retirer de la crique.

— Je ne sais pas. Je n'arrête pas de me poser la question. Si elle se savait déjà condamnée, pourquoi a-t-elle accepté ma demande en mariage ?

Mark retira sa main de celle de Maddie pour se la passer dans les cheveux.

Maddie songeait à ses propres rêves de jeunesse. Quelle fille ne voudrait pas d'un mariage en blanc avec un beau garçon ?

— Elle savait à quel point cela avait été difficile pour moi de voir l'état de ma mère se dégrader. J'ai eu beaucoup de mal à gérer.

Il eut un petit rire caustique.

— Je ne sais vraiment pas quoi penser. De toute façon, je ne peux plus faire que des hypothèses.

Comme il la regardait sans la voir, Maddie se rapprocha de lui et l'enveloppa d'un bras.

— À Noël, elle était morte. Je ne suis pas rentré. J'étais trop en colère contre elle et contre tout le monde ici. C'était stupide de ma part.

— Oh mon Dieu, Mark, c'est terrible !

Elle sentit une larme lui tomber sur l'épaule.

— J'étais son mari et je ne suis même pas venu à son enterrement. Je l'avais laissée toute seule avec sa maladie. Les gens d'ici m'en ont voulu, à raison. Comme je ne voulais pas rentrer, de Chicago, je suis parti à Los Angeles, puis à Londres, avant de pouvoir envisager le retour ici.

Il reprit son souffle.

— J'ai raté tant de choses. Les mariages de mes sœurs, les baptêmes, tout. Je ne suis rentré affronter ma punition qu'il y a cinq ans.

— Quelle punition ? demanda-t-elle.

— Pour mes mauvaises actions. J'ai laissé une jolie femme mourir toute seule, sans le soutien de son mari.

L'homme qui avait juré de l'aimer, de l'honorer et de la protéger. Je ne l'ai pas fait.

— Comment aurais-tu pu si tu ne savais pas ?

Elle l'attira à elle.

— Ce n'est pas une excuse. Un homme digne de ce nom aurait pris le premier avion pour rentrer dès qu'il aurait appris que sa femme était malade.

Il s'essuya les yeux.

— Mark, c'est facile avec le recul. Tu ne savais pas.

— Vraiment ? Ou ne voulais-je tout simplement pas savoir ? N'ai-je pas juste entendu ce que je voulais entendre ? Je voulais peut-être simplement tout avoir ? La plus jolie fille du coin et la plus belle carrière possible.

Sa voix se brisa.

— Tu étais jeune, insista-t-elle alors qu'il avait la tête baissée.

Elle voulait tant l'aider.

— Après coup, j'ai regretté qu'on se soit mariés. Je lui en ai voulu de ce qu'elle m'avait fait. J'étais si en colère qu'elle m'ait épousé en se sachant malade, sans m'en rien dire. Elle ne m'a pas donné le choix. Elle a fait de moi un objet de dégoût. Oh ! ce que j'ai pu lui en vouloir, et ça me rend pire.

— Non, ça te rend humain.

Maddie lui prit le visage dans ses mains et l'embrassa. Puis elle redressa la tête, car quelqu'un criait.

— Mark ! Maddie !

Mark se leva.

— Par ici.

Maddie vit Fred accourir vers eux.

— C'est Tom.

Tous deux se mirent à courir.

Vingt-cinq

La peur au ventre, Hannah regardait sa peau jaunie. Elle avait déjà vu ça avant. Allongé sur le canapé, le vieux Tom respirait à peine. Il était toujours en vie, mais il ne reprenait pas connaissance. Comme il était tout froid, elle lui avait mis une couverture.

La porte n'était pas fermée à clé lorsqu'elle était arrivée le matin. Elle était venue tout lui expliquer. Cette nuit-là, elle avait fait d'horribles rêves, et les terrifiants bruits de pleurs avaient de nouveau retenti dans la maison. Elle avait besoin de faire le point. Le vieux Tom pouvait l'y aider. Il regardait toujours les choses avec un esprit clair, pas tordu comme le sien.

Dans la nuit, elle avait rêvé de sa mère. D'étranges visions d'un monstre qui l'avalait. Ces images lui donnaient encore des frissons et elle n'arrivait pas à s'en défaire. Maintenant, elle était dans le salon du vieux Tom et elle regardait un homme à peine en vie.

Même si elle ne voulait pas se l'admettre, elle le savait. Il devait avoir le cancer. Cela expliquait sa couleur. On ne devenait pas jaune pour n'importe quelle raison. Pourquoi cela lui arrivait-il de nouveau ? Elle avait vu son père s'éteindre et maintenant la même chose arrivait au vieux Tom.

Au bruit sourd que fit la porte de la cuisine, Hannah bondit sur ses pieds. Elle se jeta dans les bras de Maddie et laissa couler les larmes qu'elle avait retenues jusque-là. Apparemment, Mark accompagnait sa belle-mère, mais elle s'en fichait.

— Je vais le voir, annonça Mark d'une voix bizarre.

Hannah l'entendit à peine, tellement elle pleurait. Impossible d'arrêter le flot de ses sanglots. Maddie lui caressa la tête, puis le dos.

— Chhhhhhh, dit-elle en la serrant dans ses bras pour la bercer doucement.

— J'ai appelé l'ambulance, parvint à dire Hannah entre deux hoquets.

Elle sentit Maddie hocher la tête. Le vieux Tom était encore là, mais pour combien de temps ? Elle avait besoin de lui. Il croyait en elle. Il lui faisait confiance ; ou, pour reprendre ses termes, il la respectait. Elle ne pouvait pas le perdre. Ce n'était pas possible.

— Dans combien de temps doit venir l'ambulance ? Doit-on faire quelque chose en attendant ? demanda calmement Maddie sans cesser de bercer Hannah.

— Ils ont dit qu'ils seraient là d'ici vingt minutes et qu'il fallait essayer de le tenir au chaud.

Les yeux rivés sur les murs magnolia, Hannah avait envie de vomir. Elle qui détestait les hôpitaux, voilà qu'elle s'y trouvait de nouveau. Déjà vu. Néanmoins, cette fois, il y avait une distance qui séparait Mark et Maddie. Tous deux avaient le visage blême et, à son avis, ce n'était pas juste à cause du vieux Tom. Maddie l'avait donc crue. De toute façon, c'était la vérité. Elle le savait par Will ; il n'avait aucune raison de mentir au sujet de son oncle. Pourtant, à voir l'inquiétude qui se lisait sur le visage de Mark, c'était un type bien.

Tamsin entra dans la salle d'attente.

— Salut, vous tous. J'ai fait le plus vite que j'ai pu. L'infirmière dit qu'ils l'ont stabilisé, mais on en saura plus bientôt.

Elle s'effondra à côté de Maddie.

Hannah vit Tamsin regarder Maddie, puis Mark, et inversement. S'était-il donc passé quelque chose chez lui la veille ? Voilà qui aurait été amusant à observer.

— Bonjour, vous êtes avec Thomas Martin ? demanda un homme.

— Oui.

Mark se dirigea vers le médecin.

— Mr Martin a repris connaissance et il dort maintenant. Plus tard, nous procéderons à des analyses complémentaires, mais il semble que son cancer de la prostate se soit étendu.

Mark hocha la tête.

— Quand pourrons-nous avoir un pronostic ?

— Demain, probablement, au retour d'une partie des résultats. Il va devoir rester hospitalisé quelques jours au moins.

— Vous êtes sûr ? bondit Maddie.

« Vas-y », songea Hannah.

— Ne serait-il pas mieux chez lui ?

— Certainement, mais pas avant de savoir à quoi nous avons affaire. Je vous suggère de rentrer chez vous et de repasser le voir plus tard.

Hannah vit Maddie s'effondrer dans son fauteuil. Tamsin blêmit tandis que Mark prenait la relève.

— Merci. On peut rester ?

— Si vous voulez.

Le médecin hocha la tête et s'en alla.

— Vous n'avez qu'à rentrer. Je vous appelle plus tard pour vous tenir au courant, suggéra Mark.

— Je ne bougerai pas, déclara Hannah avec un regard de défi à Maddie.

— Ça me va. Mark, ça ne te dérange pas ? demanda Maddie posément.

Hannah la trouvait pâle et fatiguée. Elle n'avait en tout cas plus rien de la femme qui fredonnait dans sa cuisine la veille.

— Pas de problème, assura Mark sans regarder Hannah.

— OK, je reconduis Maddie et tu ramèneras Hannah plus tard, proposa Tamsin en poussant Maddie vers la porte.

— Que diable se passe-t-il entre toi et Mark ? demanda Tamsin en traversant le parking d'un bon pas.

Comme il commençait à pleuvoir, Maddie se hâta à sa suite.

— Comment ça ?

— L'atmosphère dans la salle d'attente était plus que tendue. Il se passe quelque chose. Qu'est-ce qu'il y a ?

— Rien.

Maddie monta en voiture, mais elle dut rouvrir la portière pour vomir.

— Qu'est-ce qui ne va pas ? demanda Tamsin d'une voix plus douce.

— Je me sens vaseuse. Tu t'es sentie bien aujourd'hui ? demanda Maddie.

— Oui.

— Ce doit être quelque chose qu'on a mangé hier parce que je n'ai rien avalé de la journée.

— Pourquoi ? s'enquit Tamsin en bouclant sa ceinture.

— Rien ne me faisait envie après une nuit sans sommeil, et puis la journée est passée.

Maddie referma la portière, et Tamsin démarra.

— Une nuit sans sommeil, ça nous ramène à ce qui ne va pas entre toi et Mark.

Tamsin lui jeta un coup d'œil.

— Écoute, Tamsin, je te dis qu'il n'y a rien.

— Oh ! je ne suis pas stupide. Un jour, tu flottes sur ton petit nuage et maintenant on te croirait sortie de l'enfer.

Tamsin frappa le volant.

— Je t'écoute.

Maddie se renfrogna. Elle ne voulait pas parler. Elle préférait fixer, sans plus réfléchir, les gouttes de pluie qui commençaient à s'écraser sur la vitre côté passager.

— Il n'y a rien à dire pour l'instant.

— Quoi ?

— Rien.

— Ce gars est amoureux fou de toi, et ça, depuis un bon moment.

Maddie ravala ce qu'elle allait dire.

— Ne me dis pas que ça te surprend.

Tamsin tourna pour se glisser dans la circulation.

— Enfin, tu n'es pas idiote.

— Oh que si, justement. Comment ai-je pu ignorer tous les signes ? C'était pourtant évident qu'il ne fallait pas s'engager sur cette voie, réfléchit Maddie à haute voix.

— C'est toujours stupide de tomber amoureux, mais tu l'aimes aussi.

Tamsin jeta un coup d'œil dans ses rétroviseurs.

— N'essaie pas de le nier. Tu es amoureuse de Mark.

Elle marqua une pause.

— Tu aimais bien Gunnar. Tu vois, il y a une différence.

Elle jeta un coup d'œil à Maddie.

— Alors, tu vas me dire ce qui s'est passé ?

— Rien.

— Mais bien sûr !

Tamsin prit le rond-point à toute vitesse.

— Non, je t'assure. On ne s'est pas disputés ni quoi que ce soit.

— Alors, qu'est-ce qui se passe, bon sang ?

Maddie prit une profonde inspiration.

— Rien, Tamsin. Laisse tomber.

— Hannah ? appela Maddie à tue-tête en se tenant à la balustrade.

Depuis le lever, entre vomissements et courante, elle passait son temps aux toilettes et elle perdait du sang. Il lui était impossible de garder le peu d'eau qu'elle ingurgitait. Sans savoir pourquoi, tout ce qui lui venait à l'idée, c'étaient les belles moules qu'elle avait partagées au déjeuner avec Gunnar. À cette pensée, elle se précipita vers le lavabo. Son estomac ne voulait pas comprendre qu'elle n'avait plus rien à rendre.

À petits pas, Maddie se rendit à la cuisine et aperçut le mot sur la table. Hannah était sortie avec les fils de Tamsin. La pièce tournait. Maddie avait besoin d'aide. Elle tenta de joindre Mark, mais aucun de ses numéros ne répondait. Comme la tête lui élançait, elle reprit sa température. Elle avait encore augmenté, et les frissons la faisaient claquer des dents. Elle appela le cabinet médical, et la secrétaire, à laquelle elle expliqua ne pas être en mesure de se déplacer, la mit en attente.

— Docteur Grades à l'appareil.

— C'est Maddie Hollis.

— Que puis-je pour vous ? demanda le médecin.

— Je crois avoir une intoxication alimentaire. J'ai quarante de fièvre et je ne garde rien dans le ventre ; j'ai la diarrhée, et il y a du sang dans les selles.

— Une idée de ce qui a pu causer ça ? s'enquit-il.

— J'imagine que c'est quelque chose que j'ai mangé hier.

Maddie sentit son estomac se retourner.

— Racontez-moi.

— Hier soir, j'ai mangé un curry chez un ami, mais tout le monde va bien, à part moi. Alors, ce doit être le déjeuner, à Falmouth.

— Falmouth, vous dites ?

— Oui.

— Le Courtyard Café ?

— Oui.

Prise de spasmes, Maddie s'agrippa à la table.

— Je me demandais si on allait avoir une épidémie. Vous devez avoir la dysenterie. Leur cuisinier l'a ramenée de ses vacances en Asie. Le pauvre bougre l'ignorait.

Maddie n'éprouvait aucune compassion pour celui qui l'avait contaminée. Le médecin lui posa encore quelques questions auxquelles elle parvint à répondre, du moins en eut-elle l'impression. Malgré son esprit confus, elle comprit que le médecin allait venir la voir. En attendant, elle appela Gunnar. Lui aussi était malade.

Après une journée au lit, Maddie commençait à se sentir beaucoup mieux. Les antibiotiques avaient stoppé la diarrhée, et elle avait juste mal au ventre, mais rien qu'un bon yaourt ne saurait remettre en ordre. Bien que flageolant toujours sur ses jambes, elle éprouvait le besoin de bouger. Sa journée passée au lit lui avait permis de développer l'idée de tableau qui lui était venue à l'église de Manaccan. Pour la première fois depuis longtemps, sa vision ne semblait pas vouloir disparaître ; peut-être parviendrait-elle à la coucher sur la toile. Dans l'écurie, elle travaillait à son mélange de diverses teintes de gris, lorsqu'elle entendit le facteur arriver. Elle passa la tête par la porte pour le saluer de la main tandis que sa voiture s'éloignait. C'était sa personne préférée en ce moment. Plusieurs jours auparavant, elle avait reçu son permis de construire et, la veille, les documents pour la vente de la grange. Comme prévu, il n'avait pas fallu longtemps pour qu'on lui fasse des offres fermes ; de quoi effectuer les travaux de Trevenen, la porcherie et mettre un peu d'argent de côté. Alors, malgré l'épuisement provoqué par cette maudite infection, elle avait retrouvé une forme d'optimisme.

Soudain, un hurlement lui déchira les oreilles.

— Dans le salon ! cria Hannah.

— Qu'est-ce qu'il y a dans le salon ?

Maddie lâcha son pinceau pour se précipiter vers elle.

Hannah était blanche comme un linge. Elle tremblait de tous ses membres.

— Un oiseau !

— Quoi ? s'exclama Maddie.

Elle regarda Trevenen. De l'extérieur, tout semblait normal. Hannah poussa sa belle-mère vers la maison, puis Maddie perçut un bruit sourd contre une vitre. Elle se mit à courir, perplexe qu'un oiseau ait pu pénétrer dans le salon. Certes, elle entendait de nouveaux bruits dernièrement, mais pas d'oiseaux.

Maddie ouvrit prudemment la porte du salon. Une tache noire lui passa devant les yeux et voleta en cercles. Elle se glissa le long du mur afin d'essayer d'ouvrir la fenêtre. Le loquet était coincé. Maddie émit un juron. Il n'avait pas été tourné depuis qu'elle avait repeint la pièce en septembre. Une odeur de fumée emplissait l'air. Vivement, elle balaya la pièce du regard jusqu'à ce qu'elle remarque les bouffées sortant de la cheminée. Que diable fabriquait Hannah ? Elles n'avaient jamais allumé de feu.

Après avoir refermé la porte, elle partit chercher un balai et du dégrippant. À défaut de pouvoir ouvrir la fenêtre, peut-être parviendrait-elle à forcer l'oiseau à sortir par la porte d'entrée. Des images du film d'Hitchcock lui vinrent à l'esprit lorsqu'elle se retourna. Le gros choucas se heurtait systématiquement contre la fenêtre, à l'autre bout de la pièce.

À travers la fumée de plus en plus épaisse, Maddie prit le risque d'essayer de raviver la flamme, dans l'espoir de voir la fumée remonter dans la cheminée au lieu d'envahir la pièce. Au moment où les braises repartaient, elle comprit que quelque chose devait bloquer le conduit. Un autre gros oiseau lui arriva en pleine figure. Elle tomba à la renverse en laissant échapper un cri. Comme son cœur battait plus vite que leurs ailes, elle se demanda si elle n'allait pas succomber à une crise cardiaque tandis qu'elle s'acharnait sur le loquet. Son cœur s'accélérait à chaque collision contre les carreaux, dont elle s'attendait à entendre le bruit de verre brisé. À force d'insister, elle parvint, sans casse, à le libérer. Contrairement à ce qu'elle croyait, les oiseaux ne sentirent pas l'air frais ; ils persistèrent à se heurter aux fenêtres fermées. Mais au moins la fumée s'en allait. En agitant le balai, elle s'efforça de convaincre le plus gros de sortir. Au lieu de cela, les deux se remirent à voler dans tous les sens à travers la pièce, tournoyant comme des fous au-dessus de sa tête. Maddie bondissait derrière le canapé au moment où Mark entra. Le plus petit oiseau en profita pour reprendre sa liberté, mais le gros continuait à s'acharner contre la fenêtre fermée. Mark s'empara du balai et le guida dans la bonne direction. Ensuite, il se dirigea vers le feu pour l'attiser.

— Inutile de faire brûler la maison pour toucher l'assurance, maintenant que tu as de quoi la restaurer.

— Va dire ça à Hannah.

Maddie se releva.

— Sans faute.

Il sourit.

— Je ne sais pas ce qui l'a incitée à faire du feu.

— J'ai cru que ça ferait partir les animaux qui font du bruit, expliqua Hannah en entrant dans la pièce.

Maddie s'immobilisa. L'adolescente n'avait jamais dit qu'elle entendait quoi que ce soit. Maddie s'était convaincue que tout était dans sa tête.

— Quels animaux ? demanda Mark.

— Ceux qui pleurent, dit Hannah en regardant Maddie.

Sa belle-mère rejeta ses cheveux en arrière ; elle frémissait, maintenant que l'excitation était passée.

— Ça marchera peut-être, mais tu risques surtout de mettre le feu à la maison, fit remarquer Mark en souriant.

Maddie haussa les épaules. Elle n'avait pas l'énergie de débattre du danger d'allumer un feu dans une cheminée non ramonée ni des choses qui pleuraient la nuit.

— Comme il a fait chaud dernièrement, les choucas ont fait leur nid plus tôt, et ils ont profité de la cheminée, expliqua Mark.

— J'ai tué leurs bébés ? blêmit Hannah.

— Je doute qu'ils soient déjà là.

Mark donna un coup de tison dans le feu.

— Qu'est-ce que tu fais ici, d'ailleurs ? lui demanda Hannah.

— Quelle gratitude de ta part ! s'esclaffa-t-il. Je suis passé vous dire que Tom rentre chez lui demain. Je lui ai trouvé une infirmière.

— Génial. Qu'a dit le médecin ? demanda Hannah.

— Le scanner montre que le cancer s'est étendu, mais, avec un nouveau traitement, ils parviendront peut-être à le contrôler. Tom aura besoin d'une infirmière pendant une semaine environ, puis il pourra se débrouiller seul, si on lui rend visite régulièrement. C'est grâce à toi, Hannah, s'il est encore avec nous.

Hannah haussa les épaules et s'éloigna.

Maddie secoua la tête. Décidément, elle ne comprendrait jamais sa belle-fille. Quel drôle de comportement après s'être fait un sang d'encre pour Tom tous ces derniers jours !

— Je vais le voir. Tu viens avec moi, Hannah ? demanda Mark.

— Oui ! cria Hannah du couloir.

— Toi, en tout cas, tu as l'air d'aller mieux. Tu vois ce qui arrive quand on fréquente d'autres hommes ? dit Mark en gardant son sérieux.

— Après pareille punition, c'est sûr qu'on ne m'y reprendra pas, rétorqua Maddie sur un ton faussement sérieux. Vingt personnes contaminées à cause d'un cuisinier.

Elle s'interrompit, car elle n'avait vraiment aucune envie de repenser à cela.

— Tu es sûre que tu ne serais pas mieux couchée ? Tu as la mine encore bien fatiguée.

— Merci.

Maddie repoussa ses cheveux en arrière. Elle se sentait en piteux état.

— Je crois que, grâce à ces oiseaux, j'ai encore peaufiné mon rôle de damoiselle en détresse.

— C'est vrai que tu sembles avoir souvent besoin de secours ! pouffa Mark, mais sans la regarder.

— Je me débrouillais fort bien toute seule. Tu n'es arrivé que pour me voler la vedette, dit-elle en lui donnant une petite tape sur le bras.

— Carrément, railla-t-il. Tu as besoin de quelque chose à Truro ?

« Toi ! » cria son cœur tandis que la nausée la reprenait. L'excitation devait avoir tout remis en branle. Elle ramassa le balai par terre en espérant que cela passe.

— Non, merci.

— À plus tard.

Il souriait. Elle lui posa la main sur le bras.

— Il faut qu'on parle.

Hannah hurla à Mark de se dépêcher. Maddie se tordit les mains en le regardant s'éloigner.

— Mark, tu aimes Maddie ?

Hannah lui jeta un coup d'œil. De profil, il ressemblait terriblement à Will.

— Sacrée question, venant de toi.

— Oui, et alors ?

Elle haussa les épaules.

— Pourquoi tu veux savoir ?

Mark lui jeta un coup d'œil.

— Je veux savoir ce que tu lui veux.

Hannah se demandait combien de temps Mark allait continuer à jouer les imbéciles.

— Pourquoi ?

— C'est quoi, ça, un interrogatoire ?

— C'est toi qui as commencé, déclara-t-il.

— C'est vrai, soupira Hannah.

— Dis-moi pourquoi tu veux savoir, et je répondrai à ta question.

— Tu vas la traiter comme ta femme ?

Hannah le fixa, attentive au moindre tressaillement.

— Tu n'y vas pas de main morte, toi ! observa-t-il avec un rictus.

— Non, pourquoi le devrais-je ?

Il éclata de rire et rétrograda à l'approche d'un rond-point.

— Non. Ça répond à ta question ?

— Pas vraiment. Tu l'aimes, n'est-ce pas ? demanda-t-elle sans trop savoir pourquoi.

— Oui, mais toi aussi.

— Faut pas déconner.

Elle se mordit la lèvre inférieure.

— Vraiment, alors, pourquoi ça t'intéresse de savoir si je l'aime ou pas ?

— Elle est OK parfois, et puis, je n'ai personne d'autre, de toute façon.

Elle regarda ses mains.

— Je crois que je n'y ai jamais beaucoup réfléchi.

— Pourquoi maintenant, alors ? demanda-t-il.

— J'en sais rien. Peut-être parce que le vieux Tom est malade. Combien de temps tu crois qu'il lui reste à vivre ?

— Ils ne savent pas. Tout dépend des médicaments. Il n'est plus tout jeune.

— Je sais. La vie, ça craint parfois.

— Oui, dit-il à voix basse.

— Mon père n'était pas vieux.

Hannah réfléchit un peu.

— Il avait quarante-deux ans. C'était vieux, mais pas vieux.

— Claire non plus.

— Ta femme ?

Elle étira sa ceinture de sécurité afin de pouvoir le regarder pleinement.

— Oui.

— Tu aimes plus Maddie ? demanda-t-elle.

— C'est différent.

— En quoi ?

— J'étais très jeune pour Claire. Je venais de perdre ma mère et elle m'avait soutenu tout au long.

— Et en quoi c'est différent ?

Hannah regarda par la fenêtre. Que disait-il ?

Comment l'amour pouvait-il être différent ? Soit on aimait, soit on n'aimait pas.

— On était trop jeunes pour se marier, à bien des égards, mais on l'a fait quand même. Je ne dis pas que je ne l'aimais pas, au contraire.

Il marqua une pause.

— Je l'aime encore.

— Vraiment ?

— Tu crois que l'amour s'arrête ? demanda-t-il.

— Non. J'aime toujours papa.

Mark tourna dans le parking de l'hôpital. Hannah regarda le bâtiment. Pauvre Tom coincé là, mais il allait bientôt sortir.

— À quoi tu penses ? s'enquit Mark en verrouillant la voiture.

— Rien de particulier.

Elle sourit. Mark n'était pas si mal.

Il était près de 16 heures lorsque Maddie sortit de l'écurie. Elle s'étira les bras. Cela faisait une éternité qu'elle n'avait pas peint aussi longtemps. Elle avait les muscles tout endoloris.

La toile, dont elle préparait les couleurs lorsque les choucas avaient semé la pagaille, avait pris forme d'un trait. Elle était contente de son travail du jour. Quelqu'un d'autre apprécierait-il cette étude en noir et gris ? Elle le découvrirait bien assez tôt.

En retournant vers la maison, elle remarqua des signes de l'arrivée du printemps tout autour. Pas étonnant que les choucas aient eu envie de faire leur nid. L'hiver avait été loin d'être aussi froid qu'à Londres. On était mi-mars et cela faisait sept mois qu'elles vivaient là, elle et Hannah. Elle s'arrêta. Impossible de s'imaginer ailleurs désormais. Le paysage, si étrange à ses yeux au départ, lui était maintenant d'une déchirante familiarité, des arbres penchés dans la direction du vent aux champs qui descendaient en pente douce vers la mer. Toutes ces choses et plus encore lui emplissaient la tête et le cœur. Elle avait peut-être le cœur et la tête comblés, mais pas l'estomac. Comme celui-ci réclamait des tartines de pain grillé, elle se dirigea droit vers la cuisine. Quelqu'un devait avoir ramassé le courrier, car il était empilé sur la table. Alors qu'elle feuilletait les factures, l'enveloppe au timbre néo-zélandais l'arrêta. Sa main s'immobilisa. Puis son doigt glissa sur le bord. L'écriture était presque enfantine. Comme il faisait lourd dans la cuisine, Maddie défit le loquet de la fenêtre, puis elle se laissa tomber sur une chaise, sa faim totalement oubliée. La main tremblante, elle entreprit de déchirer l'enveloppe. À mi-chemin, elle s'arrêta. Un sentiment de violation s'insinuait en elle. Les yeux fermés, elle finit de l'ouvrir. Puis elle déplia la lettre qu'elle tenta de tenir d'une main ferme.

Maddie,
Merci de m'avoir fait savoir que John était mort et qu'Hannah va bien.
Cela fait près de treize ans que je suis partie. Depuis, il s'est passé beaucoup de choses dans ma vie, qui m'ont fait clairement comprendre ce que j'ai fait à Hannah. Je peux dire maintenant que je suis sincèrement désolée et que j'ai enfin conscience de ce à quoi j'ai renoncé en partant. Il m'est impossible d'expliquer mon geste d'alors et je n'imagine pas être pardonnée un jour. Je sais que ce serait beaucoup trop demander.
Néanmoins, rien n'a changé. Même si je peux affronter ce que j'ai fait et malgré tout le mal que j'ai pu causer, je ne peux toujours pas faire partie de sa vie.

Merci de continuer de prendre soin d'elle. Je sais que John aura fait le bon choix cette fois. Je ne souhaite plus avoir aucun contact ni avec vous ni avec elle.

Susan

Les mains tremblantes, Maddie retourna l'enveloppe pour voir l'adresse de l'expéditeur : *Susan Smith, École du Sacré-Cœur, Wellington, NZ.* Des larmes lui inondèrent le visage. L'abandon de Susan avait tourmenté John jusqu'à son dernier souffle.

Hannah doubla Mark pour entrer dans la cuisine. Elle regarda Maddie.

— Qu'est-ce que tu as encore ? fit-elle en mettant la bouilloire à chauffer d'un geste brusque.

— Tu vas bien ? demanda Mark, qui s'assit à côté de Maddie et lui posa la main sur le bras. Que se passe-t-il ?

— Oui, pourquoi tu chiales comme un veau ? Je fais du thé ? Celui de l'hôpital était vraiment dégueulasse.

— Hannah, tu peux nous laisser une minute ? demanda doucement Mark.

Elle sortit trois tasses qu'elle posa sur le plan de travail.

— Tu t'occupes du thé, dans ce cas.

— Pas de problème, répondit Mark.

Il se retourna vers Maddie.

— Qu'est-il arrivé ?

Maddie lui tendit la lettre, qu'il parcourut du regard. Alors, il l'attira dans ses bras.

— Que comptes-tu faire ? demanda-t-il.

— Je ne sais pas. Je n'arrête pas de penser qu'Hannah n'a pas besoin de ça, mais d'un autre côté...

— Je me demande si ça ne lui permettrait pas au moins de clore ce chapitre, si je puis dire.

— J'imagine qu'elle pleure la perte de sa mère depuis des années.

Maddie hocha la tête.

— Elle pleure encore son père, et Tom, aussi, je pense. Elle n'a peut-être pas besoin de ça en plus ?

Maddie s'écarta de Mark et se leva.

— Mais j'ai retrouvé sa mère, comme elle me l'avait demandé. C'est juste que je ne voudrais pas qu'elle souffre encore.

— Ça se comprend, dit Mark.

— Que faire ? demanda Maddie.

— Suis ton cœur.

— Je n'arrête pas de me demander si je voudrais savoir, à sa place.

— Et ? demanda-t-il.

— Oui.

Fatiguée d'attendre, Hannah refit irruption dans la cuisine.

— Vous avez fini ? Eh ! vous n'avez même pas fait le thé !

— Désolé.

Mark se leva.

— Je m'en occupe.

— Si tu veux.

Hannah se posta devant eux.

— Alors, vous allez me dire ce qui se passe ou il faut que je fasse travailler mon imagination ?

— Je vous laisse, déclara Mark.

Hannah le regarda quitter la pièce et se tourna vers Maddie.

— C'est donc à cause de moi, c'est ça ? Qu'est-ce que j'ai fait, encore ?

Elle fit le tour de la table.

— Tu n'as rien fait, assura Maddie qui se leva pour aller prendre du papier essuie-tout.

— Pourquoi tu pleures, alors ? demanda Hannah.

— Une lettre est arrivée.

— Et c'est pour ça que tu chiales ? s'étonna Hannah.

— Oui.

Maddie s'arrêta et ramassa quelques papiers.

— Elle vient de ta mère.

Hannah se figea. Une lettre de sa mère ?

— Je n'ai pas de mère, déclara-t-elle, bras croisés sur la poitrine, avant de s'asseoir sur la table.

— Si, et elle vit en Nouvelle-Zélande.

— En Nouvelle-Zélande ? reprit Hannah sans bouger.

Que diable se passait-il ? Merde, ce n'était pas du tout prévu, ça. Hannah regarda la lettre dans la main de Maddie.

— Tu es allée la chercher pour te débarrasser de moi ? Parce que je te gêne ?

— Non ! Il y a quelque temps, tu m'as demandé de t'aider ; alors, j'ai cherché. On m'a finalement donné une adresse et je lui ai écrit.

— Quoi ?

— Je lui ai envoyé une lettre pour l'informer de la mort de ton père et de ton désir de la connaître.

— Pourquoi tu pleurais, Maddie ? demanda Hannah.

— Parce que ton père n'est plus là.

Maddie s'assit et laissa la lettre sur la table.

— Je pleurais pour toi et pour ta mère.

Maddie prit une profonde inspiration.

— Je pleurais aussi à cause de décisions que j'ai dû prendre.

— Quelles décisions ?

Si Hannah ne voyait pas de quoi elle parlait, là, elle comprenait très bien le reste.

— Savoir si je devais te parler de cette lettre, et d'autres décisions que j'ai prises par le passé.

— Pourquoi tu ne me l'aurais pas dit ?

Hannah fronça les sourcils.

— C'est ma mère.

— Je sais. J'essayais de réfléchir à ce que ton père aurait voulu que je fasse.

— Oh ! il la détestait.

Hannah frissonna.

— Oui, c'est vrai, mais il t'aimait.

Un sourire se dessina sur les lèvres de Maddie.

Hannah sentit les larmes lui monter aux yeux. Finalement, Maddie n'était plus la seule à pleurer à cause de cette lettre.

— OK. Alors, qu'est-ce qu'elle dit ?

— C'est justement le problème. Je crois qu'il vaut mieux que tu lises par toi-même.

Maddie s'éloigna, mais Hannah sentit son regard peser sur elle.

— Très bien.

Hannah tira la lettre à elle sur la table et sentit les bosses de la toile cirée sous l'épais papier. Elle releva la tête et vit Maddie prête à partir.

— Tu préfères que je reste ou tu veux que je m'en aille ? demanda sa belle-mère.

— Reste.

L'adolescente marqua une pause.

— S'il te plaît.

Vingt-six

Maddie vit Hannah se décomposer sous ses yeux. Elle n'aurait pas dû lui remettre la lettre. Elle aurait dû la garder pour elle. Elle rejoignit l'adolescente et la prit dans ses bras.

— Elle ne dit pas pourquoi, gémit Hannah sur l'épaule de Maddie.

— Elle ne dit pas grand-chose, la consola Maddie en lui caressant le dos.

— Ce n'est pas juste. Elle pourrait me dire pourquoi. Pourquoi elle m'a laissée ?

— J'aimerais pouvoir te répondre.

Maddie resserra son étreinte.

— Mais elle dit qu'elle regrette.

— À quoi ça sert, les regrets ? Ça ne m'apprend rien ! sanglota Hannah. J'étais si terrible que ça pour qu'elle veuille partir, pour quitter papa ?

— Tu n'es pas terrible.

Hannah se dégagea et regarda Maddie.

— Enfin, pas tout le temps, et tu n'étais pas adolescente à l'époque.

Maddie sourit.

— Je suis sûre que cela n'a rien à voir avec toi. Rien du tout.

— Oui, c'est ça. N'empêche qu'elle travaille avec d'autres enfants maintenant, alors que, moi, elle ne me supportait pas.

— Elle n'a jamais rien dit de tel et ça ne sert à rien de jouer aux devinettes.

— Non. Il faut que je lui parle.

— Elle dit bien qu'elle ne souhaite pas que tu la contactes.

— Si on avait Internet, ça ne prendrait qu'une seconde de trouver le numéro de l'école du Sacré-Cœur à Wellington.

Hannah jeta un regard furieux à Maddie. J'appelle Abi. Elle pourra chercher dans Google.

— Tu es sûre que c'est ce que tu veux ? demanda Maddie, avec le secret espoir qu'Hannah laisse tomber.

L'adolescente hocha la tête et décrocha le téléphone. Maddie sortit dehors et prit plusieurs inspirations profondes. Elle avait l'estomac noué. Quelques minutes plus tard, elle était de retour dans la cuisine.

— Pourriez-vous me passer Susan Smith, s'il vous plaît ?

Hannah tenait le téléphone à deux mains. Maddie avala sa salive.

— Que fais-tu ?

— Elle me doit bien ça.

Hannah se moucha.

— Elle me déteste, je le sais. Comme toi.

— Mais non, je ne te déteste pas.

— Oui, c'est ça.

Hannah regarda sa belle-mère manger une bouchée de toast. Elle avait mauvaise mine, mais nul doute qu'elle aussi. Il était 1 h du matin.

— Hannah, qu'est-ce que j'ai bien pu faire pour que tu en sois si persuadée ?

L'adolescente ouvrit la bouche, puis la referma. Sa belle-mère marquait un point, mais Hannah ne voulait pas y réfléchir pour l'instant.

— Qu'est-ce qu'elle a dit ? demanda Maddie.

Hannah se leva et se mit à arpenter la cuisine. Qu'avait dit sa mère ? Pas grand-chose. Hannah refoula ses larmes.

— Maddie, tu veux des enfants ?

Maddie cligna des yeux.

— Quoi ?

— Tu m'as bien entendue.

— J'ai toujours voulu des enfants, oui, mais ton père est mort et mon rêve avec. Néanmoins, je t'ai, toi.

Maddie sourit.

— Susan ne voulait pas d'enfants.

— C'est ce qu'elle t'a dit ?

Hannah opina du chef.

— Elle a dit qu'elle était si déprimée et qu'elle se sentait si piégée que ça l'empêchait de respirer.

Elle se mordit la lèvre.

Maddie lui saisit la main.

— Je te voulais.

— Vraiment ?

— Oui, mais si tu en avais eu toi-même ? Je n'aurais plus compté.

— Bien sûr que si. Ce n'est pas parce qu'il y aurait eu un autre enfant que cela aurait changé ce que ton père ou moi éprouvions pour toi.

Hannah bondit.

— C'est bien joli, les mots, mais vous auriez formé une famille, toi, papa et le bébé, et j'aurais été exclue.

— Ce n'est pas vrai, mais, de toute façon, ça n'est pas arrivé.

— Oui, je sais, mais ça m'a toujours dérangée.

— Tu en as parlé à ton père ?

Hannah secoua la tête et s'appuya à la cuisinière.

— Attends, si, peut-être, il y a des années, quand vous avez commencé à sortir ensemble. J'y pensais souvent. Pourtant, c'est drôle, j'avais aussi envie d'avoir une sœur.

Hannah regarda Maddie.

— Ça va ? Tu es toute blanche.

— Je suis juste fatiguée, je crois.

— Oui, moi aussi.

Hannah se leva et contempla leur curieux reflet dans la grande fenêtre à meneaux. Leur image se décomposait en différents morceaux déformés. Elle se tourna vers sa belle-mère.

— Merci. Tu sais que tu n'es pas si mal.

La peinture heurta la toile avec force. Maddie n'avait pas fait cela depuis les beaux-arts. Les balafres de couleur vive se croisaient sur le paisible fond gris. Elle s'écarta et inspira. Sa grande toile explosait de vie. Maddie en eut des frissons. Le soleil était déjà haut dans le ciel lorsqu'elle retourna à la maison. Les jacinthes étaient-elles déjà là, hier, se demanda-t-elle, ou était-ce l'angle de la lumière qui attirait son attention sur leurs têtes bleues ? C'était peut-être fou, mais sa vue lui semblait plus perçante.

Il faisait chaud dans la cuisine. Alors qu'elle mettait la bouilloire à chauffer, le téléphone sonna.

— Allô, Mrs Hollis ? C'est Jack, de l'agence immobilière.

Maddie avala sa salive.

— Il y a un problème avec l'acquéreur ?

— Non, l'affaire suit son cours.

— Bien.

Maddie reprit son souffle.

— Je sais que vous ne cherchez pas à vendre Trevenen, mais un acheteur est passé devant hier et nous a fait une offre, stupéfiante, je dois dire.

— Il n'est pas question que je vende Trevenen.

— Je sais, mais je me devais de vous en informer.

— Très bien, d'accord, informez-moi, ensuite vous pourrez dire à cette personne que Trevenen n'est pas à vendre.

— Merci. Vous êtes bien assise ?

— Non, mais allez-y.

Maddie leva les yeux au ciel. Le type en faisait des tonnes.

— Très bien. Il en propose un million.

— Un million de quoi ? De roupies, de dirhams, de billets de Monopoly ? s'esclaffa Maddie.

— Je vous avais prévenue qu'il fallait vous asseoir. Un million de livres.

— Bon sang !

— Alors, vous vendez ? demanda-t-il.

Maddie regarda la cuisine autour d'elle.

— Non, mais merci de m'avoir informée.

— C'est le gros lot que vous refusez.

— Oui, c'est fou, je sais, mais Trevenen et moi, on est inséparables.

Maddie raccrocha.

— Alors, Trevenen, dit-elle la main posée sur le linteau, quelqu'un est prêt à débourser un million de livres pour toi. Qu'en dis-tu ?

Seul le silence lui répondit, puis le déclic de la bouilloire la fit sursauter.

— Ne t'inquiète pas. Tu ne crains rien.

Sans prévenir, une douleur au ventre la plia en deux. Or son estomac s'était calmé. Jamais les antibiotiques ne lui avaient provoqué d'effets secondaires aussi durables. D'un autre côté, elle n'avait jamais eu la dysenterie avant. La douleur s'atténua, mais la nausée prit le relais, même si son estomac était vide.

— Maddie, mais qu'est-ce que tu fais ? demanda Mark en entrant dans la pièce.

— Rien d'important.

Maddie se mordit la lèvre. Les convulsions s'arrêtèrent, et elle s'essuya rapidement la bouche avec un torchon.

— Qu'est-ce qui t'amène à Trevenen ? demanda-t-elle en se forçant à sourire.

— Un petit souci.

— Vraiment ?

Elle se frotta la nuque, le prix de sa longue séance de peinture, songea-t-elle.

— J'en ai peur. J'ai reçu un appel de l'urbanisme, tard hier soir.

— C'est grave ? demanda-t-elle.

— Ils retirent le permis.

— Quoi ?

Elle se passa les mains dans les cheveux. Elle avait un acheteur. Elle commençait tout juste à souffler et maintenant... ?

— Tout n'est pas perdu.

Mark tendit la main vers la sienne.

— C'est juste retardé.

— Comment peuvent-ils accorder un permis, puis le retirer ? Ça n'a pas de sens.

Maddie tremblait.

— C'est à cause d'une erreur.

— Comment ça ? demanda-t-elle.

— Comme un employé a égaré une objection pourtant déposée dans les règles, le permis est suspendu, le temps de reconsidérer le dossier.

— Mince. Je n'avais pas besoin de ça. Qu'est-ce que je fais pour l'acquéreur de la grange ?

Elle se tordit les mains. Combien allait-elle pouvoir en supporter encore ?

— Il est très intéressé, alors, je suis sûr qu'il attendra quelques semaines de plus.

Il lui prit la main.

Les larmes lui montèrent aux yeux ; elle semblait très émotive en ce moment. Elle lança un regard furtif à la pièce. Peut-être lui faudrait-il vendre Trevenen malgré tout. Sans lâcher la main de Mark, qu'elle tira derrière elle, elle décida de sortir prendre l'air. Elle avait besoin de réfléchir.

Peu après, ils longeaient l'ancien sentier qui descendait à la crique du Français. Le ciel pommelé créait un tapis vert et brun sous leurs pieds tandis que la brise agitait les jeunes feuilles au-dessus de leurs têtes. Maddie ne voulait pas parler.

Seule la main puissante de Mark dans la sienne lui importait. L'ancien cottage blanc surgit avant qu'ils ne puissent apercevoir la crique. Gagnée par la sérénité des lieux, auréolés d'une douce lumière verte, Maddie sourit à Mark.

— C'est mieux.

Mark s'arrêta pour la scruter.

— Tu obtiendras le permis, j'en suis sûr.

— J'espère que tu as raison, dit-elle, la tête inclinée sur le côté.

— Fais-moi confiance.

Elle détourna les yeux de son regard intense.

— J'aimerais pouvoir.

— Tu peux.

Elle hocha la tête.

Maddie vit Hannah, le soleil dans le dos, entrer dans l'écurie.

— Maddie, le médecin a appelé. Il voulait savoir si tu as toujours la courante et l'estomac dérangé, annonça l'adolescente tout en jetant des coups d'œil à la toile en cours.

— C'est gentil de sa part.

Maddie posa son pinceau.

— Oui, il a demandé que tu rappelles le cabinet ce soir après six heures.

— C'est noté.

— Comment tu te sens ? demanda Hannah.

— Eh bien, le traitement m'a mise complètement à plat, mais ce n'est pas nouveau. J'ai toujours des nausées, mais moins fortes.

Maddie mélangea du jaune citron avec une pointe de carmin.

— Maddie ?

— Oui ?

Elle leva les yeux.

— J'ai entendu parler de cette histoire de permis.

— On ne peut rien te cacher ! s'esclaffa Maddie.

Hannah sourit.

— Non. Ça va quand même aller pour nous ?

— Oui, je te le promets.

— Merci.

Hannah s'apprêta à s'en aller, puis se ravisa.

— Qu'est-ce qui se passe entre toi et Mark ? demanda-t-elle en continuant de regarder le tableau au lieu de sa belle-mère.

Maddie ouvrit la bouche et la referma. Le savait-elle seulement ? Ils étaient tous les deux brisés et avaient besoin de temps pour guérir.

— C'est fini ? À cause de moi ?

— Hannah, où vas-tu chercher ça ? s'étonna Maddie d'une voix douce.

Même si les choses s'étaient nettement améliorées avec sa belle-fille, elle restait sur ses gardes.

— Euh, c'est que j'ai discuté avec le vieux Tom, et, euh, d'après lui, j'ai tort de ne pas vouloir que vous sortiez ensemble, toi et Mark, expliqua Hannah en dessinant des cercles du bout du pied dans la poussière.

— Oh !

Maddie ne savait pas quoi dire.

— Oui, et il a peut-être raison, mais je crois que je ne suis pas encore prête, c'est tout. Je ne suis pas prête à voir quelqu'un remplacer papa.

Maddie posa son couteau à palette et se dirigea vers Hannah. Elle ouvrit les bras et attendit de voir. Hannah s'avança pour l'étreindre.

— Personne ne remplacera jamais ton père.

Maddie s'écarta et lut la peine sur le visage de l'adolescente.

— Mais tu dois aussi trouver l'amour, objecta Hannah en regardant ses pieds.

— Oui, c'est vrai. Ce n'est pas ce que je voulais dire. Ton père était unique, pour toi comme pour moi. Personne ne le remplacera.

— Oui, je comprends.

Hannah leva les yeux.

— Bon, et merci de te rendre compte que j'ai aussi besoin d'amour. Je serai ravie d'attendre un peu. Je crois qu'on est encore sous le choc, toi et moi, et qu'il est un peu tôt pour m'impliquer dans une relation.

Maddie sourit.

— Serait-ce une manière détournée de me dire que vous avez rompu, toi et Mark ? demanda Hannah.

— Je ne dirais pas qu'on a rompu, fit Maddie. On fait plutôt une pause.

— Une pause ? Vous êtes trop bizarres ! pouffa Hannah en quittant l'écurie. Au fait, j'ai envoyé un e-mail à Susan, de l'école, hier.

— Et ?

Maddie avait beau savoir qu'elle ne le devrait pas,

elle souffrait du fait que sa belle-fille essayait toujours de faire revenir sa mère dans sa vie.

— Rien, en fait. Je voulais juste te mettre au courant.

— Merci, se contenta de répondre Maddie.

Qu'aurait-elle pu dire d'autre ?

À son arrivée chez le vieux Tom, Hannah trouva Tamsin en train de préparer le dîner. Après avoir expliqué que le malade avait besoin de se requinquer, elle avait pris la cuisine en main. Personne ne s'en plaignait, surtout pas lui.

— Tamsin, que va faire Maddie si on ne lui accorde pas le permis ? s'enquit Hannah en prenant un brownie sur le plateau.

— Vous aurez encore froid l'hiver prochain.

— Oui, ça, c'est évident, mais tu crois qu'elle peut y arriver, tu sais, à garder la maison et tout sans cet argent supplémentaire ?

— Bonne question, mais je crois que oui. Elle a de la ressource et elle est forte, répondit Tamsin, qui enfourna son plat.

Hannah hocha la tête. Elle n'avait jamais pensé à Maddie comme à quelqu'un de fort, mais sans doute l'était-elle.

— Que se passe-t-il entre elle et Mark ?

Tamsin se tourna vers elle.

— Pourquoi cette question ?

— Eh ben, ils étaient fous amoureux l'un de l'autre, et puis maintenant plus rien. Pourtant, même moi je vois bien que ce n'est pas terminé.

Hannah se resservit et attendit de voir si Tamsin râlait.

— Mark veut des enfants ?

La cuisinière reposa sa manique et accorda toute son attention à Hannah.

— Oui, mais je crois que c'est un rêve auquel il a renoncé depuis longtemps.

— Tu sais pourquoi ?

— Oui et non. À la mort de Claire, je crois qu'il a abandonné tout espoir de mener une vie conventionnelle. Il a décidé de rester célibataire.

Tamsin se tourna vers l'évier et commença à faire couler l'eau.

— Et, Mark et Maddie, ça va les mener où, tout ça ?

— Nulle part pour l'instant, je crois.

— C'est pas terrible.

Hannah ramassa les miettes sur la table.

— Non, mais je crois que c'est ce dont ils ont besoin pour le moment.

Tamsin débarrassa l'assiette vide.

— Tu sais que Maddie sort avec Gunnar ce soir ?

— Ah bon ? s'étonna Tamsin.

— Oui, et ça me dépasse.

Hannah secoua la tête avant d'aller rejoindre le vieux Tom dans la pièce voisine.

Vingt-sept

Son agenda en main, Maddie était assise sur le rebord de la baignoire. Elle avait des semaines de retard. Peut-être à cause de la dysenterie, des antibiotiques ou du stress..., mais non, Maddie le savait bien. Fallait-il en rire ou en pleurer ? Elle portait l'enfant de Mark. La première fois qu'ils avaient couché ensemble, ils ne s'étaient pas protégés et, pour tout dire, elle n'y avait guère prêté attention, car il lui avait fallu très longtemps pour tomber enceinte de John. Pourtant, cette fois, il avait suffi d'une seule nuit. Maddie s'efforça de digérer l'info.

Attablée devant ses céréales, Hannah leva les yeux de son bol lorsque Maddie entra dans la cuisine.

— Encore malade ?

— J'ai une sale tête, c'est ça ?

Hannah acquiesça.

— Ça va.

Avec un haussement d'épaules, Hannah se replongea dans son manuel d'histoire. Maddie avait encore un peu de mal à s'ajuster au changement d'attitude de sa belle-fille. Il lui arrivait encore d'avoir le poil hérissé, mais, la plupart du temps, elle était calme et passait le plus clair de son temps avec le vieux Tom, qui n'allait pas bien, même s'il s'accrochait. Hannah profitait de chaque instant qui lui restait.

— Je vais à Helston. Tu as besoin de quelque chose ? demanda Maddie.

— Non.

— Très bien, à plus tard.

Maddie se sentait de nouveau sur le point de vomir à cause de l'odeur du café.

Elle était enceinte. Elle allait avoir un bébé, songeait-elle en boucle au volant. Il y avait de l'animation dans l'air. Une nouvelle verdure recouvrait les arbres, et elle songeait au mélange qui lui permettrait de reproduire cette couleur à l'identique. Si elle tenait son rythme, elle aurait peut-être assez de tableaux pour son exposition dans trois mois. La peinture comblait le vide laissé par Mark dans sa vie. Sans plus d'explications, ils s'étaient accordé un peu d'espace.

Elle l'aimait vraiment. Le vide était immense, mais il avait besoin de temps, lui aussi, pour accepter son passé. Tout en se garant, elle se demanda comment il prendrait la nouvelle. Ne valait-il pas mieux ne rien dire ? Pour l'instant. Il était encore tôt. Elle n'avait qu'à le garder pour elle jusqu'à ce qu'elle ait passé le stade délicat.

Il y avait du monde à la pharmacie et, malgré ses efforts, elle ne trouvait pas les tests toute seule ; elle allait devoir demander. Pourquoi cette idée la gênait-elle alors qu'elle était ravie ? Maddie n'en revenait toujours pas d'être tombée enceinte aussi facilement après avoir eu tant de difficultés à concevoir. Au moment où elle posait un test sur le comptoir, Mrs Bates s'avança vers elle. Zut !

— Maddie, quel plaisir de vous voir ! C'est formidable ce que vous faites pour Tom, avec Hannah.

Mrs Bates jeta un regard au paquet bleu que tenait Maddie.

— Il compte beaucoup pour nous, répondit Maddie en se balançant d'un pied sur l'autre.

« Pourvu qu'elle n'ébruite pas la nouvelle », songeait-elle.

— Je voulais vous demander...

Mrs Bates s'interrompit.

— Avez-vous essayé de retrouver votre grand-mère ?

— J'ai trouvé son avis d'obsèques, confirma Maddie.

— Navrée.

Mrs Bates regarda de nouveau la main de Maddie.

— Vous avez manifestement d'autres choses à penser pour le moment.

Le cœur de Maddie se serra. Mrs Bates devait en tirer la conclusion que soit elle soit Hannah était enceinte.

— N'est-ce pas miss Jenks, là-bas ? Vous la déposez ?

— Oh ! elle doit avoir terminé.

Mrs Bates s'éloigna en hâte. Mrs Bates était-elle une commère ? se demanda Maddie, avant de se rappeler que rien dans cette région ne demeurait secret. Après avoir payé, elle se rendit dans les toilettes publiques les plus proches. Impossible d'attendre ; il lui fallait en avoir le cœur net. Une fois la porte de la cabine fermée, elle déchira le paquet pour l'ouvrir. D'ici quelques minutes, elle serait fixée, mais, autant elle voulait cet enfant, autant quelques doutes venaient ternir sa joie. Tandis qu'elle surveillait la grande aiguille sur sa montre, d'autres femmes entrèrent et sortirent. Elle ne regarderait pas la ligne bleue avant que le temps soit écoulé. Que souhaitait-elle ? Méritait-elle un enfant à elle ?

L'édifice moderne n'avait pas l'air très accueillant, ni même ouvert. Sans trop savoir ce qu'elle faisait là, Maddie se tenait devant la porte de l'église catholique. Elle était enceinte. La ligne était bleue, et, soudain, rien n'avait plus de sens.

De son mobile, elle appela le cabinet médical afin de prendre rendez-vous avec la sage-femme. Comme Hannah pouvait réagir violemment, Maddie préférait ne pas la mettre tout de suite au courant. Elle avait besoin d'un peu de temps avant de pouvoir partager cette nouvelle avec sa belle-fille ou quelqu'un d'autre. Elle devait se préparer aux retombées.

La porte céda et, une fois que Maddie fut à l'intérieur, sa main plongea par réflexe dans l'eau bénite. Elle se signa. Après une génuflexion, elle se glissa au dernier banc. Les yeux rivés sur le crucifix au-dessus de l'autel, elle fit le vide dans son esprit.

— Désolé de vous déranger, mais il est 18 h et je dois fermer l'église.

Le regard de Maddie se concentra sur le prêtre debout à côté de la rangée.

— Excusez-moi, mon père, 18 heures, vous dites ?

Ses genoux se rappelèrent à elle lorsqu'elle se releva.

— Oui, confirma-t-il gentiment.

Maddie inspira.

— J'imagine que vous n'avez pas le temps de m'entendre en confession ?

— Où étais-tu ?

Hannah se tenait sur le seuil.

— À Helston.

— Ça fait des heures que j'essaie de te joindre sur ton portable.

Hannah allait crier, mais le sourire ravi de Maddie l'arrêta. Avait-elle passé l'après-midi à s'envoyer en l'air avec Mark ou quoi ?

— Je n'avais plus de batterie, indiqua Maddie, puis elle baissa les yeux sur ses sacs de courses.

— Qu'est-ce que tu étais allée faire là-bas ?

Hannah se tut, puis :

— Oh ! oublie ça. Le docteur Grades a appelé cinq fois. Il a dit que c'était urgent.

Maddie fronça les sourcils.

— Tu dois te présenter sans faute au cabinet à 8 h demain matin, il a dit.

Hannah prit soin de souligner chaque mot, car sa belle-mère semblait sur une autre planète.

— OK.

— Maddie, est-ce que tu me caches un problème ? insista Hannah, les mains sur les hanches.

Pas question de laisser entrer Maddie avant qu'elle ne lui dise la vérité. Elle n'avait pas besoin de perdre encore quelqu'un. Son père et le vieux Tom, ça suffisait. Hannah savait que le vieux Tom n'en avait plus pour longtemps. Son état n'avait pas du tout l'air de s'améliorer. Pourquoi les médicaments ne marchaient-ils pas ? Pourquoi n'avaient-ils pas marché pour son père ?

— Ne t'inquiète pas. Je suis en bonne santé. Je n'ai aucune idée de ce dont le docteur Grades souhaite me parler, mais tout va bien.

— Tu es sûre ?

— Oui. Allez, je meurs de faim. Tu veux bien me laisser entrer maintenant ? demanda Maddie.

Hannah s'écarta et tenta de se défaire du sentiment que tout partait décidément en sucette.

La pluie tombait à seaux sur le pare-brise ; après le soleil de la veille, c'était terrible. Maddie se sentait nauséeuse. Elle se passa la main sur le ventre et reçut un grondement en retour. Si seulement son petit-déjeuner avait bien voulu rester dans son estomac... En entrant dans le parking, elle se demanda ce que le Dr Grades avait de si urgent à lui dire pour lui demander de passer avant l'ouverture du cabinet. Elle serra son manteau autour d'elle et se hâta vers l'entrée.

— Mrs Hollis, je suis vraiment content que vous ayez eu mon message.

Il s'effaça et lui indiqua son bureau.

— Asseyez-vous, je vous en prie, dit-il sur un ton très grave, qui ne plut pas du tout à Maddie. Cela fait bien une semaine que vous avez terminé les antibiotiques, n'est-ce pas ? demanda-t-il.

Elle hocha la tête.

— Vous avez appelé le cabinet hier pour prendre rendez-vous avec la sage-femme ?

— Oui, je la vois la semaine prochaine.

Elle fronça les sourcils.

— Pourquoi ne m'avez-vous pas dit que vous étiez enceinte, il y a quinze jours ? demanda-t-il.

— Je n'en avais pas la moindre idée.

Ces questions ne lui plaisaient pas du tout.

— Je vois.

— Excusez-moi, mais que voyez-vous ? s'enquit-elle, les mains croisées sur les genoux.

— Il y a un problème.

Il laissa passer quelques secondes de silence.

— L'antibiotique que vous preniez est le plus efficace qui soit contre la dysenterie, mais il n'est pas du tout recommandé aux femmes enceintes.

Maddie avala sa salive ; elle ne voulait pas réfléchir aux implications que cela représentait.

— Vous fréquentez quelqu'un ?

— Non, pas vraiment, dit-elle en songeant à Mark et à l'état de leur relation.

— Vous savez qui est le père ? demanda-t-il en la regardant attentivement.

— Oui.

Elle aimait le père de son enfant.

— Vous l'avez mis au courant ?

— Pas encore. Je ne sais pas trop où nous en sommes en ce moment.

— Mrs Hollis, je ne vous aurais jamais prescrit ce médicament si j'avais su que vous étiez enceinte.

Il laissa le temps à Maddie d'enregistrer l'information.

— Il comporte d'importants risques d'anomalies congénitales, de cancers pour l'enfant et de fausses couches.

— Mais de quoi parlez-vous ?

Maddie avala sa salive.

— Je vous recommande de mettre un terme à cette grossesse immédiatement.

— Non, fit Maddie, poignardée par la douleur.

— Je comprends que vous ne le souhaitiez pas, mais la grossesse n'est pas encore trop avancée pour...

— Non, vous ne comprenez pas, coupa-t-elle.

Elle inspira. La veille encore, elle n'avait parlé à personne de son avortement ; or voilà qu'elle était sur le point de le dire à une seconde personne en moins de vingt-quatre heures.

— Vous êtes catholique ? C'est ça, le problème ? demanda-t-il.

— Je le suis, mais j'ai déjà renoncé à un enfant et je refuse d'avoir à le faire de nouveau.

Maddie avait prononcé chaque mot lentement.

— Ce n'est pas votre première grossesse ?

— Non.

— À quand remonte la précédente ? continua-t-il.

— L'année dernière.

— Vous avez donné l'enfant à l'adoption ?

Maddie envisagea de ne pas répondre. C'était trop intime.

— Non, je me suis fait avorter et je ne recommencerai pas, peu importe les risques que vous évoquez.

— Mrs Hollis, j'ai bien conscience du problème que cela vous pose sur le plan émotionnel. L'avortement n'est jamais une solution facile. De toute évidence, vous avez souffert d'un traumatisme postabortif.

Son expression s'adoucit.

— En avez-vous parlé à quelqu'un ?

— Je n'en avais encore parlé à personne jusqu'à hier. Une aide psychologique ne me fera pas changer d'avis.

Le Dr Grades secoua la tête et prit des notes dans son dossier.

— Eh bien, si vous insistez pour poursuivre cette grossesse, alors que vous êtes informée des risques, il reste une chose.

— Oui ?

— Vous dites avoir avorté l'an dernier. Vous et votre mari étiez-vous du même groupe sanguin ?

— Non.

— Dans ce cas, vous devez immédiatement vous renseigner sur le groupe du père de cet enfant, car vous êtes rhésus négatif. S'il est rhésus positif, cela présente un risque pour le fœtus.

Maddie hocha la tête.

— Mrs Hollis, réfléchissez à tout cela à tête reposée. Ne précipitez pas votre décision. Parlez au père de l'enfant. Voyez ce qu'il pense des risques.

La pluie fouettait les carreaux de la grande fenêtre à meneaux de la cuisine. Totalement déconnectée de son tourment intérieur, Maddie prêtait l'oreille au bruit des gouttes. Tant de secrets lui avaient été révélés depuis son arrivée, en août. Que représentait Trevenen ? Cette maison était la clé des informations qu'elle ne pensait jamais obtenir sur sa mère et son père. Elle était la raison de sa venue en Cornouailles, et c'était là qu'elle avait rencontré l'homme dont elle était tombée amoureuse.

L'enfant qui poussait en elle devait se savoir en sécurité. Elle le protégerait, et Trevenen le protégerait, comme elle l'avait fait pour des générations de Penventon. Personne ne menacerait ce bébé. Personne ne lui ferait lever la main contre son enfant. Personne. Surtout pas l'homme qu'elle aimait. Maddie se leva ; elle se sentait plus forte. Elle ramassa la lettre posée sur la table. Elle reconnut l'adresse de l'expéditeur. Ce n'était sans doute que le courrier confirmant ce que Mark lui avait déjà dit. Si la municipalité ne lui accordait pas le permis pour la grange, elle n'aurait pas d'autre choix que de vendre Trevenen. Maddie retint son haleine et ouvrit l'enveloppe.

La vapeur s'élevait de la chaussée, dont le soleil chassait les vestiges de la pluie du matin. Hannah avançait sur la route qui passait devant Trevenen et menait chez le vieux Tom. Elle se mit à chanter. Le soir même, Will rentrait pour Pâques. Il avait un mois de vacances, le veinard. Mais elle n'allait pas s'en plaindre, loin de là. Il lui tardait de le voir. Cela faisait vraiment trop longtemps. Elle cueillit une fleur du camélia blanc près du portail. Elle ne sentait rien, mais elle était trop belle. Elle la mettrait dans un vase pour son vieil ami. Devant la porte de la cuisine, elle s'arrêta et prit une profonde inspiration. La maison sentait désormais la maladie, une odeur qu'elle n'aurait su décrire, mais qu'elle ne connaissait que trop bien depuis l'épreuve de son père. Au moins, dans le cas du vieux Tom, les médicaments semblaient-ils avoir enfin un effet positif.

— Bonjour, jeune fille, la salua la gentille aide-soignante.

— Comment est-il ? s'enquit Hannah en attrapant un vase.

— En grande forme, et il vous attend.

Hannah sourit et passa dans le salon. De fait, il avait meilleure mine ; il semblait moins jaune. Hannah espérait que c'était bon signe.

— Oh ! tu m'as apporté une Victory White. Ce camélia est magnifique, n'est-ce pas ?

— Oui. Comment faites-vous pour vous rappeler tous ces noms ? demanda-t-elle.

— Je choisis et je plante avec soin, s'amusa-t-il.

— Comme pour tout ! s'esclaffa Hannah.

— Exactement. Pourquoi s'y prendre autrement ?

Il lui sourit.

— Si on parlait d'autre chose pour le moment.

Hannah fit glisser son sac de son épaule.

— Que m'as-tu donc apporté ? demanda le vieux Tom.

— J'ai enfin trouvé la bible.

Elle sortit le livre du sac et le posa sur le canapé à côté de lui, afin de ne pas lui écraser les genoux.

— Voyons si cela nous éclaire un peu sur la vie de Catherine.

Il ouvrit la bible avec précaution.

— Nous y voilà. L'arbre généalogique remonte à la mort de Philip Penventon en 1601.

— Il est question de Mary ou de Catherine ?

Elle regarda l'endroit où son doigt était pointé. Qui vient ensuite ? Le fils de Philip ?

— C'est curieux, la lignée n'est pas directe. Il semblerait que Philip ne se soit pas marié ; c'est un Thomas Penventon qui a fondé la dynastie, en fait.

— Ce Thomas était le fils de Catherine.

Hannah se mit à réfléchir à toute vitesse. Philip aurait-il adopté l'enfant de Catherine ?

— Tu as peut-être raison, mais, à moins que cette bible ne nous fournisse des informations sur la descendance maternelle, nous ne le saurons peut-être jamais. Le vieux Tom étudia de près le dos de la page.

— Ah ! Catherine apparaît ici, avec la date de sa mort, en 1570. Voyons maintenant si cela correspond aux dates de Thomas.

Il manipulait le livre avec beaucoup de précautions. Hannah savait qu'il s'agissait d'un ouvrage ancien. En en feuilletant les pages, elle avait découvert que son impression datait du début du dix-huitième siècle.

— Thomas est né en 1570.

— Excellent.

Hannah ne savait pas s'il fallait s'en réjouir ou s'en attrister.

— Mary est morte en 1590. Je vais regarder s'il y a des notes en bas de page.

Le vieux Tom se pencha sur le livre.

— La personne qui a écrit ces renseignements fait référence à des lettres qu'elle a trouvées.

Le vieux Tom leva les yeux.

— Des lettres ?

— Ah ! il est dit qu'il y aurait eu un autre bébé, une fille nommée Thomasina. C'était noté dans la correspondance.

Le vieux Tom plissa les yeux.

— Mais le bébé est mort presque aussitôt.

Hannah se renfonça dans le canapé.

— Où Catherine et Thomasina seraient-elles enterrées ?

— Le plus probable, en ce qui concerne Catherine, est l'église locale, mais, pour son enfant, c'est une autre histoire.

Hannah fronça les sourcils.

— D'abord, d'après ce que nous savons, Catherine n'était pas mariée.

Tom leva la main pour empêcher Hannah de l'interrompre.

— Il est donc fort probable que Mary ou son frère Philip n'ait pas voulu attirer l'attention.

Il prit une profonde inspiration.

— À l'époque, les enfants qui n'avaient pas été baptisés n'avaient pas le droit à un enterrement digne de ce nom ; par conséquent, Thomasina peut être enterrée n'importe où.

— OK, j'ai compris, je crois.

Hannah se leva et arpenta la pièce. Elle décida de profiter de la sieste du vieux Tom, qui n'allait pas tarder, pour se rendre au cimetière local.

— Je vais prendre une eau gazeuse, merci, commanda Maddie au bar. Comme je me sens encore vaseuse, j'essaie de ne pas contrarier mon estomac, déclara-t-elle en tentant d'éviter le regard interrogateur de Tamsin, à côté d'elle.

— Tu en as parlé au médecin ? s'enquit son amie.

Maddie se rappela sa triste conversation, une semaine plus tôt, et sa prescription, qui n'était pas du tout de son goût.

— Oui. Apparemment, ça arrive.

Son verre de vin en main, Tamsin se dirigea vers une table dans un coin. Le pub était calme, ce qui convenait parfaitement à Maddie, car elle n'avait pas l'énergie de voir du monde. Le fait d'essayer de cacher sa grossesse la fatiguait encore plus. Hannah ne cessait de lui adresser de drôles de coups d'œil lorsqu'elle se retirait pour aller se coucher à 20 h sous prétexte d'avoir un bon livre à terminer.

— Alors, des nouvelles de ton permis ? s'enquit Tamsin en s'asseyant.

— Non.

Maddie but une gorgée d'eau.

— D'après Mark, c'est plutôt normal.

Elle jeta un coup d'œil à son sac. Il renfermait l'offre de un million de livres pour Trevenen que lui avait transmise l'agence immobilière.

— Hmmm.

Tamsin marqua une pause et regarda attentivement Maddie.

— Où vous en êtes, toi et Mark ?

— C'est ce qui s'appelle ne pas tourner autour du pot ! s'esclaffa Maddie.

— Oui, je demande juste parce qu'Hannah m'a dit que tu étais sortie une ou deux fois avec Gunnar.

— On ne peut rien te cacher, grimaça Maddie.

Elle avait un gros secret à cacher à son amie, mais elle avait besoin de lui soutirer des informations. Le tout était de parvenir à poser ses questions sans éveiller ses soupçons.

— On n'est pas vraiment ensemble, pour l'instant. Il semble qu'on ait reculé d'un pas.

— Mais pourquoi donc ? Et tu tiens Gunnar en haleine ?

— Absolument pas. Cela fait belle lurette que j'ai mis un terme à toute forme de relation sentimentale avec lui, mais il est d'une charmante compagnie… et pas compliqué.

— Et ce type se contente de ça ?

Tamsin se cala au fond de son siège et regarda Maddie.

— Tout à fait.

— Il est homo ?

— Pas du tout. On est devenus bons amis.

Maddie se rendit compte à quel point elle appréciait la simplicité de cette relation.

— Amis, hein ? Et Mark, il se situe où dans tout ça ?

Il est relégué en troisième division, celle des « juste amis » ?

Maddie esquissa un rire, car il était certainement plus qu'un ami. Que dire pour faire cesser cette inquisition ?

— Inutile de te dire que Mark a des choses à régler.

— C'est vrai.

Tamsin hocha la tête.

— Tu ne l'as pas largué à cause de ça, j'espère ?

— Seigneur, non. Au contraire, je ne l'en aime que davantage.

Maddie s'arrêta. Merde. Elle venait de dire qu'elle aimait Mark. Grossière erreur.

— Dans ce cas, peux-tu m'expliquer pourquoi vous n'êtes plus ensemble ? demanda Tamsin.

— Il a besoin de temps pour assumer son passé et je me suis rendu compte que moi aussi. Les événements de l'an dernier m'ont sentimentalement épuisée... pour le moins.

— C'est bien joli, tout ça, mais j'ai plutôt l'impression que vous vous cachez tous les deux.

— Ça m'étonne de toi ! s'esclaffa Maddie.

— La vie est courte. Tu es assez bien placée pour le savoir. Tu as trouvé l'amour. Ne le laisse pas filer.

Tamsin but une gorgée de vin.

— Ce n'est pas mon intention.

Maddie hocha la tête, se demandant comment diable s'y prendre pour que cela n'arrive pas.

— Tu ne m'as pas l'air totalement convaincue.

— Si, c'est juste que je n'ai pas forcément la même notion du temps que toi, rétorqua Maddie avec un haussement d'épaules.

— Ne sois pas idiote.

Maddie laissa courir son doigt sur le bord de son verre et réfléchit à la manière d'aborder le sujet. Si elle voulait voir Tamsin, c'était parce qu'il lui fallait le groupe sanguin de Mark, chose qu'elle ne pouvait pas demander à l'intéressé.

— Je lisais un article intéressant l'autre jour sur les régimes et les groupes sanguins, se lança-t-elle en croisant les doigts sous la table.

— D'où ça sort, ça ? C'est un moyen de me dire que je suis trop grosse ?

Tamsin baissa les yeux sur son décolleté généreux.

— Non, je l'ai juste trouvé intéressant. Tu es de quel groupe sanguin, toi ?

— O.

— Plus ou moins ? continua Maddie.

— Ça joue un rôle dans ce que je mange ? J'avais déjà entendu parler de ce truc de régime, mais jamais de l'influence du rhésus.

— Vraiment ?

Maddie avançait maintenant en terrain miné.

— Je suis O plus. Ça veut dire quoi ? s'enquit Tamsin.

— Tu es une viandarde.

— Ce n'est pas une surprise. Et si j'étais rhésus négatif, alors ? s'enquit Tamsin. Maddie se creusa la cervelle pour trouver quelque chose de plausible.

— Tu serais plus poisson, je crois.

— Intéressant.

— Oui, c'est ce que j'ai trouvé, aussi.

Maddie poursuivit :

— Et tu sais de quel groupe est Mark, par hasard ?

— Aucune idée. Tu devras le lui demander toi-même. Je me demande si ça n'a pas un rapport avec la généalogie, leur truc. Auquel cas, dans ma famille, on a toujours été des fermiers, d'où la viande. Anthony et Mark viennent tous les deux de familles de pêcheurs. Je ne me souviens pas de quel groupe est Anthony, mais je crois qu'il est positif aussi, auquel cas, c'est un tas de conneries ou un fermier s'est glissé quelque part dans sa lignée avant moi.

Maddie éclata de rire. Elle trouvait intéressant que la famille de Mark soit liée à la mer, mais cela n'apportait pas de réponse à son problème.

— Il faut que j'aille aux toilettes.

— Tu es sûre que ça va ? C'est la deuxième fois depuis qu'on est arrivées !

— Mais oui, ça va.

Maddie savait que tout irait bien, mais il lui fallait ce renseignement.

Vingt-huit

— Ohé ! Maddie, tu es dans la salle à manger ?

Hannah passa la tête par la porte. En l'absence de réponse, elle poursuivit ses recherches et, pour finir, gravit l'escalier jusqu'à la chambre de sa belle-mère. Elle devait être rentrée puisque sa voiture était là, à moins bien sûr qu'elle ne soit sortie avec Tamsin ou quelqu'un d'autre.

Sur le seuil, Hannah hésita en raison des bruits qui lui parvenaient de la salle de bain. Rien d'indécent, heureusement. Quelqu'un était malade. Hannah traversa la chambre à grands pas et trouva Maddie à genoux, la tête dans la cuvette des toilettes. Malgré ses haut-le-cœur, elle ne parvenait pas à vomir.

— Maddie, tu disais pourtant que tu n'étais plus malade.

Hannah se précipita vers elle. Les convulsions s'arrêtèrent, et Maddie se rassit sur ses talons.

— Ne t'en fais donc pas.

— Comment tu peux dire ça ? Ça fait un bon moment que tu es malade. Tu as sûrement quelque chose de grave ! Ne mens pas.

Hannah serra ses bras autour d'elle.

— Je ne te mens pas. Je n'ai rien du tout.

Maddie se leva.

— Dans ce cas, qu'est-ce qui te fait dégueuler tout le temps ?

Hannah marqua une pause.

— Oh ! mais j'y suis, tu es enceinte, c'est ça ?

Maddie hocha la tête en se rinçant le visage.

— De qui ? demanda Hannah.

Maddie se retourna vivement.

— Hannah, comment peux-tu poser cette question ?

— Tu sors avec deux mecs ! Ce n'est quand même pas une immaculée conception.

Maddie émit un petit rire et s'assit sur la lunette des toilettes.

— Je n'ai jamais couché avec Gunnar.

— Ça laisse le Saint-Esprit ou Mark. Et je sais lequel des deux je préfère.

Maddie éclata de rire.

— Ravie que tu trouves ça drôle. Mark est au courant ?

— Non.

— Pourquoi ? demanda Hannah. Je croyais qu'informer le père était l'une des premières choses à faire ou, là encore, j'ai tout faux ?

Hannah croisa les bras sur sa poitrine.

— Je ne suis pas prête, dit Maddie, le regard baissé sur ses pieds.

— Pas prête ? À quoi ? À faire le petit chien ? À peindre la chambre du petit ? Donne-moi un indice au moins.

— Hannah, les choses ne sont pas si simples.

Maddie lui jeta un coup d'œil, puis détourna les yeux.

— Si, bien sûr que si, sauf avec toi. Dis-le à Mark. Il a le droit de savoir. Perso, je pense qu'il va être fou de joie. Et il fera un père génial.

— Tu crois ? demanda Maddie en souriant à moitié.

— Oui, et toi aussi, sinon tu n'aurais pas joué à la

roulette russe avec la contraception. Tu n'es pas si stupide, encore que je commence à me poser des questions.

— Et depuis quand tu es une experte en la matière ? soupira Maddie.

Hannah perçut la fatigue de Maddie. Elle décida de la laisser tranquille.

— Ohé ? Il y a quelqu'un ?

Tamsin franchit la porte de la chambre.

— Où est le champagne ? Sans alcool, du moins.

— Quoi ? s'étonna Maddie.

— Euh, je viens d'apprendre par Mrs Bates que tu es enceinte, et je me demandais juste quand tu comptais l'annoncer à ta meilleure amie. C'est sûr que le raconter à l'une des plus grandes pipelettes en ville n'est pas le moyen que j'aurais choisi.

Tamsin s'appuya contre le chambranle de la salle de bain sans son sourire habituel.

— Zut ! Moi qui espérais qu'elle oublierait ce que j'avais à la main quand on s'est croisées à la pharmacie.

Maddie se passa les doigts dans les cheveux.

— Mark est déjà au courant qu'il va être papa ? s'enquit Tamsin.

Maddie fit non de la tête.

— Tu ferais mieux de te dépêcher avant que Mrs Bates ne répande la rumeur et que tout le monde fasse le rapprochement avec les deux seuls candidats possibles.

Tamsin fit la moue.

— Tu vois, je ne suis pas la seule, commenta Hannah, assise sur le bord de la baignoire.

— Non, ils n'ont qu'à se poser des questions, déclara Maddie d'une voix à peine audible.

Elle se prit la tête entre les mains.

— Qu'est-ce que tu dis ?

Tamsin s'approcha de son amie et lui releva la tête.

Hannah vit les larmes couler le long des joues de Maddie. Elle ne comprenait rien.

— Je ne dis rien, persista Maddie en se levant.

Elle dominait Tamsin dans l'espace réduit de la salle de bain.

Hannah sortit dans la chambre. À les voir, toutes les deux, elle risquait de prendre un mauvais coup.

— Es-tu en train d'essayer de me dire que Mark n'est pas le père, mais que c'est Gunnar, avec qui, hier encore, tu disais que tu n'avais jamais couché ? s'enquit Tamsin.

— Tout ce que j'ai dit, c'est que je ne dis rien, répéta Maddie en choisissant ses mots.

— Mais tu viens de me le dire, protesta Hannah.

— Ah bon ?

Maddie passa devant Tamsin pour retourner dans la chambre.

— Peu importe ce que tu dis maintenant, bien que je n'aie aucune idée de la raison pour laquelle tu dis ça…

Tamsin prit une profonde inspiration…

— Ça n'a aucun sens puisque tu dis que tu aimes Mark. Il est le père et il a le droit de savoir, lui cracha-t-elle presque au visage devant une Hannah fascinée.

L'adolescente comprenait maintenant pourquoi les garçons filaient toujours droit. Tamsin faisait carrément peur.

— Non, lâcha Maddie avant de descendre au rez-de-chaussée.

— Je crois que la grossesse lui a fait perdre la tête, fit remarquer Hannah.

— Peut-être, dit Tamsin en emboîtant le pas à son amie.

Hannah ne voulait pas manquer cela. En tout cas, elle ne parierait pas sur sa belle-mère. Personne n'était de taille face à Tamsin.

Maddie se dirigea vers l'écurie, dont elle claqua les grandes portes derrière elle. De gros sanglots lui secouaient le corps. Elle pouvait à peine respirer. Ce n'était pas juste. Elle ne pouvait pas gérer cela maintenant. Il ne fallait pas que Mark sache que c'était son enfant. S'il savait que le bébé risquait d'être affecté, il lui demanderait la même chose que John. Pas question de repasser par là. En entendant Tamsin débouler dans l'écurie, Maddie pivota sur ses talons. Son amie était visiblement furieuse.

— Tu n'as pas le droit de ne pas lui dire. C'est son bébé. C'est quoi, ces conneries ? s'exclama Tamsin d'un ton sec.

— Laisse-moi, Tamsin, rétorqua Maddie, qui ne savait pas quoi dire d'autre.

— Certainement pas. Mark a déjà suffisamment souffert comme ça. Je ne te laisserai pas lui faire ça.

Maddie vit Hannah sur le seuil. Que pouvait-elle bien penser ? Une chose était sûre, en tout cas, Maddie ne lui donnait pas un très bon exemple : elle attendait un enfant hors mariage après avoir eu des rapports non protégés. Soudain, Maddie se rendit compte qu'Hannah n'avait pas explosé en apprenant la nouvelle. Elle avait même réagi avec calme.

— Mais je ne lui fais rien.

— Si. La rumeur va se répandre comme une traînée de poudre, et il l'apprendra, de toi ou de quelqu'un d'autre. Qu'est-ce que ça te ferait, à toi ? rétorqua Tamsin.

Maddie la regarda fixement. Elle ne comprenait pas. Maddie devait protéger cet enfant.

— C'est mon bébé.

Elle se détourna de Tamsin et regarda le tableau sur le chevalet. Dans son esprit, ses longs traits lisses bleus, destinés à évoquer les profondeurs de la mer, se transformèrent en hurlements de colère.

— Je sais que c'est ta première grossesse et que tout ça est bouleversant.

— Oh ! je t'en prie, tu ne sais rien du tout.

En se retournant, Maddie vit son amie, pourtant plus petite qu'elle, physiquement prête à en découdre.

— Si, je sais. J'en ai eu trois, mais j'en ai perdu deux. Je sais, ne céda pas Tamsin.

— Non, tu ne sais pas.

Maddie aspira fortement. Tamsin en avait perdu deux. Elle ne les avait pas tués.

— Tout ira bien. La première fois, c'est toujours la plus difficile.

Tamsin se rapprocha.

— Ce n'est pas ma première, gronda Maddie entre ses dents.

— Quoi ?

Tamsin s'arrêta.

— Tu as un enfant quelque part ? demanda Hannah en s'avançant vers elles.

— Non.

— Mais tu viens de dire que ce n'était pas ton premier, objecta Hannah.

— Tu as fait des fausses couches ; c'est terrible, n'est-ce pas ? intervint Tamsin d'une voix douce.

— Non.

— Si ce n'étaient pas des fausses couches, et si tu n'as pas d'enfant planqué quelque part, c'est que tu t'es fait avorter, conclut Hannah d'une voix plus forte. Ce n'est pas possible. Tu es trop catholique pour ça. Même moi, je sais ça.

Tamsin tendit la main vers Maddie et lui toucha le bras. Maddie sentit un frisson glacial lui parcourir le corps. Elles savaient ce qu'elle avait fait.

— Tout va bien, Maddie, la consola Tamsin en la prenant dans ses bras.

— Quoi, tu es tombée enceinte comme ta mère à l'adolescence ? s'exclama Hannah à quelques centimètres de Maddie. Ça doit te faire bizarre qu'il te soit arrivé la même chose.

Maddie releva vivement la tête et s'écarta de Tamsin.

— Non, je ne suis pas tombée enceinte à l'adolescence, et, contrairement à ma mère, je n'ai pas eu l'enfant.

— C'est quoi, le problème, alors ? insista Hannah, les mains sur les hanches.

— Hannah, un avortement est toujours une décision difficile à prendre, déclara Tamsin en se tournant vers elle.

— Oui, j'imagine, mais quand même, ça doit faire un moment, avant que Maddie rencontre papa... Alors, elle pourrait s'en être remise depuis.

— Je ne crois pas qu'on se remette jamais de la perte d'un enfant, peu importe la manière, affirma Tamsin.

Maddie regarda Hannah. De toute évidence, la jeune fille ne comprenait pas.

— Alors, ça s'est passé quand ? persista Hannah.

— Il vaut mieux que tu n'en saches rien.

Maddie se détourna.

— Si, justement. Je sais que ça ne peut pas être pendant que tu étais avec papa parce que vous n'arrêtiez pas d'essayer de me faire un petit frère ou une petite sœur. Alors, c'est arrivé quand ? Juste avant que tu rencontres papa ? C'est pour ça que tu n'as pas eu d'enfants ? C'est parce que l'avortement t'a flingué l'intérieur ?

Maddie se retourna vivement vers elle.

— Hannah, tu m'as demandé de ne jamais te mentir ; alors, cesse ces questions, s'il te plaît.

— Qu'est-ce que tu veux dire ? Que tu t'es fait avorter pendant que tu étais avec papa ?

Hannah regarda Maddie fixement.

— Je n'y crois pas. Papa ne t'aurait jamais laissée faire

ça. Tu as dû le faire dans son dos. Comment as-tu pu ? s'écria-t-elle.

Au lieu de crier à son tour, Maddie répondit aussi calmement que possible :

— Je l'ai fait parce qu'il me l'a demandé.

— Non, jamais il n'aurait fait ça. Tu as tué mon petit frère ou ma petite sœur.

Hannah poussa si violemment sa belle-mère qu'elle tomba sur le sol.

L'atroce douleur qui saisit Maddie dans le dos lui coupa le souffle.

— Sale garce ! hurla Hannah en s'enfuyant de l'écurie.

Maddie la vit s'éloigner en courant.

— Oh mon Dieu, tu vas bien ? s'enquit Tamsin en aidant Maddie à s'asseoir.

Soudain vidée, Maddie tenta de reprendre son souffle. Après sa confession à l'église, elle avait espéré que tout cela serait terminé, qu'elle pourrait laisser sa peine dans l'enceinte sacrée du confessionnal. Or maintenant tout le monde était au courant.

— Je suis un peu essoufflée, mais ça ira dans une minute.

Maddie tenta de rassembler ses esprits. Désormais, Hannah connaissait la vérité, que cela lui plaise ou non.

— John t'a demandé d'avorter ? s'enquit Tamsin.

Maddie hocha la tête. Il lui était étrange d'entendre ces mots dans la bouche de quelqu'un d'autre.

— Quand ?

— Une semaine avant sa mort, répondit Maddie sans pouvoir regarder son amie.

— Je ne sais pas quoi dire.

— Il n'y a rien à dire. Je suis tombée enceinte. Un don du ciel. Une partie de lui allait continuer à vivre, mais il avait l'impression que je n'y arriverais pas. Que je ne pourrais pas travailler et élever Hannah en parallèle. Que je ne serais pas assez présente pour sa fille.

Maddie secoua la tête.

— Il avait raison.

— Non, il avait tort ; terriblement tort pour toi, comme pour elle.

Tamsin l'observa.

— Tu peux te mettre debout ?

Maddie grimaça en se relevant. Une vive douleur lui sciait le bas du dos.

— Ça va ?

Maddie hocha la tête.

— Alors, ça s'est passé quand ? s'enquit Tamsin.

— Une semaine après l'enterrement.

— Qui t'a accompagnée ?

— Personne ! s'esclaffa amèrement Maddie.

— Tu y es allée seule ? reprit Tamsin en lui tenant la porte de la maison.

— Oui, personne n'était au courant, et j'avais trop honte de ce que je faisais. J'étais désespérée. Je n'étais même pas allée chez le médecin, soupira Maddie. J'étais si heureuse, même si je savais que John ne verrait jamais son enfant. Il me redonnait espoir alors que tout autre espoir était perdu. John, néanmoins, voyait les choses différemment.

— Assieds-toi. Tu es toute pâle.

Tamsin la guida vers une chaise.

— Ça te surprend ?

— Non, répondit Tamsin avec un petit rire. OK, je comprends pourquoi tu es si protectrice à l'égard du bébé. C'est logique en un sens.

— Oh ! tu me vois ravie d'avoir au moins éclairci ce point pour toi, dit Maddie avec sarcasme.

— Mais ce que je ne comprends pas, c'est pourquoi

tu ne veux pas en parler à Mark. Il serait aux anges. J'en suis sûre.

— Non.

— Donc, tu vas lui cacher qu'il est le père ? Je ne vois pas comment ni pourquoi tu ferais ça. Il y a quelque chose qui m'échappe ?

Tamsin inclina la tête sur le côté.

— Non.

— OK. Où est le sucre ? Je sais que tu n'en prends pas normalement dans ton thé, mais là je crois que tu en as besoin.

Tamsin balaya du regard le plan de travail.

— Dans le placard de gauche.

Maddie vit Tamsin se hisser sur la pointe des pieds pour atteindre la boîte.

— Je l'ai.

Tamsin marqua une pause.

— Pour quoi as-tu pris cet antibiotique et quand ? demanda-t-elle en brandissant la boîte de médicaments. C'est super fort, ce truc. Anthony a dû en prendre à notre retour de voyage en Égypte. Terrible. Le remède est pire que le mal.

Tamsin regarda Maddie, dont la gorge se nouait. Elle avait oublié qu'elle avait rangé la boîte là. Comme il restait trois comprimés, elle comptait l'apporter au dispensaire. Tamsin la retournait dans ses mains.

— Maddie, tu as peur qu'il y ait un problème avec le bébé. C'est pour ça que tu ne veux rien lui dire.

Tamsin regarda intensément son amie.

— Mark n'est pas John. Je sais du fond du cœur que jamais il ne te demanderait ce que John t'a demandé. Le médecin est au courant ?

À travers ses larmes, Maddie ne put qu'acquiescer.

— Qu'a-t-il dit ? s'enquit Tamsin.

— Que je dois avorter.

Comment un mot pouvait-il faire si mal ? songea Maddie.

— Non.

Maddie sanglota.

— Tu ne peux pas. Je comprends.

Tamsin vint s'agenouiller devant son amie et lui prit les mains.

— Tu dois le dire à Mark. Tu n'as pas à vivre ça toute seule.

— Non, je ne peux pas lui faire ça et je ne peux pas prendre le risque.

Elle jeta un coup d'œil à la table, où l'accord pour la vente de Trevenen attendait sa signature. Elle allait partir. Voilà la solution.

Vingt-neuf

Il était minuit quand Hannah alluma en entrant dans la cuisine. Elle éclaira une mare de sang par terre. Maddie était allongée à côté. Malgré les cris de sa belle-fille, Maddie ne bougeait pas. Aussitôt, Hannah appela une ambulance. Puis, assise par terre à côté de Maddie, inconsciente mais respirant toujours, elle se mit à prier comme jamais.

Le trajet jusqu'à l'hôpital se déroula dans un brouillard. Elle n'avait pu joindre ni Tamsin ni Mark, mais Fred était venu à la rescousse. Maintenant, elle faisait les cent pas dans la salle d'attente et tentait de se défaire des images de tout ce sang par terre. Maddie avait la peau si blanche, si froide. L'adolescente savait très bien que c'était sa faute. Elle l'avait fait tomber. Les ambulanciers avaient dit qu'elle avait fait une fausse couche.

Fred entra dans la pièce.

— J'ai réussi à me garer et j'ai appelé maman. Elle arrive.

Hannah se laissa tomber sur une chaise. Cette fois, Maddie la détesterait à tout jamais. Non seulement son père lui avait demandé d'avorter, mais elle avait perdu celui-là parce qu'elle l'avait poussée.

On lui avait posé des milliers de questions sur Maddie et la grossesse, mais elle ignorait les réponses. Décidément, on ne pouvait pas compter sur elle. Elle aurait dû rentrer plus tôt. Le vieux Tom dormait depuis des heures, mais Hannah était restée à son chevet, pas vraiment sûre d'être prête à retourner chez elle et présenter ses excuses. Une fois de plus, le vieux Tom lui avait ouvert les yeux en lui présentant une autre version de l'histoire. Elle n'aurait pas pu faire pire, même si elle l'avait voulu.

Fred lui posa la main sur l'épaule.

— Ça va aller.

— Elle a perdu beaucoup de sang. Il y en avait partout.

Elle cligna des yeux sans parvenir à chasser l'image.

— N'y pense plus. Tu as appelé les secours et elle ira bien, assura-t-il.

C'était faux. À cause d'elle, Maddie avait perdu son bébé.

Tamsin accourut dans la salle d'attente.

— Comment va-t-elle ?

— J'en sais rien, dit Fred en se levant.

— Tamsin, je suis désolée, gémit Hannah avant de se prendre la tête entre les mains.

— Ce n'est pas ta faute, objecta Tamsin.

— Mais si. Je l'ai poussée. Elle est tombée. C'est moi qui ai provoqué la fausse couche.

Tamsin lui ouvrit les bras.

— On n'en sait rien.

Comme Hannah ne bougeait pas, Tamsin se dirigea vers elle. Au même instant, Mark arriva. Hannah ne l'avait jamais vu si inquiet. Savait-il ce qui s'était passé ? Était-il au moins au courant que Maddie était enceinte ? Que lui avait raconté Tamsin ?

— Où est-elle ? demanda-t-il d'une voix hésitante.

— Encore avec le médecin, je crois, répondit Fred.

Tamsin passa un bras autour des épaules d'Hannah et l'attira contre elle. La jeune fille retenait ses larmes. Elle devait se montrer forte. Un médecin apparut sur le seuil et s'adressa à Mark avant qu'elle n'ait eu le temps de parler.

— Vous êtes le père ? demanda-t-il.

Hannah vit le visage de Mark se décomposer. Ce qu'elle avait vu avant n'était rien. Tamsin ne lui avait rien dit.

— C'est bien lui, dit Hannah.

Mark la regarda.

— Comment va-t-elle ?

— Nous avons procédé au curetage, répondit le médecin, incapable de croiser le regard de Mark. Elle a perdu énormément de sang, mais son état est stable.

— On peut la voir ? s'enquit Tamsin.

— Non, elle est en réanimation.

— Pour combien de temps ?

— Plusieurs heures encore. Elle aura peut-être besoin d'une autre transfusion. Le temps nous le dira.

Le médecin leur adressa un sourire. Mark s'assit.

— J'ai pris contact avec son généraliste. Si vous voulez lui parler, il ne va pas tarder.

Hannah suivit des yeux la silhouette vêtue de vert qui disparut dans le couloir.

— Tamsin ? fit Mark, la voix brisée.

— Je ne l'ai découvert qu'aujourd'hui, Mark. Je ne sais même pas à combien de semaines elle en était.

Tamsin alla s'asseoir à côté de lui.

— Elle ne m'avait rien dit.

Mark se prit la tête entre les mains.

— Tu es sûre que c'est le mien ? demanda-t-il à Hannah.

— Oui, absolument.

Hannah aurait bien voulu l'aider, mais elle ne savait ni quoi dire ni par où commencer.

— Mark, je suis désolée.

Hannah prit une profonde inspiration. Il fallait essayer de faire amende honorable.

— C'est ma faute.

Tamsin se leva.

— Non, ne sois pas idiote, Hannah, ce n'est pas ta faute. Ces choses-là ne sont jamais si simples. Pour l'instant, il faut qu'on se concentre sur le fait que Maddie est toujours là grâce à ta rapide intervention.

— Mais..., tenta de poursuivre Hannah.

— Pas de « mais ». Maintenant, Fred, emmène Hannah et allez nous chercher un thé.

Poussée vers la sortie, l'adolescente se retourna et vit Tamsin s'adresser à Mark. Elle aurait voulu assister à la conversation.

— Laisse-les. Maman saura s'en occuper. Elle sait y faire. Quel choc, putain, d'apprendre que tu es père et, dans la foulée, que tu ne l'es plus !

— Ça, c'est l'euphémisme de l'année !

Hannah ne put retenir ses larmes plus longtemps.

Fred éclata de rire et lui passa le bras autour des épaules.

— C'est sûr.

Maddie s'assit et regarda les fleurs sur la petite table à côté d'elle. Elle tenta d'en étudier les couleurs, mais en vain. Elle n'avait pas cessé de pleurer depuis qu'elle avait repris connaissance et qu'on lui avait annoncé qu'elle avait perdu son enfant. La seule personne qu'elle avait vue était le Dr Grades, qui lui avait indiqué que, d'après les analyses du tissu fœtal, la fausse couche était due au fait que le fœtus n'était pas viable. L'antibiotique avait fait son travail : il avait tout tué en elle.

Elle secoua la tête. Il fallait cesser d'y penser et se reprendre pour affronter la vie. Maddie perçut alors une toux discrète.

— Pardon.

Un homme aux cheveux gris se tenait près du rideau ouvert au pied de son lit. Elle avait dit qu'elle ne voulait recevoir aucun visiteur. Elle n'était pas prête à affronter la pitié des autres. Maddie se moucha et se sécha les yeux. Lorsqu'elle leva les yeux, il était toujours là. Il lui disait quelque chose, mais elle ne parvenait pas à le remettre.

— Maddie ? fit l'homme.

— Peter ?

Maddie avala sa salive. Elle avait des hallucinations ; ce ne pouvait pas être son père.

— Oui. Je peux ? demanda-t-il.

Elle hocha la tête.

— Je sais que tu ne voulais pas de visiteurs, mais Hannah a pensé que tu accepterais peut-être de me voir, dit-il.

— Tu as parlé à Hannah ?

Maddie cligna des yeux.

— Oui, elle m'accueille à Trevenen depuis hier.

Il franchit le rideau. Maddie ouvrit la bouche, puis la referma.

— Comme je dois me rendre en France pour donner un cours, j'avais décidé de passer par Londres. Je voulais te proposer une rencontre ! s'esclaffa-t-il.

— Assieds-toi, je t'en prie, dit Maddie en lui indiquant le bord du lit.

— Quand j'ai appelé chez toi, je suis tombé sur une jeune fille bouleversée, qui a fini par m'expliquer pourquoi. Je suis venu aussitôt. Peter s'assit.

— Merci.

Maddie avala sa salive.

— Tu ressembles tant à ta mère.

Il sourit.

— Je l'ignorais, jusqu'à ce que je voie des photos.

Peter hocha la tête.

— Elle était belle et pleine de vie. En revenant à Trevenen, j'ai eu l'impression que c'était hier.

— Tu l'aimais ? demanda-t-elle.

— Je crois, oui. C'était il y a si longtemps, maintenant.

Il y eut un silence.

— En tout cas, j'étais anéanti chaque fois que mes lettres me revenaient. Je croyais qu'elle ne partageait pas mes sentiments. Je regrette aujourd'hui de ne pas être revenu en personne.

Maddie lui adressa un petit sourire.

— Je vois que tu as hérité de mes gènes artistiques.

Maddie s'esclaffa.

— Ton style n'est pas si différent du mien, insista-t-il.

— J'ai remarqué, oui.

Maddie était pensive.

— Peter, j'ai tant de questions…

— Oui.

Il hocha la tête.

Maddie regarda son père.

— Pour combien de temps es-tu là ?

— Malheureusement, je dois repartir aujourd'hui. En fait, je prends le train pour Londres dans une heure.

Il se leva.

Maddie sentit sa gorge se nouer.

— Je peux changer mon vol de retour, si tu veux, afin qu'on prenne davantage de temps pour faire connaissance ?

— Oui, ça me ferait très plaisir, dit-elle en ravalant ses larmes.

Peter se leva, puis se pencha pour lui embrasser la joue.

— Avant que tu partes, tu peux me dire quelque chose ? demanda-t-elle.

— Je veux bien essayer.

— En lisant le journal intime de ma mère, il m'a semblé que c'était à sens unique, qu'elle te courait après.

Peter éclata de rire.

— C'est drôle, moi qui faisais mon possible pour ne pas céder à mes sentiments pour elle. Elle était si jeune. Crois-moi, c'était tout à fait partagé.

— Merci.

Il lui pressa la main.

— Il me tarde de rattraper tout ce temps perdu.

— Hannah se fait un sang d'encre ; elle est rongée par la culpabilité.

Tamsin tourna dans le village.

— Pourquoi tu ne voulais pas la voir ?

— J'en suis navrée, mais j'avais besoin de faire un peu le tri dans ma tête. Je ferai tout pour qu'elle sache qu'elle n'y est pour rien et que je l'aime.

Tamsin s'arrêta devant la maison, et Maddie se sentit le cœur léger à la vue de Trevenen sous le soleil d'avril. Les cerisiers étaient en fleurs. Maddie s'en sut capable.

Durant ces quelques jours où elle avait été seule à l'hôpital, elle s'était résolue à accepter ce qui s'était passé. Cela ne rendait pas la perte plus facile pour autant. Le médecin, qui était passé la voir après l'intervention, avait insisté : le fœtus n'aurait pas survécu, et la chute de Maddie n'avait rien à voir avec la fausse couche. Il l'avait aussi rassurée sur le fait qu'il n'y avait aucune raison qu'elle ne puisse concevoir de nouveau. À l'évidence, ce ne serait pas avec Mark, cependant. Elle ne pouvait même pas imaginer sa peine et sa colère lorsqu'il avait appris qu'il était le père du bébé qu'elle venait de perdre. Ce qu'elle avait pu être aveugle !

Tamsin lui posa une main sur le bras.

— Va voir Hannah. Elle a besoin de toi.

— Merci.

— Oh ! et il va peut-être falloir lui expliquer pourquoi des gens sont passés prendre des mesures.

Maddie porta la main à sa bouche. Elle comptait aller poster son accord pour la vente de la maison sitôt le départ de Tamsin. La balade lui délasserait les muscles.

— C'est vrai que je lui dois des explications et des excuses.

Maddie descendit lentement de voiture. Elle était encore pleine de courbatures et de crampes.

— Je devrais peut-être t'accompagner, ajouta Tamsin.

— Non, on doit se débrouiller seules, Hannah et moi. Mais passe plus tard ramasser les cadavres, répondit Maddie avec un sourire.

— Mieux : je vous apporterai un petit plat pour que tu n'aies pas à te préoccuper de faire à manger.

— Merci.

Maddie prit une profonde inspiration et quitta son amie. En gagnant la maison, elle remarqua que la peinture s'écaillait sur la porte. Pourquoi ne l'avait-elle pas encore repeinte ?

Elle s'esclaffa. Il y avait plus important. La gorge nouée, elle poussa la porte.

— Hannah, je suis rentrée, appela-t-elle.

Sa belle-fille sortit comme une furie de la cuisine et faillit se jeter dans ses bras, mais se ravisa.

— Oh ! Maddie, je suis tellement désolée ! Je sais que tu ne pourras jamais me pardonner ! s'écria Hannah en larmes.

Maddie lui ouvrit les bras.

— Il n'y a rien à pardonner.

— Tamsin m'a dit que c'était le médicament, mais je suis sûre que c'est la chute qui a tout provoqué.

— Non, ce n'est pas ce que disent les médecins. Ne crois pas ça, je t'en prie.

Maddie attendait toujours les bras ouverts.

— Mais je ne t'ai pas crue au sujet de papa. Je m'en veux tellement, dit Hannah, qui finit par accepter l'étreinte.

— On a tous des choses à apprendre, Hannah. Ton père pensait à nous deux. Il me connaissait bien, il pensait que ce serait lourd pour moi. Mais tout ça, c'est le passé.

Maddie caressa les cheveux de sa belle-fille, si semblables à ceux de John.

— J'ai cru que j'allais te perdre aussi. C'était horrible, déclara Hannah à travers ses larmes.

Maddie tressaillit, car l'adolescente serrait un peu trop son corps endolori.

— Oh ! merde, excuse-moi. J'oubliais.

Hannah s'écarta.

— J'ai fait un gâteau. Tu en veux ?

— Tu as fait un gâteau ? s'étonna Maddie.

— Oui, une recette que m'a donnée Abi.

Hannah détourna les yeux.

— Parce qu'Abi sait cuisiner ?

Maddie s'appuya sur la table.

— Oui, et j'espère que tu ne m'en veux pas trop de l'avoir appelée, mais il fallait que je parle à quelqu'un, avec tout ce qui me trottait dans la tête, et le vieux Tom n'était pas en état.

— Non, bien sûr que non.

Maddie s'efforça de ne pas penser à la facture de téléphone.

— Maddie. Pourquoi vends-tu Trevenen ? Je croyais que tu aimais cette maison.

— C'est le cas. D'ailleurs, je ne vends pas. C'est une longue histoire. Donne-moi le téléphone, j'ai des coups de fil à passer.

Ce fut le soleil qui réveilla Maddie et non le bruit des pleurs d'un enfant. Un changement appréciable, surtout après le service de la maternité à l'hôpital. Elle se tourna avec une grimace. Ces contusions ne cessaient de se rappeler à elle, tout comme sa conscience. Elle n'avait pas encore parlé à Mark. Elle n'en avait aucune envie, mais elle le lui devait. C'était la moindre des choses.

Au rez-de-chaussée, Maddie trouva la table dressée pour elle avec un mot d'Hannah disant qu'elle espérait qu'elle avait bien dormi et qu'elle la verrait après l'école. Maddie essuya les larmes suscitées par tant de gentillesse. Combien de temps cela durerait-il, elle l'ignorait, mais pour l'instant elle appréciait.

Le courrier était soigneusement empilé : une lettre de l'agence immobilière et une de la mairie. Elle ne savait pas laquelle ouvrir en premier. L'agent immobilier n'était pas content. Il avait déjà réservé ses vacances sur la base de la commission qu'il devait recevoir. Néanmoins, il s'était calmé lorsqu'elle lui avait expliqué ses raisons.

Elle ramassa la lettre de la mairie. À sa lecture, elle comprit que Mark s'était donné du mal pour elle, car le permis lui était accordé grâce aux nouveaux plans soumis. Tout en mangeant son bol de céréales, Maddie songea à Mark et à son chagrin.

Elle tenta de réfléchir à ce qu'elle allait lui dire. Valait-il mieux lui présenter des excuses chez lui, prendre le téléphone ou encore lui écrire une lettre ? C'est cette dernière solution qui lui était d'abord venue à l'esprit, mais elle savait que c'était la plus lâche.

« Bon sang, va t'habiller, prends ta voiture et vas-y. Si tu réfléchis plus longtemps, tu n'iras jamais », songea-t-elle en imitant Tamsin. Maddie déposa sa vaisselle sale dans l'évier et quitta la cuisine. Dans l'entrée, elle s'arrêta devant la photo représentant Daphne, sa mère et sa tante.

— Eh bien, mesdames, c'est une sacrée aventure que vous m'avez réservée là. Ça vous ennuierait de me dire si d'autres secrets bouleversants m'attendent ?

Maddie secoua la tête.

— Non, Trevenen n'est pas responsable de tous ces chamboulements dans ma vie. J'ai été assez grande pour m'en charger toute seule.

Habillée et décidée, Maddie ferma la porte derrière elle. Elle avait glissé la clé dans la serrure lorsqu'elle entendit le téléphone sonner. Elle rentra précipitamment à l'intérieur.

— Mrs Hollis, ici la secrétaire de l'école de Mullion. Je vous appelle pour vous demander si vous autorisez Mark Triggs à conduire Hannah à l'hôpital de Treliske.

— Il est arrivé quelque chose à Hannah ? demanda Maddie, le cœur battant.

— Non.

Maddie entendit Mark réclamer le téléphone. Sa bouche s'assécha.

— Le vieux Tom a été emmené d'urgence à l'hôpital, car il est tombé dans le coma. Ce n'est pas de bon augure, expliqua-t-il.

— Entendu. Je vous y rejoins.

En mode automatique, Maddie fila sur les petites routes de campagne. Son cerveau était entièrement tourné vers ce que devait éprouver Hannah et vers Mark. Il aimait beaucoup le vieil homme, et sa présence n'allait pas rendre les choses faciles. Néanmoins, elle devait y aller, prendre ses responsabilités face à Mark et apporter son soutien à Hannah.

Sans remarquer les larmes qui tombaient sur son tee-shirt, Hannah tenait la main froide du vieux Tom. Les voyants des moniteurs s'étaient éteints depuis une dizaine de minutes. Maddie et Mark l'avaient laissée seule avec le défunt tandis qu'ils parlaient avec l'infirmière. À leur arrivée, le vieux Tom n'était pas mort. Tous les voyants clignotaient, mais, maintenant, plus rien. Comment la vie pouvait-elle s'en aller ainsi d'une minute à l'autre ? Il n'y avait pas de voyant pour les alerter lorsque son père était mort. Rien que le silence. Plus de respiration râpeuse.

Lorsqu'ils s'étaient rendu compte que le vieux Tom était parti, Maddie l'avait prise dans ses bras, ce qu'elle ne l'avait pas laissée faire lorsque son père était mort. Elle lui avait fermé la porte. Cette fois, Hannah était contente d'avoir son soutien.

Il y avait encore quelques minutes, le vieux Tom avait repris connaissance, l'avait regardée droit dans les yeux et avait souri. Mark en avait été témoin. Hannah ne l'avait pas imaginé. Il avait été avec elle un instant ou deux, puis ses yeux bleu vif s'étaient refermés. Au début, elle ne s'était pas rendu compte qu'elle pleurait. Elle versait des larmes silencieuses. Rien à voir avec les sanglots qui l'avaient secouée au décès de son père. La main du vieux Tom était jaune, froide et cireuse. N'était-il plus qu'un personnage de cire, désormais ? Après la mort de son père, Hannah avait fui la pièce sans un regard pour le corps.

Maintenant assise paisiblement au chevet du vieux Tom, elle regrettait de ne pas avoir passé plus de temps auprès de son père. Elle prononça un « pardon » muet en direction du plafond, où elle remarqua une tache assortie à la couleur de peau du vieux Tom. Le pas léger de Maddie interrompit le cours de ses pensées. Hannah regarda sa belle-mère. Mark n'était pas avec elle. Elle ne devait pas être encore prête à le voir. Elle semblait si vide et seule.

— Tu es prête à y aller ou tu préfères rester encore un peu ? murmura-t-elle, comme si elle ne voulait pas réveiller le vieux Tom.

— Comme tu veux, dit Hannah en regardant le visage immobile.

— Tu peux prendre le temps que tu veux.

— Ça va. Il n'aurait pas voulu me voir « tomber dans le sentimentalisme », comme il disait.

— Ça n'empêche pas le chagrin.

La bouche de Maddie se retroussa en un sourire.

— Non. Papa aussi avait l'air en cire, à la fin ?

— Je suppose, s'esclaffa Maddie, mais je n'y avais jamais songé comme ça.

— J'aimerais aller voir ma mère.

Hannah se leva.

— O... K.

Maddie pencha la tête sur le côté.

— Je peux te demander d'où te vient cette idée subite ? Elle est très loin.

— Eh bien, vu que les gens tombent comme des mouches autour de moi, j'aimerais voir à quoi elle ressemble tant qu'elle est encore en vie.

— D'accord. Peut-être pendant l'été, alors. Maddie tendit la main.

— Oui, je sais.

Hannah jeta un dernier regard au vieux Tom. Il souriait, elle l'aurait parié.

Trente

D'une main tremblante, Maddie ouvrit une bouteille de vin.

— Je ne sais pas vous, mais moi je prendrais bien un verre.

Mark hocha la tête.

— À Tom, dit Maddie en portant un toast.

— Oui, au vieux Tom.

Mark but une gorgée.

La porte d'entrée s'ouvrit brusquement, et Tamsin entra.

— Hum, un verre de vin, je ne dirais pas non. Tu me sers ? demanda-t-elle en tirant une chaise.

— Pas de problème. Maddie ajouta un verre sur la table.

— Quelle tristesse pour le vieux Tom ! Il va me manquer, mais au moins, il a eu une fin rapide.

— Oui, dit Hannah en songeant au corps allongé sur le lit d'hôpital.

Ce n'était plus le vieux Tom. Elle préférait penser à lui tel qu'il était dans son atelier et non tout jaune et froid.

— Quand ont lieu les obsèques ? Mark, tu sais ?

— J'ai parlé à un employé des pompes funèbres, tout à l'heure. Ce sera probablement à la fin de la semaine.

— Bien. Ça nous laisse un peu de temps pour nous organiser.

Tamsin tapota ses doigts sur la table.

— C'est juste. Hannah, sais-tu s'il possédait un carnet d'adresses ? demanda Maddie qui resservait Mark.

Hannah remarqua la manière dont elle le regardait. Avaient-ils parlé du bébé ? Peut-être Maddie devrait-elle expliquer à Mark ce qui s'était passé lors de sa précédente grossesse.

— Oui, dans le bureau, je crois.

— Super. Si on se répartissait la liste pour contacter tout le monde ? suggéra Tamsin, qui se saisit d'un morceau de papier pour prendre des notes. Les journaux ?

Mark leva les yeux.

— Je m'en charge.

Il avait l'air lessivé, songea Hannah. Elle ne s'attendait pas à ce que la mort du vieux Tom l'affecte autant. Il avait tout pris en charge, tout comme la fois où il l'avait secourue. On pouvait vraiment s'appuyer sur lui.

— Bon, ben, moi, je vais me coucher, annonça-t-elle en tentant de faire signe de l'œil à Tamsin de partir maintenant, mais celle-ci avait l'air scotchée à sa chaise.

— Ah bon ? Dis-moi, tu as eu Will ? s'enquit Tamsin.

— Non. Je suis sûre qu'il est au courant maintenant, mais je l'appellerai demain matin.

Dans sa chambre, Hannah pleura en passant la main sur le vieux coffre réparé. Pourquoi fallait-il que tous ceux qu'elle aimait meurent ou disparaissent ?

Hannah avait fait chou blanc au cimetière. Si Catherine était enterrée là ou à l'intérieur de l'église, il n'en restait aucune trace. Elle se demandait si les archives de l'église remontaient aussi loin, mais, même si c'était le cas, comme le lui avait fait remarquer le vieux Tom, seule la mort de Catherine serait enregistrée, pas celle de Thomasina. Elle alla remettre la bible là où elle l'avait trouvée dans le salon. Heureusement qu'elle l'avait trouvée avant que le vieux Tom ne soit mort. Il l'avait aidée à tout démêler, mais elle devrait terminer seule.

Le soleil tombait sur la cheminée lorsqu'elle entra dans le salon. Et si ce n'était pas qu'une cache de contrebandiers ? Elle se dirigea vers la porte. Grâce à l'éclairage, elle distinguait parfaitement le raccord entre les panneaux de bois.

Avec un bref déclic, la porte s'ouvrit. Ensuite, Hannah hésita. Pourquoi Maddie avait-elle toujours les jetons ? Les pleurs, oui, ça flanquait la trouille parce que c'était vraiment bizarre, mais ce devait être le vent ou un animal. Or, malgré le vent qui soufflait ce jour-là, Hannah n'entendait rien. Après avoir ouvert grand la porte afin de laisser entrer la lumière, Hannah se mit à genoux et passa les mains sur les dalles. En grande partie lisses, elles présentaient toutefois quelques bosses.

— Mais qu'est-ce que tu fais là ? s'exclama Maddie.

Hannah bondit sur ses pieds, le cœur battant.

— Maddie, je sais que je te croyais folle quand tu en as parlé, mais j'entends parfois aussi des pleurs.

Hannah recula dans le salon. Maddie s'approcha, mais Hannah voyait bien qu'elle hésitait.

— C'étaient des pleurs de bébé, hein ? Ni le vent ni un chat ?

Maddie hocha la tête.

— Tu les entends, là ?

Maddie avala sa salive, puis franchit la porte et s'arrêta.

Hannah sentit sa bouche s'assécher. Il y avait un lien, forcément. Maddie était une Penventon, et quelque chose l'avait appelée. Thomasina.

— Non, je ne l'entends plus, plus depuis que je suis

tombée enceinte, déclara Maddie, dont la voix faiblit sur ces derniers mots.

Hannah lui prit la main.

— Je suis désolée.

Maddie lui pressa la main.

— Je me souviens que tu as dit que le salon est un ajout du dix-huitième siècle, mais sais-tu quand la salle à manger a été rajoutée ?

Hannah lâcha la main de Maddie pour se remettre à quatre pattes.

— Non. Elle est ancienne, mais pas autant que la cuisine. Mais que fais-tu ? demanda Maddie.

— Je crois qu'il y a quelque chose d'écrit sur la dalle.

— C'est drôle.

Maddie fronça les sourcils.

— Tu sais, lorsque tu m'as trouvée par terre avec l'œil au beurre noir ?

Hannah hocha la tête.

— Je me disais que cette dalle ressemblait à une ancienne pierre tombale, ce qui est possible, évidemment. Probablement pour quelqu'un dont personne ne voulait.

— C'est ça ! confirma Hannah.

— De quoi parles-tu ?

— Je pense que c'est Thomasina, la fille de Catherine, qui est enterrée là.

— L'une de nous n'a clairement plus toute sa tête. Qui sont Catherine et Thomasina ? demanda Maddie.

— Ah oui, j'ai oublié de te parler d'autres trucs que j'ai trouvés.

Maddie haussa un sourcil.

— Désolée.

Hannah marqua une pause. Tout collait. Quel dommage que le vieux Tom ne soit plus là !

— Je nage toujours dans le brouillard, déclara Maddie, assise sur l'accoudoir d'un fauteuil.

— Tu aurais une grande feuille de papier ?

— Bien sûr.

De nouveau, Maddie fronça les sourcils.

— Tu te souviens de la fois où tu m'avais emmenée faire du décalquage ?

Maddie sourit et courut chercher le nécessaire. Hannah se rassit sur ses talons. Elle savait qu'elle avait raison. Thomasina était enterrée là, à Trevenen. Maddie revint en un clin d'œil, et Hannah lui arracha le papier des mains, ainsi que le fusain, pour décalquer la dalle. Des lettres apparurent. Au début, le fusain semblait ne reproduire que les marques naturelles de la pierre, mais lorsque l'adolescente ressortit de la cache et posa le papier par terre, on lisait distinctement : THOMASINA PENVENTON JANVIER 1570-JANVIER 1570. Hannah serra la main de Maddie, qui la lui pressa, avant de s'avancer vers la stèle. Tandis que ses doigts effleuraient la grossière inscription, Hannah se demanda si elle songeait encore à ses propres bébés.

Les brancards sur lesquels reposait le cercueil traversèrent lentement le village jusqu'à l'église. Maddie ne put retenir un sourire à la vue de la scène se déroulant devant elle. Alors qu'elle aurait dû apprécier la solennité de l'occasion, tout ce qu'elle voyait, c'était le caractère intemporel du maître de cérémonie coiffé d'un haut-de-forme qui guidait le vieux cheval tirant le cercueil.

Le village entier était venu assister aux funérailles de Tom. Mark et Hannah marchaient en tête de la procession, derrière le cercueil. Maddie n'en revenait toujours pas que Tom ait légué l'intégralité de ses biens à Hannah, avec Mark comme exécuteur testamentaire. Cela couvrirait largement les études de sa belle-fille, sans compter le reste. Elle avait vraiment de la chance. Heureusement qu'elle ne toucherait cet argent qu'à vingt-cinq ans. Maddie frissonna à l'idée de ce qui arriverait si elle disposait de sa fortune maintenant, mais Tom devait le savoir.

— Ne commence pas, murmura-t-elle à Tamsin, qui ricanait déjà.

— C'est plus fort que moi. On se croirait au cinéma.

Tamsin porta la main devant sa bouche.

— Je sais, mais...

— En tout cas, le vieux Tom avait le sens de l'humour ; il aurait adoré toute cette pompe. Il savait voir le bon côté des choses.

— C'est vrai.

Maddie sourit à Anthony, qui venait de les rejoindre. Il avait l'air mal à l'aise dans son costume noir.

— Désolé pour le retard. Un problème sur le chantier, expliqua-t-il en leur emboîtant le pas.

— Tu n'as rien loupé pour l'instant, affirma Tamsin en lui prenant la main.

Maddie réprima la pointe de jalousie qui la titillait. Leur amour était vraiment unique. Elle regarda l'homme qu'elle aimait, devant, tenant la main d'Hannah. Malgré toutes les heures qu'ils avaient passées ensemble à organiser les obsèques, ils n'avaient pas abordé leurs problèmes personnels.

Malheureusement, elle avait une grande expérience des enterrements. Celui de John avait été simple en comparaison, mais elle avait tout préparé avant. Ils venaient de vivre une semaine de folie, avec tout ce qu'il y avait eu à faire. Tom Martin avait mené une vie passionnante. Il n'avait pas seulement enseigné. À force de se plonger dans ses affaires, sa maison, ses papiers et enfin son testament, ils avaient pu considérer l'homme dans toute sa complexité. Les inconnus qui suivaient le cortège étaient issus de son parcours universitaire et du milieu de l'édition.

Lorsque Mark se retourna et lui sourit, Maddie sentit son cœur faire un bond. Il s'était montré gentil mais distant tandis que chacun s'affairait séparément aux préparatifs. Elle savait qu'il lui faudrait tenter de s'expliquer si elle le pouvait. Elle le désirait sincèrement.

— Tu as vu les jonquilles ? C'est magnifique sous ce soleil. Il y en a encore beaucoup pour la saison, commenta Tamsin.

Maddie contempla les champs de fleurs jaune vif qui courbaient la tête sous la brise au passage du cercueil. Leur couleur contrastait fortement sur le ciel bleu avec le noir du cortège funèbre. Maddie savait qu'un autre jour, tout le monde se serait défait pour exposer sa peau blanche de l'hiver aux rayons du soleil par ce temps de printemps, mais, en ce jour de deuil, le noir était de mise. La petite silhouette d'Hannah était bouleversante dans cette robe qu'elle portait déjà pour l'enterrement de John. Maddie n'aurait pas pensé qu'elle l'avait gardée. Désormais, elle était un peu courte et il n'en émanait plus tout à fait la même tristesse qu'avant. Hannah avait radicalement changé, à bien des égards. Cette semaine, elle s'était montrée presque raisonnable, même lorsqu'elle avait découvert que, grâce à son soudain héritage, elle ne dépendait plus de Maddie.

Le pasteur guida la procession à l'intérieur de l'église, et Maddie jeta un regard admiratif aux fleurs qui couvraient l'autel. Les femmes du village avaient fait un travail merveilleux. Cette composition était à la fois spectaculaire et joyeuse. Maddie se glissa sur le banc à côté d'Hannah. Mark resta dehors. Avec Anthony, il faisait partie des quatre porteurs.

Lorsqu'ils s'avancèrent avec le cercueil jusqu'aux premiers rangs, elle en profita pour l'étudier. Son amour pour lui n'avait pas disparu ; il s'était amplifié. Comment avait-elle pu ne pas lui faire confiance ? La tristesse l'envahit.

— Ça va, vous deux ? chuchota-t-il en s'asseyant à côté d'elle.

Maddie hocha la tête sans pouvoir parler. Elle tenta de concentrer son attention sur le pasteur, mais abandonna pour contempler le jeu des couleurs créé sur le couvercle du cercueil par le soleil à travers les vitraux.

Les paroles du premier cantique lui vinrent spontanément de mémoire sur les lèvres. Les dernières notes de l'orgue se turent, et le pasteur les invita à rendre hommage à la vie de Tom. Maddie s'efforça de rester attentive, mais ses pensées ne cessaient de revenir sur l'homme à côté d'elle.

C'est l'air grave qu'il écouta les lectures qu'ils avaient choisies ensemble. Son cœur se gonfla lorsqu'il se leva pour se diriger vers l'autel à son tour. Elle n'écouta pas ses paroles, seulement le son de sa voix.

Le joli chant d'Hannah s'éleva à son tour. Grâce à l'amour de cet homme qu'ils célébraient en ce jour, Hannah avait commencé à se transformer en une jeune femme attentionnée. Maddie n'en revenait pas.

À écouter la riche voix de baryton de Mark, elle eut du mal à penser à autre chose qu'au creux de ses bras. Quand cesserait-elle de le désirer ? Elle ferma les yeux et se força à écouter la fin de la messe.

Le cercueil, hissé haut, émergea dans le soleil radieux. Maddie cligna des yeux. La main d'Hannah chercha la sienne et, ensemble, elles se frayèrent un chemin jusqu'à la tombe à travers la terre lourde de pluie retournée sur le côté.

Tandis qu'elle regardait le cercueil descendre en terre, Maddie sentit, incapable de les retenir, les larmes couler sur ses joues. Un an plus tôt, elle assistait, incrédule, à une scène analogue. Hannah serra sa main.

— C'est papa, n'est-ce pas ? lui murmura-t-elle à l'oreille.

Maddie hocha la tête et écouta le prêtre. Tout était si définitif. Comme elle se demandait si Tom avait jamais connu l'amour et le deuil, elle se tourna vers Mark, qui la regardait les yeux remplis de tristesse. Pourquoi lui avait-elle causé tant de peine ?

Hannah jeta la première poignée de terre. Maddie ramena ses pensées sur Tom.

— Repose en paix.

Puis elle tourna les talons et se dirigea vers la route. Une pierre tombale toute neuve attira alors son attention. Elle s'arrêta pour lire l'inscription. C'était celle de Daphne. Pourquoi n'était-elle pas encore venue se recueillir sur sa tombe ? En silence, elle adressa ses excuses à sa grand-tante.

Contrairement à la plupart des autres tombes, la sienne n'était pas ornée de fleurs. Maddie y remédierait dès le lendemain. Celle d'à côté était beaucoup plus ancienne. Le cœur de Maddie s'arrêta. C'était celle d'Arthur. Daphne reposait enfin à côté de son aimé. La gorge nouée, Maddie essuya ses larmes.

— Merci pour cette belle cérémonie, dit Maddie au pasteur, devant la mairie.

— Tom était un homme bien, dit-il. Comment va Hannah ?

— Comme vous pouvez le voir, elle est triste, mais ça va.

Maddie sourit.

— Et vous ? Vous avez eu pas mal de choses à gérer dernièrement.

Il baissa un peu la tête.

Maddie soupira. Inutile de s'étonner qu'il fût au courant.

— Ça va. Mais j'ai quand même une question. En explorant la maison, Hannah a découvert, dans ce qui devait être une cache de contrebande, la pierre tombale d'un nouveau-né.

— Tiens, tiens. Une pierre tombale, dites-vous ?

Maddie hocha la tête.

— Y avait-il des dates ? demanda-t-il.

— Le 15 janvier 1570, et le nom de Thomasina. Elle est morte peu après sa naissance, et sa mère, Catherine, ne lui a pas survécu longtemps.

— *Thomasina*, cela signifie « jumelle », indiqua le pasteur.

— Tu vois, j'avais raison, Maddie, intervint Hannah, ravie. Thomasina était la jumelle de Thomas.

— Tu pourrais t'excuser avant de nous interrompre, fit gentiment remarquer Maddie.

— Oh ! pardon, c'est vrai. Tu demandes ce qu'on doit faire ? demanda Hannah.

— J'allais y venir, mais pour l'instant il faut que j'aille voir si tout se passe bien, déclara Maddie en voulant s'éloigner.

— Tamsin s'en occupe, assura Hannah.

— Puis-je vous demander si c'est là que vous pensiez avoir un fantôme ? demanda le pasteur.

Maddie rougit.

— Oui, en effet.

— Entendez-vous toujours des pleurs ?

— Non, dit-elle.

— Cela correspond à ce dont mon collègue m'a parlé.

— C'est-à-dire ? demanda l'adolescente.

— Les émotions intenses provoquent des effets inexpliqués.

— Vous voulez dire des esprits ?

Il acquiesça de la tête.

— Trop cool ! Mais ne faut-il pas exorciser la maison ou un truc du genre ? s'enquit Hannah en titubant un peu sur ses hauts talons.

— Je ne comprends pas, reprit Maddie.

— Dans le cas vécu par mon collègue, le chagrin extrême et autres émotions intenses avaient provoqué des choses.

— Comme quoi ?

— En l'occurrence, des déplacements d'objets et des cris étranges sortis de nulle part.

— Cool. Alors, ce serait à cause du chagrin de Maddie à la mort de mon père et de...

Hannah s'arrêta et regarda Maddie.

— ... et du mien ? Ou c'est peut-être le fantôme de Thomasina qui ne supportait pas d'être reléguée sous la maison ?

— Je ne saurais dire exactement, mais tout est possible, conclut le pasteur avec douceur. Puisque les pleurs se sont arrêtés, je crois qu'on peut laisser Thomasina en paix jusqu'après Pâques ; ensuite, on mènera l'enquête.

Après une légère courbette, il s'éloigna.

Trente et un

Le nez chatouillé par le champagne, Hannah éternua et faillit renverser son verre. Will se glissa derrière elle. Cela faisait des lustres qu'elle ne l'avait pas vu.

— Te voilà une riche héritière, maintenant !

Il se blottit dans son cou.

Hannah se retourna vers lui.

— C'est pour ça que tu es là, hein ? C'est mon argent qui t'intéresse ?

Elle le regardait par-dessus son verre.

— Peut-être, mais tu étais déjà irrésistible sans ça.

Hannah faillit s'étrangler.

— Idiot.

— Carrément, convint-il.

— Pourquoi tu ne m'as pas appelée ? demanda-t-elle.

— Pour vous laisser souffler un peu, toi et Maddie, après tout ce que vous avez traversé ces derniers temps.

Hannah chercha, en vain, sa belle-mère dans la foule. La présence de Will lui faisait penser que Mark et elle se comportaient plutôt comme deux étrangers polis en ce moment.

— Je t'ai manqué ? demanda-t-il.

— Peut-être.

— Juste peut-être ? se plaignit-il en feignant une mine vexée.

— Qu'est-ce que tu crois ?

Hannah s'appuya contre la fenêtre en souriant. La salle était comble, et il fallait qu'elle circule parmi l'assistance pour rencontrer tous les amis fidèles du vieux Tom. « Vieux », c'était le mot clé.

Will se pencha pour l'embrasser sur la joue. Elle aimait l'odeur de savon qu'il dégageait et qui s'attarda lorsqu'il s'écarta.

— Il paraît que tu as eu des nouvelles de ta mère ?

— Dis donc, on ne peut rien te cacher.

Elle leva les yeux au ciel.

— Ça t'étonne ?

— C'est vrai, ça ne devrait plus. J'espère aller la voir bientôt.

— Pourquoi, après toutes ces années ? s'enquit Will en la dévisageant.

— Elle s'est excusée.

Hannah n'avait pas encore tout compris, mais certaines choses, se disait-elle, n'avaient pas forcément de réponse.

— Oui, je sais, c'est un peu tard, mais je suis contente qu'elle l'ait fait.

Elle sourit.

— Et tu as maintenant de quoi te payer le voyage, riche que tu es devenue, mon amie, railla-t-il avec un clin d'œil.

Hannah éclata de rire et songea à l'argent. Maddie n'avait plus à se faire de souci pour sa belle-fille. Hannah prit la main de Will et la porta à sa bouche pour l'embrasser.

— Que me vaut cet honneur ? demanda-t-il.

— Rien de spécial. Bon, il faut que j'aille voir un peu les autres, dit-elle en lui lâchant la main.

— Ah ! s'il le faut.

Will se retira avec une révérence.

Hannah fit face à la pièce avec un sourire. Grâce au vieux Tom, elle était désormais une femme libre, maîtresse de son destin. Levant son verre, elle porta un toast muet au défunt, puis parcourut du regard l'océan de visages ridés. Par où commencer ? Un ancien hippie à l'air abordable se tenait en retrait.

Du coin de l'œil, elle aperçut Maddie et Mark qui quittaient la salle. Se demandant ce qui se passait, elle les suivit du regard jusqu'à l'aire de jeux.

— Merci de m'accompagner dehors, dit Maddie en s'asseyant sur une balançoire.

— C'est avec plaisir. Comment te sens-tu ? J'imagine que les enterrements ne figurent pas parmi tes activités préférées, répondit Mark, qui prit place sur l'autre balançoire.

— Non, c'est sûr, mais ce n'est pas la raison pour laquelle je t'ai fait venir dehors avec moi.

Maddie leva les yeux au ciel afin d'y puiser la force de continuer.

— Ah non ?

Mark haussa un sourcil.

— Je suis tout ouïe.

— Parfait, ça me va très bien. Si seulement il pouvait en être ainsi à tout jamais et non pas juste pour quelques minutes.

— Vraiment ? demanda-t-il.

Maddie se tut un instant.

— Oui.

Elle se tourna entièrement vers lui.

— Je voudrais te présenter des excuses, mais je ne sais pas par où commencer.

— OK.

Comme son visage ne trahissait rien, ce n'en était que

plus difficile ; mais, après tout, elle ne méritait pas qu'on lui facilite la tâche.

— D'abord, il faut que tu saches que le bébé que j'ai perdu était le tien…, enfin, le nôtre. Il n'y a jamais eu personne d'autre. Gunnar est un ami, rien de plus ; il n'y a jamais vraiment rien eu entre nous.

Maddie regarda ses mains posées sur ses genoux tandis qu'elle se poussait d'avant en arrière sans lever les pieds du sol. Son siège s'enroula, à l'instar de ses pensées. Comme il ne disait rien, elle continua :

— Je ne m'étais pas rendu compte que j'étais enceinte, sinon je l'aurais dit au docteur Grades quand j'ai été si malade. Même si je n'avais pas vraiment les idées très claires. Il faut dire que je n'aurais pas cru que c'était possible.

— Ah bon ? s'étonna Mark.

Elle le regarda, et tout son être se rappela cette première fois où ils avaient fait l'amour.

— Oui. John et moi, on avait essayé d'avoir un bébé sitôt mariés, mais rien. C'est pour ça que je n'ai pas songé un instant que cette seule nuit avec toi m'apporterait cet enfant tant désiré.

— Tu voulais donc mon enfant ?

Il avait l'air si surpris, que Maddie comprit plus que jamais le mal qu'elle lui avait fait.

— Oui, confirma-t-elle avec un hochement de tête.

— Pas juste un enfant ? demanda-t-il.

Maddie grimaça.

— Non, mais, pour être franche, j'aurais accepté n'importe quel enfant.

— Alors, je ne comprends pas. Si tu voulais mon bébé, Maddie, pourquoi ne m'as-tu rien dit ?

Maddie se passa la langue sur les lèvres. Elle savait que cela ne serait pas facile. Il lui fallait se dévoiler entièrement et le laisser juger.

— Mark, je t'aime. Je rêvais pour nous d'un avenir ensemble. Avant tout ça, j'espérais que toi et moi, on pourrait...

Maddie fit une pause, dans l'espoir de trouver les mots justes.

— ... se marier quand Hannah se serait faite à l'idée que je pouvais aimer un autre homme que son père, soupira-t-elle. C'est ce que je désirais le plus au monde.

Une brise souleva une boucle de ses cheveux soigneusement relevés. Elle aurait aimé que Mark dise quelque chose, mais il gardait le silence. Ne parvenant à se résoudre à lever les yeux vers lui, elle fixait ses pieds.

— Et puis je me suis rendu compte que j'avais du retard. Alors, j'ai fait un test et j'ai su que j'attendais un enfant. Moi qui croyais ne plus jamais avoir cette chance.

— Tu en avais déjà eu un ? demanda-t-il.

— Oui.

Maddie se mordit la lèvre. Ce serait plus facile maintenant. Elle en avait déjà parlé trois fois.

— Je suis tombée enceinte peu avant la mort de John.

— Que s'est-il passé ?

— J'étais ravie malgré le fait que John ne serait plus là pour partager la vie de son enfant.

Un éclat de rire s'échappa du foyer rural lorsque quelqu'un sortit de la salle pour fumer.

— John m'a fait promettre de mettre fin à la grossesse. Il savait à quel point cela me serait difficile, mais il savait aussi que notre avenir, à Hannah et moi, ne serait pas facile non plus. Il a choisi de se concentrer sur ceux qu'il connaissait, et non sur l'enfant qu'il ne connaissait pas.

Maddie inspira fort. Elle avait pardonné à John pour ce qu'il lui avait demandé et elle s'était pardonnée à elle-même. Elle n'allait pas pleurer, se dit-elle. Elle avait déjà bien trop versé de larmes dernièrement. L'odeur d'herbe écrasée l'alerta : Mark n'était plus assis sur l'autre balançoire, il se tenait juste devant elle, ses chaussures face aux siennes.

— Alors quand le docteur Grades m'a fait venir en consultation pour m'expliquer qu'à cause des antibiotiques très forts que j'avais pris, je devais immédiatement mettre fin à la grossesse, quelque chose en moi s'est brisé.

Tout en se tordant les mains, elle continua :

— Je ne voulais pas te mettre en position de me demander d'avorter.

Maddie planta son talon dans le sol. Bien qu'elle acceptât les sages paroles de réconfort de Tamsin et l'idée que les choses parfois dussent se passer comme elles se passaient, cela faisait mal. Très mal.

— J'imagine que j'avais peur que l'homme que j'aimais me demande d'avorter. Parce que John...

Maddie avala sa salive et se força à aller jusqu'au bout :

— Je ne pouvais pas prendre le risque que tu me demandes ça, même au prix de ton amour.

Maddie leva enfin les yeux. Il était à quelques centimètres d'elle.

— Désolée de ne pas t'avoir fait confiance. J'aurais dû. Tu n'es pas John.

Mark était tout près, mais il regardait en silence le clocher de l'église par-dessus sa tête.

— Merci, dit-il enfin.

— Je te devais bien la vérité. Tu mérites de trouver l'amour. Tu es quelqu'un de merveilleux. J'espère vraiment que tu parviendras à oublier tout cela et que tu rencontreras une femme digne de toi.

Maddie aurait dû se sentir soulagée maintenant qu'elle lui avait tout dit. Elle se leva de la balançoire et s'avança de biais afin d'éviter tout contact avec lui. Ce serait trop. Il n'y avait plus rien à faire, à part retourner à l'intérieur, un sourire forcé sur les lèvres, afin de s'assurer que tout se passait bien pour les adieux au vieux Tom. Elle savait que le fait de présenter ses excuses à Mark ne rendrait pas les choses moins douloureuses, mais espérait que cela l'éclairerait. Cette fois, au moins, il saurait pourquoi une femme l'avait laissé tomber. La tête haute, elle se mit en route.

— Où vas-tu ? demanda-t-il.

— À l'intérieur, voir comment ça se passe, dit-elle, le regard tourné vers la salle.

— Tout va bien. Tamsin est là, dit-il.

Maddie sourit.

— C'est vrai.

— Qu'est-ce que tu comptes faire ? demanda-t-il.

— Comment ça ?

— Tu veux d'autres enfants ?

Mark lui posa la main sur le bras afin de l'empêcher de s'éloigner.

— Oh ! je crois que j'ai vraiment laissé passer ma chance pour ça, mais je te souhaite de tout mon cœur d'en avoir, dit-elle tandis qu'une larme lui coulait sur la joue. Tu feras un merveilleux père.

— Et si je te disais que je n'en aurai qu'à condition que tu sois leur mère ?

Elle releva vivement la tête et le regarda. Il souriait.

— J'ai bien peur de ne pas être d'humeur pour les taquineries en ce moment, dit-elle d'une voix rauque.

— Je n'ai jamais été plus sérieux de ma vie.

Mark lui souleva le menton.

— Je t'aime.

Ses yeux en disaient plus long que les mots.

— Tu veux bien m'épouser ?

— Tu es sérieux ?

Maddie ne cessait de cligner des yeux de peur qu'il ne disparaisse.

— Oui.

— Après tout ce que je t'ai fait subir ? demanda-t-elle.

— Je peux dire, la main sur le cœur, que j'ai vécu l'enfer. Découvrir que la personne la plus importante pour moi a failli mourir par manque de confiance en moi, c'est clair que ça me tue, mais je sais aussi, au plus profond de mon âme, que la vie ne vaudrait pas d'être vécue sans toi.

Du pouce, il essuya ses larmes sur ses joues.

— Tu ne m'as pas répondu.

— C'est une sorte de rite funéraire celte ou quoi ? Vous n'allez quand même pas vous donner en spectacle ici, histoire de faire la nique à la mort ? railla Hannah, à quelques mètres de là.

— Tiens, c'est une idée, fit Mark. Peut-être que les autres se joindraient à la fête. Qu'en penses-tu, Hannah ?

— Beurk ! s'exclama-t-elle, les bras croisés, légèrement déhanchée.

— Pas du tout, intervint Maddie qui, la tête haute, redressa son tailleur. Les anciens rites ont du bon.

Elle s'esclaffa devant la mine de dégoût de sa belle-fille.

— Tu voulais quelque chose ?

— Non, je me disais que vous aviez peut-être besoin de quelque chose.

— Comme ?

Mark attira Maddie contre lui.

— Euh, voilà, comme le vent souffle en direction de la salle, il se trouve que j'ai entendu une proposition restée sans réponse.

Hannah sourit.

— Je me suis dit que vous aviez peut-être besoin de ma permission avant d'aller vous marier et de faire des tas de marmots…

— Et on l'a ? demanda Mark.

— Oui, bien sûr, tant que je n'ai pas à faire la baby-sitter.

Hannah se frappa le front de sa paume.

— Non, attendez. Je ne suis pas sûre que ce soit possible, finalement.

— Pourquoi ? s'enquit Maddie en se blottissant contre Mark, heureuse de voir un sourire se dessiner sur les lèvres d'Hannah.

— Eh bien, si tu te maries avec lui, il deviendra mon beau-père. Ça va foutre en l'air ma relation avec Will.

— Sans doute, s'esclaffa Mark. Néanmoins, tu ne peux pas revenir sur ta permission accordée. Maintenant, j'attends la réponse de Maddie, le cœur battant.

— Oui, Maddie, renchérit Hannah, les mains sur les hanches.

— À une condition, dit Maddie.

— Tu ne manques pas de culot, fit remarquer Hannah.

— Je sais.

Maddie sourit.

— C'est quoi, cette condition ? demanda Mark.

— Que tu viennes vivre à Trevenen, dit-elle.

Mark sourit.

— Je crois que c'est du domaine du possible, mais uniquement quand la maison sera correctement chauffée.

— Excellent. Ça veut dire qu'il s'en occupera rapidement ! s'esclaffa Hannah. Alors, tu lui donnes ta réponse, oui ?

— Oui, déclara Maddie, à bout de souffle.

— Super, bon, je vous laisse. Je vais fêter vos fiançailles avec du bon champagne. Le vieux Tom aurait carrément approuvé ! lança Hannah avant de filer dans la salle.

— Tu pleures.

Mark l'enveloppa dans ses bras.

Elle sourit.

— Tu crois ?

— Oui. Pourquoi ? demanda-t-il.

— Tu m'as tellement manqué, et ton contact aussi, que c'est douloureux d'être de nouveau dans tes bras, dit-elle.

— Que diras-tu quand je t'embrasserai ?

Il baissa la tête et s'arrêta juste au-dessus de sa bouche.

— Délicieusement douloureux, mais je suis sûre qu'avec une application répétée, d'autres sensations pourraient prendre le pas.

— On essaie ?

— Oui.

Ses lèvres rencontrèrent les siennes. Ce qu'elle éprouva n'avait rien à voir avec la douleur.

Le bruit d'un bouchon qui saute les sépara. Tamsin se tenait à côté d'eux, une bouteille et des verres à la main.

— Tamsin, gronda presque Mark.

— Je n'ai aucune intention d'être la dernière dans la file à attendre pour vous féliciter de votre tout prochain mariage !

Maddie regarda en direction de la salle et vit tout le monde dehors, un verre à la main. Elle éclata de rire et accepta l'une des flûtes que tendait son amie.

— Au secret le moins bien gardé du moment, déclara Maddie.

Elle regarda Mark.

— Je t'aime.

Imprimé en France
FROC032355091120
25681FR00025B/407

9 782824 607566